| 多维人文学术研究丛书 |

汉赋研究
以生产与消费为视角

孔德明 | 著

中国书籍出版社
China Book Press

图书在版编目（CIP）数据

汉赋研究：以生产与消费为视角/孔德明著.
—北京：中国书籍出版社，2020.1
 ISBN 978-7-5068-7685-8

Ⅰ.①汉… Ⅱ.①孔… Ⅲ.①汉赋—文学研究 Ⅳ.①I207.22

中国版本图书馆 CIP 数据核字（2019）第 290917 号

汉赋研究：以生产与消费为视角

孔德明 著

责任编辑	兰兆媛　李田燕
责任印制	孙马飞　马　芝
封面设计	中联华文
出版发行	中国书籍出版社
地　　址	北京市丰台区三路居路 97 号（邮编：100073）
电　　话	（010）52257143（总编室）　（010）52257140（发行部）
电子邮箱	eo@chinabp.com.cn
经　　销	全国新华书店
印　　刷	三河市华东印刷有限公司
开　　本	710 毫米×1000 毫米　1/16
字　　数	278 千字
印　　张	16.5
版　　次	2020 年 1 月第 1 版　2020 年 1 月第 1 次印刷
书　　号	ISBN 978-7-5068-7685-8
定　　价	95.00 元

版权所有　翻印必究

目录 CONTENTS

绪 论 ·· 1

第一章　汉赋的生产状况 ································· 10
第一节　西汉赋的生产状况 ································ 10
第二节　东汉赋的生产状况 ································ 21
第三节　汉赋生产状况综论 ································ 27

第二章　汉赋的生产者及生产动因 ·················· 36
第一节　汉赋的中朝生产者 ································ 36
第二节　汉赋的地方生产者 ································ 48
第三节　汉赋生产者的小学修养 ························· 58
第四节　汉赋的生产动因 ··································· 71

第三章　汉赋的生产工具、载体及文本生成 ····· 86
第一节　汉赋的生产工具 ··································· 86
第二节　汉赋载体 ·· 100
第三节　汉赋的文本生成 ································· 112

第四章　汉赋的生产机制 ································ 124
第一节　献赋 ··· 124
第二节　试赋 ··· 137
第三节　竞赋 ··· 149

第五章　汉赋的传播流通 ··· **161**
    第一节　汉赋的传播者与传播方式 ·································· **162**
    第二节　汉赋流传的主要途径 ······································ **172**
    第三节　汉赋的搜集、整理与流失 ·································· **188**

第六章　汉赋的消费 ··· **203**
    第一节　汉赋的消费者和消费状况 ·································· **203**
    第二节　汉赋的消费动因 ·· **216**
    第三节　汉赋的消费效果 ·· **233**

结　语 ··· **244**

主要参考文献 ··· **251**

后　记 ··· **255**

绪 论

赋体文学产生于先秦而盛于汉。有汉一代，赋家辈出，赋作数以千计，无有与之分庭抗礼之文体。故而后人以之为汉代代表之文学，亦为历代学人留下一个重要的研究课题。

一、20 世纪以来汉赋生产消费研究状况述略

1. 20 世纪以来汉赋研究状况述略

20 世纪初至 20 世纪 40 年代，汉赋的研究成果主要附在文学史、文学批评史和少量专著的部分章节中。1914 年出版的王梦曾《中国文学史》及 1918 年出版的谢无量《中国大文学史》已将汉赋纳入他们的研究范围。1941 年出版的鲁迅《汉文学史纲要》中专设《司马相如与司马迁》一篇，高度评价了司马相如赋："制作虽甚迟缓，而不师故辙，自摅妙才，广博宏丽，卓绝汉代。"① 郑振铎在《插图本中国文学史》中，将汉武帝后至建安末期这段时间称为"辞赋时代"。出版于 1941 年的刘大杰《中国文学发展史》，上卷专设《汉赋的发展及其流变》一章，较为详细地论述了汉赋的兴盛原因、特质及其发展演变。其他如陈钟凡《中国文学批评史》（1924）、郭绍虞《中国文学批评史》（1934）、罗根泽《中国文学批评史》（1934）、郑宾于《中国文学流变史》（1930）、刘永济《十四朝文学要略》（1945）等，都分别对汉赋的创作及评论做过论述。

此期研究汉赋的重要论著有：陈去病《辞赋学纲要》（此书有 1927 年作者自序，盖初版于 1927 年，1971 年台北文海出版社重印），是现代辞赋研究领域的最早著述之一，以汉赋为主体，以主要赋作家为对象，论述了从先秦到唐宋

---

① 鲁迅：《鲁迅全集》第 9 卷，人民文学出版社 1982 年版，第 433 页。

间赋的发展演变。着重论述了汉赋各家的成就、特点,从中可察汉赋发展演变之迹。丘琼荪《诗赋词曲概论》(1934),全书分诗、赋、词、曲四编,其二为"赋之部",从赋的起源、体制、声律、演进等四个方面来论赋。金钜香《汉代词赋之发达》(1938),是现代赋学研究领域中的第一部汉赋专论。主要是联系当时的政治、文化、风尚等社会状况,阐发汉赋盛衰之缘由。陶秋英《汉赋之史的研究》(1939),探讨了汉赋本身的发展历史,并延及汉赋的前身和余波,充分体现了史的特色。

20世纪40年代至80年代,中国文学研究进入了一个沉寂期,汉赋研究亦如此。正如何新文在《中国赋论史稿》中所说:"自一九三九年陶秋英《汉赋之史的研究》问世以后,国内赋学研究经过了一段长时期的沉寂,直到八十年代才出现复兴的势头。"①

20世纪80年代迄今,汉赋研究进入了一个多维的研究阶段,许结在《赋体文学的文化阐释》的前言中说:"在中国古典文学研究领域中,赋体文学研究近来已成为显学,受到海内外学术界的关注。然综观其成,主要表现在四方面:一是辞赋文献的整理与研究,其为赋体文学的研究奠定了基础;二是赋家赋作的研究,这是从创作论的视角对赋体文学的具体研究;三是对赋史的研究,这属于单纯的文学史与文体史的研究范畴了;四是有关赋论的研究,并成为中国古代文学理论批评研究的重要部分。上述研究成果,又主要限于对赋体文学自身的探讨,而对赋文学的产生背景与文化内涵,却涉及不多,这在一定程度上影响了赋体文学研究的深入与拓展。"② 近几年,随着对汉赋研究的深入,人们已经开始注意对汉赋进行文化阐释了。

2. 20世纪以来汉赋生产消费研究状况述略

目前还没有研究汉赋生产消费的专著,其研究成果只是零散地夹杂在文学史和研究辞赋专著的部分章节中。研究者在进行赋学研究时,都或多或少的论及了汉赋的生产消费。主要表现在两个方面——汉赋的生产消费动因、生产消费环境。

鲁迅在《从帮忙到扯淡》一文中较早论及了汉武帝时代汉赋主要生产者的地位,把他们视作统治者的"帮闲"文人。他说:"中国的开国的雄主,是把

---

① 何新文:《中国赋论史稿》,开明出版社1993年版,第190页。
② 许结:《赋体文学的文化阐释》,中华书局2005年版,第1页。

'帮忙'和'帮闲'分开来的,前者参与国家大事,作为重臣,后者却不过叫他献诗作赋,'俳优蓄之',只在弄臣之列。不满于后者的待遇的是司马相如,他常常称病,不到武帝面前去献殷勤,却暗暗的作了关于封禅的文章,藏在家里,以见他也有计画大典——帮忙的本领,可惜等到大家知道的时候,他已经'寿终正寝'了。"① 鲁迅已清晰认识到了汉赋主要生产者对统治者的依附关系。

刘永济《十四朝文学要略》卷二阐释了社会经济对汉赋生产及赋体风格的影响:"于时天下殷实,人物丰富,中于人心,自然闳肆而侈丽。而赋之为物,以铺张扬厉为体,适足以发舒其精神,于是内外相应,心文交需,而此体之昌,遂乃笼罩千古。"②

刘大杰在其《中国文学发展史》中专设《汉赋的发展及其流变》一章,从政治经济的关系、献赋与考赋、学术思想的影响等几个方面,论述了汉赋生产兴盛的原因。他说:"这一时期是汉族力量空前膨胀的时代,在东亚建立了空前强大的帝国。……要在当时有了这种经济物质的基础,才能产生司马相如、扬雄、班固、张衡他们那种富丽堂皇的赋。"③ 这是讲政治经济对汉赋生产的影响;"汉赋的兴盛,利禄引诱的力量也起了一定的作用。开始是封君贵族们的奖励提倡……君主提倡于上,群臣鼎沸于下,于是献赋考赋的事体,也就继之而起了"④,这里所论的献赋与考赋,涉及汉赋的生产机制问题;"到了武帝当权,政治、学术都起了变化。儒家定于一尊,徵圣、宗经、原道的观念,成为文学理论的准则……这样的思想,这样的空气,对于汉赋的发达,不能说没有作用"⑤,这是论述学术思想对汉赋生产发达的影响。刘大杰先生运用了社会学的方法对汉赋的兴盛进行考察研究,结合政治经济、社会机制及学术思想等方面,对汉赋的生产兴盛之因做了较为全面的阐释。

金秬香《汉代词赋之发达》联系汉代政治、文化、风尚等多种社会因素,论述分析了汉赋盛衰发达的缘由。指出汉赋的发达"关乎时序""关乎地土""关乎政治""关乎风尚"等,较为系统地考察了汉赋生产消费发达的原因,对传统研究方法有较大突破。陶秋英在《汉赋之史的研究》中论述汉赋的生成发

---

① 鲁迅:《鲁迅全集》第6卷,人民文学出版社1982年版,第344页。
② 刘永济:《十四朝文学要略》,黑龙江人民出版社1984年版,第82页。
③ 刘大杰:《中国文学发展史》,上海古籍出版社1982年版,第131—132页。
④ 刘大杰:《中国文学发展史》,上海古籍出版社1982年版,第133—134页。
⑤ 刘大杰:《中国文学发展史》,上海古籍出版社1982年版,第136页。

展时，亦从社会政治背景，贵族提倡，道家思想的影响，与经学、文字学、诗歌之关系，著作风气之盛等方面进行探讨，揭示了外部因素对汉赋创作的影响。

马积高《赋史》用历史唯物主义观点，联系当时社会的政治、经济及思想文化状况考察了汉赋的形成发展历程。刘斯翰《汉赋：唯美文学之潮》第二章《汉武帝和他的文学侍人们》介绍了汉赋的生产主体及其环境，认为"汉赋就是宫廷文学。宫廷君主在继承楚赋和发展中起着决定性的作用"①，揭示了汉赋消费主体对汉赋生产的决定性影响。张清钟《汉赋研究》在论述汉赋产生的背景时，则从"文体本身之发展""经济物质之富庶""帝王公侯之喜爱""科名利禄之诱发""学术思想之统制""小学钻研之影响"等六个方面作以叙说。他把汉赋的产生放在社会大背景中进行考察，对前人成说多有继承而延伸不够。

近年来的一些学术论文也或多或少的涉及了汉赋生产消费的研究，主要表现在以下几个方面。一是汉代文化及文人思维对汉赋生产创作的影响。如张庆利《汉代的思维方式与汉大赋的特点》云："汉代的思维方式带来了大赋整体性和表层性的特点。"②《汉代的文化特征与汉赋的形成》云："汉大赋就是适应上层阶级的观赏需要而形成的娱乐性艺术。"③ 李山《经学观念与汉乐府、大赋的文学生成》云："没有经学的'主文而谲谏'，也就没有汉大赋之所以汉大赋'劝百讽一'的特定体式。"④

二是汉赋生产主体的特征及生存环境对汉赋生产创作的影响。如曹虹《文人集团与赋体创作》云："文人集团对文学创作，特别是赋体创作有积极影响：它保证了审美趣味的丰富性，有利于作家艺术个性的充分发展。"⑤ 章沧授《论汉代赋家创作的个性特征》云："赋家创作个性的充分发挥，是汉赋发展繁荣的一个极为重要的因素。"⑥ 詹福瑞《汉大赋的内在矛盾与文士的尴尬》云："汉大赋颂美与讽谏的矛盾，决定于文士作为侍从之臣的尴尬角色；而文义与文辞

---

① 何新文：《中国赋论史稿》，开明出版社1993年版，第199页。
② 张庆利：《汉代思维方式与汉大赋的特点》，《东北师大学报（社会科学版）》1990年第3期，第67—72页。
③ 张庆利：《汉代的文化特征与汉大赋的形成》，《求是学刊》1993年第5期，第81—85页。
④ 李山：《经学观念与汉乐府、大赋的文学生成》，《河北学刊》2003年第4期，第130—135页。
⑤ 曹虹：《文人集团与赋体创作》，《文史哲》1990年第2期，第13—20页。
⑥ 章沧授：《论汉代赋家创作的个性特征》，《学术月刊》1999年第3期，第73—76页。

的矛盾,则是文士与文章双重自觉之初的产物。"① 程世和《汉初藩府士人的精神转型与赋家之心的初步形成》云:"因处于藩府特定的政治境况中,邹阳、枚乘等人变口谏为文谏,并在文谏中采取了非直语的微谏方式,开始了由口辩之士向文辩之士的精神转型。"② 翁银陶《自我展示——汉大赋作家的创作驱动力》云:"促使汉大赋产生的驱动力,既不是为讽谏而作、献纳而作,也不是因帝王之命而作,而是缘于汉大赋作家的自我展示心理。"③ 王焕然《汉代赋家与史家关系论略》云:"赋家史家知识结构相通与汉代人强烈的尊史意识是赋家、史家多集于一身的重要原因。"④ 王增文《论散体大赋生成于汉景帝时期的梁国》云:"散体大赋能在梁国生成,既与梁国优美和谐的人文自然环境,底蕴丰厚的历史文化渊源等外在因素有关,又和梁国文士多有古代纵横家遗风的内在气度密不可分。"⑤

三是探寻汉赋生产兴盛及衰落的原因。如郭芳《汉大赋衰落原因探索》云:"汉大赋的衰落,是由其体制内容特点与时代的密切关系决定的。同时汉代的文化现象也制约着它的存亡";"物质生产的不发达,决定了精神生产的偶然性与局限性。"⑥ 高一农《汉大赋衰变探微》云:"通经入仕既被视为人生正途,且易博得尊官显位,献赋虽然也可得官,但机会很少,即使得官,亦颇类俳优,地位低下,这也是大赋日渐衰微的重要原因之一。"⑦

四是对影响汉赋传播接受因素的研究。如昝风华《论汉代游艺风俗对汉赋的影响》云:"汉代游艺风俗对汉赋的创作和传播、内容和艺术都具有突出影响。"⑧ 马丽娅《先唐俗赋传播接受研究》用传播学和接受美学的视角研究俗

---

① 詹福瑞:《汉大赋的内在矛盾与文士的尴尬》,《文艺研究》2001年第6期,第88—94页。
② 程世和:《汉初藩府士人的精神转型与赋家之心的初步形成》,《陕西师大学报(社会科学版)》2003年第5期,第16—24页。
③ 翁银陶:《自我展示——汉大赋作家的创作驱动力》,《江淮论坛》2004年第1期,第136—140页。
④ 王焕然:《汉代赋家与史家关系论略》,《河北大学学报》2008年第1期,第47—52页。
⑤ 王增文:《论散体大赋生成于汉景帝时期的梁国》《中国文化研究》,2008年夏之卷,第101—107页。
⑥ 郭芳:《汉大赋衰落原因探索》,《社会科学辑刊》1989年第6期,第112—115页。
⑦ 高一农:《汉大赋衰变探微》,《文史哲》2001年第2期,第30—35页。
⑧ 昝风华《论汉代游艺风俗对汉赋的影响》,《社会科学家》2008年第5期,第19—22页。

赋，采用微观和宏观相结合的研究方法，论述先唐俗赋的传播接受，部分涉及汉代俗赋的传播接受①。

总之，20世纪初迄今，汉赋研究已呈现出多角度、全方位研究的特点。但对汉赋的生产消费尚缺乏整体性和深刻性的研究，从赋的生产消费角度对汉赋做一个整体观照的著作和论文还比较少见，未见有专门的研究论著。研究者研究赋家赋作时，主要关注名家名作，对非名家名作采取漠视态度，尤其忽略了未留下赋作在当时却有一定影响的赋家。这样做势必不能全面了解汉赋在当时的生产消费情况，也就不能够客观地给汉赋进行定位。在进行赋史研究时，虽说结合当时的社会背景及汉赋本身的发展规律，展示了汉赋的兴起、发展、高峰、衰退的历程，但从生产的角度谈得较多，而很少从消费的角度谈，多论述了政治、经济、文化、风尚等因素对创作的影响，却不论及这些因素对消费的影响。赋论研究主要论及汉赋的创作原理、创作动机、功能效用等方面，大都从个人出发，较少作群体考察，对赋家个性考察较多，具有相通的一面则考察较少。对汉赋进行文化阐释时，结合经学思想、政治制度、文化风尚等因素，对汉赋兴衰、内蕴、效能等做了多维的研究，涉及了汉赋生产消费的社会环境、创作动力、消费目的，但仍不够系统。汉赋的创作有它本身的特殊性，赋作者往往有双重的创作动机，既要迎合主子的思想又要委婉地表达自己的思想，既是帮闲文人又有自己的独立文化品格。汉赋的兴盛不仅仅是赋作者的单向行为，往往与当时的消费需求有着内在的联系，所以，仅仅从汉赋作家作品自身进行研究是远远不够的，不足以全面了解其在当时的地位、功用及其对当时社会所造成的影响程度。故本论文拟从汉赋生产消费的角度对其加以研究。

二、本书研究的对象、范围和意义

1. 研究对象

本书的研究对象为汉赋。何谓汉赋？汉人（汉朝人）以其赋体观念生产的赋作。汉人的赋体观念亦是动态的，也就是说，各个时期的汉人（汉朝人）对赋体的理解并不完全相同。西汉人通常辞赋并称，东汉人又往往赋颂连用。如《史记·屈原贾生列传》："屈原既死之后，楚有宋玉、唐勒、景差之徒者，皆好辞而以赋见称。"《史记·司马相如列传》："会景帝不好辞赋。"《汉书·枚乘

---

① 马丽娅：《先唐俗赋传播接受研究》，南京师范大学博士学位论文，2007年。

传》:"梁客皆善属辞赋,乘尤高。"《汉书·扬雄传上》:"顾尝好辞赋。"这是辞赋并称的。《汉书·枚乘传》:"(枚皋)为赋颂好嫚戏。"《汉书·严助传》:"有奇异,辄使为文,作赋颂数十篇。"王充《论衡·定贤》:"以敏于赋颂为弘丽之文为贤乎?则司马相如扬子云是也。"① 王符《潜夫论·务本》:"今赋颂之徒,苟为饶辩之屈蹇之辞,竞陈诬罔无然之事。"② 这是赋颂连用的。

而且有些具体篇目也是时或称赋时或称颂。如《史记·司马相如列传》:"臣尝为《大人赋》,未就,请具而奏之。……乃遂就《大人赋》。"又云:"相如既奏《大人之颂》,天子大说,飘飘有凌云之气,似游天地之间意。"王充《论衡·谴告》:"孝武皇帝好仙,司马长卿献《大人赋》。……孝成皇帝好广宫室,扬子云上《甘泉颂》。"③ 王长华先生对汉代赋、颂二体进行了详细辨析,认为"尽管赋体本身存在种种复杂的情形,但'颂''赋'二体在汉人心目中的区别和界限还是比较分明的"④。他说:"汉人在文体使用方面似乎并不糊涂,他们虽然有时以颂体代称赋体,但却几乎不反过来以'赋'称'颂',而且'赋颂'并列时,词语本身明显呈现一个偏义结构,即偏指'赋'体。"⑤ 王先生之说甚确,但关及具体篇目,后人依然难以辨别。

由于汉人赋体观念的模糊、宽泛,以致后人很难给汉赋下一个确定的定义,只存在较为感性的概念。米谷梁先生如此定义汉赋:"汉赋:文体名,是对汉代各种辞赋体的总称。其体制有两种基本形式,一类是散体赋,一类是骚体赋。而东汉中叶以后由散体赋和骚体赋派生出来的小赋,自具形式特点,亦可视为汉赋之一体。此外,汉赋尚包括汉代楚声短歌以及一些不以赋命名的赋作。在汉赋的诸种体式中,散体赋是其最具代表性的文体,堪称汉赋的主干和正宗,故散体赋可直称为汉赋。"⑥ 米谷梁先生所给予汉赋的定义是描述性的,基本上还是符合汉人赋体观念的。本文的研究对象就是接近这一概念的汉赋。

2. 研究范围

本书的研究范围仅限于汉赋在汉代的生产消费,不作汉代以后汉赋接受消

---

① 王充:《论衡》卷一《定贤》,上海人民出版社1974年版,第420页。
② 汪继培笺,彭铎校正:《潜夫论笺校正》,中华书局1985年版,第19页。
③ 王充:《论衡》,上海人民出版社1974年版,第298页。
④ 王长华等:《汉代赋、颂而体辨析》,《文学遗产》2008年第1期,第138—141页。
⑤ 同上。
⑥ 霍松林等:《辞赋大辞典》,江苏古籍出版社1996年版,第281页。

费的延展研究。在此还有必要对汉赋生产消费的所指稍加说明。马克思较早提出"艺术生产"的概念,他说"宗教、家庭、国家、法、道德、科学、艺术等等,都不过是生产的一些特殊方式,并且受生产的普遍规律的支配"①,"哲学家生产观念,诗人生产诗,牧师生产说教,教授生产讲授提纲等等"②。马克思随着时代的发展把文学活动理解为"艺术生产"活动,在考察资本主义经济的发展后,主要从经济学的观点来看待文学艺术活动及其结果。他在《剩余价值理论》中说:"作家所以是生产劳动者,并不是因为他生产出观念,而是因为他使出版他的著作的书商发财,也就是说,只有在他作为某一资本家的雇佣劳动者的时候,他才是生产的。"③ 又说:"一个自行卖唱的歌女是非生产劳动者。但是,同一个歌女,被剧院老板雇用,老板为了赚钱而让她去唱歌,她就是生产劳动者,以她为生产资本。"④ 虽说马克思强调在资本主义社会里一切艺术生产是为资本创造价值,一切艺术品都具有商品的属性。但马克思的"艺术生产"概念仍然具有宽泛意义,即实际的艺术创作过程,并不专指某一特定历史时期的艺术现象。

童庆炳先生如是定义文学的生产消费:"依据马克思关于社会化大生产的一般原理,广义的生产包括狭义的生产及流通、分配和消费等四个环节。与此相适应,广义的文学生产应当包括创作、出版、发行和阅读等要素。不过,我们通常所说的文学生产主要是狭义的文学生产,即作家的观念或本体形态的生产和出版家将作家观念形态的文学作品物化为文学读物的物化生产,如文学书籍、电影拷贝、录像带、录音带等等的制作,文学传播兼指文学作品的出版与流通,而文学消费主要指读者的阅读。"⑤ 这是依据现代环境给文学生产消费所下的定义。汉赋的生产消费没有如此复杂,汉赋生产取用的是宽泛意义上的艺术生产,也就是指汉赋的创作过程,包括文本制作过程。汉赋的消费主要是指汉赋的阅读收藏活动,除对文本形式汉赋的阅读收藏外,还包括对口头形式汉赋的诵传。

3. 研究意义

王齐洲师说:"中国文学之书面文学的发展,无论是就其生产而言,还是就

---

① 马克思:《马克思恩格斯全集》第42卷,人民出版社1972年版,第121页。
② 马克思:《马克思恩格斯全集》第26卷,人民出版社1972年版,第415页。
③ 同上,第149页。
④ 同上,第432页。
⑤ 童庆炳:《文学理论教程》,高等教育出版社1998年版,第272页。

其消费而言，主流群体都是在不断地扩大着……而联系生产和消费的文学的物质媒介，也由甲金竹帛到纸本抄印，由纸本抄印到电子声像，不断地提高着传播手段，降低消费成本……这些现象的发生，既与社会生产力的不断提高相关联，与文化传播工具的不断更新相关联，与社会成员受教育的比例不断增长和文学消费能力的不断增强相关联，也与文学作为社会的精神产品和精神食粮、必须求新求变以满足尽可能多的社会成员的精神文化需求的特性相关联。如果我们承认文学的发展有这种趋势，我们就应该特别关注每个时段的主流文学文体，清理它们的发展线索，总结它们的创作经验，揭示它们的运动规律，为当前的文学发展和文化建设提供借鉴。"① 故本书拟对汉代的主流文体汉赋的生产消费作以考察，清理其在汉代的发展状况及其发展脉络，试图揭示其运动规律，使后人对汉赋于汉代生产消费的发展状况有一个较为清晰的了解。

1912年，王国维在《宋元戏曲考·自序》中提出："凡一代有一代之文学，楚之骚，汉之赋，六代之骈语，唐之诗，宋之词，元之曲，皆所谓一代之文学，而后世莫能继焉者也。"② 他把汉赋定为文学品种的汉代代表。自是而后，汉赋研究渐趋繁荣，尤其是进入20世纪80年代以来，赋学研究很快进入一个高峰期，赋学研究成为一门显学。汉赋研究也得到了一个极大的提升。但是，汉赋研究出现极大的失衡现象，对汉赋的源头探讨和重点作家作品的研究倾力过多，而对于汉赋在当时文化背景下是如何生产消费，以及其进入消费后对作家创作的再次推动和对接受者再次接受欲望的触发，还有对当时社会所造成影响的程度等方面，关注相对较少。对汉赋制作所受当时物质条件的限制，汉赋载体形式对汉赋传播消费的影响等，较少涉及。罗贝尔·埃斯卡尔皮曾说："否认物质条件对文学创作的影响可以说是疯人之语。"③ 所以，笔者认为，对汉赋的生产消费进行研究，将其放在汉文化的大背景下，放在当时的物质生产条件的限制之下，做一个较为全面客观的展示，让后人对汉赋有一个相对接近史实的认识，还是有一定研究意义的。

---

① 王齐洲：《论中国文学发展的阶段性》，《华中师范大学学报（人文社会科学版）》2005年第4期，第85—91页。
② 王国维：《宋元戏曲史·自序》，东方出版社1996年版，第1页。
③ 罗贝尔·埃斯卡尔皮著，符锦勇译：《文学社会学》，上海译文出版社1988年版，第54页。

第一章

汉赋的生产状况

为便于叙述,我们把汉赋生产状况大致分为七个时段进行考察:即西汉前期,高祖建汉至武帝建元元年(前206—前140年),以赋家枚乘卒年为断限。这段时间汉赋生产主要散落在朝廷之外,是皇权遭分庭抗礼的时期。西汉中期,武帝建元二年至宣帝黄龙元年(前139—前49),是西汉皇权最为集中的时期,也是汉赋生产的高峰期。西汉后期,元帝初元元年至更始三年(前48—25),是皇权开始衰落,西汉赋生产走向衰落的时期。东汉前期,光武帝建武元年至和帝永元四年(25—92),窦宪于永元四年自杀,赋家班固、崔骃均死于是年,傅毅亦卒于是年前后,故断限于此,是皇权相对集中的时期。东汉中期,和帝永元四年至桓帝和平元年(93—150年),和平元年,梁太后崩,桓帝亲政,是主要由外戚主政的时期。东汉后期,桓帝和平二年至献帝兴平二年(151—195年),赋家蔡邕死于初平三年(192年),是宦官专政期。献帝建安期,献帝建安元年至延康元年(196—220),是曹操专政期。

第一节 西汉赋的生产状况

一、西汉前期赋作生产状况

汉武帝以前的汉赋生产者,依其身份分类,大体有五:一为诸侯王;二为皇子;三为中朝大臣;四为诸侯门客;五为民间赋家。诸侯王有淮南王刘安、阳丘候刘隁。皇子有高帝子赵幽王刘友、景帝子广川惠王刘越。中朝大臣主要为太中大夫。有以客从高祖定天下,有口辩,常使诸侯,高祖拜为太中大夫,文帝时仍袭为太中大夫的陆贾;及颇通诸子百家之书,文帝召以为博士,后迁至太中大夫的贾谊。另，李思有孝景皇帝颂十五篇，身份不详，姑系于朝臣之列。武帝前的赋作家中，诸侯门客占绝大多数。有故尝为淮南王黥布相，后为淮南厉王刘长门客的朱建；有曾做过吴王刘濞门客后为梁孝王刘武门客的庄忌、枚乘、邹阳；有梁孝王门客羊胜、公孙诡、公孙乘、路乔如等；有淮南王群臣，如淮南大山、小山之流；另有长沙王群臣；魏内史。民间赋家有虞公。

如果从时段上来划分，大致如下：虞公、陆贾、朱建、赵幽王、魏内史等主要活动期在高祖、惠帝及吕后时代；贾谊、长沙王群臣则是活动在稍后的文帝时代；庄夫子、枚乘、邹阳及梁孝王门客，淮南王及其群臣，广川惠王等则主要是活动在文帝后半期至景帝时代。

高祖、惠帝及吕后时代的赋作中心在北方。陆贾、朱建、赵幽王等赋家虽生于楚地而主要活动在长安。日本学者冈村繁在《汉初辞赋文学的发展动向》中说："最早开始进行真正辞赋创作的，无疑是与汉帝室及其故乡同属北楚地方出生的作家群，即陆贾、朱建和赵幽王他们了。特别是陆贾与朱建这两位，可以说是当时都城长安中辞赋文学的中心人物。这样说是因为《汉书》所载'陆贾赋'之属有二十一名辞赋作家，而朱建与陆贾是同乡亲友，两人又恰恰同为当时宫廷中显要人物并侍奉甚久。"① 冈氏说是颇有道理的。《汉书·艺文志》有"陆贾赋三篇""朱建赋二篇""赵幽王赋一篇"。《汉书·高五王传》录赵幽王幽死时歌一篇，或指此赋。

这时，地方上的赋作生产也主要分布在北方的鲁地和魏地。汉初，高祖"举兵围鲁，鲁中诸儒尚讲诵习礼乐，弦歌之音不绝"②，鲁国文学之盛，可见一斑。古时传礼乐者亦有作赋者，荀子即是其例。鲁人传礼乐者同样有作赋者，如《艺文类聚》卷四十三引刘向《别录》云："有《丽人歌赋》，汉兴以来善雅歌者鲁人虞公，发声清哀，盖动梁尘。"③ 虞公就是以口头的方式作赋传赋。《汉志》所载"魏内史赋二篇"，当为汉初赋。理由有三：第一，除汉初魏王豹封魏王外，汉无有再封魏王者，且王国内史一职汉前已备，汉因之。如《后汉书·百官志》云："汉初立诸王，因项羽所立诸王之制，地既广大，且至千里。……至景帝时，吴、楚七国恃其国大，遂以作乱，几危汉室。及其诛灭，

---

① 冈村繁：《周汉文学史考》，上海古籍出版社2002年版，第122页。
② 司马迁：《史记》，中华书局1959年版，第3117页。
③ 欧阳询：《艺文类聚》卷四十三，上海古籍出版社1965年版，第771页。

景帝惩之，遂令诸王不得制民，令内史主治民……武帝改汉内史、中尉、郎中令之名，而王国如故，员职皆朝廷为署，不得自置。"第二，汉封国有内史一职，而郡无内史一职。虽汉高祖置有魏郡，但郡无内史一职，《汉书·百官公卿表上》："郡守秦官，掌治其郡，秩二千石，有丞；边郡又有长史，掌兵马；秩皆六百石。景帝中更名太守。"《后汉书·百官志》："每郡置太守一人，二千石，丞一人。郡当边戍者，丞为长史。"郡设内史一职是魏晋后事。第三，此魏国不指六国时魏。班固在记写六国魏时称作"故魏"，如《汉书·贾邹枚路传》："贾山，颍川人也。祖父祛，故魏王时博士弟子也。师古曰：六国时魏也。"《汉书·外戚传上》："高祖薄姬，文帝母也。父吴人，秦时与故魏王宗女魏媪通，生薄姬。"故此魏亦不指六国时魏。陈直《汉书新证》亦云："魏内史赋二篇。直按：魏内史赋，西汉无封魏之王，次于长沙群臣赋之后，或为魏王豹之内史。以此类推，长沙王则指吴芮而言。"① 因此，"魏内史赋二篇"当指魏王豹内史所作赋。其赋系于"孙卿赋"条下，或是效物一类小赋。

《汉书·艺文志》有"长沙王群臣赋三篇"，抑或作于高帝至文帝间。最早做长沙王的是吴芮，《汉书·吴芮传》："徙为长沙王，都临湘，一年薨，谥曰文王，子成王臣嗣。薨，子哀王回嗣。薨，子共王右嗣。薨，子靖王差嗣。孝文后七年薨，无子，国除。"其后，汉景帝封子刘发为长沙定王，《汉书·景十三王传》："长沙定王发……以孝景二年立。以其母微无宠，故王卑湿贫国。二十八年薨。"《汉志》在记载赵幽王赋一篇与广川惠王越赋五篇时，指向明确，而记载长沙王群臣赋三篇时，未明"长沙定王"或"长沙定王发"，则长沙王应指吴芮子孙。而且《汉书》所载各诸侯王一般情况下都称谥封，吴王刘濞、刘安这样的反王除外。再之，在吴芮子孙为长沙王时，大赋家贾谊曾在长沙国待了大约五年时间，必定会对长沙王群臣作赋有所影响。《汉书·艺文志》中，列"长沙王群臣赋三篇"与"广川惠王越赋五篇"后，但这不能说明长沙王群臣赋晚作于广川王越赋，因为同在《汉书·艺文志》中，"朱建赋二篇"列于"枚皋赋百二十篇"后，我们不能说死于文帝时的朱建，作赋竟晚于武帝时的枚皋。《汉志》何以如此排列，原因莫明。陈直先生也说"长沙王则指吴芮而言"。由此论之，长沙王群臣赋或作于汉初。

文、景时，长安的赋作生产亦没有完全沉寂。刘勰《文心雕龙·时序》：

---

① 陈直：《汉书新证》，天津人民出版社1979年版，第234页。

"爰至有汉，运接燔书，高祖尚武，戏儒简学，虽礼律草创，诗书未遑，然《大风》《鸿鹄》之歌，亦天纵之英作也。施及孝惠，迄于文景，经述颇兴，而辞人勿用，贾谊抑而邹枚沈，亦可知已。"① 虽说"施及孝惠，迄于文景，经述颇兴，而辞人勿用"，但并非没有赋颂之作的生产，赋家贾谊于文帝时进入长安后，就作了不少赋，《汉书·艺文志》录贾谊赋七篇，现存《鵩鸟赋》《吊屈原赋》《旱云赋》《虡赋》（残篇）等。除了贾谊外，孔臧在这期间也写了一些小赋。《连丛子·叙书篇》："先时尝为赋二十四篇，四篇别不在集，似其幼时之作也。"② 这四篇分别是《谏格虎赋》《杨柳赋》《鸮赋》《蓼虫赋》。

学者多认为《孔丛子》为伪作，"《孔丛子》之为伪作，经宋以来洪迈、朱熹、高似孙、陈振孙、宋濂、姚际恒、四库馆臣、王谟、顾实、罗根泽几代学者考证，已成定谳"③。但我们不能说伪作中就一定没有存真的成分。即使《孔丛子》是伪作，也并不能完全说明这四赋就一定不是孔臧幼时所作。詹安泰、容庚等先生说："以赋的体制和风格论，这些赋和初期各家的赋体非常类似，谅非后人所能虚模也。"④ 龚克昌先生也说："孔臧现存四篇赋，篇幅都很短小，文字也比较浅显易懂，情节比较简单，基本上是四言句，显示出它们幼稚的痕迹，这也正是两汉前期的赋的基本特征。"⑤ 韩晖先生在《汉赋的先驱孔臧及其赋考说》一文中，做了较为翔实的考说，认为这四赋是孔臧的早期赋作⑥。虽说这些先生都没有直接证据证明这四赋为孔臧幼时之作，但他们的意见还是很值得重视的。

笔者也认为此四赋是孔臧幼时之作。可从其《鸮赋》入手进行考察，孔臧《鸮赋》云："季夏庚子，思道静居。爰有飞鸮，集我屋隅。异物之来，吉凶之符。观之欢然，览考经书。在德为祥，弃常为妖。寻气而应，天道不渝。昔在贾生，有识之士。忌兹服鸟，卒用丧己。咨我令考，信道秉真。变怪生家，谓之天神。修德灭邪，化及其邻。祸福无门，唯人所求。听天任命，慎厥所修。

---

① 范文澜：《文心雕龙注》，人民文学出版社 1958 年版，第 672 页。
② 孔臧：《连丛子·叙书》，《文渊阁四库全书》子部一·儒家类，第六九五册，台湾商务印书馆 1983 年版，第 695—359 页。
③ 范志新：《也谈孔臧其人及其赋——与龚克昌先生商榷》，《铁道师院学报》1996 年第 2 期，第 68—70 页。
④ 詹安泰等：《中国文学史》（先秦两汉部分），高等教育出版社 1957 年版，第 152 页。
⑤ 龚克昌：《中国辞赋研究·孔臧其人及其赋》，山东大学出版社 2003 年版，第 330 页。
⑥ 韩晖：《汉赋的先驱孔臧及其赋考说》，《文史哲》1998 年第 1 期，第 32—35 页。

恓迟养志，老氏之畴。禄爵之来，祇增我忧。时去不索，时来不逆，庶几中庸，仁义之宅。何思何虑，自令勤剧。"① 从赋中所语"昔在贾生，有识之士。忌兹服鸟，卒用丧己"句可知，此赋作于贾谊《鵩鸟赋》后。又由"季夏庚子"句得知，鸮集孔臧屋隅当在六月庚子日。由"咨我令考，信道秉真"句知，其父在鸮集屋隅时似还在世。又孔臧于文帝九年父卒后嗣蓼侯，故鸮集孔臧屋隅之事，应发生于文帝六年至九年间。据陈垣《二十四史朔历表》得知，文帝六年六月庚子日是二十四，七年六月庚子日是二十九，八年六月无庚子日，九年六月庚子日是十一②。此事发生在文帝六年的可能性不大，因为于赋中"昔在贾生"的"昔"字不太相当。七年六月庚子日已到二十九，基本上已入秋，称季夏则不太合适。所以，此事很可能发生在文帝九年六月十一日。《鸮赋》当作于鸮集屋隅后不久，即文帝九年六月后不久。如果此说成立，则孔臧幼时作四赋之说应该是可信的。

  惠帝至景帝时的颂作生产亦不容忽视，《文心雕龙·颂赞》云："容告神明谓之颂……至于秦政刻文，爰颂其德。汉之惠景，亦有述容。"③ 可见，惠帝至景帝时代是有不少赋颂之作的。杨树达说："《文心雕龙·诠赋》：容告神明谓之颂，颂主告神，义必纯美。汉之惠景，亦有述容。据刘说，惠帝亦有颂，而《志》不载。"④ 杨先生说"《汉志》不载"，值得商榷，因此类赋作或录于《汉志》杂赋类，如《汉志》"杂赋"中有"杂行出及颂德赋二十四篇"，或与此有关。《汉书·艺文志》有"李思《孝景皇帝颂》十五篇"。李思生卒年、生平、爵里均不详，或为景帝时人。李思可能向景帝献过颂，但不为景帝所重，故有"会景帝不好辞赋"一说⑤。

  文、景时，梁王国和淮南王国是两个最大汉赋生产中心。吴王国是较早的赋家活动地方，《汉书·贾邹枚路传》："汉兴，诸侯王皆自治民聘贤。吴王濞招致四方游士，阳与吴严忌、枚乘俱仕吴，皆以文辩著名。"《汉书·地理志》亦云："（吴王濞）于吴招致天下娱游子弟。枚乘、邹阳、严夫子之徒兴于文景之际。"虽说像枚乘、严忌、邹阳等这样的大赋家都较早的活动于吴王国，但史书

---

  ① 费振刚等：《全汉赋》，北京大学出版社1993年版，第120页。
  ② 陈垣：《二十四史朔历表》，上海古籍出版社1956年版，第13页。
  ③ 范文澜：《文心雕龙注》，人民文学出版社1958年版，第157页。
  ④ 杨树达：《汉书窥管》，上海古籍出版社1984年版，第241—242页。
  ⑤ 《史记》卷一一七《司马相如列传》，第3002页。

却没有他们作赋于吴的明确记载,从他们的现存赋作亦无法推断这些赋作作于吴王国。或有说枚乘《七发》作于吴,清梁章钜《文选旁证》引朱绶说:"《七发》之作,疑在吴王濞时。扬州本楚境,故曰楚太子也。若梁孝王,岂能观涛曲江哉!"① 但王观国《学林》卷九云:"乘事梁孝王,恐孝王反,故作《七发》以谏之。"② 清阎若璩《潜邱劄记》亦云:"李善曰乘事梁孝王,恐孝王反,故作《七发》以谏之。"③ 刘跃进先生《秦汉文学编年史》说:"枚乘在梁孝王死后归淮阴老家。《七发》约作于此后一段时间。"④ 梁氏因理由不太充分,故所说比较审慎。再之,赋作亦不必指实。因此,《七发》不作于吴的可能性大。由此看来,吴王国只有赋家活动,而没有赋作生产。

梁孝王国是继吴王国之后的另一个赋家活动中心。文士们围绕着梁孝王形成一个文人集团,积极从事赋作生产,大大推动了赋作的繁荣。《西京杂记》卷四:"梁孝王游于忘忧之馆,集诸游士,各使为赋。枚乘为《柳赋》……路乔如为《鹤赋》……公孙诡为《文鹿赋》……邹阳为《酒赋》……公孙胜为《月赋》……羊胜为《屏风赋》……韩安国为《几赋》不成,邹阳代作……邹阳、安国罚酒三升,赐枚乘、路乔如绢,人五匹。"⑤ 从这段话中可看出,梁孝王对赋作生产是持提倡奖励态度的。由此推动了赋家生产赋作的积极性,促进了梁王国汉赋生产的繁荣。汉代最知名的赋家司马相如,也在此时客游梁,并于梁地作下了他的成名作——《子虚赋》。《史记·司马相如列传》:"客游梁,梁孝王令与诸生同舍,相如得与诸生游士居数岁,乃著《子虚》之赋。"司马相如的加入将会使梁王国的赋作生产更加兴盛。

此期另一个大的赋作中心就是淮南王国。淮南王国的都城寿春是楚国最后的移都之地,楚国于此定都几近二十年。因此,此地颇沾染楚辞之风。《汉书·地理志下》云:"寿春、合肥受南北湖皮革、鲍、木之输,亦一都会也。始楚贤臣屈原被谗放流,作《离骚》诸赋以自伤悼。后有宋玉、唐勒之属,慕而述之,皆以显名。……而淮南王安亦都寿春,招宾客著书。而吴有严助、朱买臣,贵

---

① 梁章钜撰,穆克宏点校:《文选旁证》卷第二十八,福建人民出版社2000年版,第786页。
② 王观国:《学林》卷九,《文渊阁四库全书》子部一五七·杂家类,第八五一册,台湾商务印书馆1983年版,第851—226页。
③ 阎若璩:《潜邱劄记》卷二,文渊阁四库本。
④ 刘跃进:《秦汉文学编年史》,商务印书馆2006年版,第124页。
⑤ 向新阳等:《西京杂记校注》,上海古籍出版社1991年版,第173—190页。

显汉朝，文辞并发，故世传《楚辞》。"淮南王刘安是一个颇具文人气质的诸侯王，"为人好书，鼓琴，不喜弋猎狗马驰骋，亦欲以行阴德拊循百姓，流名誉。招致四方宾客方术之士数千人，作为《内书》二十一篇，《外书》甚众，又有《中篇》八卷，言神仙黄白之术，亦二十余万言"。刘安善辞赋，与门客们生产了大量的辞赋。《汉书·艺文志》有"淮南王赋八十二篇""淮南王群臣赋四十四篇"。可见，其产量是相当高的。

综上观之，武帝以前的汉赋生产活动主要存在于几个诸侯王国之中，尤其是像梁王国和淮南王国，是这个时期汉赋的主要生产地。但像贾谊、孔臧、李思这样零散的赋作生产以及颂作生产也不容忽视。

二、西汉中期赋作生产状况

西汉武、宣之际的文学之盛，在有汉一代是空前绝后的。刘勰《文心雕龙·时序》云："逮孝武崇儒，润色鸿业，礼乐争辉，辞藻竞骛：柏梁展朝燕之诗，金堤制恤民之咏，征枚乘以蒲轮，申主父以鼎食，擢公孙之对策，叹倪宽之疑奏，买臣负薪而衣锦，相如涤器而被绣，于是史迁、寿王之徒，严、终、枚皋之属，应对固无方，篇章亦不匮，遗风余采，莫与比盛。越昭及宣，实继武绩，驰骋石渠，暇豫文会，集雕篆之轶材，发绮縠之高喻，于是王褒之伦，底绩待诏。"① 可见当时朝中英才汇集，文学大盛。

此期的赋作生产也是有汉一代最为鼎盛的时期。班固《两都赋序》云："至于武宣之世，乃崇礼官，考文章。内设金马石渠之署，外兴乐府协律之事。以兴废继绝，润色鸿业。是以众庶悦豫，福应尤盛。白麟赤雁芝房宝鼎之歌，荐于郊庙；神雀五凤甘露黄龙之瑞，以为年纪。故言语侍从之臣，若司马相如、虞丘寿王、东方朔、枚皋、王褒、刘向之属。朝夕论思，日月献纳。而公卿大臣御史大夫倪宽、太常孔臧、太中大夫董仲舒、宗正刘德、太子太傅萧望之等，时时间作。或以抒下情而通讽谕，或以宣上德而尽忠孝。雍容揄扬，著于后嗣，抑亦雅颂之亚也。故孝成之世，论而录之盖奏御者千有余篇，而后大汉之文章，炳焉与三代同风。"② 班固《两都赋序》描述出了武、宣之世朝廷内的汉赋生产盛况。事实上，武宣之世，地方上的汉赋生产活动也很兴盛，但被朝中的赋作

---

① 范文澜：《文心雕龙注》，人民文学出版社1958年版，第672页。
② 李善：《文选注》，中华书局1977年版，第21—22页。

生产兴盛所淹没。如《汉书·艺文志》记录了很多地方守令的赋作、身份莫明者的赋作等。《西京杂记》还记录有地方名士如枰柯盛览、长安庆虬之等人的赋作生产活动。这些都足以说明此期汉赋的生产，在地方上也是很活跃的。

我们先来看看这个时期朝中汉赋的生产状况。此期汉赋在朝中的生产主要呈现以下两个特点：一是群体性生产。武宣之世，朝中赋作的主要生产者是皇帝身边的言语侍从之臣，即大夫和郎。大夫和郎，人数众多。大夫"多至数十人"，郎的队伍更为庞大，"多至千人"①。汉武帝还专门设置了写书之官，为群体性生产汉赋创造了条件。他们在皇帝的统一号令下，或应制而作，或主动献赋，形成了一个强大的创作群体。武帝身边的司马相如、吾丘寿王、东方朔、枚皋、严助、朱买臣等，是这一强大创作群体的核心。《汉书·严助传》："后得朱买臣、吾丘寿王、司马相如、主父偃、徐乐、严安、东方朔、枚皋、胶仓、终军、严葱奇等，并在左右。"这些人中严助、朱买臣、司马相如、枚皋、东方朔、严葱奇等，都是当时有名的赋家。围绕在宣帝身边的有刘向、王褒、张子侨等，也是一个很强的汉赋创作群体。《汉书·王褒传》："宣帝时修武帝故事，讲论六艺群书，博尽奇异之好，征能为《楚辞》九江被公，召见诵读，益召高材刘向、张子侨、华龙、柳褒等待诏金马门。"群体性的生产，便于他们在一起"朝夕论思，日月献纳"。这样，既提高了汉赋创作的艺术水准，又促进汉赋生产在此期的兴盛。

二是赋作生产趋于职业化。由于大夫和郎都没有固定事务需要处理，有充分的创作时间。因此，出现了近于职业化的赋家，如司马相如、枚皋和王褒就是其中的代表。因善辞赋而受召的司马相如，除了出使一趟西南夷，其余时间基本上都是在为武帝制造辞赋、诗曲等，可见，他是一个近于职业化的赋家。枚皋也一个近于职业化的赋家，《汉书·枚皋传》："从行至甘泉、雍、河东，东巡狩，封泰山，塞决河宣房，游观三辅离宫馆，临山泽，弋猎射驭狗马蹴鞠旋镂。上有所感，辄使赋之。为文疾，受诏辄成，故所赋者多。……凡可读者百二十篇，其尤嫚戏不可读者尚数十篇。"他几乎成了皇帝的作赋机器了。所以，枚皋说："为赋乃俳，见视如倡，自悔类倡也。"② 王褒也是因为会作文章而被征的，所以，宣帝基本上也是把他当作职业文人对待的。让他跟从在自己身边，

---

① 《汉书》卷一九《百官公卿表上》，第727页。
② 《汉书》卷五一《枚皋传》，第2367页。

"所幸宫馆,辄为歌颂"①。像这样近于职业化生产的赋作还有很多,如东方朔的作赋生涯,严助晚期的作赋生涯,刘向早期的作赋生涯等,以及一些长期待诏作赋的郎官。赋家的职业化生产同样也会提高汉赋创作的艺术水准,并促进汉赋生产的繁荣。

虽说汉赋的生产中心在宫廷,但这时汉赋的地方生产也不容忽视。《汉书·艺文志》有"辽东太守苏季赋一篇""河内太守徐明赋三篇""东暆令延年赋七篇""汉中都尉丞华龙赋二篇""左冯翊史路恭赋八篇"等,这些都是地方守令的赋作。另外,名士、公主舍人及一些身份不明者等也从事赋作生产。如《汉书·艺文志》有"平阳公主舍人周长孺赋二篇""洛阳錡华赋九篇"等,《西京杂记》有盛览《合组赋》《列锦赋》,庆虬之《清思赋》等。他们作赋是出于政治目的还是出于个人消遣,现已不清楚。但同样能够反映出武宣之际汉赋生产的盛况。因为,这既说明了汉赋生产者的层次多样性,也说明当时汉赋生产地域的宽广性。故而反映出当时汉赋生产高度兴盛的状况。

三、西汉后期赋作生产状况

到了元、成之世,汉赋的生产已由极盛走向衰落。但依然有一道亮丽的余晖,出现了像扬雄这样杰出的赋家。

对西汉晚期的赋作,王焕然曾作统计:"据《汉书·艺文志》,西汉晚期赋作情形如下:徐明三篇,李息九篇,淮阳宪王二篇,冯商九篇,杜参二篇,张丰三篇,朱宇三篇,王商十三篇,徐博四篇,王广、吕嘉五篇,路恭八篇,共十三家,七十余篇。刘向虽然元、成朝仍在,但其赋大部分作于为宣帝文学侍从时,故其赋三十三篇不计入此期(骚体赋除外)。此期流传下来的赋有扬雄十四篇(《太玄》残篇,《核灵》残句,《广骚》《畔牢愁》存目),刘歆三篇(《甘泉宫赋》残篇),冯商一篇(存目),班婕妤二篇,桓谭一篇(据费振刚辑《全汉赋》统计),共五家,二十一篇。另据《汉书·王贡两龚鲍传》,薛方'著诗赋数十篇'。由以上粗略的统计数字可以看出,随着国势的一蹶不振,赋的创作亦步入低谷,作家及赋的数量显著减少。"②

笔者在统计西汉晚期(元、成至王莽世)的赋家时,和王先生稍有出入。

---

① 《汉书》卷六四下《王褒传》,第2829页。
② 王焕然:《汉代士风与赋风研究》,中国社会科学出版社2006年版,第78—79页。

淮阳宪王刘钦是汉宣帝的儿子，好经书法律，聪达有材，帝甚爱之。故"常有意欲立张婕妤与宪王"①，终未如愿。"宣帝崩，元帝即位，乃遣宪王之国"②。宣帝好辞赋，宪王只有赋二篇，这两篇赋极可能是宪王之国前在宣帝时所作，故把淮阳宪王归入武宣之世的赋家。河内太守徐明，班固注曰："字长君，东海人，元、成世历五郡太守，有能名。"③ 这是否暗示徐明作河内太守时在宣帝朝，姑且也把他放入武宣之世赋家之列。

  王焕然把李息、王商、徐博、王广、吕嘉归入西汉晚期的赋家，不知何据，或许是因为在《汉书·艺文志》中，李息列在徐明的后面，徐明又在"元、成世历五郡太守"，所以，把李息归入元、成至王莽世的赋家。但这似乎说不通。徐博、王广、吕嘉、王商等赋家，在《汉书·艺文志》中，列在华龙的前面，而华龙是与王褒、刘向同时人。既然王先生未把华龙归入元、成至王莽世的赋家，又为何把列在前面的人反而归入元、成至王莽世呢？当然，也许王先生另有所据。《汉书·成帝纪》云："（河平三年）光禄大夫刘向校中秘书。谒者陈农使，使求遗书于天下。"河平是成帝早期的年号，说明刘向校书在成帝早期。又见《汉书·艺文志》"屈原赋"条下，收录时限断于王褒，而王褒又卒于宣帝朝。《汉书·艺文志》"陆贾赋"条下，班固"入扬雄赋八篇"。扬雄在《法言·吾子》中曾说赋同"童子雕虫篆刻"，故"壮夫不为"④。在《自序》中也说作赋"颇似俳优淳于髡、优孟之徒"，"于是辍不复为"⑤。这说明，扬雄赋多作于其人生的早期，当在成帝时。作于成帝时的赋却未收录，就很可能说明在刘向校书这段时间里，极少收入赋作，大多赋作是宣帝时及宣帝以前收集的。因此，把李息、王商、徐博等这些赋家，姑且系于武宣之世赋家之列，不归入西汉后期赋家之中。

  西汉后期的汉赋生产者基本上集中于成帝朝，赋作也多产于成帝世，可明确断为成帝朝的赋家有：冯商、杜参、朱宇、班婕妤等。下面我们就来说明一下理由：先说冯商，《汉书·艺文志》："冯商所续《太史公》七篇。"韦昭注曰："冯商受诏续《太史公》十余篇，在班彪《别录》。商字子高。"颜师古注

---

  ① 《汉书》卷八十《宣元六王传》，第3311页。
  ② 同上，第3312页。
  ③ 《汉书》卷三十《艺文志》，第1749页。
  ④ 汪荣宝：《法言义疏》，中华书局1987年版，第45页。
  ⑤ 《汉书》卷八七下《扬雄传》，第3575页。

曰："《七略》云商阳陵人，治《易》，事五鹿充宗，后事刘向，能属文，后与孟柳俱待诏，颇序列传，未卒，病死。"如淳说："班固《目录》冯商，长安人，成帝时以能属书待诏金马门，受诏续《太史公书》十余篇。"从上面的记载可知，冯商成帝时受诏续《太史公书》，未完而病死。而《汉书·艺文志》又收录了他所续的《太史公书》书，班固未曾说是自己补入，说明是刘歆《七略》原录。刘歆作《七略》始于他父亲刘向死时，《汉书·艺文志》云："会向卒，哀帝复使向子侍中奉车都尉歆卒父业。歆于是总群书而奏其《七略》。"向又死于哀帝建平元年（公元前6年)①，这就说明冯商是死于成帝朝。

再来看看杜参，《汉书·艺文志》："博士弟子杜参赋二篇。"颜师古注曰："刘向《别录》云'臣向谨与长杜尉杜参校中秘书'。刘歆又云'参，杜陵人，以阳朔元年病死，死时年二十余'。"②说明杜参也是成帝朝人。朱宇也应是成帝朝或成帝朝以前的赋家，《汉书·艺文志》："骠骑将军朱宇赋三篇。"颜师古注曰："刘向《别录》云'骠骑将军史朱宇'，志以宇在骠骑府，故总言骠骑将军。"既然刘向的《别录》就有记载，那么，他必定是成帝朝或成帝朝以前的赋家无疑。班婕妤就不用探讨了，《汉书·外戚传》："孝成班婕妤，帝初即位选人后宫。……至成帝崩，婕妤充奉园陵，薨，因葬园中。"当然其赋也作于成帝朝。

扬雄、刘歆、桓谭虽历数世，但他们的赋多作于成帝朝，就赋家身份而言，他们也属于成帝世。扬雄赋多作于成帝朝，前已论及，此不赘述。刘歆"少以通《诗》《书》能属文召，见成帝，待诏宦者署，为黄门郎。和平中，受诏与父向领校秘书，讲六艺传记……哀帝初即位，大司马王莽举歆宗室有材行，为侍中太中大夫，迁骑都尉、奉车光禄大夫，贵幸。复领五经，卒父前业"③，后又"历三郡守"④。可见，在和平中期至哀帝朝，刘歆的主要精力转于政治和整理皇家藏书方面，故其赋作极可能是在成帝朝为郎时所作。桓谭的《仙赋》亦作于成帝朝，《仙赋》序云："余少时为中郎，后从孝成帝出祠甘泉河东，见郊

---

① 《汉书·刘向传》："卒后十三岁而王氏代汉。"王莽篡汉在公元9年，以此推之，刘向死于公元前6年，即成帝建平元年。
② 《汉书》卷三十《艺文志》，第1750页。
③ 《汉书》卷三六《楚元王传》，第1967页。
④ 同上，第1972页。

先置华阴集灵宫……即书壁为小赋。"① 其《新论·道赋》亦云："余少时为奉车郎。孝成帝出祠甘泉河东，先置华阴集灵宫。武帝所造，门曰望仙，殿曰存仙。书壁为之赋，以颂二仙之行。"② 车郎张丰是张子侨的儿子，张子侨是宣帝时人，其子当也主要生活在元、成之世。也可算得上的成帝世的赋家。

  成帝之后，西汉赋在宫廷生产的时代基本上结束了。但在民间依然有汉赋生产的存在，其主要生产者为郡县教化任务的承担者——郡文学。《汉书·薛方传》："薛方尝为郡掾祭酒，尝征不至，及莽以安车迎方，方因使者辞谢曰：'尧舜在上，下有巢由，今明主方降唐虞之德，小臣欲守箕山之节也。'使者以闻，莽说其言，不强致。方居家以经教授，喜属文，著诗赋数十篇。"除薛方外，还有莽时以郡文学举步兵校尉，后投劾归的崔篆。西汉赋在宫廷生产时代的结束，流播于民间，似乎和西汉王朝的王权，由高度统一到松懈而后外移这一路径是一致的。

第二节　东汉赋的生产状况

一、东汉前期赋作生产状况

  光武世的汉赋生产者基本上是西汉遗民，史书记载的有卫宏、冯衍、班彪、杜笃、王隆和夏恭父子。他们都经历了西汉末的战乱，在战乱期间，除冯衍参与征战外，其余多依托地方势力避难。这些赋家多为世家子弟，如冯衍的祖父冯野王，"元帝时为大鸿胪"③；班彪的祖父班况成帝时为越骑校尉，父稚，哀帝时为广平太守；杜笃的高祖延年，"宣帝时为御史大夫"等④。因此，他们小时候都受过良好的经学教育，博学多才。东汉王朝建立后，他们也大多出仕，但官位较低。如卫宏为议郎；冯衍为曲阳令、司隶从事；班彪为徐令、望都长；杜笃为郡文学掾；王隆为新汲令；夏恭为中郎等。由此看出，东汉初建武年间

---

① 严可均：《全上古三代秦汉三国六朝文》，中华书局1958年版，第535页上。
② 同上，第550页上。
③ 《后汉书》卷二八《冯衍传》，第962页。
④ 《后汉书》卷八〇上《文苑列传》，第2595页。

的汉赋生产群体，是由一些颇有学识和阅历，但地位不高的小官吏组成的。他们的活动区域是分散的，因此，生产也是分散的。

明、章二帝时是东汉政治、经济最鼎盛的时期，也是东汉朝廷赋作生产最高峰的时期。明、章之世的汉赋生产者，大致有以下几类人：诸侯王、中朝大臣、校书郎、大将军府幕僚、小吏与无官职者等。其中以校书郎和大将军幕僚为此期汉赋的主要生产者。

此期作赋最多且最好的，是兰台的校书郎，如班固、贾逵、杨终、傅毅之流。他们大都学识渊博而有奇才，深得皇帝的赏识。校书郎的主业应该是校书著述，但他们又应对在皇帝左右，故作赋颂成了他们的第一副业。王充《论衡·案书》云："今尚书郎班固，兰台令杨终、傅毅之徒，虽无篇章，赋颂记奏，文辞斐炳。"① 他们的赋作题材广泛，既有规模宏大的京都大赋，如班固《两都赋》、傅毅《洛都赋》；也有即兴而制的咏物小赋，如傅毅《扇赋》、班固《白绮扇赋》《竹扇赋》等；还有音乐赋，如傅毅《舞赋》《琴赋》等；志赋，如班固《幽通赋》等。他们之间存在竞作的现象，如班固、贾逵、傅毅、杨终均有《神雀赋》；班固有《两都赋》，傅毅有《洛都赋》，崔骃有《武都赋》等。因他们当时似有争比高低之意，故创作力旺盛。这无疑推进了汉赋生产的兴盛。

此期制作汉赋者还有诸侯王刘睦、刘苍和刘京；中朝大臣袁安、刘玄；身为小吏或无官职的如王充、梁竦等。汉赋生产者身份的多层面性，反映出了当时汉赋生产的兴盛。

二、东汉中期赋作生产状况

和帝至桓帝前期，汉家王朝是一个女主亲政、外戚专权的局面。自和帝始，皇帝多年幼即位，皇太后临朝称制。女主亲政必仰仗娘家父兄，从而形成外戚专政局面。章帝驾崩，十岁的和帝继位，窦太后临朝称制，帝舅窦宪总揽朝政，窦氏外戚集团得势；和帝死，邓后立出生仅百日的刘隆为帝，即殇帝。邓后临朝称制，故邓氏兄弟决策禁中。殇帝夭亡，迎立十三岁的刘祜，是为安帝，邓氏依然得势于朝中。延光四年十一月，年仅十一岁的刘保被拥上皇位，即顺帝。阳嘉四年，梁商为大将军，朝政又逐渐移至梁氏外戚集团手中。这种局面一直延续至桓帝前期，和平元年、延熹二年，梁太后和梁皇后相继死去，梁冀被桓

---

① 王充：《论衡》，上海人民出版社1974年版，第440页。

帝借助宦官势力铲除，外戚专政的局面才告一段落。

此期汉赋的主要生产者是东观的校书郎。如校书郎李尤、李胜、马融、刘珍、刘騊駼、王逸、邓耽、刘毅等，均曾从事汉赋创作。这些校书郎博学多才，能属文，具备汉赋生产的能力；他们处于皇家文化中心，皇家用他们来宣德布教，并为他们提供良好的创作条件；文人互集，可研讨文章，具有汉赋生产的适宜环境。因此，生产了大量的赋作。其次是身处枢机的尚书令、郎，如黄香、胡广和张衡。他们以能属文而身处枢机，任职间亦兼制赋颂，尤以张衡为著。在东汉，尚书台是文人的积聚地。尚书郎往往选自兰台，兰台为文人常处之所。《后汉书·百官志》尚书令史条注引蔡质曰："（尚书令）皆选兰台、符节上称简精吏有能为之。"《太平御览》卷二一三令史条引《汉官仪》云："能通仓颉史籀篇，补兰台令史，满岁补尚书令史。"① 尚书是君主的喉舌，国家枢机，他们理所当然地应该帮君主宣德教谕、润色鸿业。赋颂就是润色鸿业的一个好形式，所以他们也积极地从事赋颂生产。

此期还出现了三位女赋家，是一个值得关注的现象。这三位女赋家分别是班昭、马芝和左姬。前两位出自书香世家，后一位长自宫掖。班昭是班彪之女，班固之女弟。马芝是大经学家马融之女，善赋颂。左姬是安帝生母，有才色，并"善史书，喜辞赋"②。班昭作有《东征赋》《针缕赋》《大雀赋》《蝉赋》等，马芝有《申情赋》。左姬"善史书，喜辞赋"，按常理，喜辞赋就应该有辞赋创作。惜其无赋作留存，也就不好妄论。女赋家的出现，说明了辞赋的生产消费已具有极强的渗透力，且渗透的范围越来越广。

和帝至桓帝前期，外戚专权时，皇后父兄多领大将军一职，"位在公上"③。大将军幕僚众多，其中不乏善属文之人，如大将军窦宪府里的班固、傅毅、崔骃等。另外，赋家崔瑗、崔琦亦被辟大将军府。他们在大将军府中均有赋作生产。和帝时，窦宪府中赋作生产还曾掀起一股高潮，都是一些为窦宪歌功颂德的作品。还有其他官吏及不明身份者也有赋作生产，如葛龚、苏顺、曹朔等。也许这些人的赋作不是很多，但却反映出汉赋生产者在当时分布的层次及范围是很广的，汉赋的生产也是多层次的。

---

① 李昉：《太平御览》卷二一三，中华书局1985年版，第1019页上。
② 《后汉书》卷五五《清河孝王庆传》，第1803页。
③ 《后汉书》一一四《百官志》，第3563页。

三、东汉后期赋作生产状况

桓、灵之世,是东汉政治最为腐朽,皇权最为懈弛的时期。先有外戚专权,后有宦官擅政。宦官策动了长达近二十年的党锢之禁,促使世人对朝廷越来越疏离,慢慢淡薄了皇权意识。作为东汉社会意识形态的儒学已经出现了极度地衰微和变异,《后汉书·儒林传下》:"自桓、灵之间,君道秕僻,朝纲日陵,国隙屡启,自中智以下,靡不审其崩离。"因此,造成了文人志士对朝廷的疏离,疏离程度随着桓、灵二帝的无道越来越深。所以,这个时期的汉赋生产也同样疏离了朝廷,形成一个离心疏散的局面,个体化特征十分明显。

此期的汉赋生产者分布范围极广,有皇帝、朝中大臣、将军幕僚、地方官吏、名士等。此期赋家为宦者有21人,其中就有18人曾做过地方守令,占为宦赋家总数的85.7%,这与当时的皇家政策有关联,《后汉书·桓帝纪》:"(本初元年七月)丙戌,诏曰:'孝廉、廉吏皆当典城牧民,禁奸举善,兴化之本,恒必由之。诏书连下,分明恳恻,而在所翫习,遂至怠慢,选举乖错,害及元元。顷虽颇绳正,犹未惩改。'"从"孝廉、廉吏皆当典城牧民"看出,这个时期的孝廉、廉吏大部分都是要做地方守令的。为地方守令者更容易接近下层百姓,了解民间疾苦。且其中不乏出身贫苦者,如服虔、高彪、刘梁等。《后汉书·服虔传》:"少以清苦建志,入太学受业。"《后汉书·文苑传下》:"(高彪)家本单寒,至彪为诸生,游太学。"又《后汉书·文苑传下》:"(刘)梁宗室子孙,而少孤贫,卖书于市以自资。"贫苦的出身使他们对民间疾苦有很深刻的认识。因为曾为地方守令的赋家,对朝廷的昏庸和民间的疾苦都有很深刻的认识,所以,他们的赋作就很难再歌颂朝廷,而是更多地反映民瘼,或是表达自己无法挽救这种社稷危亡局面的忧虑愤恨。

桓、灵之世的汉赋生产者中,有为数不少的名士,在此期以前是很少见的。他们怀抱高才却不愿为官,如赵壹州郡争致礼命,十辟公府,并不就,终于家;候瑾"州郡累召,公车有道征,并称疾不到。作《矫世论》以讥切当时。而徙入山中,覃思著述"[1];刘琬举方正,不行等。他们可能是受"天下有道则见,无道则隐。邦有道,贫且贱焉,耻也;邦无道,富且贵焉,耻也"[2] 思想的影

---

[1] 《后汉书》卷八〇下《文苑传》,第2649页。
[2] 朱熹:《四书章句集注》,中华书局1983年版,第106页。

响。司马光曾云:"古之君子,邦有道则仕,邦无道则隐。隐非君子之所欲也。人莫己知而道不得行,群邪共处而害将及身,故深藏以避之。"① 所以,他们在"邦无道"的情况下,或恐"群邪共处而害将及身",故"卷而怀之"②。虽然他们不愿为官,但他们依然有着强烈的社会责任感,如侯瑾作《矫世论》以讥切当时,赵壹作《刺世疾邪赋》以舒其怨愤等。说明他们是深切地关注着世事的,而且他们的赋作对朝廷的批判更具尖锐性。

灵帝年间,出现了一个比较特殊的汉赋生产群体——鸿都门学士。刘勰《文心雕龙·时序》云:"降及灵帝,时好辞制,造《羲皇》之书,开鸿都之赋。"③ 鸿都门学士所作赋作,实质上是斗筲小人为满足灵帝的俗趣而作的俗语。正如蔡邕所说:"高者颇引经训风喻之言,下则连偶俗语,有类俳优。"④ 风喻之言非灵帝所喜,连偶俗语才是灵帝所爱,故应该是风喻之言者稀而连偶俗语者众。斗筲小人多以偶俗语取悦灵帝,说明这种辞赋缺乏政教讽喻性,却颇具审美愉悦性。刘师培说:"又汉之灵帝,颇好俳词,下习其风,益尚华靡,虽迄魏初,其风未革。"⑤ 范文澜说:"按东汉辞质,建安文华,鸿都门下诸生其转易风气之关键欤!"⑥ 这也算是开创纯文学的一个端倪吧。虽说鸿都门学士为正人君子所不齿,却对文学进化的贡献不小。

东汉后期辞赋的演变也明显地显示出了汉赋由雅到俗的趋势。其中原因确与政治有极大关系。正应了王齐洲先生所说的那句话:"以音声作为区分标准的'雅'与'俗'不是民族性的概念,而是政治性的概念。"⑦

四、献帝建安期赋作生产状况

汉灵帝死后,十七岁的皇子刘辩即位。后被董卓所废,立年仅九岁的刘协为皇帝,是为献帝。汉献帝只是名义上汉代的最后一个皇帝,他仅为刘家皇权

---

① 司马光:《资治通鉴》卷五十一,岳麓书社1990年版,第587页。
② 朱熹:《四书章句集注》,中华书局1983年版,第163页。
③ 詹锳:《文心雕龙义证》,上海古籍出版社1989年版,第1685页。
④ 《后汉书》卷六〇下《蔡邕传》,第1996页。
⑤ 刘师培:《中国中古文学史》第三课《论汉魏之际文学变迁》,中国人民大学出版社2004年版,第10页。
⑥ 范文澜:《文心雕龙注》,人民文学出版社1958年版,第681页。
⑦ 王齐洲:《雅俗观念的演进与文学形态的发展》,《中国社会科学》2005年第3期,第151—164页。

的一个象征,有名无实。先有董卓代权,后有曹操专政。献帝时期,社会极度动乱,混战连年,民不聊生。因此,此期赋家早期大都过着颠沛流离的生活。后逐渐为曹操所收拢,积聚许都和邺下,构成了曹氏文学集团。曹植《与杨德祖书》云:"今世作者,可略而言也。昔仲宣独步于汉南,孔璋鹰扬于河朔,伟长擅名于青土,公干振藻于海隅,德琏发迹于北魏,足下高视于上京。当此之时,人人自谓握灵蛇之珠,家家自谓抱荆山之玉。吾王于是设天网以该之,顿八纮以掩之。今悉集兹国矣。"①

曹氏文人集团的赋家归至曹氏前,他们在零散地进行汉赋创作,如陈琳作《武军赋》,其赋序云:"迴天军于易水之阳,以讨瓒焉。"②《三国志·魏书·公孙瓒传》:"瓒军数败,乃走易京固守。"③ 又《后汉书·献帝纪》:"建安四年三月,袁绍攻公孙瓒于易京,获之。"④ 可知,此赋是陈琳于袁绍军中所作。还有王粲《登楼赋》,作于避难荆州时。李善注《登楼赋》引盛弘之《荆州记》曰:"当阳城楼,王仲宣登之而作赋。"⑤ 五臣刘良注曰:"仲宣避难荆州,依刘表,遂登江陵城楼,因怀归而有此作。"⑥ 又《水经·沮水注》:"沮水又南径楚昭王墓,东对麦城,故王仲宣之赋《登楼》云'西接昭丘'是也。"⑦《水经·漳水注》:"漳水又南径当阳县,又南径麦城东,王仲宣登其东南隅,临漳水而赋之曰:'夹清漳之通浦,倚曲沮之长洲'是也。"⑧ 不管王仲宣所登楼在何处,此赋是作于避难荆州时总没有错。说明这些赋家在归入曹氏集团前是于异地零散创作。

他们归入曹氏集团后,表现出极大创作热情,进行集体创作,使汉赋生产又呈现出团体生产的模式。他们闲暇之际,游乐饮宴,互相唱和。曹丕《与朝歌令吴质书》云:"每念昔日南皮之游,诚不可忘。既妙思六经,逍遥百氏。弹碁间设,终以六博。高谈娱心,哀筝顺耳。驰骋北场,旅食南馆。浮甘瓜于清泉,沈朱李于寒水,白日既匿,继以朗月。……从者鸣笳以启路,文学托乘于

---

① 李善:《文选注》,中华书局1977年版,第593页。
② 严可均:《全上古三代秦汉三国六朝文》,中华书局1958年版,第967页上。
③ 陈寿:《三国志》,上海古籍出版社2002年版,第214页。
④ 《后汉书》卷九《孝献帝纪》,第381页。
⑤ 李善:《文选注》,中华书局1977年版,第162页。
⑥ 李善等:《六臣注文选》,中华书局1987年版,第207页。
⑦ 王国维:《水经注校》,上海人民出版社1984年版,第1025页。
⑧ 同上,第1026页。

后车。"① 刘勰《文心雕龙·时序》亦云："自献帝播迁，文学蓬转。魏武以相王之尊，雅爱诗章，文帝以副君之重，妙善辞赋；陈思以公子之豪，下笔琳琅，并体貌英逸，故俊才云蒸。仲宣委质于汉南，孔璋归命于河北，伟长从宦于青土，公干徇质于海隅；德琏综其斐然之思，元瑜展其翩翩之乐；文蔚、休伯之俦，子叔、德祖之侣，傲岸觞豆之前，雍容衽席之上，洒笔以成酣歌，和墨以藉谈笑。"② 团体的生产模式，大大增加汉赋产量。粗略统计，这个时期的汉赋生产者共生产汉赋约105篇，其中曹氏集团的赋家就生产101篇，占总数的96.2%，其中多为唱和之作。

献帝世的汉赋生产者除了集中在曹氏文人集团的赋家之外，还有其他一些赋作者，如汉献帝本人，还有少时游学京师，曾为汉侍御史，后为孙权讨虏长史的张纮，以及丁廙的妻子。这说明了此期汉赋生产分布的范围并不十分狭窄。

总之，到了东汉后期，赋家与皇帝越来越疏离，受皇权的约束也越来越小。思想也变得复杂起来，活跃起来，不再充斥着纯粹的儒家仁义道德，而是向着个人自身价值回归。赋作的题材和主题都发生了很大的变化，不再纯为皇家歌功颂德，宣教风化的工具。而慢慢变为抒发性情，展示才华的凭借了。刘勰《文心雕龙·诠赋》云："赋自《诗》出，分枝异派。写物图貌，蔚似雕画。抑滞必扬，言穷无隘。风归丽则，辞剪荑稗。"③ 这段话道出了汉赋的多向化流变，在建安时期基本上完成了这个流变过程。

第三节　汉赋生产状况综论

前面我们叙说了汉赋在两汉各个阶段的生产状况。为对汉赋的生产状况有一个更为清晰的整体观照，利于明晰汉赋生产的演变轨迹，我们把汉赋各期的赋家人数、赋作篇数统计成表加以比较对照。通过赋家及赋作在各期的分布情况，来反映汉赋的大致生产状况，展现其演变轨迹。

---

① 李善：《文选注》，中华书局1977年版，第591页上。
② 范文澜：《文心雕龙注》，人民文学出版社1958年版，第673页。
③ 范文澜：《文心雕龙注》，人民文学出版社1958年版，第136页。

一、西汉赋生产状况综论

西汉赋家在各期的人数分布及赋作所占比例情况如表一：

表一　西汉前中后三期赋家赋作所占比例表

年代 赋家赋作	高祖建汉至武帝建元元年（66年）（前206—前140年）	武帝建元二年至宣帝黄龙元年（91年）（前139—前49）	元帝初元元年至更始三年（73年）（前48—25）	合计
赋家（人）	19（淮南王群臣、长沙王群臣各以1人计）	49	12	80
赋作（篇）	223（淮南王及其群臣赋126篇，或有部分赋作产于武帝时，姑系武帝前）	476	37（薛方赋数目不明，未计于内）	736
赋家所占百分比（%）	23.7	61.3	15.0	100%
赋作所占百分比（%）	30.3	64.7	5.0	100%

（说明：《汉志》所录赋家的赋作数量以《汉志》所录篇数为准，他们的现存赋作不另计，现存赋作视为包括于《汉志》所录篇数之内。《汉志》未录赋家的赋作数量以《全汉文》《全汉赋》所录篇目为准。《汉志》所录"杂赋"三百余篇，因年限难以确切断定，故未计入在内。）

由表一看出，西汉中期，即武、宣之世是西汉赋生产的高峰期。赋家占整个西汉赋家数量的61.3%，赋作占整个西汉赋作数量的64.7%。同时，我们也可以看出，这个高峰的到来有其深厚的社会基础，即武、宣以前的赋作生产已颇具规模。西汉前期的赋家实际上可能远多于我们统计的人数，如淮南王刘安的庞大文人队伍中的赋家，及长沙王群臣中的赋家等，都已没法确切统计。还有梁孝王文人集团中的赋家或不止于这些有赋作留下的文人。大批的赋家，及集团式的赋作生产，都可说明西汉前期的赋作生产已具有相当大的规模。为西汉中期赋作生产高峰的到来做了充分的准备。让人奇怪的是，西汉的赋作生产到了元、成之世却陡然直下。且不说赋家数量的锐减，而且此期所生产的赋作竟然只占整个西汉赋作数量的5%，实在有些异常。没想到西汉赋作生产竟衰落得如此之快。

西汉赋的生产为何会形成如此状况呢？其原因无疑是复杂的。下面我们就试探讨一下出现此现象的背后原因。

秦始皇崇尚军功，重武士，以武力征服六国，统一天下。而后又重用刀笔吏，以其为秦统治的骨干。而那些辩说之士、文学之士，便远离了政治，游荡于郊野市间。刘邦亦是以武力夺得天子之位，建汉以后，大封功臣。辩说之士和文学之士依然难以靠近政治舞台。汉文帝是在周勃、陈平等这批老臣们的拥戴下才做了皇帝。因此，他不得不维护他们的利益，贯彻他们的思想，仍旧把文学之士与辩说之士排斥于朝廷之外。景帝依旧以黄老思想作为治国之略。黄老思想不仅使百姓得到了休养生息，也产生了一批富可敌国的诸侯。这些诸侯王们却并不节俭寡欲，而是大力地掘取财富、延揽人才以充实自己的实力。那些游荡于郊野市间的辩说之士、文学之士终于找到了理想的寄身之所。但稳定的政局，使他们没有以三寸不烂之舌来替主子排忧解难的机会，也没有以文学之长而教化天下的机会。却有以言语"称往古以厉主意""扬君美以显其功"①的机会。于是，这些文士、辩士便不得不改变理路，转变为称颂主子德美功高的赋家。正如东方朔《答客难》所云："彼一时也，此一时也……使苏秦、张仪与仆并生于当今之世，曾不得掌故，安敢望常侍郎乎！故曰时异事异。"② 于是，诸侯王的文人集团中便产生了赋家集团，形成了规模化的汉赋生产。为汉赋生产在武帝时期的鼎盛奠定了基础。

武帝登基以后，逐步削弱诸侯王的势力，加强了政权的集中，通过各种途径延揽人才于朝廷。由于此时国富民足，武帝便加强文化建设，"崇礼官，考文章。内设金马石渠之署，外兴乐府协律之事"③。又由于武帝本人喜好辞赋，故而大倡赋作生产。宣帝依武帝故事，亦大倡赋作生产。他们均以利禄劝诱辞赋创作，使得辞赋制作于宫廷中出现彬彬大盛的气象。武宣之世，是皇权最集中

---

① 《汉书》卷六五《东方朔传》，2868页。
② 同上，第2864—2865页。
③ 李善：《文选注》，中华书局1977年版，第21页。

的时期，是人才最聚拢的时期，是嘉瑞福应出现最频繁的时期，是君主最提倡汉赋制作的时期……种种因素造就了汉赋生产的高峰。

宣帝以后，西汉赋的生产急剧衰落，其原因也是多方面的。首先，儒学的深入使文人们转变了关注的对象，影响了赋作的生产。元帝"少而好儒，及即位，征用儒生，委之以政"①，故文人们会把更多的精力用于研治经学而不是辞赋。儒生有着很强的忧患意识，他们更关注灾异，而不是瑞应。所以，元、成之世，文人们更多的是用奏议对策灾异，而不是用辞赋润色鸿业。正如徐复观先生所说："西汉文、景之盛，一般知识分子的活动主要表现在辞赋上，宣帝以后则主要表现为儒生的奏议，在这些奏议中，气象博大刚正，为人民作了沉痛的呼号，对弊政作了深切的抨击，这都是由经学教养中所鼓铸而出，为以后各朝代所难企及。"②

其次，皇帝对赋作生产持冷漠态度。元帝重儒学，即位后，灾异并臻，连年不息，于是忙于行幸郊祀，"宣明教化，以亲万姓"③。成帝不好华辞，汉成帝《赐赵婕妤书》云："夫君子贵素。文足通殷勤而已，亦何必华辞哉。"④班婕妤《报诸侄书》亦云："元帝被病无惊，但锻炼后宫贵人，书也类多华辞。至如成帝，则推诚为实。"⑤因其不好华辞，故亦不重视赋家。《汉书·扬雄传》云："大司马车骑将军王音奇其文雅，召以为门下史，荐雄待诏，岁余，奏《羽猎赋》，出为郎。"扬雄待诏岁余，才除为郎。而且，在奏《羽猎赋》之前，扬雄已于其年正月奏上《甘泉赋》、三月奏上《河东赋》，直至十二月奏上《羽猎赋》时才除为郎。可见成帝对赋家赋作的冷漠态度。哀帝"雅性不好声色"⑥，诏罢乐府，当然也会抑制汉赋生产。孝平之世，政自莽出，大倡复古之风。采风作颂，兴诗抑赋。王莽建新代汉，更是如此。皇帝们对赋家赋作的冷漠态度势必会造成西汉后期汉赋生产的衰落。

再次，世人对赋作的批驳及赋家的自悔，也是造成西汉后期赋作生产衰落的一个重要原因。宣帝时就已出现了批驳汉赋生产的声音，《汉书·王褒传》

---

① 《汉书》卷九《元帝纪》，第298页。
② 徐复观：《徐复观论经学史二种》，上海书店出版社2005年版，第154页。
③ 同上，第279页。
④ 严可均：《全汉文》，中华书局1958年版，第171页上。
⑤ 同上，第186页下。
⑥ 《汉书》卷一一《哀帝纪》，第345页。

云:"上令褒与张子侨等并待诏,数从褒等放猎,所幸宫馆,辄为歌颂,第其高下,以差赐帛。议者多以为淫靡不急。"成帝时的大赋家扬雄也批驳赋作"极靡丽之辞,闳侈钜衍","劝而不止"①。自悔作赋,于是辍不复为。早在武帝时的赋家枚皋就曾自悔作赋,其言云:"为赋乃俳,见视如倡,自悔类倡也。"② 连赋家本身就自悔为赋,则汉赋走向衰落就成为必然。

另外,西汉后期的大批文人都把主要精力投入校对整理典籍的工作之中,无暇辞赋创作。这也是西汉后期辞赋生产不兴的一个不可忽视的原因。

二、东汉赋生产状况综论

东汉赋家在各期的人数分布及赋作所占比例情况如二:

表二 东汉四期赋家赋作所占比例表

年代 赋家 赋作	光武建武元年至和帝永元四年(67年)(25—92)	和帝永元五年至桓帝和平元年(58年)(93—150)	桓帝和平二年至献帝兴平二年(42年)(151—194)	献帝建安元年至延康元年(28年)(195—220)	合计
赋家(人)	22	21	28(不包括鸿都门学士)	16	87
赋作(篇)	64	63	92(鸿都门赋未计于内)	110	329
赋家所占百分比(%)	25.3	24.1	32.2	18.4	100%
赋作所占百分比(%)	19.5	19.1	27.9	33.5	100%

(说明:东汉赋家的赋作数量主要以《全后汉文》《全汉赋》所录篇目为准。另,《后汉书》所载应奉著《感骚》三十篇,现佚。计入于内。因统计东汉赋作数主要以现存赋作篇目为准,与赋作留存情况有极大关系,故存在很大的或然性。或许不能确切反映当时赋作的生产状况,只起参考作用。)

---

① 《汉书》卷八七下《扬雄传》,第3575页。
② 《汉书》卷五一《枚乘传》,第2367页。

由表二我们可以看出，东汉前、中期的赋家数及赋作数变化均不大，即反映其间的汉赋生产状况变化亦不大。东汉后期较之前、中期，赋家、赋作数量均有明显增长。至献帝建安期，赋作生产出现了一个高峰。在东汉这四个时期中，总体而言，年限是呈递减的趋势，赋作是呈递增的趋势。也就是说，东汉赋的生产是呈现出一个递升的状态，到建安时期达到了赋作生产的高峰。这就是东汉赋生产演进的大致轨迹。

下面我们就试寻求一下造成此现象的内在缘由。第一，与东汉的政治文化的发展有极大关系。光武崇儒学，"及光武中兴，爱好经术，未及下车，而先访儒雅，采求阙文，补缀漏逸"①。明、章、和之世，儒学大盛。"（明）帝正坐自讲，诸儒执经问难于前，冠带缙绅之人，圜桥门而观听者盖亿万计"②；章帝"大会诸儒于白虎，考详同异……亲临称制，如石渠故事"③；和帝亦"数幸东观，览阅书林"④。和帝以后，官学大衰，《后汉书·儒林传上》云："及邓后称制，学者颇懈。……自安帝览政，薄于艺文，博士倚席不讲。……然章句渐疏，而多以浮华相尚，儒者之风盖衰矣。"虽说到了东汉中后期，官学大衰，但私学却大盛。如马融教养诸生，常有千数；蔡玄学通《五经》，门徒常千人，其著录者万六千人；郑玄学徒相随已数百千人；谢该为世名儒，门徒数百千人等。总体而言，吏民的文化素质得到了普遍的提高。当然，具备辞赋创作素质的人也就会越来越多。

和帝以前，是皇权相对集中的时期。统治者主要以经学取士，故而文人们都忙于治经。宫廷中的文人也忙于经史的校理著述，把创作赋颂文章放在其次，故其赋作产量不大。和帝以后，外戚、宦官递相专政，经学大坏。文人们游离于政权之外，于是便开始借制作辞赋以抒发内心的愤懑，故抒情之赋兴起。由于落魄文人越来越多，因此赋作的产量也就越来越大。

第二，与最高统治者对汉赋生产的提倡有关。东汉赋的生产在明帝时期曾出现一个小高峰。尚书郎班固，兰台令杨终、傅毅之徒，"赋颂记奏，文辞斐炳，赋象屈原、贾生，奏象唐林、谷永，并比以观好"⑤。这与明帝提倡赋作生

---

① 《后汉书》卷七九上《儒林列传》，第2545页。
② 《汉书》卷七十九，第2545—2546页。
③ 同上，第2546页。
④ 同上。
⑤ 王充：《论衡》，上海人民出版社1974年版，第440页。

产有较大关系。如永平中，神雀群集，孝明诏上《神雀颂》。明帝为什么提倡赋颂制作呢？是出于润色鸿业的目的。其《诏班固》云："司马迁著书，成一家之言，扬名后世。至以身陷刑之故，反微文刺讥，贬损当时。非谊士也。司马相如污行无节，但有浮华之词，不周于用。至于疾病而遗忠，主上求取其书。竟得颂述功德，言封禅事。忠臣效也。至是贤迁远矣。"① 这段话是汉明帝向班固明示著《汉书》的指导原则，从中可看出明帝要求以文章歌功颂德的思想。因此，他同样提倡以赋作歌功颂德。刺激了当时的赋作生产。

至建安时期，曹操专权。曹氏父子均好文章，喜诗赋，故大力提倡诗赋创作。《文心雕龙·时序》云："自献帝播迁，文学蓬转，建安之末，区宇方辑。魏武以相王之尊，雅爱诗章；文帝以副君之重，妙善辞赋；陈思以公子之豪，下笔琳琅。并体貌英逸，故俊才云蒸。……傲雅觞豆之前，雍容衽席之上，洒笔以成酣歌，和墨以藉谈笑。"② 曹丕《与吴质书》亦云："每至觞酌流行，丝竹并奏。酒酣耳热，仰而赋诗。"③ 由于曹氏父子对辞赋生产的提倡，使汉赋生产又一次出现了高峰。

三、两汉赋生产状况比较

因不能精确两汉的赋家数和赋作数，所以我们就不作两汉赋家、赋作数量上的比较。但我们可以发现这样一个现象：西汉赋的生产无论是在时间上，还是在地点上都比东汉集中。西汉的赋作生产，时间主要集中于皇权最为集中的武宣之世，地点主要集中于中朝。东汉皇权最集中的时期应是光武帝至章帝期间，而此期间的赋家及赋作产量并没有占绝对优势。反而不如东汉后期及建安期的赋作产量大。这或可说明汉赋作生产受统治者的影响极大。西汉武、宣二帝均喜好辞赋，并大力提倡辞赋创作，故产量巨大。而东汉皇帝对辞赋创作的提倡远不如武、宣，故其产量也不及武、宣之时。到东汉后期灵、献时，由于汉灵帝及曹氏父子对辞赋、艺术的喜好提倡，故汉赋生产又出现了一个高峰。这确可说明汉赋生产与当权者的提倡支持有莫大关系。

西汉早期的士，多不治产业。或是当时政治制度使然，或是战国遗俗使然。

---

① 严可均：《全后汉文》，中华书局1958年版，第491页上。
② 范文澜：《文心雕龙注》，人民文学出版社1957年版，第673页。
③ 李善：《文选注》，中华书局1977年版，第591页下。

他们或傍依诸侯之门，或叩拜帝王之庭，以为寄食之客。有许多早期之士流变为后期之赋家，他们依然贫无立锥之地，如朱买臣不治产业，常艾薪樵，卖以给食；司马相如家贫无以自业等。他们在经济上必须依赖于人，类于帝王、诸侯之私有之奴。因此，他们不得不唯主子之命是从，没有自己的人格独立性。他们的服务对象是单一的，生活环境也是封闭的。他们按照主子的意志行事，主子喜好什么，他们就得制作什么。于是，当武帝、宣帝喜好辞赋时他们就拼命地制作辞赋，以讨主子欢心。

我们可以看到，像枚皋、司马相如、王褒等这样的赋家是职业性的。枚皋除了出使一趟匈奴之外，再未发现干个别的什么政事，随跟武帝游观作赋便成了他的主业。他是武帝豢养的类于俳优的职业性赋家。武帝把司马相如也是当做职业赋家对待的，尽管司马相如自己并不情愿，常常称疾避事。虽说宣帝擢王褒为谏大夫，其实王褒也是一个职业性赋家。他除了随宣帝放猎、幸宫馆而作赋颂外，并无他事。宣帝使他出使益州祭祀碧鸡，也是因为他善赋颂的缘故。故让他制作赋颂以歌瑞应。他们是直接服务于皇帝的，更懂得如何讨皇帝欢心。因此他们的赋作颂大于谏，形成"劝百讽一"特征。同时，因为他们直接服务于皇帝，所以，他们的生产也是封闭性的，主要发生于宫廷内部，使汉大赋成为宫廷文学之一种。

西汉辞赋生产对当权者有很大的依赖关系，东汉则相对较小。东汉像朱买臣、司马相如那样贫无立锥之地的赋家较少，如汉末有一个宗室子孙刘梁，少孤贫，卖书于市以自资。其余像杜笃、班固、崔骃等多为世家子弟，幼时便受《诗》《书》熏陶，无衣食之忧，可养成独立之人格。虽说他们也为皇帝服务，但他们的思想更崇尚道统。因此，他们的赋作更重于说教颂德，而少虞悦。

东汉经学已成为利禄之途，故东汉文人主要精力在于研治经术，而不是制作辞赋。东汉很少有像枚皋、王褒那样的职业赋家。李尤虽说是以文章而步入仕途的，并且他制作了大量的赋作和铭文。但他算不上职业赋家，因为他的主要任务是与谒者仆射刘珍等俱撰《汉记》。像东汉赋的主要生产者——尚书郎、校书郎，他们的主要任务是处理公务文书、校书和修史，并不像武、宣之世的那些赋家那样日献月纳。他们只是时时间作而已，而且多是有感而作。因此，东汉的中朝赋作产量不及西汉。但东汉赋的地方生产者的队伍在不断扩大，其产量也在不断增长，远远高于西汉地方赋作的产量。尤其是在东汉桓、灵之世，地方赋家众多，而且出现了像赵壹这样的名赋家。从鸿都门赋家多来自下层斗箳之徒的现象，也可看出当时地方辞赋作者之多，生产之兴盛。这和由西汉到东汉，读书人逐渐增多的现象不无关系。自光武中兴以后，儒学大盛，太学生员递增，全国各地又大盛私学，朝中民间均出现文学彬彬之象。由于东汉后期皇权衰微，大量读书人困顿下层，或借辞赋发愤，或借辞赋"自广"。故出现汉赋地方生产兴盛之象。

汉赋的生产工具也是造成西汉赋作生产封闭，而东汉赋作生产相对开放这一现象的原因之一。就制作辞赋的主要工具——笔而言，西汉多是官作，民间不易得。而东汉多为民作，且东汉时的笔已相当便宜了，一般民众便可拥有。墨亦如此，东汉优于西汉，较西汉为易得。文化生产工具的改进扩展，促进了辞赋生产地外延。

由于西汉赋生产对当权者有巨大的依赖性，因此，西汉赋的消费也是很封闭的，主要限于当权者的圈子。而东汉赋的消费则相对开放得多，慢慢延及下层吏民。这不能不说是文化的一个进步。

第二章

汉赋的生产者及生产动因

汉赋生产既是一种社会行为，也是一种个体行为，即赋家的观念形态和文本形态的生产，也就是赋家将观念形态的赋物化为文学读物的赋作的生产。生产者应是生产中最重要的因素，而且每种生产活动中总有一些较为稳定的生产群体及生产动因。于是，我们在研究汉赋的生产时，首先考察汉赋的生产者与生产动因。

第一节　汉赋的中朝生产者

汉赋的主要生产者是中朝生产者，即中朝臣子。西汉主要是身为大夫和郎的赋家，东汉则主要是身为尚书和校书郎的赋家。对汉赋主要生产者的判定，主要源于两个方面的凭借：一是人数的多少，二是赋作的多少。判定西汉赋的主要生产者，以《汉书·艺文志》所录赋家赋作为据。《汉书·艺文志》录西汉赋家61人，其中身份为大夫和郎的赋家约有30人，占49.2%。《汉志》所录西汉赋作约703篇，其中大夫和郎的赋作就有417篇，占59.3%。因此说，在西汉，大夫和郎官应是赋作的主要生产者。再之，有影响的赋家都出于其中，如西汉早期的赋家陆贾、贾谊均为太中大夫；武、宣之际的赋家司马相如、枚皋、严助、吾丘寿王、王褒、刘向等均为大夫或郎官。成帝时的大赋家扬雄亦为黄门郎，王莽时转为大夫。赋家刘歆也是黄门郎，平帝时为右曹太中大夫。

判定东汉赋的主要生产者，以范晔《后汉书》和费振刚所编《全汉赋》为参照。东汉赋家约69人[①]，其中尚书和校书郎约26人，占37.6%。《全汉赋》

---

① 未包括献帝朝的赋家，因献帝只是名义上的皇帝，政权旁落，故其间赋家不计入内。

录东汉献帝以前的赋作共124篇，他们的赋作便有74篇，占59.6%。从这个统计数字来看，尚书和校书郎是东汉赋的主要生产者。再之，东汉有影响的赋家也出于其中，如大赋家班固、张衡、傅毅、李尤、马融等，都曾为尚书或校书郎。因此，东汉赋的主要生产者是身为尚书和校书郎的赋家。

一、西汉赋中朝生产者的身份

大夫作赋有其渊源。《毛诗·鄘风·定之方中》云："升彼虚矣，以望楚矣。望楚于堂，景山与京。降观于桑，卜云其吉，终然允臧。"《毛传》云："龟曰卜；允，信；臧，善。故建邦能命龟，田能施命，作器能铭，使能造命，升高能赋，师旅能誓，山川能说，丧纪能诔，祭祀能语，君子能此九者，可谓有德音，可以为大夫。"① 故班固《汉书·艺文志》云："传曰：'不歌而诵谓之赋，登高能赋可以为大夫。'言感物造耑，材知深美，可与图事，故可以列为大夫也。"看来在周朝"登高能赋"就已是大夫所必备的一种基本素养了。"春秋之后，周道寖坏，聘问歌咏不行于列国，学《诗》之士逸在布衣，而贤人失志之赋作矣。大儒孙卿及楚臣屈原离谗忧国，皆作赋以风。"② 按照班固的说法，因"聘问歌咏不行于列国"，贤人无处赋诗，便转而作赋了，于是有荀卿、屈原之赋。楚国大夫作赋很常见，先有三闾大夫屈原，后有大夫宋玉、景差、唐勒等。屈原曾为大夫一职，《史记》有载。《史记·屈贾列传》："屈原至于江滨，被发行吟泽畔。颜色憔悴，形容枯槁。渔父见而问之曰：'子非三闾大夫欤？何故而至此？'"宋玉、景差、唐勒为大夫，见宋玉《小言赋》。《小言赋》云："楚襄王既登阳云之台，令诸大夫景差、唐勒、宋玉等并造《大言赋》，赋毕而宋玉受赏。"③

大夫是言语侍从之臣，《汉书·艺文志》云："古者诸侯卿大夫交接邻国，以微言相感，当揖让之时，必称《诗》以谕其志，盖以别贤不肖而观盛衰焉。故孔子曰：'不学诗，无以言也。'"班固所说，有例可证。《左传·僖公二十三年》："他日，公享之。子犯曰：'吾不如衰之文也，请使衰从。'公子赋《河水》，公赋《六月》。"④ 赵衰是晋大夫，跟随重耳出奔。《史记·屈贾列传》亦

---

① 《毛诗正义》（《十三经注疏》本），上海古籍出版社1997年版，第516页。
② 《汉书》卷三〇《艺文志》，第1756页。
③ 严可均：《全上古三代汉魏三国六朝文》，中华书局1958年版，第72页下。
④ 杨伯峻：《春秋左传注》，中华书局1981年版，第410页。

云:"(屈原)博闻强志,明于治乱,娴于辞令。入则与王图议国事,以出号令;出则接遇宾客,应对诸侯,王甚任之。"可见,大夫是君王身边的言语之臣,主职交接应对辞令之事。

汉初大夫分为两种:太中大夫和中大夫。太中大夫地位高于中大夫,是位次王侯的一个显官,颇受皇帝亲幸。《史记·高祖功臣侯者年表》:"元年五月丙寅,封则弟太中大夫吕禄元年。"《史记·张丞相列传》:"是时太中大夫邓通方隆爱幸,赏赐累巨万。文帝尝宴饮通家,其宠如是。"文人中亦有被皇帝亲幸而迁太中大夫的,如西汉早期的两个著名文人陆贾和贾谊都被任为太中大夫。陆贾因说服尉他归汉,高祖大悦,拜为太中大夫。贾谊被文帝超迁,"一岁中至太中大夫"①。太中大夫在汉初的主要职能是什么呢?《通典》卷三十四:"太中大夫,秦官,亦掌论议。汉因之。"②《通典》所说不误,《史记·屈原贾生列传》云:"每诏令议下,诸老先生不能言,贾生尽为之对……诸律令所更定,及列侯悉就国,其说皆自贾生发之。"除了论议,太中大夫还有交接应对的职能,《史记·郦生陆贾列传》云:"陆贾者,楚人也。以客从高祖定天下,名为有口辩士,居左右,常使诸侯。"又云:"孝文帝即位,欲使人之南越。陈丞相等乃言陆生为太子大夫,往使尉他。"由此看出,在汉初太中大夫是皇帝身边的重要言语之臣。至武帝初期,大夫亦有论议、交接应对的职能,《汉书·严助传》云:"武帝善助对,繇是独擢助为中大夫。……乃令严助谕意风指南越。"武帝以前,大夫论议和交接应对的事宜都是关乎国家命运的大事。所以,大夫位置显要。

随汉帝国的大一统,大夫的交接应对之事慢慢少了,大夫慢慢也由显职变为闲职了。《汉书·百官公卿表上》曰:"郎中令……武帝太初元年更名为光禄勋,属官有大夫……大夫掌议论,有太中大夫、中大夫、谏大夫,皆无员,多至数十人。武帝元狩五年初置谏大夫,秩比八百石。太初元年更名中大夫为光禄大夫,秩比二千石;太中大夫秩比千石如故。"《后汉书·百官志二》曰:"光禄大夫,比二千石。本注曰:无员。凡大夫、议郎皆掌顾问应对,无常事,唯诏令所使。凡诸国嗣之丧,则光禄大夫常吊。"汉代大夫有俸禄无印绶,《汉书·百官公卿表上》曰:"凡吏秩比二千石以上,皆银印青绶,光禄大夫无。秩比六百石以上,皆铜印黑绶,大夫、博士、御史、谒者、郎无。御史治书、尚

---

① 杨伯峻:《春秋左传注》,中华书局1981年版,第2492页。
② 杜佑:《通典》卷三四,浙江古籍出版社1988年版,第194页。

符玺者，有印绶。比二百石以上，皆铜印黄绶。"有俸禄无印绶，说明武帝后的汉代大夫没有具体行政事务，是个有俸禄却无分内事务的闲职。《后汉书·孔融传》："复拜（融）太中大夫……及退闲职，宾客日盈其门。"李贤注曰："太中大夫职在言议，故云闲职。"廖伯源先生说："汉代冗散官之大夫有光禄大夫、太中大夫、谏（谏议大夫）、中散大夫，俱无行政职务，文属于光禄勋，在皇宫内侍从。"① 那么，汉代大夫平时都做哪些事呢？杨鸿年先生做过系统的梳理，他说："大夫乃系一种'闲职'，盖大夫所掌，计有论议、谏争、顾问应对、拾遗补缺、奉使出差等等。所谓论议、谏争云云，空空洞洞，本不具体。奉使出差，又是临时性质。也就难怪大夫是一种'闲职'了。因为大夫是'闲职'，所以两汉当权执政的人，就往往用大夫来位置以下几种人物：一病人，二因政治原因不愿仕宦的人，三不宜做某些官员的人。"②

我们再来看看郎官的出身和职能，瞿兑之说："郎者，皇帝近臣。凡欲以功名自显者，多求为郎。亦不限资格，有以特殊技能进者，有以举荐进者，有以家赀进者，有以孝廉进者，有以射策进者，有以良家子选者，有以父任者，有以布衣召者。故郎官之中，有武士，有儒生，有文人，有富人，有贵游子弟，极人材之选焉。"③ 由瞿氏说看，郎官出身比较庞杂。郎官都有哪些职能呢？《汉书·百官公卿表上》："郎掌守门户，出充车骑，有议郎、中郎、侍郎、郎中，皆无员，多至千人。议郎、中郎秩比六百石，侍郎比四百石，郎中比三百石。中郎有五官、左、右三将，秩皆比二千石。郎中有车、户、骑三将，秩比千石。"《后汉书·百官志二》："凡郎官皆主更直执戟，宿卫诸殿门，出充车骑。唯议郎不在直中。"虽"在内则守宫门，出行则充车骑。更番上直，武装执械。然其人故多文学之士，预闻国政，由此涉为大官"④。据上引《汉书·公卿百官表上》可知，郎亦无印绶，说明郎亦是受皇帝随时调遣的"闲职"。西汉中后期，有很多赋家为黄门郎，如《汉书·艺文志》所录有"给事黄门侍郎李息""黄门书者假史王商""黄门书者王广、吕嘉"等。扬雄、刘歆都曾给事黄门，《汉书·扬雄传》："（扬雄）奏《羽猎赋》，除为郎，给事黄门，与王莽、刘歆并。……而三世不徙官。"《汉书·刘歆传》："歆字子骏，少以通《诗》

---

① 廖伯源：《秦汉史论丛·汉代大夫制度考论》，中华书局2008年版，第193页。
② 杨鸿年：《汉魏制度丛考》，武汉大学出版社2005年版，第121页。
③ 瞿兑之：《汉代风俗制度史》，上海文义出版社1991年版，第107页。
④ 瞿兑之：《汉代风俗制度史》，上海文义出版社1991年版，第157页。

《书》能属文召,见成帝,待诏宦者署,为黄门郎。"黄门郎的主要职能是什么呢?《后汉书·百官志三》:"黄门侍郎,六百石。……掌侍从左右,给事中,关通中外。及诸王朝见于殿上,引王就坐。"《后汉书·朱穆传》:"臣闻汉家旧典,置侍中、中常侍各一人,省尚书事,黄门侍郎一人,传发书奏。"《后汉书·献帝纪》:"即皇帝位……初令侍中、给事黄门侍郎员各六人。"注引"《汉官仪》曰:'给事黄门侍郎,六百石,无员。掌侍从左右,给事中使,关通中外。'应劭曰:'黄门侍郎,每日暮向青琐门拜,谓之夕郎。'《舆服志》曰:'禁门曰黄闼,以中人主之,故号曰黄门令。'然则黄门郎给事黄闼之内,故曰黄门郎。"看来,黄门郎也只是一个"掌侍从左右,给事中使,关通中外"的无关紧要的闲职。

西汉赋的主要生产者大都有待诏的经历。《汉书·哀帝纪》:"(建平二年)待诏夏贺良等言亦精子之谶。"注引应劭曰:"诸以材技徵召,未有正官,故曰待诏。"杨鸿年先生说:"待诏乃是未有正官,须听诏命之意。如果用现代的话说,就是听候差使,或听候分配。"① 在未得正官之前的待诏期间,他们又做些什么呢?《汉书·贾捐之传》:"元帝初即位,上书言得失,召待诏金马门。……元帝初元元年,珠厓又反,发兵击之。……上与有司议大发军,捐之建议,以为不当击。"又曰:"捐之数召见,言多纳用。"汉书未载贾捐之有何官职,献纳建议之事当发生在其待诏之时。又《汉书·李寻传》曰:"李寻字子长,平陵人也。治《尚书》,与张孺、郑宽中同师。宽中等守师法教授,寻独好《洪范》灾异,又学天文月令阴阳。……帝舅曲阳候王根为大司马骠骑将军,厚遇寻。是时多灾异,根辅政,数虚己问寻。寻见汉家有中衰阸会之象,其意以为且有洪水为灾,乃说王根曰……""根于是荐寻。哀帝初即位,召寻待诏黄门,使侍中卫尉傅喜问寻曰:'间者水出地动,日月失度,星辰乱行,灾异仍重,极言毋有所讳。'寻对曰……"哀帝"每有非常,辄问寻。寻对屡中,迁黄门侍郎"②。从这里我们可以看出,以什么才能待诏,在待诏期间就从事这方面的工作。那么,以善辞赋待诏者,在待诏期间就应以作辞赋为主要工作。《汉书·枚皋传》:"上得之大喜,召入见待诏,皋因赋殿中。诏使赋平乐馆,善之。拜为郎,使匈奴。"因为枚皋自称枚乘之子,善为赋。也就是说,枚皋是以善辞赋而待诏的,

---

① 杨鸿年:《汉魏制度丛考》,武汉大学出版社 2005 年版,第 146 页。
② 《汉书》卷七五《李寻传》,第 3192 页。

故待诏期间"因赋殿中"。王褒也是因善为赋颂而待诏的,所以,在待诏期间,他就随从在宣帝身边作赋写颂。成帝时,刘歆和扬雄也都是以"能属文"待诏的。《汉书·刘歆传》:"歆字子骏,少以通诗书能属文召见成帝,待诏宦者署。"《汉书·扬雄传》:"孝成帝时,客有荐雄文似相如者,上方祠甘泉泰畤、汾阴后土,以求继嗣,召雄待诏承明之殿。"还有冯商,"成帝时以能属书待诏金马门"①。因为他们都是以"能属文"而待诏的,所以,他们在待诏期间就以"属文"为主要工作了,当然也包括制作赋颂。因此,有大量赋作生产于赋家待诏期间。

二、东汉赋中朝生产者的身份

东汉文人多集于尚书台和东观。尚书是君主的喉舌,国家枢机。《后汉书·郎颛传》:"尚书职在机衡。"注曰:"北斗魁星第三为机,第五为衡,于天文为喉舌,李固对策曰,陛下之有尚书,犹天之有北斗,主为喉舌,斟酌元气,运平四时,出纳王命也。"又《后汉书·刘恺传》:"少子茂……历位出纳。"注曰:"出纳谓尚书喉舌之官也,出谓受上言宣于下,纳谓听下言传于上。"杨鸿年先生说:"两汉尚书主管文书,大体说可以从以下几种事实上看出:一、臣民给君主的章奏由尚书平处呈上,二、君主给臣民的诏令由尚书制作发下,三、所有呈上发下文件之应归档者由尚书保存。"②他又说:"主管文书虽然是两汉尚书的主要职掌,但两汉尚书的职掌,却不限于主管文书。……又臣民在尚书说话的时候,称尚书为陛下,称自己为臣,这也是尚书为君主的秘书机关、尚书代表君主的明证。"③可见两汉时尚书地位之显要。东汉尚书的权力进一步扩大,东汉人仲长统云:"光武皇帝愠数世之失权,忿强臣之窃命,矫枉过直,政不任下,虽置三公,事归台阁。李贤注曰:台阁谓尚书也。"④ 韦彪亦云:"天下枢要,在于尚书。"⑤又吕强上疏谏云:"旧典,选举委任府……今但任尚书。"⑥在西汉,"选举委任府"。而东汉,尚书可直接选举人才,如《后汉书·

---

① 《汉书》卷五九《张汤传》,第2657页。
② 杨鸿年:《汉魏制度丛考》,武汉大学出版社2005年版,第87页。
③ 同上,第94页。
④ 《后汉书》卷四九《仲长统传》,第1657页。
⑤ 《后汉书》卷二六《韦彪传》,第918页。
⑥ 《后汉书》卷七八《宦者列传》,第2532页。

左雄传》:"雄又上言……请自今孝廉,年不满四十不得察举,皆先诣公府,诸生试家法,文吏试笺奏,副之端门,练其虚实,以观异能,以美风俗,有不承科令者,正其罪法,若有茂才异行,自可不拘年齿。帝从之,于是颁下郡国。明年有广陵孝廉徐淑年未及举,台郎疑而诘之;对曰,诏书曰有如颜回、子奇,不拘年齿,是故本郡以臣充选;郎不能屈,(尚书令)雄诘之曰,昔颜回闻一知十,孝廉闻一知几邪;淑无以对,乃遣郤郡。"可见,所谓的"端门"就是代表尚书。

因为尚书典国家枢机,所以,尚书人选也就非常重要。崔瑗《尚书箴》云:"皇皇圣哲,允敕百工,命作斋栗。龙为纳言,是机是密。出入朕命,王之喉舌。献善宣美,而谗说是折。我视云明,我听云聪,载凤载夜,惟允惟恭。故君子在室,出言如风,动于民人,涣其大号,而万国平信。《春秋》讥漏言,《易》称不密则失臣。兑吉其和,巽吝其频。《书》称其明,申申其邻。昔秦尚权诈,官非其人,符玺窃发,而扶苏陨身。一奸忿命,七庙为墟。威福同门,床上为辜。书臣司命,敢告侍隅。"① 西汉时,多为权臣干尚书事。《汉书·邴吉传》:"及霍氏诛,上(宣帝)躬亲政,省尚书事。"《汉书·元后传》:"元帝崩,太子立,是为孝成帝。……以(舅王)凤为大司马大将军领尚书事。"到东汉多以博学通经,能属文者为之。《后汉书·周荣传》:"除子兴为郎中,兴少有名誉。永宁中尚书陈忠上疏荐兴曰:'臣伏惟古者帝王有所号令,言必弘雅,辞必温丽,垂于后世,列于经典,故仲尼嘉唐虞之文章,从周室之郁郁。臣窃见光禄郎周兴,孝友之行著于闺门,清厉之志闻于州里,蕴椟古今,博物多闻,三坟之篇五典之策无所不览,属文著辞有可观采。尚书出纳帝命,为王喉舌,臣等极愚暗而诸郎多文俗吏,鲜有雅才,每为诏书宣示内外,转相求请,或以不能,而专已自由,辞多鄙固,兴抱奇怀能,随辈栖迟,诚可叹惜。'诏乃拜兴为尚书郎。"以能属文为尚书绝非个别,《后汉书·文苑传上》:"(黄香)遂博学经典,究精道术,能文章,京师号曰'天下无双江夏黄童'。……后召诣安福殿言政事,拜尚书郎,数陈得失,蒙贲增加。……(永元)六年,累迁尚书令。"《后汉书·胡广传》:"既到京师,试以章奏,安帝以为天下第一。旬月拜尚书郎,五迁尚书仆射。"尚书郎往往选自兰台,兰台亦为文人之所。《后汉书·百官志》尚书令史条注引蔡质曰:"(尚书令)皆选兰台、符节上称简精吏

---

① 严可均:《全上古三代秦汉三国六朝文》,中华书局1958年版,第717页下。

有能为之。"《太平御览》卷二一三令史条引《汉官仪》云:"能通仓颉史籀篇,补兰台令史,满岁补尚书令史。"① 由此看出,在东汉,尚书台是文人的聚集地。所以,尚书令、郎能够作赋为颂也就毫不为奇了。

我们再来看一下东观的校书郎。东观是东汉时宫中最主要的藏书处,位处南宫,建于明帝朝。先时,东汉官府藏书多藏之石室、兰台,及积聚渐多,无以处置,乃辟东观及仁寿闼,用以入藏新收之书。其中,东观又是主要的收藏处。因其规模宏大,容纳广博,同时又是学者士人的研读与著述中心,遂急剧扩展,后来居上,成为东汉时期最著名的藏书中心。学者刘珍、刘睦并曹褒、边韶等均曾在东观尽心著述,成果丰饶;而班固、刘珍、蔡邕等人领导的历次校书活动也多在此进行,东观同时成为国家校书中心②。唐杜佑《通典·职官典》称:"汉之兰台及后汉东观,皆藏书之所,多当时文学之士使雠校于其中,故有校书之职。后于兰台置令史十八人。又选他官入东观,皆令典校秘书,或撰述传记。盖有校书之任而未为官也。故以郎居其任则谓之校书郎,以郎中居其任则谓之校书郎中。当时重其职,故学者称东观为老氏藏室,道家蓬莱山焉。"③ 王充《论衡·别通》:"通人之官,兰台令史,职校书定字,比夫太史太祝,职在文书,无典民之用,不可施设。是以兰台之史,班固、贾逵、杨终、傅毅之徒,名香文美,委积不泄,大用于世。"④ 从王充的话中,我们可以看出,这些校书郎也是皇家的御用文人。

东观校书之盛在东汉明帝、章帝、和帝及邓太后临朝时。李尤《东观赋》描述了当时的盛况:"敷华实于雍堂,集干质于东观。东观之艺,孽孽洋洋。上承重阁,下属周廊。步西藩以徙倚,好绿树之成行。历东厓之敞坐,庇蔽茅之甘棠。前望云台,后匝德阳。道无隐而不显,书无阙而不陈。览三代而采宜,包郁郁之周文。"⑤ "书无阙而不陈",可见当时东观藏书之多;"集干质于东观",可见当时东观人才之盛。崔瑗《东观箴》亦云:"洋洋东观,古之史官。三坟五典,靡义不贯。左书君行,右记其言。辛、尹顾访,文、武明宣。倚相见宝,荆国以安。何以季代,咆哮不虔?在强奋矫,戮彼逢、干。卫巫监谤,

---

① 李昉:《太平御览》,卷二一三,中华书局1985年版,第1019页上。
② 任继愈:《中国藏书楼》(壹),辽宁人民出版社2001年版,第387—388页。
③ 杜佑:《通典》卷二十六,浙江古籍出版社1988年版,第175页。
④ 王充:《论衡》卷一三,上海人民出版社1974年版,第210页。
⑤ 严可均:《全后汉文》,中华书局1958年版,第747页。

国莫敢言。狐突见斥,淖齿见残。焚文坑儒,嬴反为汉。巫蛊之毒,残者数万。吁嗟后王,曷不斯鉴?是以明哲先识,择木而处。夏终殷挚,周聃晋黍,或笑或泣,抱籍遁走。三叶靖公,果丧厥绪,宗庙随夷,远之荆楚。麦秀之歌,亿载不腐。史臣司艺,敢告侍后。"①

当时的校书郎多有赋作生产,如李尤、李胜、马融、刘珍、刘騊駼、王逸、邓耽、刘毅等均曾从事汉赋创作。这些校书郎博学多才,能属文,具备汉赋生产的能力;他们处于皇家文化中心,皇家用他们来为自己宣德或布教,会为他们提供良好的创作条件;文人互集,可研讨文章,具有汉赋生产的适宜环境。因此,他们成为这个时期汉赋生产的主力军。《后汉书·张衡传》:"永初中,谒者仆射刘珍、校书郎刘騊駼等著作东观,撰集《汉记》,因定汉家礼仪,上言请衡参论其事,会并卒,而衡常叹息,欲终成之。"以此来看,校书郎的著述高峰就在和帝至邓后临朝这段时间里。他们又是这段时间赋作生产的主力军,故这段时间也是赋作生产的高峰。

三、汉赋中朝生产者特点及对汉赋生产的影响

无论是西汉赋的主要生产者,还是东汉赋的主要生产者,他们都是以团体形式存在的。这就构成了汉赋主要生产者的团体性特点。汉赋主要生产者团体性特点对汉赋繁荣至关重要,是汉赋繁荣的一个重要原因,也是汉赋生产呈现巨大波动性的一个原因。

在同一时段里,西汉的大夫员额多至数十人,郎的队伍更为庞大,多至千人。东汉的尚书是主管文书的机构,尚书令、郎数十人,东观更是干质积聚之地。他们在皇帝的统一号令下,或应制而作,或主动献赋,形成了强大的作赋集团。如西汉围绕在汉武帝身边的司马相如、吾丘寿王、东方朔、枚皋、严助、朱买臣等,组成一个强大的汉赋创作阵容。这些人中严助、朱买臣、司马相如、枚皋、东方朔、严葱奇等,后来都成为有名的赋家。围绕在宣帝身边的刘向、王褒、张子侨等,也是一个强大的汉赋创作集团。他们"朝夕论思,日月献纳",带来了西汉赋的繁荣。东汉围绕在明帝身边的校书郎如班固、傅毅、贾逵等,积极创作赋颂,亦形成一个强大赋作团体。故王充《论衡·案书》云:"今尚书郎班固、兰台令杨终、傅毅之徒,虽无篇章,赋颂记奏,文辞斐炳,赋象

---

① 严可均:《全后汉文》,中华书局1958年版,第717页。

屈原、贾生，奏象唐林、谷永，并比以观好，其美一也。"① 还有邓太后称制时，李尤、李胜、马融、刘珍、刘騊駼、王逸、邓耽、刘毅等校书郎，同样形成一个强大赋作团体，生产了数量可观的赋作。团体创作易形成竞赋现象，诱发赋家竞技心理，加强了赋家的创作欲望。由于团体化生产，他们能够在一起互相切磋技艺，既提高了汉赋创作的艺术水平，又促进汉赋生产的兴盛。

　　由于大夫和郎都没有固定事务需要处理，有充分的创作时间。充足的闲暇世间对著述、作文章都大有裨益，汉人已充分认识到了这一点。王充《论衡·书解》云："使著作之人，总众事之凡，典国境之职，汲汲忙忙，何暇著作？试使庸人积闲暇之思，亦能成篇八十数。文王日昃不暇食，周公一沐三握发，何暇优游为丽美之文于笔札？孔子作《春秋》，不用于周也。司马长卿不预公卿之事，故能作《子虚》之赋。扬子云存中郎之官，故能成《太玄经》，就《法言》。使孔子得王，《春秋》不作。籍长卿、子云为相，赋玄不工。"② 可见，著述作文章都得有充裕的时间保证。由于赋家所任职官为闲暇之职，无实事必行。因此，出现了近于职业化的赋家，司马相如、枚皋和王褒等就是其中的代表。司马迁《史记》全书收录了司马相如的文章有《天子游猎赋》《喻巴蜀檄》《难蜀父老》《哀秦二世赋》《大人赋》《上书谏猎》《封禅文》等七篇，占去了大量的篇幅。在《史记》这部书中，是绝无仅有的。而且还在《司马相如传》的末尾说："相如他所著，若《遗平陵候书》《与五公子相难》《草木书》篇不采，采其尤著公卿者云。"为什么司马迁如此突显司马相如的文章呢？除了他的文章好之外，另外一个原因应该是，司马迁把他是当作一个文章家来看待的。当时人也是把司马相如当文章家来看待的，《史记·司马相如列传》："相如既病免，家居茂陵。天子曰：'司马相如病甚，可往后悉取其书；若不然，后失之矣。'使所忠往，而相如已死，家无书。"只有司马相如是个有名的文章家，才会出现"家无书"的现象。《西京杂记》卷三："长安庆虬之，亦善为赋。尝为《清思赋》，时人不之贵也，乃讬以相如所作，遂大见重于世。"③ 可见，司马相如在当时确实是以文章而闻名于世的，是一个近于职业化的赋家。枚皋的赋虽没有司马相如作的好，但也是一个近于职业化的赋家。"上有所感，辄使赋之"，他

---

① 王充：《论衡》，上海人民出版社1974年版，第440—441页。
② 王充：《论衡》，上海人民出版社1974年版，第433页。
③ 向新阳等：《西京杂记校注》，上海古籍出版社1991年版，第149页。

几乎成了皇帝的作赋机器了,所以,他说"为赋乃俳,见视如倡,自悔类倡也"。① 可见,汉武帝似把他视为一个职业性的赋家。

东汉的校书郎,他们的主业应该是校书著述,但他们又应对在皇帝左右,替皇帝作赋颂以宣教天下,故作赋制颂成了他们的第一副业。他们是接近半职业化的赋家。《后汉书·文苑传上》:"(李尤)少以文章显。和帝时,侍中贾逵荐尤有相如、扬雄之风,召诣东观,受诏作赋,拜兰台令史。"李尤是以有相如、扬雄之风而拜兰台令史的,他的主要才能就是作赋。那么,他的主要任务恐怕也就是作赋了。因此,写下了许多替统治者宣德的赋作,如《辟雍赋》《德阳殿赋》《平乐观赋》《东观赋》等。都是写当时儒家教化之盛和教化效果之佳的。以此看来,李尤算得上是个近于职业化的赋家。赋家的职业化趋向,不仅会加多赋作的数量,也会提高赋作的质量。

汉赋的主要生产者都是皇帝身边的"帮闲"文人,对皇帝具有极大的依附性。鲁迅先生说:"中国的开国的雄主,是把'帮忙'和'帮闲'分开来的,前者参与国家大事,作为重臣。后者却不过叫他献诗作赋,'俳优蓄之',只在弄臣之例。"② 鲁迅告诉我们:"帮闲"文人是依附于皇帝的,自己的主体意识薄弱。也就是说,汉赋主要生产者的汉赋生产是在皇帝掌控之中进行的,是按照皇帝的意志进行生产的。这样,"汉赋则几乎看不出作者自己的灵魂"③。

因为汉赋生产者与统治者紧密相连,所以汉赋生产的变化可清晰地反映时政的变化,如同政治变化的标示牌。同样,政治思想的变化也立即反映在赋作生产中。如汉代的思想是由多元向一元聚拢,汉赋也由流动而趋于板滞。西汉皇帝治天下"以王霸道兼之",而东汉皇帝治天下"纯以儒术"。西汉重功,而东汉重德。重功则重才智,重德则重道行。故西汉前中期多才智型赋家,西汉后期及东汉多学思型赋家。西汉武帝时赋家司马相如、严助、东方朔、枚皋等,都属于才智型赋家;西汉后期赋家扬雄、刘歆,及东汉赋家班固、张衡、马融等都属于学思型赋家。正如陶秋英说:"刻薄一点说,司马、枚乘之徒,都有点滑头,不是一个渊雅的学者。所以相如赋虽有时也说理,但实在没有把理说出来。"④

---

① 《汉书》卷五一《路温舒传》,第 2367 页。
② 鲁迅:《鲁迅全集》第 6 卷,人民文学出版社 1982 年版,第 344 页。
③ 翦伯赞:《秦汉史》,北京大学出版社 1983 年版,第 516 页。
④ 陶秋英:《汉赋研究》,浙江古籍出版社 1986 年版,第 139 页。

而自扬雄及东汉赋家更重于理,徐复观先生通过比较司马相如和扬雄的赋作说明了这个问题。他说:"但我假定,相如的创作,是以天才的想象为主;而子云的创作,则是以学力地思索为主。"①"试将相如的《子虚》《上林》,与子云题材略为相近的《校猎》《长杨》略加比较,则前者的规模阔大,而后者的结构谨严。前者散文的成分多于骈文,而后者的骈文成分多于散文。前者的文字疏朗跌宕,而后者的文字紧密坚实。盖天才地想象,在空间中拓展,有如天马行空;而学力地思索,在事物上揣摸,有如玉人琢玉。所以一个是壮阔,一个是精深。……相如夸诞的性格,因其气势之勃盛,神采的飞扬,皆凸显于文字之中。子云沉寂的性格,使他常气凝而神郁,《传》中四赋,反不如《反骚》《解嘲》,有他自己的生命在文字中跃动。"② 因受学力和精思的影响,扬雄赋稍显板滞。所以,王世贞在《艺苑卮言》中说:"《子虚》《上林》,材极富,辞极丽,运笔极古雅,精神极流动,意极高,所以不可及。子云有其笔。却不得其精神流动处。"③ 才智型赋家作赋富于想象,而学思型赋家作赋合于情理。"风格即人",司马相如和扬雄的赋风,与其个人体性关系密切。刘勰《文心雕龙·体性》云:"长卿傲诞,故理侈而词溢;子云沉寂,故志隐而味深。"④ 但个人又是社会的产物,个人的体性是在社会的文化氛围下生成的,能够间接地反映出当时社会的风尚。如《文心雕龙·才略》云:"然自卿、渊已前,多俊才而不课学;雄、向以后,颇引书以助文:此取与之大际,其分不可乱者也。"⑤ 沈约做了很好的总结,其《宋书·谢灵运传论》云:"自汉至魏,四百余年,辞人才子,文体三变。相如巧为形似之言,班固长于情理之说,子建、仲宣以气质为体。"⑥ 沈约此论,道出了西汉、东汉赋风之别,实质上也是西汉、东汉赋家的思想状态之异。这是两汉政治思想之不同在汉赋生产中的反映。

---

① 徐复观:《两汉思想史》(第二卷),华东师范大学出版社2001年版,第290页。
② 同上。
③ 罗仲鼎:《艺苑卮言校注》,齐鲁书社1992年版,第91页。
④ 范文澜:《文心雕龙注》,人民文学出版社1958年版,第506页。
⑤ 同上,第699—700页。
⑥ 郭绍虞:《中国历代文论选》,上海古籍出版社1979年版,第215页。

第二节　汉赋的地方生产者

虽说汉赋的主要生产者是朝中官员，但汉赋的地方生产者亦不容忽视。他们是汉赋生产的有力补充。就赋作当时影响范围而言，汉赋地方生产者生产赋作的影响范围，或许大于主要生产者的赋作。因为汉赋的主要生产者主要是为皇帝作赋，皇帝是他们赋作的主要消费者，故其影响范围主要限于朝廷内部。而汉赋的地方生产者在生产汉赋之初，有些赋作预想有既定的消费者，有些赋作并没有预想既定的消费者。所以，其消费者的层面反而多了起来。因此，他们赋作的影响范围反而大得多。

一、西汉赋的地方生产者

（一）武帝以前的汉赋地方生产者

汉武帝以前的汉赋生产者主要分布在各诸侯王国，以诸侯门客为最多。吴王国是较早的赋家活动地方。说吴王国是早期赋家的活动中心犹可，如说它是早期的辞赋制作中心，则尚缺乏直接的证据。第一章已论及，此不赘述。即便如此，吴王国也是一个辞赋创作不容忽视的地方。或曾有辞赋创作活动的发生，或当时当地的地理条件、经济条件、风尚习俗等，为赋家的后期创作奠定了基础。

梁孝王国是继吴王国之后的另一个赋家活动中心。文士们围绕梁孝王形成了一个文人集团，大大推动了赋作的繁荣。这个文人集团的主人——梁孝王，招延四方豪桀，自山东游说之士，莫不毕至，邹阳、枚乘、严忌等亦从吴王处来到梁国。这些游说之士在梁王的鼓动下，进行着团体竞技式的辞赋创作，大大推动了汉赋的发展。梁孝王死后，梁园赋家有的转到汉武帝的身边，如司马相如；有的赋家子侄辈转到了汉武帝身边，如枚乘、庄忌的子侄枚皋、庄助、庄忽奇等。无疑，梁园赋家是对汉赋发展影响最大的群体。

还有一个赋作中心，那就是淮南王国。淮南王国的都城寿春是楚国最后的移都之地，从考烈王二十二年迁都寿春，到王负刍五年秦将王翦、蒙武破楚国虏楚王负刍灭楚，几近二十年。故此地受楚国王室文化沾溉甚深，淮南王赋和淮南王群臣赋当也受楚辞影响最重。淮南王刘安是一个颇具文人气质的诸侯王，且淮南王国人才广茂，学识博杂。刘安鉴于其父个性张扬，违禁被放而自杀的前辙，一改乃父之风，深藏其心，韬光养晦，以文籍为娱。刘安本人又善为文辞，长于骚赋，并以此颇受武帝尊重。因刘安自身为文人，又受楚风影响甚深，因此，刘安及其群臣赋应是最具楚辞风格和文学意蕴的。

除了这三个赋家活动中心外，武帝前的汉赋地方生产者还有长沙王群臣、魏内史及民间赋家鲁人虞公等。此三者已在第一章辨析，此不赘述。由上可见，武帝以前汉赋生产者的主要分布地域是东鲁、魏、梁、寿春、长沙一带，即武帝以前汉赋的地方生产，主要是在关东广大地区进行的。

（二）武、宣之世的汉赋地方生产者

武、宣之世汉赋的生产中心在宫廷，但地方生产者也为数不少，不可小觑。这个时期的地方生产者主要是地方守令，如辽东太守苏季、河内太守徐明、东暆令延年等。另外还有诸侯王，如中山王刘胜；公主舍人，如平阳公主舍人周长孺；地方名士，如䍧牁名士盛览；不明身份者，如长安庆虬之、洛阳錡华等。《汉书·艺文志》录"辽东太守苏季赋一篇""河内太守徐明赋三篇""东暆令延年赋七篇""汉中都尉丞华龙赋二篇""左冯翊史路恭赋八篇"。地方守令作赋的动机是什么？因赋作不存，难以明了。他们会不会也是为"润色鸿业"而作呢？武宣之世瑞应屡现，朝中言语侍从之臣"朝夕论思，日月献纳"，公卿大臣"时时间作"①。这些地方守令是否也像公卿那样为润色鸿业而"时时间作"呢？应有此可能。因为所现瑞应的州郡会受到皇帝的赏赐。如《汉书·宣帝纪》："（甘露三年）诏曰：'乃者凤皇集新蔡，群鸟四面行列，皆向凤皇立，以万数。其赐汝南太守帛百匹，新蔡长吏、三老、孝弟力田、鳏寡孤独各有差。赐民爵二级。毋出今年租。'"州郡所现瑞应不仅是国家太平盛世的象征，也是太守政绩功德的表现，所以，他们也就会制作赋颂而宣扬。

《汉书·艺文志》所录赋作的地方守令多掌政于北方，且从东北到西南成一带状分布。分别是东暆令延年、辽东太守苏季、河内太守徐明、左冯翊史路恭、汉中都尉丞华龙。据《汉书·地理志》，东暆属乐浪郡，乐浪郡为汉武帝元封三年开，在今朝鲜一带；辽东郡属幽州，今辽阳一带；河内郡，属古殷国，今安阳、焦作一带；左冯翊，今陕西韩城一带；汉中郡，属益州，今汉中、南郑一带。这自东北到西南的汉赋地方生产带，就像汉朝北边的一道防护墙。汉代开

---

① 李善《文选注》，中华书局1977年版，第21页。

边置郡多是出于政治和军事考虑,如置朔方郡就是出于军事考虑,《汉书·主父偃传》:"偃盛言朔方地肥饶,外阻河,蒙恬筑城以逐匈奴,内省转输戍漕,广中国,灭胡之本也。……遂置朔方。"经济应该是军事的保障,为保障军事必须发展经济,经济的发展会带来文化的繁荣。如果汉赋的生产可代表着一种文化现象,这种文化现象又能反映政治、经济、乃至军事发展情况的话,则可说明武宣之世国家的发展重心在北方。令人迷惑的是,曾繁荣于文景之世的赋作生产中心——梁、吴和淮南,此时却似乎沉寂了。除了曾兴盛至武帝早期的淮南王和其群臣的赋作,在《汉书·艺文志》中,未见有收录这些地方守令的赋作,而这些地方都在"防护墙"的南边。这是否可说明,在武宣之世朝廷加大了治理建设西北边境的力度。此期汉赋的地方生产还可以反映一个问题,那就是当时汉赋生产的渗透力强,分布区域广。东暆是武帝元封三年始开的乐浪郡的一个县,此县对于都城长安来说,非常偏远,县令竟有七篇赋被《汉志》收录,当时汉赋生产的盛况,可见一斑。

我们再来看看其他的地方汉赋生产者。《西京杂记》有中山王刘胜《文木赋》一篇。《西京杂记》卷六:"鲁恭王得文木一枚,伐以为器,意甚玩之。中山王为赋曰……"① 从赋作看,属于"辩丽可喜"不关政事的娱情之作。这和当时诸侯王的处境及刘胜本人的为人态度有极大关联。"武帝初即位,大臣惩吴楚七国行事,议者多冤晁错之策,皆以诸侯连城数十,太强,欲稍侵削,数奏暴其过恶。诸侯王自以骨肉至亲,先帝所以广封连城,犬牙相错者,为磐石宗也。今或无罪,为臣下所侵辱,有司吹毛求疵,笞服其臣,使证其君,多自以侵冤。"② 在这样的处境下,刘胜便不关政事而借酒色避祸。《汉书·景十三王传》云:"胜为人乐酒好内,有子百二十余人。常与赵王彭祖相非曰:'兄为王,专代吏治事。王者当日听音乐,御声色。'赵王亦曰:'中山王奢淫,不佐天子拊循百姓,何以称为藩臣!'"

《汉书·艺文志》录"平阳公主舍人周长孺赋二篇""洛阳锜华赋九篇",惜赋不存,不明制作缘由。因均系之于"荀卿赋"类下,或为"辩丽可喜"的咏物之作。《西京杂记》载牂牁名士盛览曾为《合组歌》和《列锦赋》,长安庆虬之曾为《清思赋》。《西京杂记》卷二:"盛览字长通。牂牁名士。尝问以作

---

① 向新阳等:《西京杂记校注》,上海古籍出版社1991年版,第253页。
② 《汉书》卷五三《景十三王传》,第2422页。

赋。……览乃作《合组歌》《列锦赋》而退。终身不敢复言作赋之心矣。"① 邵远平《续宏简录》云："司马相如入西南夷，土人盛览从学，归以授其乡人，文教始开。"② 牂柯属西南夷，在今贵州遵义一带。从《合组歌》与《列锦赋》的篇名看，似咏物赋。盛览既为名士，或无心于仕途，其作赋极可能是为自娱怡情。《西京杂记》卷三："长安有庆虬之，亦善为赋。尝为《清思赋》，时人不之贵也，乃讬以相如所作，遂大见重于世。"③ 庆虬之的《清思赋》，应为感思抒情之作。这些地方生产者不直接受皇帝约束，故其思想相对自由。因而赋作的题材也会多样化，主体情感也会明显化。

由上可见，武、宣之世的汉赋地方生产者主要分布在以长安为中间，东起乐浪西至牂柯的辽东、中山、河内、左冯翊、汉中等地，均处于淮河以北地区。

（三）元帝至王莽世的汉赋地方生产者

元帝至王莽世是西汉赋生产的衰落期，汉赋生产者锐减。汉赋的地方生产者是少之又少，史有明文记载的只有两人，即薛方和崔篆。《汉书·薛方传》："薛方尝为郡掾祭酒，尝征不至，及莽以安车迎方，方因使者辞谢曰：'尧舜在上，下有巢由，今明主方降唐虞之德，小臣欲守箕山之节也。'使者以闻，莽说其言，不强致。方居家以经教授，喜属文，著诗赋数十篇。"薛方为齐人，曾为郡掾祭酒。祭酒为何官职，有何职能？《史记·孟子荀卿列传》云："田骈之属皆已死齐襄王时，而荀卿最为老师。齐尚修列大夫之缺，而荀卿三为祭酒。"黄本骥在《历代职官表》所附"简释"中说："祭酒本为首席之意，非官名。大约古代宴飨之时，推年高有德之人举酒以祭，故有此称。汉代博士之长称祭酒。"④《汉官仪》云："孝武建元五年，初置五经博士、秩六百石，后增至十四人。太常差选有聪明威重者一人为祭酒，总领纲纪。"⑤ 杨鸿年说："说到祭酒，依汉人的习惯，凡是地位相仿的人员如有几个时，就以其中条件最好的一个为祭酒，用来领导其余诸人。郡曹官之以祭酒为名，可能也是这个原因。"⑥

---

① 向新阳等：《西京杂记校注》，上海古籍出版社 1991 年版，第 91 页。
② 《道光遵义府志》，《续修四库全书》本，史部·地理类，第 716 册，上海古籍出版社 1997 年版，第 171 页。
③ 向新阳等：《西京杂记校注》，上海古籍出版社 1991 年版，第 149 页。
④ 黄本骥：《历代职官表》所附"简释"，上海古籍出版社 1980 年版，第 145 页。
⑤ 李昉：《太平御览》卷二三六，中华书局 1985 年版，第 1117 页。
⑥ 杨鸿年：《汉魏制度丛考》，武汉大学出版社 2005 年版，第 359 页。

总之，为祭酒者为德高望重颇有影响力之人。薛方曾为郡掾祭酒，又尝征不至而居家教授。在汉代，郡掾史用本郡人①。由此得知，薛方一直生活在齐地。"尝为郡掾祭酒""居家以经教授"，都说明他在当地甚有影响力。

《后汉书·崔骃传》："舒小子篆，王莽时为郡文学，以明经征诣公车。……临终作赋以自悼，名曰《慰志》。"汉代郡文学多以明经有学问者为之。西汉大儒匡衡就曾以太常掌故外补平原文学。纪昀《历代职官表》云："臣（邓禹）少尝学问，可郡文学。盖当时太常以博学名官，郡学则以文学名官。"② 瞿兑之说："郡县吏不限资格，平民自愿给役者，皆得为之。若明经有学问者，则为郡文学。其以学问者，常得优擢焉。"③ 瞿氏说有实例可证，《汉书·梅福传》云："梅福字子真，九江寿春人也。少学长安，明《尚书》《谷梁春秋》，为郡文学，补南昌尉。"又《汉书·张禹传》："及（张）禹壮，至长安学，从沛郡施雠受《易》，琅邪王阳、胶东庸生问《论语》，既皆明习，有徒众，举为郡文学。"从瞿氏说和上列实例看见，郡文学多出身于明经有学问者，崔篆也是以明经有学问为郡文学。吕思勉说："汉世文学之职，于郡国教化，关系颇大。"④ 汉末的王粲云："夫文学也者，人伦之首，大教之本也。乃命五业从事宋衷新作文学，延朋徒焉，宣德音以赞之，降嘉礼以劝之，五载之间，道化大行。耆德故老綦毋阎等负书荷器，自远而至者三百余人。于是童幼猛进，武人革面，总角佩觿，委介免胄，比肩继踵，川逝泉涌，矗矗如也，兢兢如也。遂训《六经》，讲礼物，谐八音，协律吕，修纪历，理刑法，六略咸秩，百氏备矣。"⑤ 可见文学对地方教化的影响之大，故信奉刑名之学的曹操也下令在郡国大修文学。《三国志·武帝纪》云："秋七月，令曰：'丧乱已来，十有五年，后生者不见仁义礼让之风，吾甚伤之。其令郡国各修文学，县满五百户置校官，选其乡之俊造而教学之，庶几先生之道不废，而有以益于天下。'"⑥ 可见郡文学对乡里民风的影响之程度。

薛方和崔篆，一个"居家以经教授"，一个曾为郡文学。都算得上是教化乡

---

① 杨鸿年：《汉魏制度丛考》，武汉大学出版社2005年版，第362页。
② 纪昀等：《历代职官表》，上海古籍出版社1989年版，第981页。
③ 瞿兑之：《汉代风俗制度史》，上海文艺出版社1991年版，第103页。
④ 吕思勉：《秦汉史》，上海古籍出版社1983年版，第727页。
⑤ 俞绍初：《建安七子集》，中华书局2005年版，第137页。
⑥ 陈寿：《三国志》，上海古籍出版社2002年版，第20页。

里的经师,主要是教化乡里行仁义礼让之风。他们从事辞赋创作或出于为有助教化的目的。从崔篆《慰志赋》"圣德滂以横被兮,黎庶恺以鼓舞"句看,确有助教化之意。如果真是为助教化而作赋的话,以他们特殊的身份,则其赋作对乡里影响甚深。

二、东汉赋的地方生产者

(一)光武帝至质帝世的汉赋地方生产者

光武至章帝世的汉赋地方生产者主要有班彪、杜笃、王隆、夏恭、夏牙、梁竦、王充等人。其中关西赋家有班彪、杜笃、王隆、梁竦等,关东赋家有夏恭父子及王充等。

关西的地方赋家主要集中在三辅地区。《后汉书·班彪传》:"班彪字叔皮,扶风安陵人也。……河西大将军窦融以为从事。……后察司徒廉为望都长,吏民爱之。"他的《北征赋》作于避难河西之时,从其赋所云"余遭世之颠覆兮,罹填塞之陋灾。旧室灭以丘墟兮,曾不得乎少留"[①]句可知。其《冀州赋》或作为为望都长时,其赋云:"夫何事于冀州,聊讬公以游居。"[②]"聊讬公以游居",说明他的因公事而游居冀州。据《后汉书·郡国志》,望都属中山国。《后汉书·顺帝纪》云:"冬十一月甲申,望都、蒲阴狼杀女子九十七人。李贤注曰:望都,县名,属中山国,今定州县也。"中山国亦在冀州,故可推其《冀州赋》作于做望都长时。那么,他的《览海赋》就很可能是作于去望都赴任的途中,《览海赋》云:"余有事于淮浦,览沧海之茫茫。"[③] 王隆避难时曾和班彪同僚。《后汉书·文苑传上》:"王隆字文山,冯翊云阳人也。王莽时,以父为郎,后避难河西,为窦融左护军。建武中,为新汲令。"李贤注曰:"新汲县,属颍川郡,故城在今许州扶沟西也。"他们早期都是生活在三辅地区,后避难河西,东汉建立后,于河北河南为小吏。《后汉书·文苑传上》:"杜笃字季雅,京兆杜陵人。……居美阳,与美阳令游,数从请讬,不谐,颇相恨。……笃后仕郡文学掾,以目疾,二十余年不窥京师。"《后汉书·第五伦传》:"(杜)笃为乡里所废,客居美阳。"美阳属右扶风。从上可见,杜笃主要生活在三辅地区。

---

① 费振刚:《全汉赋》,北京大学出版社1993年版,第255页。
② 同上,第253页。
③ 同上,第252页。

《后汉书·梁竦传》:"竦字敬叔……后坐兄事,与弟恭俱徙九真。……显宗后诏听还本郡。竦闭门自养,以经籍为娱,著书数篇,名曰《七序》。"梁竦为梁统之子,安定乌氏人。其早年生活在洛阳,后还本郡。

此时的关东地方赋家较少,分布也较散。《后汉书·文苑传上》:"夏恭字敬公,梁国蒙人也。习《韩诗》《孟氏易》,讲授门徒常千余人。……子牙,少习家业……举孝廉,早卒。"从这段文字看出,夏恭父子门徒广众,甚得民心。其赋作对当地民众应有一定的影响。《后汉书·王充传》:"王充字仲任,会稽上虞人也。……后到京师,受业太学,师事扶风班彪。……后归乡里,屏居教授。"则其主要生活时间是在洛阳和会稽上虞度过的。

和帝至质帝世的地方汉赋生产者主要有苏顺、葛龚等。《后汉书·文苑传上》:"苏顺,字孝山,京兆霸陵人也。和安间以才学称。好养生术,隐处求道。晚乃仕,拜郎中,卒于官。"《后汉书·文苑传上》:"葛龚字元甫,梁国宁陵人。和帝时,以善文记知名。……安帝永初中,举孝廉,为太官丞,上便宜四事,拜汤阴令。辟太尉府,病不就。州举茂才,为临汾令。居二县,皆有政绩。"从上我们看出,和、安之世的汉赋地方生产者亦是一个生于三辅地区的京兆,一个生于梁国的宁陵。看来,光武帝至质帝世的汉赋地方生产者主要是三辅人和梁国人了。这极可能说明一个问题,就是汉赋的地方生产具有地域传承关系。

(二) 桓帝以后的汉赋地方生产者

桓帝以后的汉赋地方生产者人数众多,地域分布也极广。为宦的赋家中又大多数曾做过地方守令,而为地方守令的赋家中又有很多曾为尚书郎、令或校书郎。因此,很难说他们是属于地方汉赋生产者,还是朝廷汉赋生产者。如边韶,曾为北地太守,也曾为尚书令,又著作东观。但他现存的《塞赋》却是作于出仕前在乡教授之时,其《塞赋序》云:"余离群索居,无讲诵之事。欲学无友,欲农无耒,欲弈无塞,欲博无楮。问:'可以代博弈者乎?'曰:'塞其次也。'试习其术,以惊睡救寐,免昼寝之讥而已。然而徐核其因通之极,乃亦精妙而足美也。故书其较略,举其指归,以明博弈无以尚焉曰……"[①] 从"试习其术,以惊睡救寐,免昼寝之讥而已"句看,试习"塞"术的最初动因是"惊睡救寐,免昼寝之讥"。"昼寝之讥"是有来历的,《后汉书·文苑传上》:"边

---

① 费振刚:《全汉赋》,北京大学出版社 1993 年版,第 546 页。

韶字孝先，陈留浚仪人也。以文章知名，教授数百人。韶口辩，曾昼日假卧，弟子私嘲之曰：'边孝先，腹便便。懒读书，但欲眠。'韶潜闻之，应时对曰：'边为姓，孝为字。腹便便，《五经》笥。但欲眠，思经事。寐与周公通梦，静与孔子同意。师而可嘲，出何典记？'嘲者大惭。"由此基本上可推断《塞赋》是作于为官前教授乡里之时。《塞赋序》中"余离群索居，无讲诵之事"句，也点明是作于教授乡里之时。

还有蔡邕，曾作过河平长、尚书，也曾校书东观。但其《伤胡栗赋》和《述行赋》，则似作于陈留家中。《伤胡栗赋》云："人有折蔡氏祠前栗者，故作斯赋。"[1] 既然是感"人有折蔡氏祠前栗者"而作斯赋，那就应该是作于故里陈留了。其《述行赋》云："延熹二年秋，霖雨逾月。是时梁冀新诛，而徐璜、左悺等五侯擅贵于其处。又起显明苑于城西。人徒冻饿不得其命者甚众。白马令李云以直言死，鸿胪陈君以救云抵罪。璜以余能鼓琴，自朝廷敕陈留太守，发遣余到偃师。病不前，得归。心愤此事，遂托所过述而成赋。"[2] 揣测此段文意，此赋应作于陈留家中。因是"得归，心愤此事，遂托所过述而成赋"。不仅有赋家为官前在家中从事汉赋生产，亦有辞官后回到家乡从事汉赋生产者。如应奉，曾做武陵太守、司隶校尉。辞官后回家著《感骚》三十篇。《后汉书·应奉传》："及党事起，奉乃慨然以疾自退。追愍屈原，因以自伤，著《感骚》三十篇，数万言。"数万言的《感骚》，恐怕不是自退时在任所即时就可完成，应是自退后回乡里而作。

鉴于上述情况，我们有必要把这个时期除皇帝外的赋家的里籍做一番考察。然后再把没有在京师为官，和不曾为官的赋家的活动区域作一番考察。这个时期的关西赋家有：皇甫规，安定朝那人；张奂，敦煌酒泉人；赵岐，京兆长陵人；候瑾，敦煌人；赵壹，汉阳西县人。齐鲁赋家有：刘梁，东平宁阳人；郑玄，北海高密人；祢衡，平原般人。河北赋家有：崔寔、崔烈，涿郡安平人；张超，河间鄚人。河南赋家有：应奉，汝南南顿人；边韶、边让，陈留浚仪人；蔡邕，陈留圉人；服虔，河南荥阳人；张升，陈留尉氏人；桓麟、桓彬，沛郡龙亢人；刘陶，颍川颍阴人。南阳赋家有：朱穆，南阳宛人；延笃，南阳犨人。江东赋家有：韩说，会稽山阴人；高彪，吴郡无锡人；刘琬、张纮，广陵人。

---

[1] 费振刚：《全汉赋》，北京大学出版社1993年版，第584页。
[2] 同上，第566页。

南郡赋家有：王延寿，南郡宜城人。由上可见，这些赋家的里籍地域分布很广。其中又以河南原梁地赋家为最多，其次是关西赋家，而且江东赋家也开始兴盛起来。

  这个时期未明言曾做朝官的只有三人，即服虔、张升和张纮。《后汉书·儒林传下》云："服虔字子慎，初名重，又名祇，后改为虔……少以清苦见志，入太学受业。……举孝廉，稍迁，中平末，拜九江太守。免，遭乱行客，病卒。所著赋、碑、诔、书记、连珠、九愤凡十余篇。"因赋作不存，不知作于何时何地。《后汉书·文苑传下》云："（张）升少好学，多关览，而任情不羁。……仕郡为纲纪，以能出守外黄令。……遇党锢去官，后竟见诛。"现存《白鸠赋》，作于为陈留郡纲纪时。《太平御览》卷九二一云："张升《鸠颂序》云：陈留郡有白鸠出于郡界。太守命门下赋曹吏张升作《白鸠赋》曰：厥鸟名鸠，貌甚雍容。丹青绿目，耳象重重。"① 如果张升真的曾为"赋曹吏"，那么，其赋作大多可能作于为陈留纲纪时。《三国志·张纮传》："张纮字子纲，广陵人。游学京都，还本郡，举茂才，公府辟，皆不就，避难江东。孙策创业，遂委质焉。表为正议校尉。……纮著诗赋铭诔十余篇。"注引《吴书》曰："纮见柟榴枕，爱其文，为作赋。陈琳在北见之，以示人曰：'此吾乡里张子纲所作也。'"曹操虽曾留张纮为侍御史，但为期极短。其现存《柟榴赋》亦作于江东，他算是一个江东汉赋地方生产者。

  我们再来看看身无官职的地方汉赋生产者。他们分别是王延寿、候瑾、赵壹、刘琬、郑玄、祢衡等。《后汉书·文苑传上》："（王延寿）少游鲁国，作《灵光殿赋》。……曾有异梦，意恶之，乃作《梦赋》以自厉。后溺水死，时年二十余。"李贤注引张华《博物志》曰："王子山与父叔师到泰山从鲍子真学算，到鲁赋灵光殿，归度湘水溺死。"由上可知，王延寿的《灵光殿赋》作于游学泰山时。

  《后汉书·文苑传下》："（赵壹）体貌魁梧，身长九尺，美须豪眉，望之甚伟。而恃才倨傲，为乡党所摈，乃作《解摈》。后屡抵罪，几至死，友人救得免。壹乃贻书谢恩曰：'……余畏禁，不敢班班显言，窃为《穷鸟赋》一篇。'……又作《刺世疾邪赋》，以舒其怨愤。"光和元年，举郡上计到京师，司徒袁逢、河南尹羊陟共称荐之，名动京师。后西还，"州郡争致礼命，十辟公

---

① 李昉：《太平御览》卷九二一，中华书局1985年版，第4088页。

府,并不就,终于家"①。可见,其赋作亦多作于乡里。《后汉书·文苑传下》:"(侯瑾)少孤贫,依宗人居。性笃学……州郡累召,公车有道徵,并称疾不到。……而徙入山中,覃思著述。以莫知于世,故作《应宾难》以自寄。"未有侯瑾离开河西之记载,则其赋亦作于河西。《后汉书·刘琬传》:"(刘瑜)子琬,传瑜学,明占侯,能著灾异。举方正,不行。"则其赋作多产于广陵。

郑玄,常诣学官,不乐为吏,父数怒之,不能禁。灵帝末,党禁解,大将军何进闻而辟之,玄不受朝服,而以幅巾见。一宿逃去。董卓迁都长安,公卿举玄为赵相,道断不至。曾造太学受业,师事京兆第五元先。又西入关,因涿郡卢植,事扶风马融。玄自游学,十余年乃归乡里。家贫,客耕东莱,学徒相随者已数百千人。《太平御览》卷九录郑玄《相风赋》。因其游历范围极广,不知此赋作于何地。祢衡少有才辩,而尚气刚傲,好矫时慢物。兴平中,避难荆州。建安初,来游许下。孔融荐与曹操,因得罪曹操而归依刘表。又因侮慢于刘表,而被刘表送与江夏太守黄祖。黄祖的儿子章陵太守黄射尤善于衡。"射时大会宾客,人有献鹦鹉者,射举卮于衡曰:'愿先生赋之,以娱嘉宾。'衡揽笔而作,文无加点,辞采甚丽。"② 看来,祢衡的《鹦鹉赋》作于江夏。总之,桓帝以后汉赋地方生产者的分布区域是极广的。

桓、灵之世,是东汉政治最为腐朽,皇权最为懈弛的时期。皇权懈弛局面的形成,也有着深层的经济体制的原因。西汉末期,已有很多地方豪族形成,如南阳李通,"世以货殖著姓"③;上谷寇恂,"世为著姓"④;等等。东汉的豪族不仅势大,而且还数量多,汉末仲长统说:"百夫之豪,州以千计。"⑤ 田昌五、安作璋《秦汉史》云:"东汉田庄经济,对于中央集权的封建国家来说,显然是一种离心力。豪族在田庄中隐瞒大量田产和劳动力,在很大程度上削弱了东汉中央集权的经济力量。豪族有田庄经济作基础,再加上政治势力和私人武装,势必要造成地方分裂割据的局面。"⑥ 地方豪族越强大,皇权就越衰微。由于经济、政治等方面的原因,就造成了文人志士对朝廷的疏离。疏离程度随着

---

① 《后汉书》卷八〇下《文苑列传》,第2635页。
② 同上,第2657页。
③ 《后汉书》卷一五《李通传》,第573页。
④ 《后汉书》卷一六《寇恂传》,第620页。
⑤ 《文选·头陀寺碑文》李善注引仲长统《昌言》,中华书局1977年版,第815页。
⑥ 田昌五等:《秦汉史》,人民出版社2008年版,第394页。

桓、灵二帝的无道越来越深。正如王夫之《读通鉴论》所云："祸始于桓、灵，毒溃于献帝，日甚月滋，求如先汉之末王莽篡而人心思汉，不可复得矣。"① 所以，这个时期的汉赋生产者疏离了朝廷，形成一个离心疏散的局面。这些都是造成赋家分布散乱，赋作多样性主题的原因。

第三节 汉赋生产者的小学修养

汉赋与汉代小学关系甚密。阮元序孙梅《四六丛话》云："综两京文赋之家，莫不洞穴经史，钻研六书。"② 阮元《扬州隋文选楼记》云："古人古文，小学与辞赋同源共流。汉之相如、子云，无不深通古文雅驯。"③ 刘师培《文说》云："昔西汉辞赋，首标卿云，摛词富贵，隶字必工，此何故哉？则辨名正词之效也。观司马《凡将》，子云《训纂》，评征字义，旁及物名，分别部居，区析昭明；及撮其单词，俪为偶语。故撷择精当，语冠群英。则字学不明，奚能出言有章哉！"④ 其《论文杂记》云："然相如、子云，作赋汉廷，皆陈事物，殚所洽闻，非惟《风》《雅》之遗音，抑亦《史篇》之变体。（观相如作《凡将篇》，子云作《训纂篇》，皆《史篇》之体，小学津梁也。是证古代文章家皆明字学。）"⑤ 章炳麟《国故论衡·辨诗》亦云："其道与故训相俪，故小学亡而赋不作。"⑥ 又云："相如、子云小学之宗，以其绪余为赋。"⑦ 他们都深刻地认识到小学对汉赋创作的影响。反过来，汉代辞赋又促进了汉代字书的兴盛，陈梦家先生说："又汉时辞赋极流行，大率以辞藻典故为主，所以对于异字的搜罗不遗余力。两汉篇章家如司马相如、扬雄、班固（三人皆在许慎博采通人之列）等都兼为著名的赋家。是汉世字书之兴与辞赋有关。"⑧ 下面我们就探讨一下汉代小学教育对汉赋生产者的影响，及汉赋生产者的小学修养对汉赋生产的影响。

---

① 王夫之：《读通鉴论》，中华书局1975年版，第244页。
② 孙梅：《四六丛话》，商务印书馆1937年版，第1页。
③ 阮元：《揅经室二集》卷二，中华书局1993年版，第388—389页。
④ 陈引驰：《刘师培中古文学论集》，中国社会科学出版社1997年版，第190页。
⑤ 同上，第228页。
⑥ 章太炎：《国故论衡》，上海世纪出版集团2006年版，第75页。
⑦ 同上，第73页。
⑧ 陈梦家：《中国文字学》，中华书局2006年版，第216页。

一、汉代的小学教育

要弄清汉赋生产者为何有深厚的小学修养,首先得弄清汉代的小学教育情况。《礼记·内则》云:"子能食食,教以右手。能言,男唯女俞,男鞶革,女鞶丝。六年,教之数与方名。七年,男女不同席,不共食。八年,出入门户,及即席饮食。必后长者,始教之让。九年,教之数日。十年,出就外傅,居宿于外,学书计。衣不帛襦袴,礼帅初。朝夕学幼仪,请肄简谅。"① 《大戴礼·保傅》:"古者八岁而出就外舍学小艺焉。"② 这两段文字是追记周人的受教过程。由此可知,周人是从八岁开始入小学,至十四五岁基本完成小学教育。汉人小学受教过程与此相类,《汉书·食货志》:"八岁入小学,学六甲五方书计之事。"《白虎通·辟雍》:"以为八岁毁齿始有识知,入学学书计。"③ 《后汉书·杨终传》:"礼制:人君之子八岁为置少傅,教之书计以开其明。"依上所述,得知汉人亦八岁入小学,受教内容主要为书计。陈梦家先生说:"大约古人在八岁左右入小学,学'书写'与'计数',便是《周礼·保氏》和《大司徒》所说礼乐射御书数六艺中之后二者。礼乐射御是成童所学,为大艺;书数为幼童所学,为小艺。"④

汉代以书计为小学教学内容,崔寔《四民月令》和王粲《儒吏论》中均有载,亦可为证。《四民月令》云:"砚冰释,命幼童入小学学书篇章。注:谓九岁已上十四已下也。篇章,谓《六甲》《九九》《急就》《三仓》之属。"⑤ 王粲《儒吏论》亦云:"古者,八岁入小学,学六甲、五方、书计之事。"⑥ "《六甲》的诵习书写,不但是认字学写的教育,并且为推数的练习,《南齐书·顾欢传》说:'欢年六七岁画甲子,有简三篇,欢析计遂知六甲。'《南史》遂说他'年六七岁知推六甲'。"⑦ 《九九》亦应为习计之书。《汉书·律历志》:"数者,一、十、百、千、万也。所以兼数万物,顺性命之理也。……其法在算术,宣于天下,小学是则。职在太史,羲和掌之。"总之,汉代小学是以书计为主要教

---

① 孔颖达:《礼记正义》(《十三经注疏》本),上海古籍出版社1997年版,第1471页。
② 方向东:《大戴礼记汇校集解》,中华书局2008年版,第377页。
③ 班固:《白虎通义》,商务印书馆1937年版,第209页。
④ 陈梦家:《中国文字学》,中华书局2006年版,第210页。
⑤ 严可均:《全后汉文》,中华书局1958年版,第729—732页。
⑥ 俞绍初:《建安七子集》,中华书局2005年版,第132页。
⑦ 陈梦家:《中国文字学》,中华书局2006年版,第211页。

学内容，故柳诒徵说："汉时小学，兼重书算。"① 此阶段的教育基本上完成于十五岁以前。

因汉代小学的文字教学对汉赋作家的影响颇大，故重点研讨一下汉代小学的文字教学。《汉书·艺文志》："汉兴，闾里书师合《仓颉》《爰历》《博学》三篇，断六十字以为一章，凡五十五章，并为《仓颉篇》。武帝时司马相如作《凡将篇》，无复字。元帝时黄门令史游作《急就篇》，成帝时将作大匠李长作《元尚篇》，皆《仓颉》中正字也。《凡将》则颇有出矣。至元始中，征天下通小学者以百数，各令记字于庭中。扬雄取其有用者以作《训纂篇》，顺续《仓颉》，又易《仓颉》中重复之字，凡八十九章。臣复续扬雄作十三章。凡一百二章，无复字，六艺群书所载略备矣。《仓颉》多古字，俗师失其读，宣帝时征齐人能正读者，张敞从受之，传至外孙之子杜林，为作训故，并列焉。"陈梦家说："《说文解字》以前的篇章，都是有定句的韵文，而无说解。可以分为前后两期：前期的篇章自秦至前汉之末，据《汉书艺文志》秦时有《仓颉》《爰历》《博学》三篇，汉兴，书师合为《仓颉篇》，断六十字为一章，共五十五章，三千三百字。……后期的篇章自前汉之末起，于日常用字外，加入六艺文字。……到后汉和帝时贾鲂作《滂熹篇》与《仓颉篇》《训纂篇》合为'三仓'。"② 这是汉代字书制订的大致情况。从这两段引文中可知，汉前期所用识字课本，主要是秦刀笔吏编订的记录日常用字的《仓颉篇》，后期的识字课本则于日常用字外加入了六艺文字。此为经学兴盛使然。

汉初的蒙学文字课本，是合并《仓颉》《爰历》《博学》三篇而成的新《仓颉篇》。唐兰说："汉初，通行的字书，是合并了《爰历》《博学》的《仓颉篇》，那时的人都喜欢摹仿它，像司马相如的《凡将篇》，史游的《急就篇》，李长的《元尚篇》都是。后平帝时，爰礼等百余人，说文字未央廷中，扬雄取其有用者，以作《训纂篇》，顺续《仓颉》，这类字书的编集，到东汉时还很流行。"③ 足见这三部秦代字书对汉代文化影响之深。而编订这三部字书的都是秦代的文法吏，《史记·李斯列传》云："李斯者，楚上蔡人也。年少时，为郡小吏。……乃从荀卿学帝王之术。"又云："高曰：'高固内官之厮役也，幸得以刀

---

① 柳诒徵：《中国文化史》，钟山书局1935年版，第10页。
② 陈梦家：《中国文字学》，中华书局2006年版，第121页。
③ 唐兰：《古文字学导论》，齐鲁书社1981年版，第340—341页。

笔之文进入秦宫。'"太史令亦当是成天与刀笔打交道的人。而"草律著其法"的萧何也曾是秦代刀笔吏，熟谙秦吏事，颇知文书之重要。所以，在沛公至咸阳时，"诸将皆争走金帛财物之府分之，何独先入收秦丞相御史律令图书藏之"①。萧何还是一个书法高手，羊欣《笔陈图》："（萧）何深善笔理，尝与张子房、陈隐等论用笔之道。何为前殿，覃思三月，以题其额，观者如流水。"②书法高手往往比常人更关注文字。曾为刀笔吏并为书法高手的萧何，深知熟识文字和书写能力对刀笔吏的重要性，故其沿袭秦律中的"太史试学童，能讽书九千字以上，乃得为史。又以六体试之，课最者以为尚书御史史书令史。吏民上书，字或不正，辄举劾'"之条。太史公曰："萧相国何于秦时为刀笔吏，碌碌未有奇节。及汉兴……位冠群臣，声施后世，与闳夭、散宜生等争烈矣。"③足见其人在汉初影响之大。这些都有可能影响汉制对秦制的基本沿袭，于是，沿袭秦代的蒙学教育制度也是情理之中的事。

汉随秦法，进行文字教育的主要目的是培养"史"，如"尚书御史""史书令史"等。许慎《说文解字叙》亦云："尉律，学僮十七已上，讽籀书九千字，乃得为史。又以八体试之。郡移太史并课最者为尚书史。"段玉裁注曰："讽籀书九千字者，谓能背诵尉律之文。籀书谓能取尉律之义推演发挥，而缮写至九千字之多。……《艺文志》：试学童讽书九千字以上，乃得为史。无籀字。得为史，得为郡县史也。"④又曰："太史者，太史令也。并课者，合而试之也。上文试以讽籀书九千字，谓试其记诵文理。试以八体，谓试其字迹。县移之郡，郡移之太史。太史合试此二者。最读殿最之最，其最者用为尚书令史也。尚书令史十八人，二百石，主书。《艺文志》曰：以为尚书御史史书令史。云史书令史者，谓能史书之令史也。汉人谓隶书为史书。故孝元帝、孝成许皇后、王尊、严延年、楚王侍者冯嫽、后汉孝和帝和熹邓皇后、顺烈梁皇后、北海靖王睦、乐成靖王党、安帝生母左姬、魏胡昭史皆云善史书。大致皆谓适于时用。如贡禹传云，郡国择便巧史书者为右职。又苏林引胡公云，汉官假佐取内郡善史书者给佐诸府也。是可以知史书之必为隶书。向来注家释史书为大篆，其谬可知矣。石建自诡马不足一，马援纠缪皋为四羊。其可证也。盖汉承秦后，切于时

---

① 《史记》卷五三《萧相国世家》，第2014页。
② 倪涛：《六艺之一录》卷三百十五，《文渊阁四库全书》本。
③ 《史记》卷五三《萧相国世家》，第2020页。
④ 段玉裁：《说文解字注》，浙江古籍出版社2006年版，第759页。

用，莫若小篆隶书也。《志》兼言御史令史，御史之令史；即《百官志》之兰台令史。"①

依段氏意，"史"与"吏"意近，或同。"史书"即"吏"所常用之书，即隶书。"郡县史"即"郡县吏"。即为郡太守、郡丞、县令若长、县丞、县尉等服务的文法吏。段注颇得其旨，秦汉的文字教育主要是为培养实用型人才——"郡县史"服务的。这或与秦汉之郡县制的考课、上计等事体有莫大关联。考课与上计均以簿籍为据，而簿籍的制定又与书计难离。如《汉书·贡禹传》云："禹訾当时郡国，择便巧史书习于计簿，能欺上府者，以为右职。"故熟悉书计为郡县史的基本素养。

"史"与"吏"是有联系的，王国维《释史》云："史为掌书之官，自古为要职。殷商以前，其官之尊卑虽不可知，然大小官名及职事之名，多由史出。"② 又云："史之本义，为持书之人，引申而为大官及庶官之称。又引申而为职事之称。其后三者各需专字。于是史吏事三字于小篆中截然有别，持书者谓之史，治人者谓之吏，职事谓之事。此盖出于秦汉之际。而诗书之文尚不甚区别。"③ 王充《论衡·量知》亦云："能雕琢文书，谓之史匠。夫文吏之学，学治文书也。当与木土之匠同科。"④ 可见，在某些特定意义中，"史""吏"可等同。从出土秦简中亦可考证秦汉"史"与"吏"之关系。《睡虎地秦墓竹简》中《秦律十八种》之《内史杂》：

> 令敕史毋从事官府。非史子殹（也），毋敢学学室，犯令者有罪。
> 下吏能书者，毋敢从史之事。⑤

由简文可知，其一，"史之事"离不开"书"，即"史"以书写为要务。其二，"吏""史"职事相近，吏已"由史出"，此处"吏"与"史"或可等同。

又《睡虎地秦墓竹简》之《编年记》：

> 今元年，喜傅。
> 二年.

---

① 段玉裁：《说文解字注》，浙江古籍出版社2006年版，第759页。
② 王国维：《观堂集林》，中华书局1959年版，第269页。
③ 同上，第270页。
④ 王充：《论衡》，上海人民出版社1974年版，第195页。
⑤ 熊承涤：《秦汉教育论著选》，人民教育出版社1986年版，第11—12页。

三年，卷军，八月。喜揄史。

【四年】，□军。十一月，喜□安陆□史。

五年.

六年，四月，为安陆令史。

七年，正月甲寅，鄢令史。①

"令史"何谓，《史记·项羽本纪》集解引《汉仪注》："令吏曰令史，丞吏曰丞史。"也就是说，"喜"曾为安陆县令吏，鄢县令吏，即安陆县和鄢县的文法小吏。黄留珠在《简牍所见秦汉文吏的若干问题》中说："湖北云梦睡虎地11号秦墓的墓主，即秦简《编年记》中的那位'喜'，生前正好是十九岁进用为'史'的，估计他应出身'史子'，在以后他担负安陆御史、令史、和鄢令史的生涯中，曾有过'治狱'的经历，而当他死后。又以大批法律文书殉葬。这些现象告诉我们，当时'史'的工作，律令文法也是主要内容。如果换个角度看，即是说当时'史'与'文法吏'应当不存在什么严格的界限。"②

汉代亦有因善书为吏的，《汉书·王尊传》："少孤，归诸父，使牧羊泽中，尊窃学问，能史书。年十三，求为狱小吏。数岁，给事太守府。"《汉书·严延年传》："尤巧为狱文，善史书。"《汉书·张安世传》："少以父任为郎，用善书给事尚书。"故王国维《汉魏博士考》云："汉人就学，首学书法，其业成得试为吏。"③既然善书可为吏，则刺激学童学书的激情。

西汉后期，由于经学已盛，古文经学渐居学术主流。字书便成经学附庸，为研经服务。《说文解字叙》云："盖文字者，经艺之本，王政之始。前人所以垂后，后人所以识古。故曰本立而道生。知天下之至赜而不可乱也。今叙篆文，合以古籀，博采通人至于小大，信而有证。稽撰其说，将以理群类，解谬误，晓学者，达神恉，分别部居，不杞杂厕，万物咸睹，靡不功。厥谊不昭，爰明以谕。其称《易孟氏》《书孔氏》《诗毛氏》《礼周官》《春秋左氏》《论语》《孝经》，皆古文也。其于所不知，盖厥如也。"④许慎《说文解字》的作意，其子所说甚明。许冲《上说文表》云："作《说文解字》，六艺群书之诂皆训其

---

① 睡虎地秦墓竹简整理小组：《睡虎地秦墓竹简》，文物出版社1978年版，第6页。
② 黄留珠：《秦汉历史文化论稿》，三秦出版社2002年版，第275页。
③ 王国维：《观堂集林》，中华书局1959年版，第179页。
④ 段玉裁：《说文解字注》，浙江古籍出版社2006年版，第763—764页。

意。"陈梦家先生说:"是其书逸出篇章者有不少属于六艺文字。此是《说文》同于后期字书而异于前期字书的一点,即于日常文字外加入六艺文字。《说文解字叙》云'盖文字者经艺之本',和前期篇章以识字为主,有极大的不同。"① 这"极大的不同"就是后期小学字书加入了六艺文字,以供学童日后研经之用。《说文解字》是此类字书的集大成者。王国维说:"汉时教初学之所,名曰书馆,其师名曰书师。其书用《仓颉》《凡将》《急就》《元尚》诸篇。其旨在使学童识字、习字。……此一级也。其进则授《尔雅》《孝经》《论语》,有以一师专授者,亦有由经师兼授者。"② 可见,"后期的篇章"渐为研经之具。吕思勉说:"汉人好古,辞以近古为正,而尔雅之义,遂有近古变为近正矣。此与秦人之同文字适相反。其好搜籀、篆以外古字,亦此意耳。此为文字语言分离之渐。"③ 所以,汉人字书中多古字、奇字。

由上所述,我们得知,在汉代无论是吏还是儒,都需有深厚的小学修养。无论是法治还是儒教,或"王霸道兼之",都不会轻视小学教育。且汉人教育层面渐广,吕思勉说:"汉兴,除挟书之律,设学校之官。既逢清晏之时,盖益以利禄之路。于是向学者益众。学术为士大夫所专有之局,至此全破矣。"④ 可见汉代教育之盛。又小学教育为其他教育之基石,故小学教育对汉人的影响最为深广。

二、汉赋生产者的小学修养

汉代的小学教育,尤其是书写教学极为严格。《论衡·自纪》云:"诵奇之,六岁教书。恭愿仁顺……八岁出于书馆,书馆小僮百人以上。皆以过失袒谪,或以书丑得鞭。"⑤ "书馆小僮百人以上,皆以过失袒谪,或以书丑得鞭",即是说学生写错字或字写得不好看都要受到老师的严厉惩罚。这是有其深层社会原因的,因为当时统治者十分注重文字的书写,上书时如有书写错误便受律法惩治。《汉书·艺文志》:"吏民上书,字或不正,辄举劾。'"因"字或不正,辄举劾",故汉人书写非常谨慎。《汉书·石奋传》:"长子建,为郎中令,奏事

---

① 陈梦家:《中国文字学》,中华书局2006年版,第221页。
② 王国维:《观堂集林》,中华书局1959年版,第179页。
③ 吕思勉:《秦汉史》,上海古籍出版社2005年版,第667页。
④ 吕思勉:《秦汉史》,上海古籍出版社2005年版,第641页。
⑤ 王充:《论衡》,上海人民出版社1974年版,第447页。

下，建读之，惊恐曰：'书马者，与尾而五，今乃四，不足一，获谴，死矣。'其为谨慎，虽他，皆如是。"这里虽是为突现石建的谨慎为人，但也反映了汉人对文字书写的严格要求。故刘勰《文心雕龙·练字》云："汉初草律，明著厥法：太史学童，教以六体，又吏民上书，字谬辄劾；是以马字缺画，而石建惧死，虽云性慎，亦时重文也。"① 因汉人"重文"，故小学教育极为严格，因此，学童在小学阶段也就打下了深厚的文字功底。深厚的文字功底为以后的博览和属文都带来了极大便利。

笔者臆测，小学识字教学或与辞赋制作相并联。汉赋以罗列事物、铺采摛文为主，故制赋十分有助于识字巩固。或许有书师以赋物之法巩固识字。因赋家少年善赋者颇多，《汉书·扬雄传》云："雄少而好学，不为章句，训诂通而已，博览无所不见。……自有大度，非圣哲之书不好也；非其意，虽富贵不事也。顾尝好辞赋。"又《后汉书·班固传》："年九岁，能属文诵诗赋，及长，遂博贯载籍，九流百家之言，无不穷究。""年九岁"，正是小学受教阶段。"能属文诵诗赋"，"诵诗赋"或指诵读诗赋，或指诵作诗赋。总之，在小学阶段，班固曾诵习诗赋。而且很多文人在少时便擅长辞赋，如桓谭《新论·道赋》云："谚曰：'侏儒见一节，而长短可知。'孔子言：'举一隅足以三隅反。'观吾小时二赋，亦足以揆其能否。"桓谭少时曾作《仙赋》；李尤少以文章显，和帝时，侍中贾逵荐尤有相如、扬雄之风，召诣东观，受诏作赋，拜兰台令史；王延寿有隽才，少游鲁国，作《灵光殿赋》等②。曹植《与杨德祖书》亦云："今往少小所著辞赋一通。相与夫街谈巷说，必有可采。击辕之歌，有应风雅。匹夫之思，未易轻弃也。"③ 类似者颇多，不一一而举。又扬雄《法言·吾子》云："或问：吾子少而好赋？曰：然。童子雕虫篆刻。俄而曰：壮夫不为也。"④ "童子雕虫篆刻"是指汉代学童对篆书、虫书的识习。汉代既以六体试学童，必以六体教之。"六体者，古文、奇字、篆书、隶书、缪篆、虫书，皆所以通知古今文字，摹印章，书幡信也。"⑤ "雕虫篆刻"虽小学识习之，但于后来并不常用得益，因汉代文字书写以隶书为主。以此推之，辞赋亦小学习作之，后亦不常

---

① 范文澜：《文心雕龙注》，人民文学出版社1958年版，第623页。
② 同上，第2618页。
③ 李善：《文选注》，中华书局1977年版，第594页。
④ 汪荣宝：《法言义疏》，中华书局1987年版，第45页。
⑤ 《汉书》卷三〇《艺文志》，第1721页。

用得益。故"少而好赋","壮夫不为"。虽不能断言汉代小学教育包括辞赋教学,但可窥见,汉赋确与小学关系至密。

由于汉代小学书写教学严格,故汉代赋家大都小学修养深厚,有很多赋家作有小学著述。赋家司马相如、扬雄、班固、崔瑗、蔡邕等,均有小学著述。《汉书·艺文志》载:"《凡将》一篇。本注:司马相如作。……《训纂》一篇。本注:扬雄作。……扬雄《仓颉训纂》一篇。"《隋书·经籍志》载:"《劝学》一卷。本注:蔡邕撰。有司马相如《凡将篇》,班固《太甲篇》《在昔篇》,崔瑗《飞龙篇》,蔡邕《圣皇篇》《黄初篇》《吴章篇》,蔡邕《女史篇》,合八卷。"① 另外,扬雄有《方言》。应劭《风俗通义序》云:"周秦常以岁八月遣輶轩之使。采异代方言。还奏籍之,藏于秘室。及嬴氏之亡,遗脱漏弃。无见之者。蜀人严君平有千余言,林间翁孺才有梗概之法。扬雄好之,天下孝廉,卫卒交会。周章质问。以次注续。二十七年,尔乃至正。凡九千字。其所发明。犹未若尔雅之闳丽也。张竦以为悬诸日月不刊之书。予实顽闇,无能述演。岂敢比隆于斯人哉。"② 戴震《方言疏证序》:"是书汉末晋初乃盛行,故应劭举以为言,而杜预以释经,江琼世传其学于式。他如吴薛综述《二京解》,晋张逵、刘逵注《三都赋》,晋灼注《汉书》,张湛注《列子》,宋裴松之注《三国志》,其子裴骃注《史记》,及隋曹宪、唐陆德明、孔颖达、长孙讷言、李善、徐坚、杨倞之伦,《方言》及注几备见援摭。"③

赋家张衡虽未有小学著述,然小学修养亦十分深厚。《后汉书·张衡传》:"安帝雅闻衡善术学,公车特征拜郎中,再迁为太史令。……顺帝初,再转,复为太史令。……永和初,出为河间相。……视事三年,上书乞骸骨,征拜尚书。"从张衡所历官职太史令、尚书等职来看,均为主掌文书之职,小学修养不厚者不能为之。如依"尉律,学僮十七已上,讽籀书九千字,乃得为史。又以八体试之。郡移太史并课最者为尚书史",则太史为学童的文字考官,其本身之文字修养可想而知。"课最者为尚书史",说明能为尚书者亦是文字修养极深者。张衡任此二职,其小学文字修养之深厚,自不待言。张衡有《周官训诂》,属训诂学著作,隋唐后亦归入小学之内。到东汉,汉赋的主要生产者为尚书和东观

---

① 魏征:《隋书》,中华书局1982年版,第942页。
② 严可均:《全山古三代秦汉六朝文》,中华书局1958年版,第658页。
③ 戴震:《方言疏证》,中华书局,第1页。

校书郎，其小学修养之深厚就不用细论了。

汉代严格的书写教学还造就了许多著名的书法家，汉赋生产者中也不乏其人。如司马相如、扬雄、班固、崔瑗、蔡邕等。这也是和当时小学教育兴盛、汉人"重文"的风气分不开的。吕思勉说："秦、汉之世，为我国文字变迁最烈之时。综其事：则字形变迁之多，一也。字数一面增加，一面淘汰，二也。文字之学，成于是时，三也。行文渐以古为准，寖成文言分离之局，四也。书法渐成艺事，五也。盖文字之用，远较先秦时为宏，故其变迁之烈如此。自经此大变后，其势遂渐趋于安定矣。"① 又云："识字、习书，同为小学所当务。……乐成靖王党，史亦称其善史书，而又言其喜正文字。安帝母左姬，史亦言其好史书，而又言其喜辞赋，正由习书法者皆据识字之书而然。"② 可见，"书法渐成艺事"亦是汉人重视文字书写的缘故。关于两汉辞赋与书法的密切关系，龚克昌先生《论两汉辞赋与书法》一文以论述甚详③，此不赘述。所要说明的是，书法亦是汉代小学教学的结晶。也属于汉赋生产者小学修养范畴之内。所以，汉赋不仅有文字内蕴的美感，往往也具有文字感官上的美感。

三、汉赋生产者小学修养对汉赋创作的影响

《仓颉篇》是"四字一句，有韵，有假借字（假侠为狭），以事为类，无说解"④。黄德宽先生通过"将《居延汉简》9·1A＋B＋C简与阜阳C001＋C002简相比照，基本可得到第五章全文"发现"《仓颉篇》以四字为句，一般是隔句押韵，每章一韵到底"⑤。"不入韵的句子，《仓颉篇》往往使用韵部接近的字，近似交韵。"⑥ 所以，"作为一种童蒙识字书，《仓颉篇》以当时通行的四言韵文形式编排零散的汉字，尽量将意义相同、相近、相关的编到一起，有助于习诵和记忆，使字的认识与词的掌握融为一体。……如果说《仓颉篇》中同类部首字的类聚还不是自觉的行为的话，那么到汉代史游的《急就篇》运用'分别部居'的编排，对部首的认识就开始初露端倪了"⑦。《急就篇》开宗明义：

---

① 吕思勉：《秦汉史》，上海古籍出版社2005年版，第660页。
② 同上，第668页。
③ 龚克昌：《中国辞赋研究》，山东大学出版社2003年版，第219—233页。
④ 陈梦家：《中国文字学》，中华书局2006年版，第217页。
⑤ 黄德宽：《汉语文字学史》，安徽教育出版社2006年版，第10页。
⑥ 胡平生等：《〈仓颉篇〉的初步研究》，《文物》，1983年第2期，第11页。
⑦ 黄德宽：《汉语文字学史》，安徽教育出版社2006年版，第11—12页。

"急就奇觚与众异，罗列诸物姓名字，分别部居不杂厕，用日约少诚快意。"① 这样的编排方式，使学童在识字的同时，潜意识形成了作文作赋用字的习惯。"尽量将意义相同、相近、相关的编到一起"及后来的"分别部居的编排"，恐怕就是"及长卿之徒，诡势瑰声，模山范水，字必鱼贯"②的基石了。由上可见，《仓颉篇》既为赋家作赋时提供了大量奇难字的来源，同时也培养了他们作赋时"分别部居"的用字、用韵习惯。以致后人可把汉、晋大赋当作"类书""志书"读，袁枚《历代赋话序》云："古无志书，又无类书，是以《三都》《两京》，欲叙风土物产之美，山则某某，水则某某，草木鸟兽虫鱼则某某，必加穷年乃成。而一成之后，传播远迩，至于纸贵洛阳。盖不徒震其才藻之华，且藏之中笥，作志书类书读故也。"③

既然汉代所用字书《仓颉篇》是以秦代刀笔吏所编字书为基础。其中难免蕴藏法家思想，这种思想也会影响到汉赋的创作。秦以法治国，何谓法？法不仅仅是指狭隘的刑罚，"一切模范都是法"④，《周易·系辞上》："一阖一辟谓之变，往来不穷谓之通。见乃谓之象，形乃谓之器。制而用之谓之法。……法象莫大乎天地，变通莫大乎四时。"孔颖达正义："垂为模范，故云谓之法。"⑤ 从这句话中可以看出，"法"是可以包容万物的。这和《史记·秦始皇本纪》中所记的"普施明法，经纬天下，永为仪则"是对应的。"永为仪则"才是以秦始皇为代表的刀笔吏们所追求的终极目标，其追求"永为仪则"的思维习惯又是其大无外的。但刀笔吏的事务是琐细的，在办理琐细的事务中养成了"其小无内"的思维习惯⑥。我们可从秦石刻中看到秦刀笔吏的"其小无内"："饰省宣义，有子而嫁，倍死不贞。防隔内外，禁止淫洪，男女絜成。夫为寄豭，杀之无罪，男秉义程。妻为逃嫁，子不得母，咸化廉清。"⑦ 小到伦理守则的细节都要加以规范。从出土秦简中也可看到秦吏事务的"其小无内"："《秦律十八种》共202枚简，……每条律文末尾均有律名或律名的简称。……《秦律杂抄》大约是根据需要从完整秦律中摘抄出来的片段，其内容与《秦律十八种》没有

---

① 史游：《急就篇》，岳麓书社1989年版，第1页。
② 范文澜：《文心雕龙注》，人民文学出版社1958年版，第694页。
③ 浦铣：《历代赋话》，上海古籍出版社2007年版，第3页。
④ 胡适：《中国古代哲学史》，安徽教育出版社2006年版，第328页。
⑤ 孔颖达：《周易正义》（《十三经注疏》本），上海古籍出版社1995年版，第82页。
⑥ 刘熙载：《赋概》，上海古籍出版社1978年版，第99页。
⑦ 《史记》卷六《秦始皇本纪》，第262页。

重复。"① 律令之细，可见一斑，真是想做到"诸产得宜，皆有法式"②。秦代刀笔吏"其小无内"，其大无外的思想必定会暗藏于字书之中。

这种好大喜全的思想波及了汉人，汉人作赋也是好大喜全的，正如清程廷祚《青溪集·论骚赋中》所云："长卿天纵绮丽，质有其文，心迹之论，赋家之准绳也，《子虚》《上林》，总众类而不厌其繁，会群采而不流于靡。"③ 以致后人对汉赋有"志书""类书"之讽。扬雄、班固和王充对此都颇有微词，《汉书·扬雄传下》："必推类而言，极丽靡之辞，闳侈巨衍，竟于使人不能加也。"《汉书·艺文志》："竟为侈丽之词，没其讽谕之义。""竟于使人不能加也"，就是想把大而全的仪则做到一种极致，使其赋作也成为天下作赋之"仪则""准绳"。恐怕这也得益于《仓颉》《凡将》之类的字书了。

《急就篇》大致仿效《凡将篇》，颜师古《急就篇注叙》云："逮至炎汉，司马相如作《凡将篇》，俾效书写，多所载述，务适时要，史游景慕，拟而广之。"④《急就篇》"第一至第六章名姓，第七至廿四诸物，第二十五章后五官，第三十一章结语颂汉德"⑤。"结语颂汉德"，与辞赋同。是辞赋模范字书，还是字书模范辞赋，现恐亦难说清。如果排除字书编排受辞赋的影响，则《急就篇》的"结语颂汉德"是模仿《凡将篇》或《仓颉篇》。那么，《凡将篇》是否"结语颂汉德"，其是受前代字书的影响，还是受当时辞赋之风的影响，均难知晓。但据《仓颉篇》残语"幼子承诏""考妣延年"等句臆测，《仓颉篇》亦会颂秦德。再者，秦代刀笔吏盛行的好颂之风可能会影响字书的编写。李斯《议刻金石》："群臣相与诵皇帝功德，刻于金石，以为表经。"⑥ 每每"立石刻，颂秦德，明得意"⑦。石刻中反复出现"祗诵功德""群臣相与诵皇帝功德""群臣颂功""群臣嘉德，祗诵圣烈""群臣诵烈"等字眼⑧。刘勰《文心雕龙·颂赞》："至于秦政刻文，爰颂其德，汉之惠、景，亦有述容；沿世并作，相继于

---

① 郑有国：《中国简牍综论》，华东师范大学出版社1989年版，第159—160页。
② 《史记》卷六《秦始皇本纪》，第243页。
③ 程廷祚：《青溪集》，乙卯病月蒋氏慎修书屋校印本。第116页。
④ 史游：《急就篇》，岳麓书社1989年版，第1页。
⑤ 陈梦家：《中国文字学》，中华书局2006年版，第219页。
⑥ 《史记》卷六《秦始皇本纪》，第247页。
⑦ 同上，第244页。
⑧ 同上，第223—293页。

时矣。"① 更有面谀者，周青臣《进颂》云："他时秦地不过千里，赖陛下神灵明圣，平定海内，放逐蛮夷，日月所照，莫不宾服。以诸侯为郡县，人人自安乐，无战争之患，传之万世，自上古不及陛下威德。"② 这种歌功颂德的思想影响到了汉人，当然也会表现在赋作中。

《汉书·艺文志·诗赋略》"孙卿赋"条下有"李思《孝景皇帝颂》十五篇"，"客主赋"条下有"杂行出及颂德赋二十四篇"。《汉书·淮南衡山济北王传》："（刘安）又献《颂德》及《长安都国颂》。"梁园的赋家也是好颂的，在咏物赋的后面总是加上一个颂的尾巴。如邹阳《酒赋》有"吾君寿亿万岁，常与日月争光"语，《几赋》有"君王凭之，圣德日跻"语；路乔如《鹤赋》有"赖吾王之广爱，虽禽鸟兮抱恩"语；羊胜《屏风赋》有"藩后宜之，寿考无疆"等颂语，与秦琅琊台石刻中的"功盖五帝，泽及牛马。莫不受德，各安其宇"有相通之处③。故翦伯赞说："我们从当时许多纪功碑上的刻词中，还是可以看出秦代文学的体裁。在纪功碑的刻词中，往往应用四字的语句，间亦杂以不规则之长短句，而且皆有不规则之押韵。因此，我以为这种赞扬天皇圣明的颂词，就是后来汉赋的渊源。"④

不论《急就篇》的"结语颂汉德"是受何影响，它又必定影响后来的学习者，这点是毫无疑问的。后来赋家沿袭这一做法，更加敷张，甚至全篇似颂，以致在汉代赋颂难分。对于某些具体作品，难以断定是赋还是颂。如马融的《广成》《上林》等篇。挚虞《文章流别志论》："马融《广成》《上林》之属，纯为今赋之体，而谓之颂，失之远矣。"⑤ 刘勰《文心雕龙·颂赞》："马融之《广成》《上林》，颂而似赋，何美文而失质乎！"⑥《广成》《上林》是赋而似颂，还是颂而似赋，已经纠缠不清了。虽说"四始之至，《颂》居其极。……昔帝喾之世，咸黑为颂，以歌《九招》。自《商颂》以下，文理允备"，⑦ 但这些在对汉人的影响广泛直接方面，恐怕远远比不上小学字书。

---

① 范文澜：《文心雕龙注》，人民文学出版社1958年版，第157页
② 严可均：《全上古三代秦汉三国六朝文》，中华书局1958年版，第123页。
③ 《史记》卷六《秦始皇本纪》，第245页。
④ 翦伯赞：《秦汉史》，北京大学出版社1983年版，第89页。
⑤ 严可均：《全上古三代秦汉三国六朝文》，中华书局1958年版，第1905页。
⑥ 范文澜：《文心雕龙注》，人民文学出版社1958年版，第157页
⑦ 范文澜：《文心雕龙注》，人民文学出版社1958年版，第156页。

第四节　汉赋的生产动因

徐复观先生说:"我在《西汉文学论略》中曾谓汉赋形式,可分为两个系列:一为新体诗的赋,一为《楚辞》体的赋。汉赋内容,亦可分为两条路线,一是炫耀自己才智的赋,一是发抒怀抱感情的赋。"① 这里涉及了汉赋生产的两大主要动因,但汉赋生产除此两大动因外,还有其他诸多动因,同样影响着汉赋的生产,也是不可忽视的。

一、利禄引诱与示忠显能

汉代赋家大多过着寄食生活,早期的诸侯门客如枚乘、邹阳、严忌、淮南小山等,自不待说,是过着一种寄食生活。后来武帝时代的司马相如、枚皋、东方朔、吾丘寿王等,宣帝时代的王褒、张子侨等,成帝时代的扬雄等,均曾待诏为郎,类于寄食,或者说仍是过着寄食生活。东汉的赋家班固、傅毅、崔骃、崔琦、崔瑗等,曾为大将军幕僚,他们也都是过着类于寄食的生活。法国的罗贝尔·埃斯卡皮说:"所谓寄食制,就是由某一个人或某一个机构来养活一个作家,他们保荐他,反过来又要求他满足他们的文化需要。……在这种体系里,作家被认为是提供奢侈品的工匠,于是,他也根据物物交换的原则,用自己的产品换取他人对自己的供养。"② 是主人给予利禄,所以,他们就得尽忠尽力地为主人服务。从某种意义上说,皇帝的臣子比之诸侯门客,会受到更多束缚,失去更多的自我本原。他们也必须更加尽忠竭力地为主子服务,在主子的号令下从事"忘我"的劳动。

梁孝王的门客,汉武帝、汉宣帝的言语侍从之臣,东汉皇帝的御用文人,将军幕府的僚属等,在主子的号令下积极地为主子制赋作颂。或歌颂功德,或润色鸿业,或宣教布政等。当然主子也给予他们利禄作为奖励。刘大杰先生在分析汉赋兴盛的原因时说:"汉赋的兴盛,利禄引诱的力量也起了一定的作用。开始是封君贵族们的奖励提倡,如吴王刘濞,梁孝王刘武,淮南王刘安皆折节

---

① 徐复观:《两汉思想史》(第二卷),华东师范大学出版社2001年版,第287—288页。
② 罗贝尔·埃斯卡皮,符锦勇译:《文学社会学》,上海译文出版社1988年版,第72页。

下人，招致四方名士。一时如邹阳、严忌、枚乘、司马相如、淮南小山、公孙胜、韩安国之流，都出其门下。枚乘赋柳，赐绢五匹，相如赋长门，得黄金百斤，这都是有名的故事。到了武帝，他爱好文学，重视文人，如司马相如、东方朔、枚皋诸人，都以辞赋得官了。其后如宣帝时王褒、张子侨，成帝时的扬雄，章帝时崔骃，和帝时的李尤都以辞赋而入仕途。君主提倡于上，群臣鼎沸于下，于是献赋考赋的事体，也就继之而起了。"① 正如刘大杰先生所言，利禄的引诱确是汉赋兴盛的一重大缘由，即是汉赋生产的一重要动因。

灵帝时，鸿都门学士之所以作赋也多出于对利禄的追求。像乐松、江览这样的斗筲小人，"或献赋一篇，或鸟篆盈简，而位升郎中，形图丹书"②，又"竖子小人，诈作文颂，而可妄窃天官，垂象图素"③。因作赋有利禄可图，故竖子小人竞相为赋，其高者颇引经训风喻之言；下则连偶俗语，有类俳优；或窃成文，虚冒名氏。故王符在《潜夫论·务本》中抨击他们曰："诗赋者，所以颂善丑之德，泄哀乐之情也，故温雅以广文，兴喻以尽意。今赋颂之徒，苟为饶辩屈蹇之辞，竞陈诬罔无然之事，以索见怪于世，愚夫戇士，从而奇之，此悖孩童之思，而长不诚之言也。"④ 从王符的言论也可反映出当时辞赋的生产十分昌盛，其主要动因就是利禄的引诱。

当然，汉代赋家作赋也有自己示忠显能的内心涌动。在讨论这个问题之前，我们先谈谈诸侯养士。弄清诸侯养士的目的，厘清他们主客之间的关系，对明了诸侯门客作赋的动机是不无裨益的。诸侯养士之风在战国时已盛行，齐、楚、魏、赵的四大公子都以善养士而名于世。平原君喜宾客，宾客盖至者数千人。魏公子为人仁而下士，士无贤不肖皆谦而礼交之，士以此方数千里争往归之，致食客三千人。春申君亦客三千余人。门客最多的要数齐孟尝君，食客数千人，几倾天下之士。尽管他们都能够做到士无贤不肖皆谦而礼交之，把收养门客的门槛放得很低，但他们并非想闲养一些无能之辈。如当策士冯谖使人属孟尝君，愿寄食门下时，"倾天下之士"的孟尝君也要问一问"客何好""客何能"⑤。由此可以看出，诸侯养客的初衷还是想要养一些有能之士，备为自己释难解厄。

---

① 刘大杰：《中国文学发展史》，上海古籍出版社1982年版，第133—134页。
② 《后汉书》卷七七《阳球传》，第2499页。
③ 同上。
④ 王符《潜夫论》，中华书局1985年版，第19页。
⑤ 刘向：《战国策》，上海古籍出版社1985年版，第395页。

第二章　汉赋的生产者及生产动因

诸侯门客众多，未必真正能够做到人尽其才，更有甚者，主子根本就不知客之才。如毛遂自荐就是一个很好的说明，如果毛遂不自荐的话，平原君也不会"使遂早得处囊中，乃颖脱而出"①。看来，门客如何让诸侯知道自己的才能，而使其知遇也就显得是一件很重要的事情了。门客也有自己的道德准则，那就如豫让所说的"士为知己者死"，"众人遇我，我故众人报之……国士遇我，我故国士报之"②。战国时大多门客对礼遇自己的主人是忠贞不二的，通过刺客豫让的所说所为即可以证明这一点。专诸也曾对友人说："既已委质臣事人，而求杀之，是怀二心而事其君也。且吾所为者极难耳！然所以为此者，将以愧天下后世之为人臣怀二心以事其君者也。"③ 看来，作为一个门客不仅要有能，还要有忠。

汉初离战国未远，这种风气当然也不会遗消殆尽。徐复观先生云："汉初士人承战国余习，遨游于诸侯王间，下焉者博衣食，上焉者显材能。"④ 枚乘和邹阳在做吴王刘濞门客时，察觉到吴王有反意时，便上书劝谏。《汉书·贾邹枚路传》："吴王以太子事怨望，称疾不朝，阴有邪谋，阳奏书谏。"又《汉书·贾邹枚路传》："吴王之初怨望谋为逆也，乘奏书谏曰：'臣闻得全者全昌，失全者全亡。舜无立锥之地，以有天下；禹无十户之聚，以王诸侯。汤、武之土不过百里，上不绝三光之明，下不伤百姓之心者，有王术也。故父子之道，天性也；忠臣不避重诛以直谏，则事无遗策，功流万世。臣乘愿披腹心而效愚忠。'"今学者多认为，邹、枚二人奏书谏吴王是出于为维护汉朝大一统的目的，但"披腹心而效愚忠"恐亦非虚言。他们弃吴游梁，是因为吴王不纳其谏，未以"国士遇之"，当然他们也不会"以国士报之"。但他们作为门客的忠心还是显现出来了，当吴王与六国谋反时，枚乘曾再次谏说吴王。说了这么多，就是想说明一个问题：示忠显能往往是诸侯门客行事的一个内在动机，进而成为门客效力于主子的内在规则。

示忠显能是否也是门客作赋的一个内在动因呢？回答是肯定的。尤其是像梁园赋家那种集团竞技式地作赋，有一个很重要的动因，就是为显示自己的言

---

① 《史记》卷七六《平原君虞卿列传》，第2366页。
② 《史记》卷八六《刺客列传》，第2521页。
③ 同上，第2520页。
④ 徐复观：《两汉思想史》（第二卷），华东师范大学出版社2001年版，第112页。

语辩才，借赋表现自己的"感物造耑，材知深美，可与图事"①的能力。于是"博辩之士，原本山川，极命草木；比物属事，离辞连类"②。梁园赋多为即兴而作，这实际上可以看作是"古者诸侯卿大夫交接邻国，以微言相感，当揖让之时，必称诗以谕其志，以别贤不肖而观盛衰焉"③的一个变相。即兴作赋，对作赋者的才能和机敏性要求相当高，也是诸侯考察门客才能和机变的一个手段。同时，也训练提高了他们这方面的能力。所以，他们在作赋时，就尽量多角度、全方位的对赋作对象极尽靡丽之词，充分显示自己的辩才。

赋家在作赋向主人显能的同时，也不忘对主人示忠。但示忠作得很含蓄，往往把自己对主人的忠心蕴藏在对主人的赞美之中。他们总是在对所赋之物极尽铺陈之后，再写一番赞美之语。邹阳《酒赋》有"吾君寿亿万岁，常与日月争光"语，《几赋》有"君王凭之，圣德日跻"语；公孙乘《月赋》有"文林辩囿，小臣不佞"语；路乔如《鹤赋》有"赖吾王之广爱，虽禽鸟兮抱恩"语；公孙诡《文鹿赋》有"叹丘山之比岁，逢梁王于一时"语；羊胜《屏风赋》有"藩后宜之，寿考无疆"语。枚乘《柳赋》却是较直白地表达了自己的忠心："小臣莫效于鸿毛，空衔鲜而嗾醪。虽复河清海竭，终无增景于边撩。"抱经堂本注云："章樵云：'边撩，柳之边梢也，借谕言细微之事。'今以上增景推之，日光照于屋椽之上，盖未光也。撩，似当从木，橼也。犹言不能增辉萤爝也。"④"鸿毛"轻浮，"空衔鲜而嗾醪。虽复河清海竭，终无增景于边撩"，尸位素餐，终无用于主人。"莫效于鸿毛"，就是要沉稳而忠实于主人，有用于主人。这也应该是当时门客们的共同心声吧，即门客通过显现主人之功德来示自己之忠。就连淮南小山的《招隐士》，也是在显主人之功德，因为只有有功德之人才可以招至隐士。"国有道则仕，国无道则隐"⑤，淮南小山在《招隐士》中对人才进行了召唤："王孙兮归来，山中兮不可久留。"⑥为主人延揽人才，不正是自己忠心于主人的一种表现吗？

像后来司马相如作赋劝喻汉武帝，扬雄作赋讽谏汉成帝，崔骃对窦宪的劝

---

① 《汉书》卷三〇《艺文志》，第1755页。
② 李善：《文选注》，中华书局1977年版，第480页。
③ 《汉书》卷三〇《艺文志》，第1755—1756页。
④ 费振刚：《全汉赋》，北京大学出版社1993年版，第36页。
⑤ 《史记》七九《范雎蔡泽列传》，第2422页。
⑥ 严可均：《全上古三代秦汉三国六朝文》，中华书局1958年版，第239页。

诚，崔琦作《白鹄赋》对梁冀的劝诫等，也应有忠于主子的思想成分。正如毕庶春先生说："从赋作者来说，可以借赋表现自己的'感物造耑，材知深美'，同时，也可以'劝百讽一'，表达自己的悃诚。"①

二、颂美与讽喻

《毛诗序》云："上以风化下，下以风刺上，主文而谲谏，言之者无罪，闻之者足以戒，故曰风。……雅者，正也，言王政之所由兴废也。……颂者美盛德之形容，以其成功告于神明者也。"②《诗小序》亦以美刺二端论《诗》。郑玄《诗谱序》亦云："论功颂德，所以将顺其美；刺过讥失，所以匡救其恶。"③可见，汉人视美刺为《诗》之用。此说遭到了宋人朱熹的批判："大率古人作诗与今人作诗一般，其间自有感悟道情，吟咏情性，几时尽是讥刺他人。只缘《序》者立例篇篇要作美刺说，将诗人意思尽穿凿坏了。且如今人见人才作事，便作一诗歌美之，或讥刺之，是什么道理。"④又云："凡小序之失，以此推之，什得八九矣。又其为说必使诗无一篇不为美刺时国政而作。固已不切于情性之自然，而又拘于时世之先后。"⑤朱熹的批判进一步说明了汉人认为《诗》是"为美刺时国政而作"，即"美刺时国政"是作《诗》之动因。赋为"古诗之流"，所以，"美刺时国政"也是作赋的一大动因。正如班固所说："或以抒下情而通讽谕，或以宣上德而尽忠孝。"⑥

颂美时政，自有传统。《汉书·禹贡传》："故天下家给人足，颂声并作。"王充《论衡·须颂》："古之帝王建鸿德者，须鸿笔之臣。褒颂纪载，鸿德乃彰，万世乃闻。"⑦王延寿《鲁灵光殿赋》云："物以赋显，事以颂宣。匪赋匪颂，将何述焉。遂作赋。"⑧汉人继承了"天下太平，颂声作"的这一传统。每逢盛世，瑞应屡现之际，政清国泰之时，必为赋而颂之。如王充《论衡·须颂》所

---

① 毕庶春：《试论〈七发〉与荀卿赋及纵横家的关系》，《四川师院学报》1982年第1期，第18页。
② 李善：《文选注》，中华书局1977年版，第637页。
③ 孔颖达正义：《毛诗正义》（《十三经注疏》本），上海古籍出版社1997年版，第262页。
④ 黎靖德：《朱子语类》卷八十，中华书局1986年版，第2076页。
⑤ 马端临：《文献通考》卷一七八，浙江古籍出版社1988年版，第1539页。
⑥ 李善：《文选注》，中华书局1977年版，第22页。
⑦ 王充：《论衡》上海人民出版社1974年版，第307页。
⑧ 费振刚：《全汉赋》，北京大学出版社1993年版，第527页。

云："高祖以来，著书非不讲论汉。司马长卿为《封禅书》，文约不具。司马子长纪黄帝以至孝武，杨子云录宣帝以至哀、平，陈平仲纪光武，班孟坚颂孝明。汉家功德，颇可观见。"① 尤其是东汉明、章之世，颂作大兴。如傅毅《显宗颂》，班固《高祖颂》《东巡颂》《南巡颂》，崔骃《明帝颂》《四巡颂》等。汉人不仅继承了《诗》为美政而作的传统，更多的继承了《诗》为刺政而作的传统，故更多的赋篇是为讽喻当政者而作。如孔臧《谏格虎赋》，司马相如《天子游猎赋》《秦二世赋》《大人赋》等，扬雄《甘泉赋》《羽猎赋》《河东赋》《长杨赋》《酒赋》等，杜笃《论都赋》，班固《两都赋》，崔骃《反都赋》，张衡《二京赋》等。

较早以赋讽喻当政者的是贾谊、孔臧和司马相如，当然也有人认为枚乘的《七发》为讽喻之作。刘勰以为"戒膏粱之子也"②，另有说为谏梁王谋反而作③，或为谏吴王谋反而作④。此二说臆测成分较大，但却从侧面反映出，讽谏确为汉赋生产一大动因，故后人在论及汉赋制作动因时总是向讽谏说靠拢。贾谊《旱云赋》："怀怨心而不能已兮，窃讬咎于在位。"⑤ 是讽喻当政者当关心民瘼。孔臧作赋讽谏是很明显的，观其《谏格虎赋》篇目中之"谏"字便可得知。在赋中孔臧借大夫之口言："君荒于游猎，莫恤国政"国君幡然醒悟曰："臣实不敏，习之日久矣。幸今承诲，请遂改之。"⑥ 作赋劝谏之意极为明了。

汉代最具代表性的赋家司马相如，亦多为讽谏时主而作赋。徐复观先生说："司马相如在文学上的卓越成就，当然为史公所倾心。他虽然赞成通近蜀的邛、筰，并驰，但卒感悟于蜀长老'通西南夷不为用'之言，欲谏不敢，'乃著书，藉以蜀父老为辞。而已诘难之，以风天子'，传《赞》'太史公曰：《春秋》推见至隐，《易》本隐之以（之以两字应倒乙）显……相如虽多虚辞滥说，然其要归引之节俭。此与《诗》之讽谏何异'。相如各赋，无不有深刻的讽谏意味。

---

① 王充：《论衡》，上海人民出版社1974年版，第309页。
② 范文澜：《文心雕龙注》，人民文学出版社1958年版，第254页。
③ 王观国《学林》卷九云："乘事梁孝王，恐孝王反，故作《七发》以谏之。"清阎若璩《潜邱劄记》卷二亦云："李善曰乘事梁孝王，恐孝王反，故作《七发》以谏之。"
④ 梁章钜《文选旁证》，引朱绶语："《七发》之作，疑在吴王濞时。扬州本楚境，故曰楚太子也。若梁孝王，岂能观涛曲江哉！"参见梁章钜《文选旁证》卷第二十八，福建人民出版社2000年版，第786页。
⑤ 费振刚：《全汉赋》，北京大学出版社1993年版，第12页。
⑥ 同上，第115页。

尤以《秦二世赋》及《大人赋》为最。故史公不惜引《春秋》及《易》以相喻。此相如之所以能成为'辞赋宗',而史公之所以为其立传。史公之识,远过于扬子云'劝百而讽一'之言。而班固竟为子云之言所蔽,后世遂无真知司马长卿者。"① 徐先生所说"相如各赋,无不有深刻的讽谏意味",是深得相如作赋之本意的。相如荡逸的才情,出俗的行迹,给时人及后人很多误解。其实相如也是一个深受儒家思想影响的人,卓文君《司马相如诔》首句便云:"嗟嗟夫子兮亶通儒。"② 所以,相如有着极强的人格操守,因此,他作赋的动因是非谀而实谏的。

扬雄赋也多为讽喻成帝而作,如"从上甘泉,还奏《甘泉赋》以风";"还,上《河东赋》以劝";"故聊因《校猎赋》以风";"雄从至射熊馆,还,上《长杨赋》,聊因笔墨之成文章,故藉翰林以为主人,子墨为客卿以风"③。《汉书·游侠传》亦云:"先是黄门郎扬雄作《酒箴》以讽谏成帝,其文为酒客难法度士,譬之于物。"由此可见,讽谏时主是扬雄制作赋篇的一主要动因。

东汉赋家受儒家思想濡染更深,其为文目的往往非美即刺,生产了许多讽谏赋作。他们多在赋序中明确表明自己作赋的目的即在讽劝。如杜笃《论都赋·自论》云:"窃见司马相如、扬子云作辞赋以讽主上,臣诚慕之,伏作书一篇,名曰《论都》。"班固《两都赋序》:"臣窃见海内清平,朝廷无事,京师修宫室,浚城隍,起苑囿,以备制度。西土耆老,咸怀怨思,冀上之睠顾,而盛称长安旧制,有陋洛邑之议。故臣作《两都赋》,以极众人之所眩曜,折以今之法度。"④ 亦有托古喻今者,如边让《章华台赋》:"楚灵王既云梦之泽,息于荆台之上。前方淮之水,左洞庭之波,右顾彭蠡之隩,南眺巫山之阿。延目广望,骋观终日。顾谓左史倚相曰:'盛哉此乐,可以遗老而忘死也。于是遂作章华之台,筑乾谿之室,穷木土之技,单珍府之实,举国营之,数年乃成。设长夜之淫宴,作北里之新声。于是伍举知夫陈、蔡之将生谋也。乃作新赋以讽之。'"⑤ 在东汉,除了皇帝是讽喻的对象外,随着大将军位高权重,也成了赋家讽喻的对象,如崔骃对窦宪的讽喻,崔琦对梁冀的讽喻等。《后汉书·文苑传上》云:

---

① 徐复观:《两汉思想史》,华东师范大学出版社2001年版,第233页。
② 严可均:《全上古三代秦汉三国六朝文》,中华书局1958年版,第434页下。
③ 《汉书》卷八七《扬雄传》,第3522、3535、3541、3557页。
④ 李善:《文选注》,中华书局1977年版,第22页。
⑤ 《后汉书》卷八〇下《文苑列传》,第2640页。

"琦以言不从，失意，复作《白鹄赋》以为风。"总之，他们的目的只有一个，就是讽喻当政者。因此，以作赋讽喻当政者也就成了他们生产赋作的一大动因。

随着"美刺时国政"的赋作越来越多，而且有时美重于刺，再加之消费者对赋作扬美抑刺的误读。"美刺时国政"的作赋动机造就了汉大赋"劝百讽一"的消费效果。

三、"自广"与发愤明志

司马迁《报任少卿书》云："盖文王拘而演《周易》；仲尼厄而作《春秋》；屈原放逐，乃赋《离骚》；左丘失明，厥有《国语》；孙子膑脚，《兵法》修列；不韦迁蜀，世传《吕览》；韩非囚秦，《说难》《孤愤》。《诗》三百篇，大底圣贤发愤之所为作也。"① 其在《太史公自序》中也表明了这一观点。实然，发愤著书乃中国文人一大传统。汉代赋家继承了这一传统而发愤作赋，既为排遣心中郁闷，亦为发明怀中志意。文帝时的赋家贾谊，因于朝中受排挤，远徙长沙，感念屈原而作《吊屈原赋》。又以鸮飞入舍，乃为凶兆，感思人生之不遇，作《鵩鸟赋》。《史记·屈原贾生列传》云："贾生为长沙王太傅三年，有鸮飞入贾生舍，止于坐隅。……既以谪居长沙，长沙卑湿，自以为寿不得长，伤悼之，乃为赋以自广。"可见，其作赋动机是出于"自广"，即自我宽慰。

出于此种动机作赋的还有西汉的刘歆、班婕妤、崔篆等，东汉的班彪、梁竦、张衡等。如刘歆《遂初赋序》云："是时朝政已多失矣，歆以论议见排摈，志意不得。之官，经历故晋之域，感今思古，遂作斯赋，以叹征事而寄己意。"②《汉书·外戚传》："赵氏姊弟骄妒，婕妤恐久见危，求共养太后长信宫，上许焉。婕妤退处东宫，作赋自伤悼。"《后汉书·崔骃传》："（篆）临终作赋以自悼，名曰《慰志》。"由此可知，他们作赋动机均出于"自广"。东汉的班彪、梁竦、张衡等人部分赋作也是出于"自广"的动机。如班彪《北征赋》："谅时运之所为兮，永伊郁其谁愬。"③《后汉书·梁竦传》："后坐兄松事，与弟恭俱徙九真。既徂南土，历江、湖，济沅、湘，感悼子胥、屈原以非辜沈身，乃作《悼骚赋》。"张衡《鸿赋》云："余五十之年，忽焉已至，永言身事，慨

---

① 李善：《文选注》，中华书局1977年版，第580页。
② 费振刚：《全汉赋》，北京大学出版社1993年版，第231页。
③ 同上，第255页。

然其多绪,乃为之赋,聊以自慰。"① 像这样出于"自广"目的而作的赋作还有很多,就不一一而举。有些赋家是为发愤明志而作赋,但亦带有"自广"的意味。如董仲舒《士不遇赋》、司马迁《悲士不遇赋》、东方朔《非有先生论》《答客难》等。尤其是《答客难》这一类发愤明志赋,后被衍为一大系列,如继《答客难》之后有扬雄《解嘲》《解难》,班固《答宾戏》,崔骃《达旨》,崔寔《答讥》,张衡《应间》,蔡邕《释诲》,陈琳《应讥》,等等。

汉武帝是个雄忍之主,积极有为。大量延揽人才,《汉书·公孙弘卜式兒宽传赞》:"是时,汉兴六十余载,海内艾安,府库充实,而四夷未宾,制度多阙。上方欲用文武,求之如弗及,始以蒲轮迎枚生,见主父而叹息。群士慕向,异人并出。卜式拔于刍牧,弘羊擢于贾竖,卫青奋于奴仆,日䃅出于降虏,斯亦向时版筑饭牛之明已。汉之得人,于兹为盛。儒雅则公孙弘、董仲舒、兒宽,笃行则石建、石庆,质直则汲黯、卜式,推贤则韩安国、郑当时,定令则赵禹、张汤,文章则司马迁、相如,滑稽则东方朔、枚皋,应对则严助、朱贾臣,历数则唐都、洛下闳,协律则李延年,运筹则桑弘羊,奉使则张骞、苏武,将率则卫青、霍去病,受遗则霍光、金日䃅,其余不可胜纪。是以兴造功业,制度遗文,后世莫及。"所以,班固感慨说:"公孙弘、卜式、兒宽皆以鸿渐之翼困于燕爵,远迹羊豕之间,非遇其时,焉能致此位乎?"②

看上去,董仲舒、司马相如、东方朔这些人是时逢明君,生得其时了。但是,武帝对这些人也是十分苛刻的,正如司马光所说:"上招延士大夫,常如不足;然性严峻,群臣素所爱信者,或小有犯法,或欺罔,辄按诛之,无所宽假。"③ 故其手下的大臣多不得善终:"李蔡、严青翟、赵周、公孙贺、刘屈氂等丞相皆死于非命;窦婴、灌夫、张汤等大臣皆被诛杀;严助、主父偃、吾丘寿王等始得幸,终被杀;朱买臣、王朝、边通等三人因谋害张汤伏诛。此外,因犯过错而被武帝革去爵位,废为庶民者更多。"④ 在这位雄主威怒的震慑下,有些士大夫便失去了独立的人格精神,只能苟合取容,无所短长之效。张汤就是一个很好的例子,汲黯在论张汤的为人时说:"然御史大夫张汤智足以拒谏,诈足以饰非,务巧佞之语,辩数之辞,非肯为天下言,专阿主意,主意所不欲,

---

① 费振刚:《全汉赋》,北京大学出版社1993年版,第484页。
② 《汉书》八九《循吏传》,第3633页。
③ 司马光:《资治通鉴》卷十九,岳麓书社1990年版,第214页。
④ 王焕然:《汉代士风与赋风研究》,中国社会科学出版社2006年版,第62页。

因而毁之;主意所欲,因而誉之。好兴事,舞文法,内怀诈以御主心,外挟贼吏以为威重。"① 张汤就完全失去了个人人格,成了武帝统治臣民的机器。

像张汤这样的人并不在少数,他们甘愿做皇帝的奴仆,唯皇帝之命是从。但也有不愿意失去个人人格精神,却又无法改变这种命运的士大夫,他们便借文章来发愤了。像这样的文人有司马相如、司马迁、董仲舒、东方朔等。这些人属于是当时的"士"阶层。余英时先生说:"中国史上的'士'大致相当于今天所谓的'知识分子',但两者之间又不尽相同。……根据西方学术界的一般理解,所谓'知识分子',除了献身于专业工作以外,同时还必须深切地关怀着国家、社会,以至世界上一切公共利害之事,而且这种关怀又必须是超越于个人(包括个人所属的小团体)的私利之上的。"② 从这段话中,可以看出,"知识分子"不仅要有独立的个人人格精神,还要有独立社会文化品格。一旦威胁到他们独立的个人人格精神和独立的社会文化品格,他们便会发出呼唤。如董仲舒《士不遇赋》云"屈意从人,非吾徒矣","以辩诈而期通兮,贞士耿介而自束","虽矫情而获百利兮,复不如正心而归一善。纷既迫而后动兮,岂云禀性之惟褊"③。司马迁也是一个极有操守的人,不愿意"苟合取容,无所短长之效"④。感于独立人格的丧失,写下了《悲士不遇赋》。其赋云:"悲夫!士生之不辰,愧顾影而独存。恒克己而复礼,惧志行之无闻。"⑤ "恒克己而复礼,惧志行之无闻",就是他独立人格精神的体现。

东方朔可算得上是朝中隐士,他同样具有极强的独立人格精神。其《答客难》亦云:"传曰:'天不为人之恶寒而辍其冬,地不为人之恶险而辍其广,君子不为小人之訩訩而易其行。''天有常度,地有常形,君子有常行;君子道其常,小人计其功。'"⑥ 他把君子之行和天之常度,地之常形相比,足见君子之行之坚定。君子之行就是其不屈从于权势的独立人格精神和社会文化品格。既要取悦于皇帝,又要保留君子之行,恐怕难两全。所以,他说:"夫谈有悖于目拂于耳,谬于心而便于身者,或有说于目顺于耳,快于心而毁于行者,非有明

---

① 《史记》卷一二〇《汲郑列传》,第3110页。
② 余英时:《士与中国文化》,上海人民出版社1987年版,第1—2页。
③ 费振刚:《全汉赋》,北京大学出版社1993年版,第112页。
④ 李善:《文选注》,中华书局1977年版,第576页。
⑤ 费振刚:《全汉赋》,北京大学出版社1993年版,第142页。
⑥ 《汉书》卷六五《东方朔传》,第2866页。

王圣主，孰能听之。"①"谬于心而便于身者"，小人是极易做到的，但君子是不为的，"心"即是君子独立的人格精神和社会文化品格。东方朔本也是不愿意丧失自己的人格而去迎合主上的，因此，他就处于一个"进不能称往古以厉主意，退不能扬君美以显其功"的尴尬位置②。像他们这样的人还有很多，像枚皋后来不也"自悔类倡"吗？当然，他们也都想做一番事业，但他们最渴望的恐怕还是保持人格的独立，得到做人的尊严。

后来的像扬雄、冯衍、班固、崔骃、张衡、蔡邕等，于人生不得意处便也作赋发愤明志。如扬雄三世不徙官，时人嘲之，雄解之曰："仆诚不能与此数公并，故默然独守吾《太玄》。"③ 虽是以赋明志，亦饱含忧愤。班固"自以二世才术，位不过郎，感东方朔、扬雄自论，以不遭苏、张、范、蔡之时，作《宾戏》以自通焉"④。东汉冯衍之《显志赋》《扬节赋》均为发愤明志之作。《后汉书·冯衍传》云："衍不得志，退而作赋。"其在《显志赋》前自论中云："愍道陵迟，伤德分崩。夫睹其终必原其始，故存其人而咏其道。疆理九野，经营五山，眇然有思陵云之意。乃作赋自厉，命其篇曰《显志》。"⑤ 其《扬节赋序》亦云："冯子耕于骊山之阿，渭水之阴。废吊问之礼，绝游宦之路。眇然有超物之心，无偶俗之志。"⑥ 冯衍幼有奇才，年二十博通群书。莽时不肯仕进，莽末，入为更始将军廉丹掾。丹败，归鲍永，为更始偏将军。后降光武帝，光武怨衍等不时至，鲍永以立功得赎罪，遂任用之，而衍独见黜。多次上书光武，不用。显宗即位，又多短衍文过其实，遂废于家。然冯衍有大志，不戚戚于贱贫。所以，张溥对冯衍颇为同情，云："冯氏多贤，遇者稀少，新丰地脉，又安在哉！"⑦ 冯衍一生可谓不遇，故怀怨颇深。因此写出了豁达激昂，鹰扬文囿的赋篇。正如张溥所言："敬通诸文，直达所怀，至今读之，尚想其扬眉抵几，呼天饮酒。诚哉，马迁杨恽之徒也。"⑧ 此激昂酣畅之赋，实为奔流直下的胸中怨恨。

---

① 《汉书》卷六五《东方朔传》，第 2868 页。
② 同上。
③ 同上，第 3573 页。
④ 《后汉书》卷四〇上《班固传》，第 1373 页。
⑤ 《后汉书》卷二八下《冯衍传》，第 987 页。
⑥ 费振刚：《全汉赋》，北京大学出版社 1993 年版，第 265 页。
⑦ 张溥：《汉魏六朝百三家集题辞注》，人民文学出版社 1981 年版，第 30 页。
⑧ 同上，第 29 页。

班固所作《答宾戏》既为"明君子之所守",亦为泄怨"自通"。还有张衡,"不慕当时,所居之官,辄积年不徙。自去史职,五载复还,乃设客问,作《应间》以见其志"①。其赋云:"仆进不能参名于二立,退又不能群彼数子。愍《三坟》之既颓,惜《八索》之不理。庶前训之可钻,聊朝隐乎柱史。"② 以张衡之才,是可以"参名于二立"的,他是不遇于时而弃立德、立功之选,以立言朝隐。由此可见,"聊朝隐乎柱史"非其本意。他也是满怀忧怨的,故以赋自宽。

纵上观之,抒怨明志之赋作贯于两汉。可见,以赋自广、发愤明志是汉赋生产一重要动因。但两汉赋家作赋"自广",情结稍有不同。袁行霈先生说:"汉代的抒情赋通常都是理胜于情,东汉的纪行赋和述志赋也不例外。和西汉抒情赋稍有不同的是,西汉赋家把'悲士不遇'作为抒情的主题,感慨自己未能遭逢历史的机遇。而东汉的抒情赋则以知命为解脱,反映出对人生的理性态度,同时流露出个人无力把握自己命运的惆怅。"③

四、忧政与刺政

东汉,尤其是东汉中后期,忧政和刺政成为赋作生产的一大动因。东汉中后期赋家的忧政与刺政,与前期赋家作赋讽喻当政者是有所区别的,前者更显个人的主体意识,往往对时政的抨击是直白的、猛烈的,而不是"温柔敦厚"的劝谕。

《后汉书·梁竦传》:"显宗后诏听还本郡,竦闭门自养,以经籍为娱,著书数篇名曰《七序》。班固见而称之曰:'孔子著《春秋》而乱臣贼子惧,梁竦作《七序》而窃位素餐者惭。'"梁竦似不曾为官,却在"闭门自养"时作出了让"窃位素餐者惭"的《七序》。说明当时的知识分子已有很强的忧政意识。赵岐《蓝赋序》亦云:"余就医偃师,道经陈留。此境人皆以种蓝,染绀为业。蓝田弥望,黍稷不植。慨其遗本念末,遂作赋曰。"④ 可见,赵岐亦是因担忧民生困苦而作赋的,当然也有对当政者决策的怨刺。

对时政给予最猛烈讥刺的赋家当数赵壹,其《穷鸟赋》云:"昔原大夫赎桑

---

① 《后汉书》卷五九《张衡传》,第1898页。
② 同上,第1908页。
③ 袁行霈:《中国文学史》(第一卷),高等教育出版社1999年版,第249—250页。
④ 费振刚:《全汉赋》,北京大学出版社1993年版,第552页。

下绝气，传称其仁；秦越人还虢太子结脉，世著其神。设向之二人不遭仁遇神，则结绝之气竭矣。然而糒脯出乎车軨，针石运乎手爪。今所赖者，非直车軨之糒脯，手爪之针石也。乃收之于斗极，还之于司命，使乾皮复含血，枯骨复被肉，允所谓遭仁遇神，真所宜传而著之。余畏禁，不敢班班显言，窃为《穷鸟赋》一篇。"①尽管赵壹自言"余畏禁，不敢班班显言"，但还是无情地揭露和抨击了当时不合理的社会制度。贤才像"穷鸟"一样无处身之地："戢翼原野，罩网加上，机穽在下，前见苍隼，后见驱者，缴弹张右，羿子彀左，飞丸激矢，交集于我。"②赵壹"又作《刺世疾邪赋》，以舒其怨愤"③。他的《刺世疾邪赋》更是无情地揭露了当时社会的黑暗，已没有"畏禁"的意思了。如赋云："佞谄日炽，刚克消亡。舐痔结驷，正色徒行。……邪夫显进，直士幽篾。……顺风激靡草，富贵者称贤。文籍虽满腹，不如一囊钱。伊优北堂上，抗髒倚门边。……势家多所宜，欬唾自成珠。被褐怀金玉，兰蕙化为刍。贤者虽独悟，所困在群愚。"④描述了一个小人得意、贤士失志，势家当道、贤能幽箴的黑白颠倒的社会，对于那些当政的无能之辈也给予了毫不留情的讥刺。心中怨愤一泄无余，痛快淋漓。

　　东汉中后期的赋家为何能够如此猛烈地抨击时政呢？主要是因为东汉后期赋家的主体自觉意识远远强于西汉赋家及东汉前期赋家。余英时先生说："所谓个体自觉者，即自觉为具有独立精神之个体，而不与其他个体相同，并处处表现其一己独特之所在，以期为人所认识之义也。"⑤又说："所当申论者，即士大夫之社会成长为构成其自觉之最重要之基础一点而已。惟自觉云者，区别人己之谓也，人己之对立愈显，则自觉之意识亦愈强。东汉中叶以前，士大夫之成长过程较为平和，故与其他社会阶层之殊异，至少就其主观自觉言，虽存在而尚不显著。中叶以后，士大夫集团与外戚宦官之势力日处于激烈争斗之中，士之群体自觉意识遂亦随之而日趋明确。故欲于士之群体自觉一点有较深切之了解，则不能不求之于东汉后期也。东汉之政治，自和帝永元元年（公元八九）以降，大抵为外戚宦官迭握朝政，且互相诛戮之局，然略加深察，又可分为二

---

① 《后汉书》卷八〇下《文苑列传》，第2629页。
② 《后汉书·文苑传下》，第2629页。
③ 同上，第2630页。
④ 同上，第2631页。
⑤ 余英时：《士与中国文化》，上海人民出版社1987年版，第310页。

大不同之阶段，而以延熹二年（一五九），即桓帝与五宦官诛梁冀之岁为其分水线焉。前乎此，外戚之势为强，后乎此，则阉宦之权转盛，而东汉之士大夫亦遂得在其迭与外戚宦官之冲突过程中逐渐发展群体之自觉。"① 赵翼《廿二史札记》卷五"东汉尚名节"条亦云："盖其时轻生尚气已成习俗，故志节之士好为苟难，务欲绝出流辈，以成卓特之行，而不自知其非也。……驯至东汉，其风益盛，盖当时荐举征辟，必采名誉，故凡可以得名者必全力赴之。"②

  士人自觉意识的快速成长，确与东汉中后期皇权的松懈有莫大关系。王夫之《读通鉴论》云："祸始于桓、灵，毒溃于献帝，日甚月滋，求如先汉之末王莽篡而人心思汉，不可复得矣。"③ 李泽厚先生说："社会的大动乱，数百年来以儒家名教和仁政为旗帜的汉代奴隶主大帝国的悲惨溃灭，引起了社会心理意识的重大变化。这变化集中表现在对儒家的名教和仁政的理想失去了信心，它再也不是那么神圣不可侵犯的东西了。在现实的社会生活中，人们处处深切地感受和备尝了和儒家许诺的'仁政'刚好成为鲜明对比的种种痛苦，发出了对人生苦难的慨叹，并且似乎是第一次意识到了一切仁义道德的空谈都是虚假的，只有生离死别，如何求取自身的生存才是真实的。"④ 于是，士人就更多关注于对当时社会的反思。由于他们多具有极强的社会责任感，因此，对当时岌岌可危的社会政治就有许多担忧，对一些不合理的社会现象也大胆地给予揭露和批判，赋成为他们批判社会的一个有力工具。所以说，忧政和刺政也是汉赋生产的一个动因。

五、"君子之思必成文"与拟作

  "君子之思必成文"，也是汉赋生产的一个很重要的动因。而且极具传统性和多发性，对汉赋的生产影响不小。班昭《东征赋》："君子之思，必成文兮，盍各言志，慕古人兮，先君行止，则有作兮。虽其不敏，敢不法兮。"⑤ 从班昭这段话可看出，君子每有所思，必成文章。她的父亲班彪也是每有行止，则有

---

① 余英时：《士与中国文化》，上海人民出版社 1987 年版，第 288 页。
② 赵翼：《廿二史札记校证》卷五，中华书局 1984 年版，第 104 页。
③ 王夫之：《读通鉴论》（上），中华书局 1975 年版，第 244 页。
④ 李泽厚等：《中国美学史》（魏晋南北朝编）上，安徽文艺出版社 1999 年版，第 18—19 页。
⑤ 李善：《文选注》，中华书局 1977 年版，第 145 页。

篇章，她亦效仿其父，有思必成文。如此说来，班彪也是承传于前代君子，也就是说"君子之思必成文"是一个久远的传统。再之，君子之思具有多发性。睹物兴情，感物造耑，随时随地都有可能制成篇章。起居行止，也都可成赋。像诸多的纪行赋、感物赋、情志赋等，或出于此种动因。如孔臧《杨柳赋》云："意此杨树，依我而生，未经一纪，我赖以宁。暑不御箧，凄而清凉。内荫我宗，外及有生。物有可贵，云何不铭。乃作斯赋，以叙厥情。"① 看上去，颇似君子之思，或出于此种动因而作。另外，像班彪的《览海赋》《冀州赋》《北征赋》等，班固的《竹扇赋》《终南山赋》《览海赋》等，黄香的《九宫赋》，边韶的《塞赋》等，或均出于"君子之思必成文"的生产动因。

汉赋的拟作现象是很明显的，如扬雄作赋拟相如，东汉的赋家杜笃、班固、张衡等人，作赋也都曾模仿前代赋家。当然，他们模仿前人主要是在作赋方法上，沿袭前人的作赋套路。虽说他们作赋是另有动机，并非纯粹出于模仿而作赋，但模仿确也是他们作赋的部分动因。如马融《长笛赋》云："融既博览典雅，精核数术，又性好音，能鼓琴吹笛，而为督邮。无留事，独卧郿平阳邬中。有雒客舍逆旅，吹笛，为气出，精列相和。融去京师逾年，娖闻，甚悲而乐之。追慕王子渊、枚乘、刘伯康、傅武仲等，箫、琴、笙颂，唯笛独无，故聊复备数，作《长笛赋》。"② 由此段话可知，马融作《长笛赋》没有什么别的显著的动机，只是为"聊复备数"而模仿前人所作的有关乐器的赋篇。可见，拟作是他制作《长笛赋》的主要动因。类似拟作的现象恐怕也为数不少，如继枚乘《七发》之后，有大量的七体赋生产；继东方朔的《答客难》之后，有大量的问难体赋生产等。因此说，拟作也是汉赋生产的一个动因。

综上观之，西汉及东汉前期，汉赋生产的主要动因是娱他与谕他，虽有"自广"式生产，但不占主流。因此，赋家的主体性不强，赋家于赋作中所表现的主观意识亦不明显。东汉后期，汉赋生产的主要动因是自愤与自娱。尤其是到了建安时期，曹丕颇为通达，其文人集团所从事的赋作生产，是一种集体性的自娱式生产。所以，东汉后期赋家的主体性强，赋家于赋作中所表现的主观意识也很明显。故可以说是汉赋的生产动因决定了汉赋的生产风格，而且决定着由被动生产到自觉生产的演进过程。

---

① 费振刚：《全汉赋》，北京大学出版社1993年版，第118页。
② 李善：《文选注》，中华书局1977年版，第249页。

第三章

汉赋的生产工具、载体及文本生成

尽管"精神生产一旦从物质生产中分化出来,它就具有相对的独立性","精神生产的繁荣发展并非与物质生产绝对同步"①。正如马克思说:"关于艺术,大家知道,它的一定的繁荣时期决不是同社会的一般发展成比例的,因而也决不是同仿佛是社会组织的骨骼的物质基础的一般发展成比例的。"② 但有些精神产品必须要物化为物质文本形式,才可能传递给受众。在物化为物质文本形式的过程中,必定要受到作用于物质文本形式的工具的制约。"总之,精神生产的历史发展和变化,不同历史形态下精神生产的不同性质和特征,从根本上说是被物质生产所决定的。"③ 汉赋尤其是散体大赋,就主要是以物质文本形式传递给受众的,所以,考察汉赋的生产工具对于研究汉赋的生产与消费而言,是非常必要的。

第一节 汉赋的生产工具

作为劳动资料主干的生产工具,它会限制或促进劳动生产率。马克思说:"各个经济时代的区别,不在于生产什么,而在于怎样生产,用什么劳动资料生产。劳动资料不仅是人类劳动力发展的测量器,而且是劳动借以进行的社会关系的指示器。"④ 有学者对此作了很好的解释:"在这个复杂的劳动资料系统中,马克思特别区分出生产工具作为人所达到的劳动生产率的最重要的标志。这是

---

① 童庆炳:《文学理论教程》,高等教育出版社1998年版,第99页。
② 马克思:《马克思恩格斯选集》第2卷,人民出版社1972年版,第112—113页。
③ 童庆炳:《文学理论教程》,高等教育出版社1998年版,第99页。
④ 马克思:《马克思恩格斯全集》第23卷,人民出版社1972年版,第204页。

因为，生产工具是人们在生产过程中用来对劳动对象进行直接加工的物件，它直接传递人对自然界的作用。生产工具的创造和改进标志着手的延长，也是衡量人类征服自然能力的尺度。"① "总之，生产工具是劳动资料的主干，没有生产工具就没有劳动本身，其他物质资料也就不成其为劳动资料；反之，没有其他的劳动资料，生产工具也不可能单独发挥作用。"② 越是生产力低下的时代，文学生产越是受生产工具的制约，一旦突破这种制约，就使人们很容易对曾经的制约加以忽略。

一、汉赋的主要生产工具

汉赋的生产工具，主要是指在把汉赋的精神产品形式物化为物质文本形式的过程中所用的笔、墨、砚、书刀等工具。简牍本也属于汉赋的生产资料范畴，但与笔、墨、砚、书刀等汉赋生产工具相比有其特殊性。它主要是汉赋文本形式的承载体，故把它作为汉赋的载体单独予以考察。下面我们就从笔、墨、砚、书刀等几个方面，对汉赋的生产工具进行考论。

笔是印刷术发明以前最主要的书面文学生产工具，笔的好坏直接影响着文学生产的效率，故笔是印刷术发明前文学生产力最主要的标志。西汉笔在形制上大体和秦笔相似。1975年10月至11月，在湖北江陵楚纪南故城内发掘了一座西汉初期的墓葬——凤凰山一六七号墓，其中"毛笔，通长24.9厘米。笔杆为竹质，笔头尚存墨迹，出土时置于镂孔竹笔筒内"③。"凤凰山十号、一六八号墓都有绝对年代可考，为本地区汉初的墓葬断代提供了根据。……因此，一六七号墓的年代与上述二墓相去不会很远，可定在文景时期，即公元前179至141年之间。"④ 这是西汉早期的毛笔形貌。《山东临沂金雀山周氏墓群发掘简报》："笔筒一件（M11：8）。用直径1.6厘米的细竹竿制成，长27厘米。两头穿透，筒身开八孔，正反各四，两大两小。大孔长4—4.5厘米、宽0.8厘米。小孔长2—2.2、宽0.4厘米。筒身中间及两端有三道皮箍，各宽0.8厘米，皮箍上有纽结。整个筒身及皮箍外部涂黑漆。毛笔一件（M11：9）。出土时插在

---

① 肖前等：《历史唯物主义原理》，人民出版社1983年版，第85—86页。
② 同上，第86页。
③ 凤凰山一六七汉墓发掘整理小组：《江陵凤凰山一六七号汉墓发掘简报》，《文物》1976年第10期，第31—35页。
④ 同上。

笔筒内。竹笔杆实心无皮，末梢斜削。直径0.6、长23.8厘米。一端有孔，插入笔毛，毛长1厘米，上有黑墨残渣。全长24.8厘米。"① "末梢斜削"是为便于簪在头上，《汉书·张安世传》："安世本持橐簪笔，事孝武帝数十年，见谓忠谨。"张晏注曰："橐，契囊也。近臣负囊簪笔，从备顾问，或有所纪也。"颜师古注曰："橐，所以盛书也。有底曰囊，无底曰橐。簪笔者，插笔于首。"张敞《条奏故昌邑王居处状》亦云："（昌邑王）簪笔持牍趋谒。"② "插笔于首"是以备随时书写，这就是"末梢斜削"的妙用。

在秦人"被柱笔"的基础上，西汉笔的选毛用料及制作更为精细。王羲之《笔经》云："汉时诸郡献兔毫出鸿都，惟有赵国毫中用，时人咸言兔毫无优劣，管手有巧拙。"③《笔墨法》曰："作笔当以鉄梳兔毫毛及羊青毛，去其秽毛，使不髯茹羊青为心，名曰笔柱或曰墨池。"④ 不仅笔头选毛精细，而且还对笔管大加修饰。葛洪《西京杂记》亦云："天子笔管，以错宝为跗，毛皆以秋兔之毫，官师路扈为之。以杂宝为匣，厕以玉璧、翠羽。皆直百金。"⑤ 唐秉钧《文房肆考图说》卷三《笔说》："汉制笔，雕以黄金，饰以和璧，缀以隋珠，文以翡翠。管非文犀，必以象牙，极为华丽矣。"⑥ 看来，西汉皇宫中是有专门的制笔官的。但这种价值昂贵的天子笔，恐怕也仅仅限于皇宫内部使用罢了。改进毛笔最主要的目的应该是利于书写，而不是让它有一个华丽的外表而不实用。王羲之《笔经》云："昔人或以琉璃象牙为笔管，丽饰则有之，然笔须轻便，重则踬矣。"⑦

为便于书写且节省费用，汉人便探索毛笔的改进之法，并取得了很好的效果。《汉书·薛宣传》："宣为人好威仪，进止雍容，甚可观也。性密静有思，思省吏职，求其便安，下至财用笔研，皆为设方略，利用而省费。"颜师古注曰："利，便也，省，减也。便于用而减于费也。"江苏东海县尹湾汉墓 M6 出土的

---

① 临沂博物馆：《山东临沂金雀山周氏墓群发掘简报》，《文物》1984 年第 11 期。第 54 页。
② 严可均：《全汉文》，中华书局 1958 年版，第 292 页下。
③ 李昉：《太平预览》卷六〇五，中华书局 1985 年版，第 2722 页。
④ 李昉：《太平预览》卷六〇五，中华书局 1985 年版，第 2722 页。
⑤ 葛洪：《西京杂记》，上海古籍出版社 1991 年版，第 7 页。
⑥ 唐秉钧：《文房肆考图说》卷三，《续修四库全书》本，上海古籍出版社 1995 年版，第 304 页。
⑦ 李昉：《太平御览》，中华书局 1985 年版，第 2722 页。

西汉末期的毛笔,或许是经薛宣改进过的毛笔。"依据出土的木谒和遣策,其中木谒是西汉晚期木谒实录的副本"①,断定墓主为西汉晚期人。较之西汉前期笔,制作更为精细。《江苏东海县尹湾汉墓群发掘简报》:"毛笔2件(M6:13),为双管对笔,长23,毫长1.6厘米。木杆,径0.7,末端径0.3厘米。毫嵌于笔中,以生漆粘牢,并以线缠绕扎紧。笔套双管,髹黑漆,绘朱纹,经鉴定毫为兔箭毛。"② 这个时期的笔"毫长1.6厘米",明显长于前期笔"毛长1厘米",其蓄墨性能要好得多。

与西汉笔相比,东汉笔制作的精细程度又更进一层,且由西汉的官作慢慢延至民作。主要表现在对笔头的选毛和笔管用料更为严苛,蔡邕《笔赋》云:"惟其翰之所生于季冬之狡兔。性精亟以剽悍,体遄迅以骋步。削文竹以为管,加漆丝之缠束,形调抟以直端,染玄墨以定色。"③ 由"惟其翰之所生于季冬之狡兔。性精亟以剽悍,体遄迅以骋步"句足见笔头选毛的严苛,"削文竹以为管",见作笔管用竹之挑剔。为什么笔头和笔管都要严加选材呢?因为兔毛的质量与笔管软硬都与字的书写有密切关系,《法书要录》引卫夫人《笔陈图》:"要取崇山绝刃中兔毛,八九月收之,其笔头长一寸,管长五寸,锋齐腰强者。"④ 东汉富贵人家也是喜欢制作华丽之笔的。李昉《太平御览》载:"《傅子》曰:汉末一笔之匣,雕以黄金,饰以和璧,缀以隋珠,文以翡翠,此笔非文犀之桢,必象齿之管,丰狐之柱,秋兔之翰,用之者必被珠绣之衣,践雕玉之履矣。"⑤ 可见"古人重笔之意殷矣"⑥。

《武威磨咀子三座汉墓发掘简报》:"毛笔一支。出49号墓男尸头部左侧。杆、颖均完整,长21.9、径0.6厘米,笔尖长1.6厘米。外覆黄褐色狼毫,笔芯及锋黑紫色,根部留墨迹。笔杆竹制,端直均匀,中空,浅褐色,包笔头处稍有收分。笔杆前端扎丝线并髹漆,宽0.8厘米;杆尾削尖(稍残)。中部隶书阴刻'白马作'三字。……笔、砚出于49号墓尸体头侧。尸戴一道梁的漆纚冠,即进贤冠。《后汉书·舆服志》云:'进贤冠,……文儒者之服,……自博

---

① 连云港市博物馆:《江苏东海县尹湾汉墓群发掘简报》,《文物》1996年第8期,第4—24页。
② 同上。
③ 费振刚:《全汉赋》,北京大学出版社1993年版,第579页。
④ 张彦远:《法书要录》商务印书馆1936年版,第3页。
⑤ 李昉:《太平御览》卷六○五,中华书局1985年版,第2722页。
⑥ 高濂:《遵生八笺·燕闲清赏笺》,巴蜀书社1988年版,第531页。

士以下至小史、私学弟子皆一梁'：同墓又出'巨森（？）'木印一颗，说明死者应是属于统治阶级的小吏或文人。"①"毛笔是书写汉字的主要工具，但汉代实物保留下来的则很少。这次出土的笔和1957年磨咀子2号墓出土的一支（缺笔头）形状、制法基本相同。杆前端中空以纳笔头，扎丝髹漆以加固，笔尾削尖便于簪发。特别是笔头中含长毫，有芯有锋，外披短毛，便于蓄墨，这是汉笔的特点，比战国的毛笔进了一步。笔杆上落款，以前2号墓出土的为'史虎作'，此笔为'白马作'。大概为民间笔工的名字，与以往所传有篆题'北宫工作楷'的汉代官制赤管大笔名款不同。著《论衡》的王充说：'知能之人，须三寸之舌，一尺之笔。'汉一尺约合23厘米余，过去2号墓出土的笔杆长20.9，此笔长21.9（尾尖稍缺），1931年在宁夏发现的一支汉笔长23.2厘米，可见汉笔长度确有定数，王充的说法是有一定根据的。"②"49号墓的釉陶与中原及甘肃东汉中、晚期墓葬遗物相同，货币中有西汉半两，……未见四出五铢，其时代约可定在东汉中期——顺、冲、质、桓时期（公元126—167年）。"③这支笔说明了东汉中期毛笔制作已具备的水平。

上文"此笔为'白马作'。大概为民间笔工的名字，与以往所传有篆题'北宫工作楷'的汉代官制赤管大笔名款不同"，是较符合当时事实的。到东汉，民间已出现了买卖笔的交易。《神仙传》曰："李仲甫，颖川人，汉桓帝时卖笔辽东，市一笔三钱，如无钱亦与笔。"④"市一笔三钱，如无钱亦与笔"，说明到东汉后期笔不再是一件贵重难得的东西了。需要笔的人多起来，于是做笔的人便也多了起来，这与东汉时文化已慢慢下移有很大的关系。

汉时，除了像毛笔这样的软笔书写工具外，还有像铅、石墨等类的硬笔书写工具。扬雄《答刘歆书》："故天下上计孝廉及内郡卫卒会者，雄常把三寸弱翰，齎油素四尺，以问其异语，归，即以铅摘次之于椠。"⑤《西京杂记》亦云："杨雄怀铅提椠，从诸计吏，访殊方绝俗之语，作方言。"⑥看来，扬雄是曾用铅作为笔来书写的。按常理，用铅作书写工具当不止扬雄一人，且古时已有用

---

① 甘肃省博物馆：《武威磨咀子三座汉墓发掘简报》，《文物》1972年第12期，第16页。
② 同上，第18页。
③ 同上，第21页。
④ 李昉：《太平御览》卷六〇五，中华书局1985年版，第2722页。
⑤ 严可均：《全上古三代秦汉三国六朝文》，中华书局1958年版，第411页。
⑥ 向新阳：《西京杂记校注》，上海古籍出版社1991年版，第118页。

铅书写的习惯，徐炬《事物原始》云："按毛颖传，或谓古无笔，以铅画木记字，故铅椠。至楚以芒梗为之。"① 东汉亦有用铅笔者，如葛龚《与梁相张府君笺》云："曹褒寝怀铅笔，行诵文书。"

墨在中国的应用也是源远流长，可追溯到上古，《尚书·伊训》："臣下不匡，其刑墨。"②《周礼·春官·卜师》云："凡卜事，眡高，扬火以作龟，致其墨。"③ 故明麻三衡《墨志》云："古人灼龟，先以墨画龟，兆顺食乃吉。"④ 这种说法现在已得到了证实，陈梦家《殷墟卜辞综述·总论》："在甲骨上用笔书写砵书或墨书，有两个特点：一是字写得特别粗大，比同版的契文大得多；二是写在背面的居多。……甲和骨正面富胶质和磁质，不容易上墨，所以很少写在正面的……所可决定者是刻辞涂以殷朱和墨以及刻兆，都盛于武丁一时。"⑤ 这说明早在武丁称王之前已有墨，但那时的墨是个什么样子恐怕已很难弄清楚了。《庄子·田子方》云："宋元君将画图，众使皆至，受揖而立，舐笔和墨，在外者半。"⑥ 此处用墨极可能是天然石墨，明杨慎《丹铅余录》云："古者漆书之后，皆用石墨以书，《大戴礼》所谓石墨相著，则黑是也。"⑦ 明黄一正《事物绀珠》亦云："刑夷始制墨，字从黑土，煤烟所成，土之类也。"⑧ 罗颀《物原》云："伏羲初以木刻字，轩辕易以刀，虞舜造笔，以漆书于方简。刑夷制墨，史籀始墨书于帛……舜作羊毫笔，秦蒙恬作兔毛笔，王羲之作鼠须笔，刑夷作松烟墨，奚廷珪作油烟墨。"⑨ 但也有"上古无墨"的说法，陶宗仪《南村辍耕录》："上古无墨，竹梃点漆而书。中古方以石墨汁，或云是延安石液。至魏晋时，始有墨丸，乃漆烟松煤夹和为之。"⑩ 不知陶宗仪是如何界定墨的，如果他所说的墨是指"松烟墨"或"油烟墨"，他的说法也不是毫无道理。

---

① 徐炬：《新镌古今事物原始全书》卷一九，《续修四库全书》本，上海古籍出版社1995年版，第45页。
② 孔颖达：《尚书正义》（《十三经注疏》本），上海古籍出版社1997年版，第163页中。
③ 贾公彦：《周礼注疏》（《十三经注疏》本），上海古籍出版社1997年版，第804页中。
④ 麻三衡：《墨志》（丛书集成本），商务印书馆1939年版，第1页。
⑤ 陈梦家：《殷墟卜辞综述》，中华书局1988年版，第14页。
⑥ 郭庆藩：《庄子集释》，中华书局1961年版，第719页。
⑦ 杨慎：《丹铅余录》卷一六（《文渊阁四库全书》本），台湾商务印书馆1993年版，第855—116页。
⑧ 黄一正：《事物绀珠》，齐鲁书社1995年版，第40页。
⑨ 陈元龙：《格致镜原》，江苏广陵古籍刻印社1989年版，第408页。
⑩ 陶宗仪：《南村辍耕录》卷二九，中华书局1959年版，第363页。

汉代已用石墨是无可争论的，但汉代有没有烟墨，还是个很有争议的问题。宋赵希鹄说："上古以竹梃点漆而书。中古有墨石、可磨石以书。至魏晋简，始有墨丸，以漆烟和松煤为之。"① 宋晁贯之《墨经》："古用松烟、石墨二种，石墨自魏晋以后无闻，松烟之制尚矣。"② 杨慎《丹铅余录》云："汉以后松烟桐煤既盛，故石墨遂堙废。"③ 他们似乎都认为烟墨到魏晋以后才出现。现代学者也基本上承继这一说法，钱存训《印刷发明前的中国书和文字记录》："许多中外学者，都认为中国墨的历史是依着漆、石墨、和烟墨的顺序演变的。他们认为这种先自然后人工的进展是理所当然的。沙畹认为中国文字的书写，是漆书在先，墨书较晚。骆飞推广其说，以为汉代的墨是以矿物制成，公元3世纪后，才用植物制墨。卡特亦认为上古用漆书，真墨是由韦诞发明的。"④ 事实是不是真的如此呢？恐怕不是。西汉时是否石墨、烟墨并用，还很难断定。但东汉应该是石墨、烟墨并用的。后汉李尤《砚墨铭》曰："书契既造，墨砚乃陈，烟石附笔，以流以申。"⑤ 郑众《郑氏婚礼谒文赞》曰："九子之墨，藏于松烟。"⑥ 马衡认为东汉时人工所制之墨已十分普及⑦，是很有见地的。看来，最迟到东汉是应该有烟墨的。

再说，就算烟墨是韦诞发明的，韦诞亦算是汉末人。《文章叙录》曰："诞字仲将，太仆端之子。有文才，善属辞章。建安中，为郡上计吏，特拜郎中，稍迁侍中中书监，以光禄大夫逊位，年七十五卒于家。"⑧ 又《墨史》卷上云："诞仕至光禄大夫，嘉平三年卒，年七十五。"⑨ 嘉平三年（公元251年），韦诞以75岁卒，则其生年当为汉灵帝熹平五年（公元176年），也就是说韦诞在东

---

① 陈元龙：《格致镜原》卷三六，江苏广陵古籍刻印社1989年版，第417页。
② 同上卷三七，第415页。
③ 杨慎：《丹铅余录》卷十六（《文渊阁四库全书》本），台湾商务印书馆1993年版，第855—116页。
④ 钱存训：《印刷发明前的中国书和文字记录》，印刷工业出版社1988年版，第117—118页。
⑤ 严可均：《全上古三代秦汉三国六朝文》，中华书局1958年版，第751页上。
⑥ 同上，第592页上。
⑦ 马衡：《中国书籍制度变迁史研究》，《图书馆学季刊》第1卷第2期（1926），第205—206页。
⑧ 陈寿：《三国志》，上海古籍出版社2002年版，第568页。
⑨ 陆友：《墨史》卷上（《文渊阁四库全书》本），台湾商务印书馆1993年版，第843—656页。

汉度过了44个春秋,他的烟墨是发明于汉还是发明于魏,似乎还没有断言。我们看看他的制墨法,其《笔墨方》曰:"合墨法,好醇烟,捣讫,以细筛于缸中,筛去草芥。若细沙,以细绢筛尘埃,此物至轻微,不宜露筛。虑失飞去,不可不慎。墨一斤,以好胶五两,浸栎皮中,栎,江南樊鸡木皮也。其皮入水绿色,解胶,又益墨色。可下鸡子白,去黄,五枚。亦以真朱一两,麝香一两,皆别治细筛,都合调。下铁臼中,宁刚不宜泽;捣三万杵,杵多益善,合墨不得过二月九月,温时败臭,寒则难干,湩溶见风自解碎破,重不得过二两。"①这么精细的工艺,应该不是韦诞凭空设想的,而应该是在前人的基础上加以改进的。所以说,这种制墨水平也是可以代表汉代后期的制墨水平的。最起码能够反映出东汉的制墨技术已经达到了一个相当高的水平。曹植《乐府诗》曰:"墨出青松烟,笔出狡兔翰。古人感鸟迹,文字有改刊。"②曹植卒于太和五年,(公元232年),而曹植诗歌的创作高峰在早期,即建安年间,此诗写于早期的可能性大,这就更可以说明东汉已有烟墨。

东汉墨的性能非常好,有很强的渗透性。《神仙传》曰:"汉桓帝徵仙人王远,远乃题宫门四百余字,皆说方来。帝恶之,削之,外字去内字复见,墨入材里。"③《古诗十九首》亦云:"置书怀袖中,三岁字不灭。"④且汉人已经很善于用墨了,在西汉时就知道墨的防冻方法,《西京杂记》云:"汉制:天子玉几,冬则加绨锦其上,谓之绨几。以象牙为火笼,笼上皆散华文,后宫则五色绫文。以酒为书滴,取其不冰;以玉为砚,亦取其不冰。"⑤李尤《研墨铭》亦云:"书契既造,墨砚乃陈,烟石附笔,以酒以申。篇籍永垂,纪志功勋。"⑥

墨,尤其是好墨,在汉代是贵重物品,《太平御览》云:"范子计然曰:墨出三辅,上价石六十中三十下十。"⑦这里所说的墨很可能不是成品墨,只是墨石。即便是墨石,已不便宜,其上等价接近正常年份的米谷价,《后汉书·明帝纪》:"岁比登稔,粟斛三十。"又《后汉书·虞诩传》注引《续汉书》:"视事三年,米石八十,盐石四百……人足家给,一郡无事。"如果是成品墨肯定还会

---

① 李昉:《太平御览》卷六〇五,中华书局1985年版,第2722页。
② 赵幼文:《曹植集校注》,人民文学出版社1984年版,第540页。
③ 李昉:《太平御览》卷六〇五,中华书局1985年版,第2722页。
④ 李善:《文选注》,中华书局1977年版,第412页上。
⑤ 葛洪:《西京杂记》,上海古籍出版社1991年版,第9页。
⑥ 严可均:《全上古三代秦汉三国六朝文》,中华书局1958年版,第751页上。
⑦ 李昉:《太平御览》六〇五,中华书局1985年版,第2722页。

更贵一些。再参看汉时墨的获得利用情况，便可知道汉代墨尤其是好墨的贵重难得。官员用墨由尚书定量供应，蔡质《汉官仪》曰："尚书令仆丞月赐隃糜大墨一枚，小墨一枚。"① 宋苏易简《文房四谱·墨谱》也有同样的记载。朝廷用墨是地方上贡的，《东观汉记》曰："和熹邓后即位，万国贡献悉禁绝，惟岁供纸墨而已。"② 一般人如能得到别人馈赠的好墨，便感激不尽，葛龚《与梁相书》曰："复惠善墨，下士所无，摧骸骨，碎肝胆，不足明报。"③ "摧骸骨，碎肝胆，不足明报"，或有夸张之辞，但也见实情。足见汉代好墨之珍贵难得。

再看砚，钱存训《印刷发明前的中国书和文字记录》说："目前所有关于砚石的文献记载，没有比公元1世纪更早的；汉代以前的砚石，也没有传至今日。有些学者臆测远古时代已有石砚，但证据皆不充分。最早的文献资料是公元100年左右编撰的《说文》，许慎说：'砚，石滑也。'公元200年前后刘熙的《释名》说：'砚，研也，砚墨使和濡也。'由此可以确定，汉代已用石制的砚来磨墨。"④

从出土文物看，西汉早期就已有砚，《江陵张家山三座汉墓出土大批竹简》："另有圆形石砚2件，附有砚墨石，均为天然鹅卵石加工而成，有使用痕迹。"⑤ "根据对墓葬所出竹简材料观察，其年代上限为西汉初年，下限不会晚于景帝，"⑥ 又罗西章《陕西扶风石家一号汉墓发掘简报》："石砚，圆形，用砂石。厚4.7、直径23厘米。因长期使用，砚面光滑如镜，且有墨迹，一边已风化剥蚀。砚石，馒头状，'绿豆石'质料。出土时置于石砚之上，高5.5、直径4×6.5厘米。此砚不是明器，当是墓主生前的文房用品。总观墓中全部随葬品，大多具有西汉早期的特点和风格……据此，可断定此墓的时代当在武帝时期。"⑦ 西汉末期出现了板研，《江苏东海县尹湾汉墓群发掘简报》："板研1件（M6：5），通长21，宽6.5厘米。盒为木胎髹黑漆朱色图案。图案以云气纹为主，间

---

① 李昉：《太平御览》六〇五，中华书局1985年版，第2722页。
② 同上。
③ 严可均：《全上古三代秦汉三国六朝文》，中华书局1958年版，第780页上。
④ 钱存训：《印刷发明前的中国书和文字记录》，印刷工业出版社1988年版，第119页。
⑤ 荆州地区博物馆：《江陵张家山三座汉墓出土大批竹简》，《文物》1985年第1期，第7页。
⑥ 同上，第8页。
⑦ 西章：《陕西扶风石家一号汉墓发掘简报》，《中原文物》1985年第1期，第12—13页。

以虎、羽人、奔鹿等。内放石质板研（即黛板，遣策称板研）。"① 这说明在西汉早期，人们已经开始用砚研墨了，西汉后期依然用砚研墨。从而也说明，西汉时用的是石墨，可能还没有烟墨的出现。胡继高《一件有特色的西汉漆盒石砚》："这次发现的石砚、研石、墨丸和江陵凤凰山168号汉墓中发现的同类文物尽管体积大小、形状不同，但都表明西汉时尚未出现墨锭。当时磨墨的方法是将墨丸放于砚面上，加水后，用研石压着墨丸研磨。这与墨锭出现以后直接用墨锭在砚台上研磨的方法不同。"② 以此说来，烟墨的出现应该是东汉以后的事了。

东汉砚与西汉砚形状类似，没有多大变化。冶秋《刊登砚史资料说明》："1955年广州市东郊发现东汉时代墓葬，出土汉代陶砚，亦为圆形、三足，并有漏斗，有高盖。"③ 又说："西汉末至东汉石砚，多为圆形、三足、平面、有盖，并刻划花纹。"④ 与繁钦在《砚颂》中所说的"鉤三趾于夏鼎，象辰宿之相扶"砚的形状相符⑤。"汉石砚多为圆形，三足平面，可能与当时所用'墨'有关系，看来这时的'墨'本身还不能研磨，须用另外两种工具来研磨它。"⑥ 这也说明汉代所用石墨居多。钱存训先生说："汉代的砚石，近年来在广东、安徽、河南、陕西、江苏、湖北、山东、山西等地间有出土，多饰以禽兽花纹，亦偶有山水，特别是以蛇、蛙、龟等水族作为题材者为多"⑦，这或为研墨需用水有关。出土地点覆盖面广，可反映出汉代文化之发达。汉代除了石砚还有用玉、银等其他材料制成的砚，《西京杂记》："天子以玉为砚，取其不冻。"⑧《太平御览》："魏武帝上杂物疏曰：御物有纯银参带台砚一枚，纯银参带员砚大小各一枚。"⑨ 对砚"多饰以禽兽花纹"，用珍贵材料制作等，说明砚在当时和笔、墨一样属于珍品。

---

① 连云港市博物馆：《江苏东海县尹湾汉墓群发掘简报》，《文物》1996年第8期，第4—24页。
② 胡继高：《一件有特色的西汉漆盒石砚》，《文物》1984年第11期，第60页。
③ 冶秋：《刊登砚史资料说明》，《文物》1964年第1期，第50页。
④ 同上，第49页。
⑤ 严可均：《全上古三代秦汉三国六朝文》，中华书局1958年版，第977页下。
⑥ 冶秋：《刊登砚史资料说明》，《文物》1964年第1期，第51页。
⑦ 钱存训：《印刷发明前的中国书和文字记录》，印刷工业出版社1988年版，第120页。
⑧ 李昉：《太平御览》卷六〇五，中华书局1985年版，第2723页。
⑨ 同上。

对于书刀见刘熙《释名》："书刀，给书简札，有所刊削之刀也。"① 汉人多刀笔连称，《史记·萧相国世家》："萧相国何，于秦时为刀笔吏。"《汉书·贾谊传》："俗吏之所务，在于刀笔筐箧。"故后来学者多认为书刀是用来在简牍上刻字的，郑玄说："古者，未有纸笔，则以削刻字。至汉虽有纸笔，仍有书刀，是古之遗法也。"② 明罗顾《物原》："伏羲初以木刻字，轩辕易以刀，虞舜造笔，以漆书于方简。刑夷制墨，史籀始墨书于帛。"③ "但现代的学者，已考定刀是用以删改，笔是用以书写。"④ "书刀是整治竹木以备书写以及从简牍上删改文字的一种重要工具。以笔墨书写之前，竹木需先剖析为一定长宽的简牍，而书写之面也一定先要削平。如有笔误，便得刮去重写。旧简重用，表面原有的文字亦得先行刮去。这些都需要一种锐利的工具；有时可用普通的刀或削，但有时需用一种特别设计的'书刀'。"⑤ "削"亦是一种形制较小的书刀，《考工记》："筑氏为削，长尺博寸，合六而成规。五分其金，而锡居二，谓之削。"郑玄注："今之书刀。"⑥《史记·孔子世家》亦云："至于《春秋》，笔则笔，削则削。"

汉代书刀的制作也很考究，李尤《金马书刀铭》："巧冶炼刚，金马托形。贡文错镂，兼勒工名。淬以清流，砺以越砥。"⑦ "巧冶炼刚"，表明选材精良，"淬以清流，砺以越砥"，以锋利为务。汉代以蜀刀为好，《汉书·循吏传》："文翁，庐江舒人也。少好学，通《春秋》，以郡县吏察举。景帝末，为蜀郡守，仁爱好教化。见蜀地辟陋有蛮夷风，文翁欲诱进之，乃选郡县小吏开敏有材者张叔等十余人亲自饬厉，遣诣京师，受业博士，或学律令。减省少府用度，买刀布蜀物，赍计吏以遗博士。"如淳注曰："金马书刀，今赐计吏是也。作马形刀环内，以金镂之。"晋灼注曰："刀，书刀；布，布刀也。旧时蜀郡工官作金马书刀，似佩刀形，金错其拊。布刀，谓妇人割裂财布刀也。"颜师古注曰："少府，郡掌财物之府，以供太守者也。刀，凡蜀刀有环者也。布，蜀布细密也。二者蜀人作之皆善，故赍以为货，无限于书刀布刀也。如、晋二说皆烦而

---

① 王先谦：《释名疏证补》第七卷·释兵第二十三，上海古籍出版社 1984 年版，第 12 页。
② 贾公彦：《周礼注疏》（《十三经注疏》本），上海古籍出版社 1997 年版，第 915 页上。
③ 陈元龙：《格致镜原》，江苏广陵古籍刻印社 1989 年版，第 408 页。
④ 钱存训：《印刷发明前的中国书和文字记录》，印刷工业出版社 1988 年版，第 121 页。
⑤ 同上。
⑥ 贾公彦：《周礼注疏》（《十三经注疏》本），上海古籍出版社 1997 年版，第 915 页上。
⑦ 严可均：《全上古三代秦汉三国六朝文》，中华书局 1958 年版，第 750 页。

不当也。""二者蜀人作之皆善",极可能说明,蜀所制书刀锋利好使。汉代还有以书刀作为赏赐之物的,《东观汉记》:"马严为陈留太守。建初中,严病,遣功曹史李龚奉章诣阙。上亲召见龚,问疾病形状,以黄金十斤、葛缚佩刀、书刀、革带付龚,赐严,遣太医送方药。"① 赏赐书刀,除了反映出受赏者的宠荣外,还可说明书刀为珍贵之物。

书刀既然是"整治竹木以备书写以及从简牍上删改文字的一种重要工具",那么,它的锋利好使就至关重要了。要是提前削好简牍作以备用的话,书刀锋利好使的重要性也许还显示不出来,但要是即削即用的情况下,它锋利好使的重要性可就显现出来了。《汉书·原涉传》:"宾客争问所当得,涉乃侧席而坐,削牍为疏。具记衣被棺木,下至饭含之物,分付诸客。"从这里看来,汉人"削牍为疏",有时是即削即用的。如果进行文学创作的话,有一个锋利的书刀也是很关键的,如果在创作时删改文字,老半天还刮削不尽,恐怕是要影响写作思路的。"来不可遏,去不可止。藏若景灭,行犹响起"② 的灵感,恐怕也要来得慢而去得快了。汉人挑选一个好书刀,除了避免削牍费时费力外,也应该有能够使写作顺利进行这方面的原因吧。

二、生产工具对汉赋生产消费的影响

由上所述可知,笔墨在汉代虽逐步改进,但总体上还不是很利于书写。这就大大影响了文本形式汉赋的生产效率,当然也会限制文本形式汉赋的传播消费。另外,笔墨在汉代,尤其是西汉确为贵重之物,极为难得。从汉人对笔的利用情况便可得知,扬雄《法言》云:"或曰:'刀不利,笔不铦,而独加诸砥,不亦可乎?'"李轨注曰:"刀钝砺以砥,笔秃挺削以刀。"③《太平御览》:"杨子《法言》曰:槌提仁义,绝灭礼学,吾无取焉,五帝者,三王之笔舌。宁有书不用笔,言不由舌耶?刀不利笔不铦,宜加砥削之。"④ 汉人对用秃的笔反复削刮,足见笔之难得。故扬雄有"诏不可夺奉,令尚书赐笔墨钱六万"⑤ 之

---

① 欧阳询:《艺文类聚》卷六〇,上海古籍出版社1965年版,第1083页。
② 李善:《文选注》,中华书局1977年版,第243页。
③ 汪荣宝:《法言义疏》,中华书局1987年版,第130页。
④ 李昉:《太平御览》卷六〇五,中华书局1985年版,第2722页。
⑤ 严可均:《全上古三代秦汉三国六朝文》,中华书局1958年版,第411页。

遇；葛龚有"复惠善墨，下士所无，摧骸骨，碎肝胆，不足明报"① 之叹。有些宫廷赋家作赋所用笔札亦是皇帝亲赐，如西汉武帝令尚书赐笔札于司马相如，东汉明帝令兰台赐笔札于贾逵等。可见，汉赋生产者仅有生产技能还是不够的，还必须具备物质生产条件，即工具类的生产资料。这便会限制汉赋的生产消费层面、范围。因此，汉赋主要生产消费于宫廷及诸侯王府就不难理解了，因为有许多具备赋作生产技能的人却没有生产赋作的物质条件。

笔、墨、砚、书刀等汉赋生产工具在汉代有一个逐步改良的过程，这不仅渐渐为汉赋生产提供了便利的客观条件，而且为汉赋生产的繁荣奠定了客观基础。东汉的文字书写工具较之西汉又有很大的改进，东汉蔡伦还改进了造纸术，这或许促进了汉赋生产者身份的转变。西汉前期至武宣之世，汉赋的主要生产者是诸侯门客和皇帝身边的言语侍从之臣。自西汉末以降，汉赋的生产者则主要转变为文笔之臣，即尚书郎、东观校书郎。汉赋也因此由半口头文学向纯书面文学转变。

西汉赋生产形式有部分仍为口诵。如《西京杂记》："梁孝王游于忘忧之馆，集诸游士，各使为赋。"② 这里"为赋"，恐指口头诵赋。理由有三：一，梁孝王门客邹阳、羊胜、公孙诡之流，多为游说之士，习于言语。《史记·梁孝王世家》："招延四方豪桀，自山东游说之士，莫不毕至，齐人羊胜、公孙诡、邹阳之属。"因他们是游说之士，更习惯于口诵。《汉书·艺文志》云："纵横家者流，盖出于行人之官。孔子曰：'诵诗三百，使于四方，不能专对，虽多亦奚以为？'又曰：'使乎，使乎！'言其当权事制宜，受命而不受辞，此其所长也。"故口赋的可能性大。二，枚乘《柳赋》云："小臣瞽聩，与此陈词。于嗟乐兮！"引文中"陈词"，当指口头陈词。三，聆听口头诵赋，要比看书面文本形式的赋作更节省时间，更易接受。再说，梁孝王刘武算不上一个文人，他未必有心思去看一篇一篇的赋作。如果是口诵，则在场人员都可同时接受，更易品评，而笔作则不能。据《西京杂记》载，赋完后，进行了品评和奖励。"邹阳、安国罚酒三升，赐枚乘、路乔如绢，人五匹"③。这都是在短时间内完成的。以当时的书写条件，如果是先笔作，再互相传阅，品评，则是一个漫长的过程。

---

① 严可均：《全上古三代秦汉三国六朝文》，中华书局1958年版，第780页上。
② 向新阳等：《西京杂记校注》，上海古籍出版社1991年版，第173页。
③ 同上，第190页。

则笔作的可能性不大，他们实际上是在仿赋诗言志的旧俗而口赋颂德。

又如《汉书·枚皋传》云："上有所感，辄使赋之。为文疾，受诏辄成，故所作赋者多。"这里的"赋之"，应指"诵之"，即口头诵作。《汉书·艺文志》云："传曰：'不歌而诵谓之赋，登高能赋可以为大夫'。"所以，这里的"赋之"，即指口头诵作。也只有口头诵作，才可能"受诏辄成"。以当时的书写条件，立刻成为文本形式赋作的可能性极小。武帝身边多言语之臣，故口头诵作的赋恐不在少数。正如张舜徽《汉书艺文志通释》所云："武帝好辞赋，文士从行在外，亦诏造赋，此如今人睹物兴怀，口吟五七言诗耳。成之易，故亡之速，此类赋篇虽广，宜其无传也。"① 当然，他们赋作留存形式应是书面文本。这应由他们自己追记或写书之官所记。至宣帝时，言语侍从之臣《汉书·王褒传》："上令褒与张子侨等并待诏，数从褒等放猎，所幸宫馆，辄为歌颂，第其高下，以差赐帛。""辄为歌颂"，表明是口头创作。

口头创作和书面创作的分野，在武帝时就已表现得十分明显。武帝时司马相如的赋作都是书面创作，汉武帝读了他的《子虚赋》后，他又为武帝写了《天子游猎赋》。以及后来的《大人赋》等，都是以书面文本的形式奏献给汉武帝的。《史记·司马相如传》："相如口吃而善著书。"故其"常称疾避事"。因此，他都是书面创作辞赋的，所以"善为文而迟"②。还有言语侍从之臣的日月献纳，大臣御史大夫的时间间作，应多是书面文本形式的赋作。汉成帝时的扬雄也有口吃病，《汉书·扬雄传》："为人简易佚荡，口吃不能剧谈。"所以，他常常是从成帝游观后，还奏赋作。如《汉书·扬雄传》载"从上甘泉，还奏《甘泉赋》以风""还，上《河东赋》以劝""还，上《长杨赋》"等，说明扬雄也是以书面创作的形式制赋的。

到东汉，赋家更习惯于书面制作赋颂。《后汉书·贾逵传》："时有神雀集宫殿官府，冠羽有五采色，帝异之……帝敕兰台给笔札，使作《神雀颂》。"这里明帝不叫贾逵口诵，而是赐笔札。可见东汉赋作的生产者与消费者都已不再习惯口诵，而是习惯于笔作。《后汉书·祢衡传》："刘表尝与诸文人共草章奏，并极其才思。时衡出，还见之，开省未周，因毁以抵地。表怅然为骇。衡乃从求笔札，须臾立成，辞义可观。"又曰："射时大会宾客，人有献鹦鹉者，射举卮

---

① 张舜徽：《汉书艺文志通释》，华中师范大学出版社2004年版，第356页。
② 《汉书》卷五一《路温舒传》，第2367页。

于衡曰：'愿先生赋之，以娱嘉宾。'祢衡揽笔而作，文无加点，辞采甚丽。"《三国志·王粲传》："（王粲）善属文，举笔便成，无所改定，时人常以为宿构。"杨修《答临淄候笺》："又尝亲见执事握牍持笔，有所造作，若成诵在心，借书于手，曾不斯须少留思虑。"① 越到后来，记载用笔作文的事例越频繁。这不能不说和书写工具的改进有着深层关系。

　　书写工具的改进，或许对文风变化有潜在影响。沈约在《宋书·谢灵运传论》中说："自汉至魏，四百余年，辞人才子，文体三变。相如巧为形似之言，班固长于情理之说，子建、仲宣以气质为体，并标能擅美，独映当时，是以一世之士，各相慕习。"② 相如时代，虽书写工具已有改进，但时人仍留口赋之风。口赋时多随物赋形而少周密思虑，故"巧为形似之言"。班固时代，书写工具改进，文人已习于笔作。故作文颇类著述，因此"长于情理之说"。林艾轩说："班固、扬雄以下，皆是做文字。已前如司马迁、司马相如等，只是恁地说出。"③ 这其中即有书写工具进步的潜在影响。到了王粲、曹植时代，书写工具，主要是笔、墨得到进一步改进。毛笔蓄墨性能好，书写更加流畅，单次书写时间延长。他们能够情到笔至，意绪不断，故能以"气质为体"。此论或许牵强，姑备一说。

第二节　汉赋载体

一、汉赋的载体形式

　　关于印刷发明前的文字载体，钱存训先生有一个比较概括的介绍："中国古代用以书写和记录的材料种类很多，包括动物、矿物和植物。有的是自然产品，有的是人工制成。有些是坚硬耐久的，有些是柔软易损的。刻在甲骨、金属、玉石等坚硬物质上的文字，通常称为铭文。而文字记载于竹、木、帛、纸等易损的材料上时，便通常称为书籍。竹木虽然坚硬，但并不耐久。"④ 汉代的文献

---

① 李善：《文选注》，中华书局1977年版，第564页。
② 郭绍虞：《中国历代文论选》，上海古籍出版社1979年版，第215页。
③ 黎靖德：《朱子语类》卷一三九，中华书局1986年版，第3297页。
④ 钱存训：《印刷发明前的中国书和文字记录》，印刷工业出版社1988年版，第126页

第三章 汉赋的生产工具、载体及文本生成

载体有哪些呢？也有人做过系统梳理："汉代的文献载体各呈千秋，百花齐放，除了以简牍书为主、帛书为辅的基本载体形式外，也不能忽视其他文献载体的作用。事实上，我们在考证先秦两汉史实时，这些载体上的文字著录也常是我们引证的依据。诸如汉代石刻、金属器物上的铭文、砖瓦陶器上的文字著录、经幢、符牌、印章上的文字，乃至于出土汉文物中的玉器、竹木雕、骨雕、牙雕、角雕、壁画、造像、陶俑、木隅、漆器、货币、墓志、封泥……都可见到文字著录的痕迹，虽然有的乃是吉光片羽，零星文字，然于史也无不裨益多多。它们也是汉文献的重要组成部分。"[①] 那么，汉赋的载体又有哪些呢？史书和今人书籍偶有涉及，但做过系统梳理的人还很少。下面就围绕汉代文献载体作以考察，看看有哪些记录文字的材料曾做过汉赋的载体。

简牍。简牍是汉代最基本的文献载体形式，这是已被学界公认的，就毋庸多论了。简牍作为汉赋的载体在史书上是有明文记录的，这也是目前唯一可以断言的汉赋的载体。《史记·司马相如列传》："上读《子虚赋》而善之，曰：'朕独不得与此人同时哉！'……相如曰：'有是。然此乃诸侯之事，未足观也。请为天子游猎赋，赋成奏之。'上许，令尚书给笔札。"《汉书·司马相如列传》亦有类似记载，颜师古注曰："札，木简之薄小者也。时未多用纸，故给札以书。札，音壮黠反。"又《后汉书·贾逵传》："帝敕兰台给笔札，使作《神雀颂》。"

除了史书有明文记载之外，现在还有出土实物为证。一是记录前代赋作的汉简。如银雀山汉简《唐勒》，[②] 尽管在此篇性质的判定上，意见不一，多数学者认为它是唐勒赋的佚篇，李学勤先生则认为它是宋玉赋的佚篇。[③] 但都认为是汉简的意见是一致的。还有双古堆汉简中的诗赋残简。[④]"只有零星残简，尚未发表，如《离骚》残简，仅存四字；《涉江》残简，仅存五字；其他辞赋残简，也有若干残片。"[⑤] 二是记录汉赋的汉简。1993年江苏连云港尹湾汉墓M6

---

① 刘国进：《中国上古图书源流》，新华出版社2003年版，第386页。
② 吴九龙：《银雀山汉简释文》，文物出版社1985年版，第100—104页。
③ 谭家健：《唐勒赋残篇考释及其他》，《文学遗产》1990年第2期，第32—39页；汤漳平：《论唐勒赋残简》，《文物》1990年第4期，第48—52页，汤漳平：《宋玉作品真伪辩》，《文学评论》1991年第5期，第64—75页。李学勤：《〈唐勒〉〈小言赋〉与〈易传〉》，收入所著《周易经传溯源》，长春：长春出版社，1992年，91—97页。
④ 文物局文献研究室等：《阜阳汉简简介》，《文物》1983年第2期，第21—23页。
⑤ 李零：《简帛古书与学术源流》，生活·读书·新知三联书店2004年版，第337页。

出土三件记录随葬物的木牍，其中有赋二种：一种是《列（烈）女傅（赋）》一卷，未见；一种是《乌傅（赋）》，即墓中出土简书《神乌赋》。① 研究者大都认为此赋为汉代较底层的知识分子所作。谭家健说："文体属于汉代俗赋，语言朴素直拙，不像汉大赋那样辞藻华美。"② 此外，敦煌汉简和居延汉简中也有一些辞赋类的残简。③

缣帛。帛是我国上古时代对各种丝织物品的通称，包括绢、丝、纱、罗、绫、绸、锦等不同种类。颜师古注《急就篇》说："帛总言诸缯也。"徐灏笺《礼记》说："帛，壁色缯也，缣素之通名。"④ 缣帛用作书写材料，约自公元前6世纪始。在古代文献中，许多资料不仅证明缣帛曾用于书写，且常描述其特殊用途。如《墨子》卷二："古者圣王既审尚贤欲以为政，故书之竹帛，琢之槃盂，传以遗后世子孙。"⑤《吕氏春秋·情欲》："孙叔敖日夜不息，不得以便生为故，故使庄王功迹著乎竹帛，传乎后世。"⑥

帛虽具有柔软、平滑、轻便的特点，但造价非常昂贵，瞿蜕之在《汉代风俗制度史》中，根据"东方朔传，馆陶公主令中府，董君所发一日金满百斤钱百万帛满千匹乃白之"折算，"帛价约十匹等于金一斤钱一万"。⑦ 所以，帛不是一般人所能用得起的。崔瑗《与葛元甫书》云："今遣奉书钱千为贽，并送《许子》十卷，贫不及素，但以纸耳。"⑧ 这从侧面反映了当时缣帛之贵。"据研究，汉代一匹缣帛（2.2×40汉尺）的价格可以买到六石（720汉斤）大米。它不是所有知识分子都买得起，用得上的。"⑨ 所以，"竹简常用作草稿，而缣帛则用于最后的定本。竹简虽有时亦用为定本，但因其上文字易于修改，且价亦较廉，故尤宜作为草稿之用。应劭说：'刘向为孝成皇帝典校书籍二十余年，皆先书竹，改易刊定，可缮写者以上素也。'但这种用途，大概仅限于重要而有永久价值的书籍。……古代目录上的记载可以证明此说。《汉书》'艺文志'中所

---

① 连云港市博物馆：《江苏东海县尹湾汉墓群发掘简报》，《文物》1996年第8期，第4—25页。
② 谭家健：《〈神乌赋〉源流漫论》，《中国文学研究》1998年第2期，第8页。
③ 李零：《简帛古书与学术源流》，生活·读书·新知三联书店2004年版，第338页。
④ 史游：《急就篇》，岳麓书社1989年版，第123页
⑤ 孙诒让：《墨子间诂》中华书局1986年版，第62页。
⑥ 许维遹：《吕氏春秋集释》，北京市中国书店1985年版，第11页。
⑦ 瞿蜕之：《汉代风俗制度史》，上海文艺出版社1991年版，第57页。
⑧ 严可均：《全上古三代秦汉三国六朝文》，中华书局1958年版，第717页。
⑨ 肖川等：《中国秦汉教育史》，人民出版社1994年版，第48页。

载的书籍，有四分之一称为'卷'；包括一部分的儒家经典，及全部的天文、历法、医药、卜筮等著作。其他大都是称'篇'的竹书。不仅先秦的儒家经典用帛卷为定本；即占卜星相之书，通常也著于缣帛。《周礼》卷24说：'凡卜筮既事则系币，以比其命，岁终则计其占之中否。'杜子春注：'系币者，以帛书其占，系之于龟也。'至于汉代的谶纬一类的书籍，也大都是帛书。在长沙出土的帛画，亦属卜筮之类。"① 由此看来，用缣帛写赋的可能性是很小的。但马王堆帛书有用赋法写成的《相马经》，"马王堆帛书，有一个被题名为《相马经》的长篇，内容虽讲相马，但文体类似于赋，特别是其专门描写事物（即'效物'）的一体（相法强调观察，与之有相通之处）。比如，以它开头的一段为例，'大光破章，有月出其上，半矣而未明。上有君台，下有蓬芳；旁有积缥，急其帷刚。兰筋既鸳，狄筋冥爽；攸攸时动，半盖其明'，这种韵文句式，就和《神乌赋》有相似之处。它本来是讲相马，但辞藻华丽，描述琐细。"② 马王堆帛书《相马经》能否定为赋作，笔者也不能妄自断语。但它以缣帛作为载体，与它是否为赋体的关系不大，而是与它属于占卜星相之书的关系至为密切。占卜星相之书，通常著于缣帛，前已论及。

石。虽说石刻文献可追溯到殷商或更早的岩画以及石头上的刻符，春秋战国时期也有了一定的发展，如近代金石学家马衡在《凡将斋金石丛稿》中说："自周室衰微，诸侯强大，名器寖轻，功利是重，于是以文字为夸张之具，而石刻之文兴矣。"③ 但秦以前的石刻还是很有限的，郭沫若在《古代文字之辩证的发展》一文中说："殷周使用铜刀乃至石刀刻石颇为不易，春秋战国时开始用铁，故刻石文字便随之而增益，秦以后形成了压倒之势，看来这是铁器时代的必然结果。"④ 从这两段引文可看出，石刻文献肇自殷周，发展于战国，兴盛于秦。汉承秦绪，亦很繁盛。从现存石刻文献看，汉代石刻文献主要有：石经、墓志铭、碑文、摩崖等。从内容上看，汉代石刻文书是以儒家经典为主，旨在弘扬儒家文化和思想。最著名的就是东汉灵帝四年，由蔡邕、杨赐、马日䃅等人主持凿刻的《熹平石经》。石刻的目的应该是想永久留存，那么，石刻的内容

---

① 钱存训：《印刷发明前的中国书和文字记录》，印刷工业出版社1988年版，第85页。
② 李零：《简帛古书和学术源流》，生活·读书·新知三联书店2004年版，第338—339页。
③ 马衡：《凡将斋金石丛稿》，中华书局1977年版，第65页。
④ 郭沫若：《奴隶制时代》，人民出版社1954年版，第264页。

也应是以在当时人心中具有经典性永久性价值为标准的。早在战国的墨子就曾说:"又恐后世子孙不能知也,故书之竹帛,传遗后世子孙;或恐其腐蠹绝灭,后世子孙不得而记,故琢之盘盂,镂之金石以重之。"①

以赋为名的文字石刻暂时还未发现,但以颂为名的文字石刻发现有不少。如元氏县的《封龙山颂》,是刻在石碑上的;刻在崖壁上的有《石门颂》《西狭颂》《甫阁颂》《赵宽颂》等。其中以《石门颂》最为出名,《石门颂》凿刻于东汉建和二年十一月,为记录汉司隶校尉杨孟文修石门古栈道一事而刻,不仅记录了修道的丰功伟绩,而且还描述了石门的自然风光。共有六百余字,字体为隶中草书。这些摩崖石刻的颂文大都是用赋法写作的,黄友三先生在《简论〈石门颂〉》中说:"它是一篇连同书丹者的笔意,镌刻者的凿工还都完好保存下来的东汉赋颂佳作。"② "在写作手法上,《西狭颂》继承了《诗》"颂"的庄重典雅,又汲取了汉赋的铺排渲染。"③ 就连碑文《封龙山颂》也是用赋法写成的。④ 这些石刻文字,从文体功用上划分,应入颂类;从表现手法上划分,能归赋作;从记录方式上划分,可归铭文。郭预衡先生也认为秦汉刻石文字"实际与赋同类"。⑤

在汉代,赋颂分界不甚明朗。关于赋颂的纠缠问题,万光治先生在《汉代颂赞箴铭与赋同体异用》一文中作了较系统的阐述,⑥ 此不赘述。由于中国古代文体分类并没有确立统一的标准,因此,很难把某些具体作品毫无争议地确定在某类文体范围之内。因此,能不能说石头就是赋的载体,恐怕也是一个要争论的问题。

纸。纸的发明,钱存训先生说至迟可定在西汉,"近年来在中国西北部陆续发现的古纸残片,其年代远在公元以前,可以证明纸的起源于西汉,大概没有问题"⑦。东汉蔡伦又大大改进了造纸术。《后汉书·蔡伦传》:"自古书契多编以竹简,其用缣帛者谓之为纸。缣贵而简重,并不便于人,伦乃造意,用树肤、

---

① 孙诒让:《墨子间诂》,中华书局1986年版,第214页。
② 黄友三:《简论〈石门颂〉》,《闽江学院学报》2003年第6期,第113页。
③ 蒲向明:《论〈西狭颂〉摩崖的文学价值》,《上海大学学报》2006年第6期,第62页。
④ 王子今:《〈封龙山颂〉〈白石神君碑〉北岳考论》,《文物春秋》2004年第4期,第1—6页。
⑤ 郭预衡:《中国散文史》(上),上海古籍出版社1986年版,第217页。
⑥ 万光治:《汉赋通论》(增订本),中国社会科学出版社2004年版,第101—112页。
⑦ 钱存训:《中国纸和印刷文化史》,广西师范大学出版社2004年版,第38页。

麻头及敝布、鱼网以为纸。元兴元年奏上之。帝善其能，自是莫不从用焉，故天下咸称'蔡侯纸'。""元兴元年奏上之"，说明是造成于元兴元年，即公元105年。在"蔡侯纸"发明之前，已有用纸书写的记录，《三辅故事》："中有裹药二枚，赫蹏书。"应劭注："'赫蹏'，薄小纸也。"孟康注："染纸素令赤而书之。"①《后汉书·贾逵传》："教以《左氏》，与简纸经传各一通。"贾逵奉诏入宫讲《左氏传》是在建初元年。《后汉书·和熹邓皇后纪》："（永元）十四年夏，阴后以巫蛊事废……至冬，（邓氏）立为皇后。……自后即位，悉令禁绝，岁时但供纸墨而已。"这些记录都早于"蔡侯纸"的发明时间——永元十七年。"蔡侯纸"发明后，纸张仍然未能全部代替简帛。"至于作为书籍的材料，纸张并未能立即代替竹帛。大约纸和竹木并存了300年，和帛书并用了至少500年。到了晋代纸卷才完全取代简牍，而帛书直至唐代仍在使用。"②

东汉后期，用纸张作为书信载体的记录渐多，马融《与窦伯向书》曰："孟陵奴来，赐书，见手迹，欢喜何量，见于面也。书虽两纸，纸八行，行七字。"③吴质《答东阿王书》："质白，信到，奉所惠贶，发函申纸。"④而辞赋的载体仍以简牍为主，杨修《答临淄候笺》："又尝亲见执事，握牍持笔，有所造作，若成诵在心，借书于手。……是以对鹖而辞，作暑赋弥日而不献。见西施之容，归增其貌也。伏想执事，不知其然，猥受顾赐，教使刊定。春秋之成，莫能损益。"⑤这是杨修写给曹植的一封回信，此前曹植有《与杨德祖书》："今往仆少小所著辞赋一通，相与夫街谈巷说，必有可采。"⑥"握牍持笔"说明曹植是用简牍作辞赋的。又陈琳《答东阿王笺》："昨加恩辱命，并示《龟赋》，披览粲然。"⑦《说文》："披，从旁持曰披。"⑧如果载体为纸，用"申"字的可能性较大，而用"披"字的可能性就较小，因为为携带的方便，纸往往是卷起来的。这都说明当时简牍依然是辞赋的主要载体。再通过马融《与窦伯向书》中"纸八行，行七字"句来看，一纸的容量很小，才容五十六字，而辞赋的字

---

① 《汉书》卷九七下《外戚传》，第3991页。
② 钱存训：《中国纸和印刷文化史》，广西师范大学出版社2004年版，第83页。
③ 严可均：《全上古三代秦汉三国六朝文》，中华书局1958年版，第569页。
④ 李善：《文选注》，中华书局1977年版，第595页。
⑤ 李善：《文选注》，中华书局1977年版，第564页。
⑥ 同上，第593页。
⑦ 同上，第565页。
⑧ 段玉裁：《说文解字注》，浙江古籍出版社2006年版，第602页。

数一般都很多，故作赋用纸的可能性不大。且汉时纸亦难得，《后汉书·延笃传》："（笃）少从颍川唐溪典受《左氏传》，旬日能讽之，典深敬焉。"李贤注引《先贤行状》曰："笃欲写《左氏传》，无纸，唐溪典以废笺记与之。笃以笺记纸不可写《传》，乃借本讽之，粮尽辞归。"可见纸之珍贵难得。所以，在当时纸张比较难得的情况下，纸还未用于作辞赋的载体。

其他。除了简牍、缣帛、石、纸外，其他如玉器、漆器、骨器、陶器等记录文字的载体，用作辞赋载体的可能性也是很小的。因为这些载体容纳文字的量都很小，用于篇幅庞大的辞赋，明显是不适宜的。

由是观之，汉赋的主要载体是简牍。

二、汉赋载体形式对汉赋生产消费的影响

我们再透过汉赋的载体来看一下汉赋在当时文献中的地位和它的传播消费情况。

简牍有长有短，王国维结合文献记载和对实物的考证，得出这样的结论："由是观之，则秦汉简牍之长短，皆有比例存乎其间。简自二尺四寸而再分之，三分之，四分之。牍则自三尺（棨），而二尺（檄），而五寸（传信），而一尺（牍），而五寸（门关之传），一均为二十四之分数，一均为五之倍数，此皆信而可征者也。"① 简牍的长短蕴含着严格的等级尊卑观念，王国维说："古策有长短，最长者二尺四寸，其次二分而取一，其次三分而取一，最短者四分取一。《论衡》（十二）《量知》篇'截竹为简，破以为牒，加笔墨之迹，乃成文字，大者为经，小者为传记'，又（十二）《谢短》篇'二尺四寸，圣人文语，朝夕讲习，义类所及，故可务知。汉事未载于经，名为尺籍短书，比于小道，其能非儒者之责也'。案《说文》（五）引庄都说'典，大册也，而五帝之书名典'，则以策之大小为书之尊卑，其来远矣。周末以降，经书之策，皆用二尺四寸，《仪礼》疏引郑注《论语》序云'《诗》《书》《礼》《乐》《春秋》策，皆长尺二寸；《孝经》谦，半之；《论语》八寸策，又谦焉'。案'尺二寸'当作'二尺四寸'。《左传》疏云'郑元注《论语》序以《孝经钩命诀》云"《春秋》二

---

① 王国维：《王国维遗书》（第九册）之《简牍检署考》，山海古籍书店1983年版，第4页。

尺四寸书,《孝经》一尺二寸书",'故知《六经》之策皆长二尺四寸。"①《后汉书·周盘传》:"编二尺四寸简,写《尧典》一篇,并刀笔各一,以置棺前,示不忘圣道。"《后汉书·曹褒传》:"褒既受命,乃次序礼事,依准旧典,杂以《五经》谶记之文,撰次天子至于庶人冠婚吉凶终始制度,以为百五十篇,写以二尺四寸简。"这些都是《五经》以二尺四寸简录之的实证。王充《论衡·骨相》云:"若夫短书俗记、竹帛胤文,非儒者所见,众多非一。"②可与上引《论衡·谢短》篇之"汉事未载于经,名为尺籍短书,比于小道,其能非儒者之责也"互证。说明"尺籍短书"都是用来记录经典之外地位卑低的"俗记"的。

那么,汉赋写作是用什么样形制的简牍呢?前以论及,在《史记·司马相如列传》和《汉书·司马相如列传》中都同样记载汉武帝令尚书给笔札于司马相如。在《汉书》中颜师古注曰:"札,木简之薄小者也。时未多用纸,故给札以书。"《说文》:"札,牒也,从木,乙声。"段玉裁说:"长大者曰椠,薄小者曰札。"③可见,札为一种薄小的供书写用的狭窄木片。这就决定在汉代辞赋类作品是不可能作为经典文献对待的,从一开始就奠定了"辞赋小道"的地位④。尽管有些喜爱辞赋的皇帝在尽力提高辞赋的地位,如《汉书·王褒传》:"上曰……辞赋大者与古诗同义,小者辩丽可喜。辟如女工有绮縠,音乐有郑卫,今世俗犹皆以此虞说耳目,辞赋比之,尚有仁义风谕,鸟兽草木多闻之观,贤于倡优博弈远矣。"但扬雄还是说,"赋者,童子雕虫篆刻,壮夫不为"⑤。到东汉,文人们尽量使辞赋向经学靠拢,为经学服务,纳入"古诗之流"⑥。但依然未能改变其卑微的地位,遭到了杨赐、蔡邕等人的批评。《后汉书·杨赐传》:"又鸿都门下,招会群小,造作赋说,以虫篆小技见宠于时。"《后汉书·蔡邕传》:"夫书画辞赋,才之小者,匡国理政,未有其能。"

汉赋不仅因为在当时颇受批评而影响了它的传播消费,而且在其载体的材料来源范围的有限性、制作过程的烦琐、成品的粗笨等方面都限制着它的传播

---

① 王国维:《王国维遗书》(第九册)之《简牍检署考》,山海古籍书店1983年版,第2页。
② 王充:《论衡》,上海人民出版社1974年版,第36页。
③ 段玉裁:《说文解字注》,浙江古籍出版社2006年版,第265页下。
④ 李善:《文选注》,中华书局1977年版,第594页。
⑤ 扬雄:《法言》,上海古籍出版社1989年版,第5页。
⑥ 李善:《文选注》,中华书局1977年版,第21页。

消费。简牍的主要原材料是竹子和木材,"史坦因在敦煌发现的木牍,多是白杨木;前'中央研究院'发现的,有松、柳、杨及柳",① 相对于缣帛,简牍确实是一种比较便宜易得的文献载体,对于富人是易得,但对于穷人就难得了。据出土的居延汉简载:"出钱六十二,买椠二百。"② 我们可以和当时的粮食价作以对比,"糴小麦十二石,石九十。"③ "二百椠"的价格几近一石小麦的价格,看来简牍也不会便宜哪儿去。而且,汉代还有封山禁伐之事。《汉纪·孝武皇帝纪》载:"春正月,行幸缑氏,登崇高,闻声称万岁者三,群臣吏卒莫不称皆闻之。于是封太室,以三百户为奉邑,禁民无伐其山木,复其民。"④ 看来"无立锥之地"的贫民是无法获得竹木材作为文字载体的,他们只能用更简易的材料书写了。西汉时人路温舒、董谒、孙敬等,以蒲柳或树叶代替简牍的事迹充分说明了这一点。《汉书·路温舒传》:"父为里监门,使温舒牧羊,温舒取泽中蒲,截以为牒,编用写书。"《太平御览》卷六零六引《楚国先贤传》曰:"孙敬编杨柳简以为经本,晨夜诵习。"⑤

就连出身于民间的光武帝也十分珍惜简牍,而"一札十行,细书成文"。《后汉书·循吏传》:"其以手迹赐方国者,皆一札十行,细书成文。"王国维在谈简册容字时说:"若一简行数,则或两行,或一行;字数,则视简之长短以为差,自四十字至八字不等。"⑥ 正常情况下是一简两行或一行,而光武帝却一札十行,而札还是"简之薄小者",如果不是光武帝在民间体会到简牍之难得,何以会如此之吝啬。故吕思勉说:"《三国志·张既传注》引《魏略》言既为郡下小吏而家富,自惟门寒,念无以自达,乃常畜好刀笔及版奏,伺诸大吏有乏者辄给与。观此及《后汉书·循吏传》所记光武事,知简牍亦未尝不贵。"⑦ 所以那时的书也就显得特别之珍贵,《后汉书·戴封传》:"年十五诣太学……时同学石敬平温病卒,封养视殡敛,以所赍粮市小棺,送丧到家。更敛,见敬平行时书物皆在棺中,乃大异之。"书藏棺中,珍贵程度可想而知了。皮锡瑞在《经学历史》中说:"汉人无无师之学,训诂句读,皆由口授,非若后世之书,音训备

---

① 钱存训:《印刷发明前的中国书和文字记录》,印刷工业出版社1988年版,第67页
② 陈直:《居延汉简研究》,天津古籍出版社1986年版,第98页。
③ 同上,第95页。
④ 同上,第236页。
⑤ 李昉:《太平御览》六〇六,中华书局1985年版,第2725上。
⑥ 王国维:《王国维遗书》第九册,上海古籍书店1983年版,第6页。
⑦ 吕思勉:《秦汉史》,上海古籍出版社2005年版,第671页。

具,可视简而诵也。书皆竹简,得之甚难,若不从师,无从写录,非若后世之书,购买极易,可兼两载也。"① 看来,不是无据妄谈。

我们再来看看简牍整治的难易程度。先看竹简的整治,王充《论衡·量知》曰:"竹生于山,木长于林,截竹为筒,破之以牒,加笔墨之迹乃成文字,大者为经,小者为传记。"②"截竹为筒,破以为牒",只是初步工作,得杀青后方可用。刘向《别录》说:"杀青者,直治竹作简书耳,新竹有汁,善折蠹,凡作简者,皆于火上炙干之。陈楚之间谓之汗,汗者,去其汁也。吴越曰杀,亦治也。"③ 可见竹简制作之烦琐。那么,木简的制作是否容易些呢?王充《论衡·量知》说:"断木为椠,析之为板,力加削刮,乃成奏牍。"④ 看上去,木简的制作比较简单。细究之,则不然。因湿木易裂,还应有个晾干的过程。再说,当时的伐木工具未必发达,对于坚硬粗大的树木就不可轻松制成简牍。王充《论衡·效力》说:"或伐薪于山,轻小之木,合能束之。至于大木,引之不能动,推之不能移,则委之于山林,收所束之小木而归。"⑤ 这也大大限制了木简材料的来源范围,只能是较疏松而且大小适宜的树木。从出土的木简多为质地疏松的杨木和柳木来看,也印证了这种情况。王褒《僮约》曾记一个奴仆的分内之事:"持斧入山,断辀裁辕,若有余残,当作俎几木屐,及犬彘盘。焚薪作炭,垒石薄岸,治舍盖屋,削书代牍,日暮欲归。"⑥ 其中"削书代牍,日暮欲归"也可从侧面反映出简牍制作不是一件容易之事。由于简牍的整治很麻烦,势必使其造价高、数量少。从竹木的来源和简牍制作两个方面看,都说明简牍不是一件易得的东西。会极大地限制以此为载体的文献的传播和消费。

简牍制成之后,由其笨重的特点,还是不可能大面积的传播和消费。《汉书·刑法志》说秦始皇"夜理书,自程决事,日县石之一"。就是说,他每天要批阅用简牍书写的公文一石重量(秦代一石为一百二十秦斤,相当于现在25公斤多)⑦。西汉时,东方朔写了一篇奏章给汉武帝,共用了三千根木牍,由两个身强力壮的大汉吃力地抬进宫去。《史记·滑稽列传》:"朔初入长安,至公车上

---

① 皮锡瑞:《经学历史》,中华书局2004年版,第88页。
② 王充:《论衡》,上海人民出版社1974年版,第194页。
③ 严可均:《全上古三代秦汉三国六朝文》,中华书局1958年版,第675页。
④ 王充:《论衡》,上海人民出版社1974年版,第194页。
⑤ 同上,第204页。
⑥ 严可均:《全上古三代秦汉三国六朝文》,中华书局1958年版,第359页。
⑦ 肖川等:《中国秦汉教育史》,人民教育出版社1994年版,第48页。

书，凡用三千奏牍。公车令两人共持举其书，仅然能胜之。人主从上方读之，止，辄乙其处，读之二月乃尽。"大家都知道，汉赋多为鸿篇巨制，如司马相如的《天子游猎赋》有四千多字，班固的《两都赋》有五千多字，张衡的《二京赋》有七千六百多字等。据出土简牍看，长简55厘米（汉二尺四寸简）可容50—70字，短简27.6厘米（汉一尺二寸简）可容约35字，还有18厘米短简（汉八寸简），容字就更少。① 由"札，木简之薄小者也"知，汉赋的载体为汉八寸简。由此推之，一篇长一点的赋作大约就得数百根简牍。汉赋不仅在宣扬奢侈，它的文本形式本身就是一种奢侈。

史书多载赐给笔札之事，《史记》《汉书》之《司马相如列传》中有载"上令尚书给笔札"事，《后汉书·荀韩钟陈列传》载："帝览而善之。帝好典籍，常以班固《汉书》文繁难省，乃令悦依《左氏传》体以为《汉纪》，三十篇，诏尚书给笔札。"又《后汉书·贾逵传》载："帝敕兰台给笔札，使作《神雀颂》，拜为郎，与班固并校秘书，应对左右。"《后汉书·文苑列传下》："刘表及荆州士大夫先服其才名，甚宾礼之，文章言议，非衡不定。表尝与诸文人共草章奏，并及其才思。时衡出，还见之，开省未周，因毁以抵地。表忾然为骇。衡乃从求笔札，须臾立成，辞义可观。表大悦，益重之。"这四则材料中，祢衡是当场作文，"须臾立成，辞义可观"，其"从求笔札"，乃在情理之中。贾逵是否当场作颂，史未明言。但司马相如作《天子游猎赋》，却不是当场须臾可立成的。《西京杂记》曰："司马相如为《上林子虚赋》，意思萧散，不复与外事相关，控引天地，错综古今，忽然如睡，焕然而兴，几百日而后成。"② 《西京杂记》所言并非无据，《汉书·枚皋传》曰："司马相如善为文而迟，故所作少而善于皋。"《太平御览》卷八十八所引《汉武故事》也有相如为文迟缓的记载："上好辞赋，每行幸及奇兽异物，辄命相如等赋之，上亦自作诗赋数百篇，下笔而成，初不留意，相如造文弥时而后成，上每叹其工妙。谓相如曰：'以吾之速易子之迟，可乎？'相如曰：'于臣则可，未知陛下何如耳。'上大笑而不责。"③ 故刘勰有"相如含笔而腐毫"之评。④ 再之，汉灵帝"令（荀）悦依《左氏传》体以为《汉纪》，三十篇。"也不是当场所能作成的。

---

① 李零：《简帛古书于学术源流》，生活·读书·新知三联书店2004年版，第121页
② 向新阳等：《西京杂记校注》，上海古籍出版社1991年版，第92页。
③ 李昉：《太平御览》卷八八，中华书局1985年版，第421页。
④ 范文澜：《文心雕龙注》，人民文学出版社1958年版，第494页。

那么，皇帝们是出于何种目的而令尚书给笔札呢？原因可能有二：或出于对作者的奖励，或出于作者所缺笔札的缘故。后人多作第一种理解，认为"给札"是给作者的特殊礼遇。后多因谓朝廷对文士的特殊礼遇为"给札"，宋曾巩《回许安世谢馆职启》云："天衢寝享，时望攸属。遂膺给札之召，来賁登瀛之游。"① 刘克庄《满江红和实之》词之三云："有谁怜，给札老相如，家徒壁。"② 其实，"给札"不仅仅是一种特殊礼遇，更重要的是有弥补对方所缺的意思。皇帝奖励多用"赐"字，如果要突出对作者的奖励应用"赐札"更为合适。这里却用"给札"，《说文》曰："给，相足也。"段玉裁注曰："足居人下，人必有足而后体全，故引申为完足。相足者，彼不足此足之也。"③ 看来，令尚书"给札"主要是出于作者笔札不足之故。《汉官仪》曰："尚书郎四人，一人主匈奴单于营部，一人主羌夷吏民，一人主天下户口土地垦作。一人主钱帛贡献委输。"④ 既然尚书有"主钱帛贡献委输"之务，那么，"给札"也应是其职内之事了。《魏书》卷六十二就记载一件给笔札并非出于奖励的事例："近僭晋之世有佐郎王隐，为著作虞预所毁，亡官在家，昼则樵薪供爨，夜则观文属缀，集成《晋书》，存一代之事，司马绍敕尚书唯给笔札而已。国之大籍，成于私家，末世之弊，乃至如此，史官之不遇，时也。"⑤ "唯给笔札而已"就毫无奖励之意，而是弥补其必需之用了。

总之，不论给笔札是出于奖励还是出于作者所必需，都说明笔札为难得之物。如果"给札"为特殊之礼遇，可显笔札之贵重；如果"给札"是出于作者所必需，可见笔札之稀缺。扬雄在《答刘歆书》中说："愿不受三岁之奉，且休脱直事之繇，得肆心广意，以自克就。有诏可不夺奉，令尚书赐笔墨钱六万，得观书于石室。"⑥ "令尚书赐笔墨钱六万"，足见笔墨之费不是一件小的开支。这些都说明汉赋的载体——简牍在当时也不是轻易就可得到并肆意而用的。

汉赋的载体形式在一定程度上影响了汉赋的生产消费。首先，由于汉赋载体的难得，限制了汉赋的受众层面，使汉赋的受众主要限制于贵族官僚群体。

---

① 曾巩：《曾巩集》，中华书局1984年版，第509页。
② 钱仲联：《后村词笺注》，上海古籍出版社1980年版，第270页。
③ 段玉裁：《说文解字注》，浙江古籍出版社2006年版，第647页。
④ 严可均：《全上古三代秦汉三国六朝文》，中华书局1958年版，第667页。
⑤ 魏收：《魏书》，中华书局1974年版，第1396页。
⑥ 严可均：《全上古三代秦汉三国六朝文》，中华书局1958年版，第411页。

其次，由于汉赋载体的笨重，也必定影响其传播速度和传播范围。总之，由于汉赋文本形式本身是一种奢侈品，再加之武帝以后，独尊儒术，经学成为利禄之阶，除非为应制而作，一般人就不会去制作和消费汉赋这种奢侈品了，所以汉赋就很难走出宫廷文学的范围。

第三节　汉赋的文本生成

司马相如历时百日而酿一赋，张衡费力十载而成《二京》。可见大赋生成之缓慢，其因何在？刘勰归因于才思之缓。其《文心雕龙·神思》云："人之禀才，迟速异分，文之制体，大小殊功：相如含笔而腐毫，扬雄辍翰而惊梦，桓谭疾感于苦思，王充气竭于沈虑，张衡研《京》以十年，左思练《都》以一纪。虽有巨文，亦思之缓也。"①刘勰这里所论数人，除王充"气竭于沈虑"非因作赋外，其余均述作赋之艰辛与赋之难成，尤其突出大赋之难成。相如含笔腐毫，扬雄辍翰惊梦，其因均为制作大赋；张衡研《京》十年，左思练《都》一纪，亦云大赋生成缓慢。刘勰把散体大赋生成缓慢归因于"思之缓也"，实有见地亦有失偏颇。"思之缓"是大赋生成缓慢的一个重要原因，但不是唯一原因。大赋生成缓慢不仅受赋作主体自身条件的限制，亦受当时生产赋体的某些客观条件的限制，其成因是复杂而非单一的。讨论者多重作者主观之因素，而忽略外在客观之限制。所以，有必要对汉大赋的文本生成加以考察。汉赋的文本生成，是指赋家的构思过程以及把精神产品转化为物质文本形式的物化过程。

一、汉大赋的制作

（一）搜集材料

作赋尤其是作大赋要求赋家须有极高才学，也就是说才学是赋家必备的修养。刘熙载《赋概》云："赋兼才学。才，如《汉书·艺文志》论赋曰：'感物造端，材智深美'，《北史·魏收传》曰'会须作赋，始成大才士'；学，如扬雄谓'能读赋千首，则善为之'。"②可见材料的占有对赋家的生产创作是多么

---

① 范文澜：《文心雕龙注》，人民文学出版社1958年版，第494页。
② 刘熙载：《艺概》，上海古籍出版社1978年版，第101页。

重要。所以，扬雄为了获得更多的学识，主动请求校书天禄阁，"得观书于石室"①。东汉的两大名赋家班固和张衡也都有入读禁中的经历，《东观汉记》卷十六："（班）固数入读书禁中，每行巡狩，辄献赋颂。"② 张衡《表求合正三史》："窃贪成训，自忘顽愚，愿得专于东观，毕于力于纪记。竭思于补阙，俾有汉休烈，比久长于天地，并光明于日月，昭示万嗣，永示不朽也。"③ 东汉赋家多有校书东观的经历，如傅毅、马融、王逸、蔡邕等都有校书东观的经历。他们在校书的同时可博览大量的东观藏书。桓谭《新论·道赋》："扬子云工于赋，王君大习兵器，余欲从二子学。子云曰：'能读千赋，则善赋。'君大曰：'能观千剑，则晓剑。'谚曰：'伏习象神，巧者不过习者之门。'"④ 他们入读禁中，在获得多方面的知识同时，当然也"能读赋千首，则善为之"了。

从生产者的角度讲，占有材料是个素质养成问题；从生产角度讲，占有材料则是作赋的准备阶段。袁枚《历代赋话序》云："古无志书，又无类书，是以《三都》《两京》，叙风土物产之美，山则某某，水则某某，草木鸟兽虫鱼则某某，必加穷搜博访，精心致思之功，是以三年乃成，十年乃成，而一成之后，传播远迩，至于纸贵洛阳。盖不徒震其才藻之华，且藏之巾笥，作志书类书读故也。今志书类书，美矣备矣，使班左生于今日，再作此赋，不过繙撷数日，立可成篇，而传抄者亦无有也。"⑤ 从这段话里可看出，作赋搜集材料的准备工作是艰辛费时的。同时也说明，搜集占有材料对于作赋尤其是作大赋，是一个至关重要且不可缺少的环节。

我们可以扬雄为例，说明作赋搜集材料这一环节的艰辛耗时。扬雄《答刘歆书》云："雄为郎之岁，自奏少不得学。而心好沈博绝丽之文。愿不受三岁之奉，且休脱直事之繇，得肆心广意，以自克就。有诏可不夺奉，令尚书赐笔墨钱六万，得观书于石室。如是后一岁，作绣补灵节龙骨之铭，诗三章，成帝好之，遂得尽意。故天下上计孝廉及内郡卫卒会者，雄常把三寸弱翰，赍油素四尺，以问其异语，归，即以铅摘次之于椠。二十七岁于今矣。"⑥ 扬雄赋的巨丽

---

① 严可均：《全上古三代秦汉三国六朝文》，中华书局1958年版，第411页。
② 班固等：《东观汉记》，商务印书馆1937年版，第131页。
③ 严可均：《全上古三代秦汉三国六朝文》，中华书局1958年版，第771页。
④ 桓谭：《新论》，上海人民出版社1977年版，第51页。
⑤ 何新文等：《历代赋话校证》，上海古籍出版社2007年版，第3页。
⑥ 严可均：《全上古三代秦汉三国六朝文》，中华书局1958年版，第411页。

奇诡颇得力于对异语名物的搜求之功。就连不好赋颂之文的张伯松，见之亦以为奇。"二十七岁于今矣"，足见其搜求赋作材料的漫长苦辛。

扬雄为作赋而访求异语异俗，地方名物，用力之勤，费时之久。足以反映出制作大赋搜求材料这一个环节的漫长而不可省，势必影响大赋的生成进度。是大赋生成缓慢之重要一因。

（二）运思布局

作文最重要的恐怕要数构思这一环节了，陆机《文赋》："每自属文，尤见其情。恒患意不称物，文不逮意。盖非知之难，能之难也。……伫中区以玄览，颐情志于典坟。遵四时以叹逝，瞻万物而思纷。……其始也，皆收视反听，耽思傍讯。精骛八极，心游万仞。其致也，情曈昽而弥鲜。物昭晰而互进。倾群言之沥液，漱六艺之芳润。浮天渊以安流，濯下泉而潜浸。于是沈辞怫悦。若游鱼之衔钩，而出重渊之深。浮藻联翩，若翰鸟缨缴，而坠曾云之峻。收百世之阙文，采千载之遗韵。谢朝华于已披，启夕秀于未振。观古今于须臾，抚四海于一瞬。然后选义按部，考辞就班，抱暑者咸叩，怀响者毕弹。或因枝以振叶，或沿波而讨源，或本隐以之显，或求易而得难，或虎变而兽扰，或龙见而鸟澜，或妥帖而易施，或岨峿而不安。笼天地于形内，挫万物于笔端。始踟蹰于燥吻，终流离于濡翰。"① 陆机论作文时须驰骋想象，运思笼物，精心用辞。从意与物的关系开始，到意与文的关系作结，即由感物生情，到穷辞尽物，借物达情这一过程的构想，既是阔大细密的也是艰辛耗时的。

刘勰《文心雕龙·神思》云："古人云：形在江海之上，心存魏阙之下。神思之谓也。文之思也，其神远矣，故寂然凝虑，思接千载；悄焉动容，视通万里；吟咏之间，吐纳珠玉之声；眉睫之前，卷舒风云之色，其思理之致乎。故思理为妙，神与物游。神居胸臆，而志气统其关键；物沿耳目，而辞令管其枢机。枢机方通，则物无隐貌；关键将塞，则神有遁心。是以陶钧文思，贵在虚静，疏瀹五藏，澡雪精神，积学以储宝，酌理以富才，研阅以穷照，驯致以怿辞，然后使玄解之宰，寻声律而定墨；独照之匠，窥意象而运斤，此盖驭文之首术，谋篇之大端。夫神思方运，万途竞萌，规矩虚位，刻镂无形，登山则情满于山，观海则意溢于海，我才之多少，将与风云而并驱矣。方其搦翰，气倍辞前，暨乎篇成，半折心始。何则？意翻空而易奇，言徵实而难巧也。是以意

---

① 李善：《文选注》中华书局1977年版，第240页。

授于思，言授于意；密则无际，疏则千里；或理在方寸而求之域表，或义在咫尺而思隔山河。是以秉心养术，无务苦虑；含章司契，不必劳情也。"① 由刘勰所论，作文构思之重要，观之了然，同时，构思的艰辛难就亦同样了然于目。

王充曾以亲身体验说为文构思之苦。《后汉书·王充传》："充好论说……乃闭门潜思，绝庆吊之礼，户牖墙壁，各置刀笔，著《论衡》八十五篇，二十余万言。年渐七十，志力衰耗，乃造《养性书》十六篇，裁节嗜欲，颐神自守。"其《论衡·对作》亦云："愁精神而忧魂魄，动胸中之静气，贼年损寿，无益于性，祸重于颜回，违负黄老之教，非人所贪，不得已故为《论衡》。"② 不仅著述思虑艰辛，作文章亦然。文章天才曹植也曾有"反胃"之论。《魏略》云："陈思王精意著作，食饮损减，得反胃病也。"③ 萧绎《金楼子·立言》亦云："扬雄作赋有梦肠之谈，曹植为文有反胃之论。"④ 被谢灵运誉为"才高八斗"的曹子建尝有构思"反胃"之叹，则更见常人为文构思之艰难了。

作文之中，作赋之宏大构思则尤为艰辛，汉赋作家多有感触之言。《西京杂记》："司马相如为《上林》《子虚》赋，意思萧散，不复与外事相关，控引天地，错综古今，忽然如睡，焕然而兴，几百日而后成。其友人盛览字长通，牂牁名士。尝问以作赋。相如曰：'合綦组以成文，列锦绣而为质。一经一纬，一宫一商，此赋之迹也。赋家之心。苞括宇宙，总览人物，斯乃得之于内，不可得而传。'览乃作《合组歌》《列锦赋》而退。终身不敢复言作赋之心矣。"⑤ 这不仅要求赋家在构思时，想象丰富，而且还要细密谨严。正如王世贞《艺苑卮言》卷一所云："作赋之法，已尽长卿数语，大抵须包蓄千古之材，牢笼宇宙之态。其变化之极，如沧溟开晦；绚烂之至，如霞锦照灼；然后徐而约之，使指有所在。若汗漫纵横，无首无尾，了不知结束之妙，又或瑰伟宏富而神气不流动，如大海乍涸，万宝杂厕，皆是瑕璧，有损连城，然此易耳，惟寒俭率易，十室之邑，借理自文，乃为害也。赋家不患无意，患在无蓄，不患无蓄，患在无以运之。"⑥

---

① 范文澜：《文心雕龙注》，人民文学出版社1958年版，第493—494页。
② 王充：《论衡》，上海人民出版社1974年版，第442页。
③ 李昉：《太平御览》卷三七六，中华书局1963年版，第1738页。
④ 萧绎：《金楼子》，湖北崇文书局1875年版，第9页。
⑤ 葛洪：《西京杂记》，上海古籍出版社1991年版，第91页。
⑥ 罗仲鼎：《艺苑卮言校注》，齐鲁书社1992年版，第31页。

怎样利用巧妙的构思，把占有的材料组建成一篇大赋，能够做到纵横捭阖，又如行云流水，的确不是一件易事。刘熙载《赋概》云："司马相如《答盛览问赋书》有赋迹赋心之说。迹，其所；心，其能也。心迹本非截然为二。"① 又云："赋家之心，其小无内，其大无垠，故能随其所值，赋象班形，所谓'惟其有之，是以似之'也。"② "其小无内，其大无垠"的"赋家之心"，不能不令赋家"意思萧散"了。不独相如作赋"意思萧散"，扬雄亦是"五藏出在地"，桓谭因之"感动发病"。桓谭《新论·祛蔽》："余少时见扬子云之丽文高论，不自量年少新进，而猥欲逮及。尝激一事，而作小赋，用精思太剧，而立感动发病，弥日瘳。子云亦言，成帝时，赵昭仪方大幸，每上甘泉，诏使作赋，为之卒暴，思精苦，始成，遂困倦小卧，梦其五藏出在地，以手收而内之。及觉，病喘悸，大少气。病一岁。由此言之，尽思虑，伤精神也。"③ 可见作赋构思之劳神。东汉大赋家张衡，也是十年而构《二京》，《后汉书·张衡传》："永元中，举孝廉不行，连辟公府不就。时天下承平日久，自王侯以下，莫不踰侈。衡乃拟班固《两都》，作《二京赋》，因以讽谏。精思傅会，十年乃成。"看来，作大赋构思之劳神是有它的普适性的。故刘勰有"相如含笔而腐毫，扬雄辍翰而惊梦，桓谭疾感于苦思……张衡研《京》以十年，左思练《都》以一纪"之论④。

（三）修治简牍

汉赋的构思过程完成以后，便形诸文字，书于载体（简牍）。载体获得路径多种，可总之两途：非自制和自制。非自制的约有以下数种情况：有皇帝赏赐或尚书、兰台供给的，如汉武帝令尚书给笔札于司马相如，汉明帝敕兰台给笔札于贾逵等。从这两个赏赐笔札的事例，也可说明尚书、兰台有供给官员笔札的职责。有主人供给的，如《后汉书·文苑传下》："衡乃从求笔札，须臾立成，辞义可观。表大悦，益重之。"⑤ 有于市场购买的，如出土的居延汉简载："出钱六十二，买椠二百。"⑥ 既有椠的交易，按常理，当也有简牍的交易。汉

---

① 刘熙载：《艺概》，上海古籍出版社1978年版，第84页。
② 同上，第99页。
③ 桓谭：《新论》，上海人民出版社1977年版，第30页。
④ 詹锳：《文心雕龙义证》，上海古籍出版社1989年版，第989页。
⑤ 《后汉书》卷八〇下《文苑列传》，第2657页。
⑥ 陈直：《居延汉简研究》，天津古籍出版社1986年版，第98页。

人所用简牍也有很多是自制的，如《汉书·原涉传》："宾客争问所当得，涉乃侧席而坐，削牍为疏。具记衣被棺木，下至饭含之物，分付诸客。"① 王褒《僮约》："断辂裁辕，若有余残，当作俎几木屐，及犬彘盘，焚薪作炭，垩石薄岸，治舍盖屋。削书代牍，日暮欲归。"② 简牍制作是一个相当烦琐的过程，前已论及，此不赘述。

（四）精心书写

大赋的书写也不是一件挥笔即成的事，因为大赋不仅是内容巨丽的文学作品，同时也应是形式精美的书法艺术品。

汉代皇帝自高祖至灵帝，多好书善书。高祖曾与卢绾一起学书。《汉书·卢绾传》："高祖、绾同日生……及高祖、绾壮，学书，又相爱也。"武帝曾用复篆为建章阙题词，可见其亦善书法。唐韦续《墨薮·五十六种》："十六：复篆者亦史籀所作，汉武帝用题建章阙。"③ 宣帝曾与张彭祖同席研书。《汉书·张安世传》云："彭祖又小与上同席研书。"又《汉书·佞幸传》亦云："宣帝时，侍中中郎将张彭祖少与帝微时同席研书。"元帝"多才艺，善史书"④。光武帝亦擅书，"其以手迹赐方国者，皆一札十行，细书成文"⑤。明帝亦喜书法，张怀瓘《书断》云："刘穆（睦）善草书，光武器之。明帝为太子，尤见亲幸，甚爱其法。"⑥《后汉书·刘睦传》云："又善《史书》，当世以为楷则。及寝病，（明）帝驿马令作草书尺牍十首。"由此可窥明帝对书法的爱好程度。章帝也好书善书，张彦远《法书要录》云："章草本汉章帝书也，今官帖中有'海碱河淡'，其书为后世章草宗。"⑦ 和帝、安帝同样喜欢书法，《后汉书·孝安帝纪》载：安帝"好学史书，和帝称之，数见禁中"。汉灵帝对书法的喜爱是不言自明的，其设立鸿都门学，课试书法辞赋。《后汉书·孝灵帝纪》李贤注曰："鸿都，门名也。于内置学，时其中诸生，皆敕州、郡、三公举召能为尺牍辞赋及工鸟篆者相课试，至千人焉。"由上可知，汉代皇帝喜爱书法已成风尚。

---

① 《汉书》卷九二《游侠传》，第 3716 页。
② 严可均：《全上古三代秦汉三国六朝文》，中华书局 1958 年版，第 359 页。
③ 韦续：《墨薮》（王云五《丛书集成初编》本），商务印书馆 1937 年版，第 377 页。
④ 《汉书》卷九《元帝纪》，第 298 页。
⑤ 《后汉书》卷七九上《儒林传》，第 2457 页。
⑥ 张怀瓘：《书断》（《文渊阁四库全书》本），台湾商务印书馆 1983 年版，第 812 册，第 44 页。
⑦ 倪涛：《六艺之一录》，商务印书馆 1935 年版，第 1 页。

既然汉代皇帝喜爱书法已成风尚传统，则赋家势必投其所好。在向皇上显示赋才的同时，也会昭显其书法技能。这样，散体大赋不仅具有辞藻形式的华美，也具有文字外形的精美。注重文章文字外形的精美，似是汉魏文章所具美感的一个不可或缺的因素。刘勰《文心雕龙》专辟《练字》一章，并在《练字》篇中强调字形的美感与音韵的美感并重，其云："心既托声于言，言亦寄形于字，讽诵则绩在宫商，临文则能归字形矣。"① 此句是说"文章读起来是否铿锵归功于声音平仄，文章抄写出来是否美观体现于字形单复了"②。王运熙先生说刘勰《文心雕龙》的写作本意，"则在于指导写作，全书内容重点，也着重在写作原则和写作方法方面"③。以此推之，汉魏文章中文字的书写亦有原则与方法，文章外观具有书法美感，应也是其写作原则之一。赋家多有能力遵循这一原则，因为很多赋家同为小学家、书法家。汉赋四大家中，"除张衡外，其他司马相如、扬雄、班固等三人，也都是有名的书法家。北魏王愔《古今文字志目》把三人都列入秦汉吴五十九位书家之中。唐韦续在《墨薮·五十六种书》的'气候时书'中称：'汉文帝令蜀司马长卿采晨禽屈伸之体，升伏之势，象四时为书。'《书断》称班固'工篆，李斯、曹喜之法，悉能究之'。其大篆小篆被列入'能品'。"④ 由于大赋作家善书，且大赋的消费者——皇上又喜好书法，因此，大赋作家在赋作的书写时必定精琢细雕。如此必会导致大赋的生成缓慢。但慢工出精品，所以"司马相如善为文而迟，故所作少而善于皋"⑤。大赋留存优于小赋，亦是人们视大赋为精品的观念所致。

再之，汉人书写尤其是上疏的书写不敢半点马虎，"汉初草律，明著厥法……吏民上书，字谬辄劾；是以马字缺画，而石建惧死，虽云性慎，亦时重文也"⑥。石建只因错书一字便惊惧而死，可见当时对书写的要求极为严厉。汉大赋多是呈献皇帝之作，故赋家在书写时也务必十分小心。势必影响书写的速度和赋作的生成时限。

尽管赋家多擅长书写，却依然要受书写工具——笔墨的限制。笔到了汉代

---

① 范文澜：《文心雕龙注》，人民文学出版社1958年版，第624页。
② 郭晋稀：《文心雕龙译注》，岳麓书社1997年版，第374页。
③ 王运熙：《〈文心雕龙〉的艺术标准》，《文学遗产》2005年第5期，第4—9页。
④ 龚克昌：《中国辞赋研究》，山东大学出版社2003年版，第219页。
⑤ 《汉书》卷五一《路温书传》，第2367页。
⑥ 范文澜：《文心雕龙注》，人民文学出版社1958年版，第623页。

已有很大改进，比较便于书写，但墨则不然。在汉代，尤其是在西汉主要用的是石墨。石墨的研制很麻烦，不如烟墨容易。"当时磨墨的方法是将墨丸放于砚面上，加水后，用研石压着墨丸研磨。这与墨锭出现以后直接用墨锭在砚台上研磨的方法不同。"① 与刘熙的《释名》说"砚，研也，砚墨使和濡也"是相符的②。再之，在天冷的时候，墨还很容易上冻。崔寔《四民月令》云："正月……砚冰释，命幼童入小学，学篇章。……冬十一月……砚冰冻，命幼童入小学，读《孝经》《论语》篇章。"③ "篇章，谓六甲九九急就三仓之属"，主要是字书。陈梦家先生说："据《四民月令》所说，正月至十月幼童学书篇章，就是写字；十一月读篇章（另外读《论》《孝》），就是认字和诵读。"④ 可见当时文字书写颇受寒冷气候限制，故读书习字不得不因季节而宜。

尽管汉人已有防止墨上冻的方法，但这方法不是一般人所能采用的。比如说，用玉砚盛墨和用酒作书滴可防止墨不上冻，葛洪《西京杂记》："汉制：天子玉几，冬则加绨锦其上，谓之绨几。以象牙为火笼，笼上皆散华文，后宫则五色绫文。以酒为书滴，取其不冰；以玉为砚，亦取其不冰。"⑤ 后汉李尤《砚墨铭》亦云："书契既造，墨砚乃陈，烟石附笔，以酒以申。篇籍永垂，纪志功勋。"⑥ 这玉砚也不是一般人能用得上的，酒作书滴也不是一般人能负担得起的。要是作小文章耗墨少的话，用酒作书滴还行，要是作大文章耗墨多，用酒作书滴就难行得通了。而大赋属于大文章之列，用酒作书滴就难行得通了。故"令尚书赐笔墨钱六万"，对于著作颇丰的扬雄来说，这笔墨费用也算不上多了。

散体大赋多以京都、畋猎为题材，萧统《文选序》云："述邑居，则有凭虚、亡是之作，戒畋猎，则有《长杨》《羽猎》之制。"⑦ 而天子畋猎多在秋冬，《礼记·月令》："（季秋之月）是月也，天子乃教於田猎，以习五戎，班马政。"⑧《大戴礼记·夏小正》："十一月，王狩。狩者，言王之时田也，冬猎为

---

① 胡继高：《一件有特色的西汉漆盒石砚》，《文物》1984年第11期，第60页。
② 刘熙：《释名》（四部丛刊本），商务印书馆1939年版，第45页。
③ 严可均：《全上古三代秦汉三国六朝文》，中华书局1958年版，第729—732页。
④ 陈梦家：《中国文字学》，中华书局2006年版，第210页。
⑤ 葛洪：《西京杂记》，上海古籍出版社1991年版，第9页。
⑥ 严可均：《全上古三代秦汉三国六朝文》，中华书局1958年版，第751页。
⑦ 李善：《文选注》，中华书局1977年版，第1页。
⑧ 孔颖达：《礼记正义》（《十三经注疏》本），上海古籍出版社1997年版，第1379页。

狩。"①《春秋繁露·重政》云："金者秋，杀气之始也。……四面张罔，焚林而猎。"② 那么，汉代皇帝当也多在秋冬校猎，《汉书·元帝纪》："冬，上幸长杨射熊馆，布车骑，大猎。"《汉书·成帝纪》："冬，行幸长杨宫，从胡客大校猎。宿萯阳宫，赐从官。"这些引文也充分说明了汉代皇帝多在秋冬举行校猎活动。

赋家多是在天子游猎之后，受诏作赋，扬雄《羽猎赋序》云："孝成帝时，羽猎，雄从。……故聊因《校猎》，赋以风之。"③《汉书·扬雄传上》亦云："其十二月羽猎，雄从。……故聊因《校猎赋》以风。"另外，扬雄所作《甘泉赋》《长杨赋》，也是在天寒地冻之时。扬雄《甘泉赋序》："孝成帝时，客有荐雄文似相如者，上方郊祀甘泉泰畤，汾阴后土，以求继嗣。召雄待诏承明之庭，正月，从上甘泉还，奏甘泉赋以风。"④《汉书·扬雄传上》亦云："正月，从上甘泉，还奏《甘泉赋》以风。"由此可知，扬雄作《甘泉赋》是在正月，为天寒地冻之时。再看《长杨赋》的写作时间，《长杨赋序》云："明年，上将大夸胡人以多禽兽。秋，命右扶风发民入南山……雄从至射熊馆。还，上《长杨赋》。"⑤《汉书·成帝纪》亦云："冬，行幸长杨宫，从胡客大校猎。宿萯阳宫，赐从官。"可见，《长杨赋》是在冬季成帝校猎后而始作，也是天气寒冷之时。东汉班固也是皇帝"每行巡狩，辄献上赋颂"⑥。东汉皇帝巡狩亦多在秋冬季节。如明帝巡狩凡三次："（永平二年十月），甲子，西巡狩。幸长安，祠高庙，遂有事于十一陵"⑦；"（永平十年）闰（四）月甲午，南巡狩，幸南阳，祠章陵"⑧；"（永平十五年），春二月庚子，东巡狩"⑨。章帝巡狩凡五次，也多在秋冬。秋冬是天寒地冻，墨极易凝结的季节。由于天寒而使墨冻，给书写带来了很大的不便，影响了大赋生产的速度。这也应是散体大赋制作缓慢的原因之一。

由上可见，由于散体大赋容量大，涉及名物广，异语繁众，故制作大赋必

---

① 王聘珍：《大戴礼记解诂》，中华书局1983年版，第46页。
② 苏舆：《春秋繁露义证》，中华书局1992年版，第375页。
③ 李善：《文选注》，中华书局1977年版，第130—131页。
④ 同上，第111页。
⑤ 同上，第135—136页。
⑥ 《后汉书》卷四〇上《班固传》，第1373页。
⑦ 《后汉书》卷二《明帝纪》，第104页。
⑧ 同上，第113页。
⑨ 同上，第118页。

须要经历一个漫长费时的材料搜集环节；由于散体大赋结构宏伟，纵横捭阖，铺张扬厉，故要经历一个艰难久长的构思布局环节；由于散体大赋篇幅大，字数多，书写本已费时。又为迎合消费者（主要是皇帝）喜好文丽字美的消费需求，大赋作者务必在制赋时着力于文字的书写，必须精雕细琢，求正求美。而且当时的书写工作又极受气候条件的限制，对气候极具依赖性。因此延缓了赋作的生成过程。因为散体大赋的生成受上述这些条件的限制，因此相如百日成赋是极为可信的。王楙《野客丛书》五《相如〈上林赋〉》云："仆谓相如此赋，绝非一日所能办者，其运思辑工亦已久矣。及是召见，因以发挥。不然，何以不俟上命，遽曰请为天子游猎之赋？是知此赋已平时制下，而非一旦仓卒所能为者，《西京杂记》谓相如为《上林》《子虚赋》几百日而后成，此言似可信也。"① 王世贞亦云："词赋非一时可就。《西京杂记》言相如为《子虚》《上林》，游神荡思，百余日乃就，故也。"② 如相如百日成赋可信，则张衡研《京》十年、左思练《都》一纪亦不全虚。由此我们也可以得到一个启示：在科技不发达的历史年代里，物质条件的因素对文学生产是有着极大的限制的。随着科技的进步，这种限制也就越来越小，几乎可以忽略。因此导致人们对曾有限制的遗忘。

二、汉小赋的制作

相对于汉大赋的制作，小赋的生产过程要简单得多。小赋多为"纪一事，咏一物，风云草木之兴，鱼虫禽兽之流"③ 的篇章。无须博杂的素材，也无须宏大的构思，书写也较省事，刘勰《文心雕龙·诠赋》："至于草区禽族，庶品杂类，则触兴致情，因变适会，拟诸形容，则言务纤密；象其物宜，则理贵侧附；斯又小制之区畛，奇巧之机要也。"如果有感物造端的敏疾，便可快速成赋。《西京杂记》："梁孝王游于忘忧之馆，集诸游士，各使为赋。枚乘为《柳赋》……路乔如为《鹤赋》……公孙诡为《文鹿赋》……邹阳为《酒赋》……公孙乘为《月赋》……羊胜《屏风赋》……韩安国作《几赋》，不成，邹阳代作……邹阳、安国罚酒三升，赐枚乘、路乔如绢，人五匹。"④ 从这段文字可看

---

① 王楙：《野客丛书》，中华书局1987年版，第51页。
② 罗仲鼎：《艺苑卮言校注》，齐鲁书社1992年版，第86页。
③ 李善：《文选注》，中华书局1977年版，第1页。
④ 向新阳：《西京杂记校注》，上海古籍出版社1991年版，第173—190页。

出，从命赋到成赋，是一个快速的过程。他们所作赋均为"纪一事，咏一物"的小赋，多"拟诸形容"，"象其物宜"。只要有"触兴致情，因变适会"的敏疾之才即可，无须劳于搜材和艰辛构思。而且有很多小赋是由口占而成，所以更加省时。

能"触兴致情，因变适会"，快速成文的赋家，史上不乏其人。刘勰《文心雕龙·神思》："淮南崇朝而赋《骚》，枚皋应诏而成赋，子建援笔如口诵，仲宣举笔似宿构，阮瑀据案而制书，祢衡当食而草奏。虽有短篇，亦思之速也。"① 这几人作文之速，它书也有记载。先看西汉的赋家刘安和枚皋。这两位是《汉书·艺文志》中存目最多的赋家，"枚皋赋百二十篇""淮南王赋八十二篇"。或与他们为文"思之速"有关。荀悦《汉纪·孝武皇帝纪》："初安朝，上使作《离骚赋》，旦受诏，食时毕。"② 高诱《淮南子序》："诏使为《离骚赋》，自旦受诏，日早食已上。"③《艺文类聚》存有刘安《屏风赋》一篇，为小赋。枚皋为文疾，受诏辄成，故所作赋者多。从"上有所感，辄使赋之""为文疾，受诏辄成"，可看出枚皋确实文章敏疾，但从他所作赋的题材看，所作当为一些咏物颂德，见机而作的小赋。"（皋）从行至甘泉、雍、河东，东巡狩，封泰山，塞决河宣房，游观三辅离宫馆，临山泽，弋猎射驭狗马蹴鞠刻镂，上有所感，辄使赋之"，充分说明了这个问题。枚皋只是作一些"诙笑"小赋，讨皇帝开心而已。所以，自悔类倡也。因此，无论是在选材还是构思方面，较之写作大赋都要简单得多。《西京杂记》云："枚皋文章敏疾，长卿制作淹迟，皆尽一时之誉。而长卿首尾温丽，枚皋时有累句，故知疾行无善迹矣。扬子云曰：'军旅之际，戎马之间，飞书驰檄，用枚皋；廊庙之下，朝廷之中，高文典册，用相如。'"④ 刘孝绰《昭明太子集序》曰："窃以属文之体，鲜能周备。长卿徒善，既累为迟；少孺虽疾，俳优而已。"⑤ 他们的评判有失公允，因为大赋的制作和小赋制作是不可同日而语的，限题作赋和选题作赋也是不可同日而语的。所以，我们不能轻易讥讽长卿作赋之缓，也不能草率嘲笑枚皋赋作之"不可读"。

我们再看东汉作文之速者，杨修《答临淄侯笺》："尝亲见执事握牍持笔，

---

① 范文澜：《文心雕龙注》，人民文学出版社1958年版，第494页。
② 荀悦：《两汉纪》，中华书局2002年版，第205页。
③ 严可均：《全上古三代秦汉三国六朝文》，中华书局1958年版，第945页下。
④ 葛洪：《西京杂记》，上海古籍出版社1991年版，第155页。
⑤ 严可均：《全上古三代秦汉三国六朝文》，中华书局1958年版，第3312页下。

有所造作，若成诵在心，借书于手，曾不斯须少留思虑。"① 《三国志·王粲传》："粲字仲宣，善属文，举笔便成，无所改定，时人常以为宿构。然正复精意殚思，亦不能加也。"又《三国志·王粲传》注引《典略》："太祖尝使瑀作书与韩遂。时太祖适近出，瑀随从，因于马上具草。书成呈之，太祖擥笔欲有所定，而竟不能增损。"《金楼子》曰："刘备叛走，曹操使阮瑀为书于备，马上立成。有以此为能者，吾以为儿戏耳。"② 《后汉书·祢衡传》："衡乃从求笔札，须臾立成，辞义可观。"又曰："黄祖长子射，时大会宾客，人有献鹦鹉者，射举卮于衡曰：'愿先生赋之，以娱嘉宾。'祢衡揽笔而作，文无加点，辞采甚丽。"从这几段引文中，我们不难发现有这样一个特点：这几个为文之速者，都是汉末文人，且都有较多赋作留下，均称得上是赋家。而汉末是小赋的繁荣兴盛期，他们援笔立就的也多是小赋。如祢衡的《鹦鹉赋》，建安文人间的吟咏唱和也多为咏物小赋，如阮瑀《筝赋》《鹦鹉赋》等，王粲的《投壶赋》《围棋赋》《弹棋赋》《迷迭赋》《玛瑙勒赋》《车渠碗赋》《槐树赋》《柳赋》等，徐幹《冠赋》《转扇赋》《车渠碗赋》等。

东汉末期的赋家为什么大多能援笔立就呢？除了本人的才思敏捷之外，还有没有其他方面的原因呢？回答是肯定的。除了个人才思敏捷外，还和笔墨的改进有很大关系。因为东汉末期已有烟墨，笔的蓄墨性能也增强许多，大大提高了书写的速度，为援笔立就带来了可能。

从上面这些论述看，大赋制作艰难，小赋制作容易。就如陆机《文赋》所云："或操觚以率尔，或含毫而邈然。"③ 能不能有这样一个思考呢？作为汉赋代表的散体大赋只是汉赋的精华，数量应该是有限的。在整个汉赋生产中，从数量上讲，大赋只是极少的一部分，而小赋占绝对多数。小赋生产贯穿整个汉代，并不是到了汉末小赋才凸现出来，只是因为盛汉时的小赋留存甚少，被留下的汉大赋掩盖了。故学者多把盛汉称为汉大赋的兴盛时代，而忽略了此期的小赋。当然，大赋是汉赋代表的主导地位是不可动摇的。

---

① 李善：《文选注》，中华书局1977年版，第564页上。
② 李昉：《太平御览》卷六百，中华书局1963年版，第2703页上。
③ 李善：《文选注》，中华书局1977年版，第240页下。

第四章

汉赋的生产机制

汉赋生产史如大海波涛,时起时落,呈现出巨大的波动性,此与汉赋的主要生产形式——团体性生产有极大关系。同时,与汉赋的生产机制也有巨大关联。大部分赋作的生产都是一种有组织的生产,在组织者的指令下,制作者积极地献赋与竞作。

第一节 献赋

献赋活动是指汉赋生产者(赋家)在第一消费者(皇帝)的直接指令或潜在指令下,或是在生产者的心机驱动下,融入个人主观创造性而从事的一项汉赋生产活动。直接指令就是皇帝直接下诏献赋,潜在指令是指那些主动献赋活动亦是在皇帝的潜在意识形态下发生的。献赋是汉赋主要生产活动之一,两汉献赋活动均很频繁,西汉尤甚,后形成一种生产机制。班固《两都赋序》云:"大汉初定,日不暇给。至于武宣之世,乃崇礼官,考文章。内设金马石渠之署,外兴乐府协律之事。以兴废继绝,润色鸿业。是以众庶悦豫,福应尤盛。白麟赤雁芝房宝鼎之歌,荐于郊庙。神雀五凤甘露黄龙之瑞,以为年纪。故言语侍从之臣,若司马相如、虞丘寿王、东方朔、枚皋、王褒、刘向之属。朝夕论思,日月献纳。而公卿大臣御史大夫倪宽、太常孔臧、太中大夫董仲舒、宗正刘德、太子太傅萧望之等,时时间作。"① 至东汉,献赋之风虽不及西京,然亦未泯绝。班固、傅毅、崔骃之徒,也每每献赋颂德。汉末,鸿都门学士"或

---

① 李善:《文选注》,中华书局1977年版,第21—22页。

献赋一篇,或鸟篆盈简,而位升郎中,形图丹青"①。

一、献赋的文化渊源

依据献赋是否为皇帝直接指令,可把献赋分为两类:应制赋和自献赋。应制作文的文化渊源可追溯到远古,《尚书·尧典》云:"帝曰:夔,命汝典乐,教胄子。直而温,宽而栗,刚而无虐,简而无傲。诗言志,歌咏言,声依永,律和声,八音克谐,无相夺伦,神人以和。夔曰:于!予击石拊石,百兽率舞。"②孔颖达正义曰:"帝因伯夷所让,随才而任用之。帝呼夔曰我令,命女典掌乐事。当以诗乐教训世适长子,使此长子正直而温和,宽弘而庄栗,刚毅而不苛虐,简易而不傲慢。教之诗乐,所以然者。"③夔依帝命而作诗乐可视为应制文学的肇端。周公《嘉禾》之篇亦是应制之作,《尚书·微子之命》:"唐叔得禾,异亩同颖,献诸天子。王命唐叔,归周公于东。作《归禾》。周公既得命禾,旅天子之命。作《嘉禾》。"孔颖达正义曰:"周公既得王所命禾,乃陈天子归禾之命,为文辞称此禾之善,推美于成王。史叙其事,作《嘉禾》之篇。"④嘉禾是天下太平的瑞应,周公"旅天子之命,作《嘉禾》",算得是一篇应制献诗。

战国末期,楚国的宋玉、唐勒、景差均曾从事应制献赋的活动。宋玉《大言赋》云:"楚襄王与唐勒、景差、宋玉游于阳云之台。王曰:'能为寡人大言者上座。'"⑤其《小言赋》云:"楚襄王既登阳云之台,令诸大夫景差、唐勒、宋玉等并造《大言赋》,赋毕而宋玉受赏。王曰:'……贤人有能为《小言赋》者,赐之云梦之田。'"⑥楚襄王是作赋的施令者,而宋玉、唐勒、景差是辞赋的生产者,他们的活动构成了应制赋的生产。汉代顺流而下,应制赋盛行。略举两例:《汉书·枚皋传》:"上有所感,辄使赋之。"《后汉书·文苑传上》:"(李尤)召诣东观,受诏作赋,拜兰台令史。"

---

① 《后汉书》卷七七《酷吏列传》,第2499页。
② 孔颖达:《尚书正义》(《十三经注疏》本),上海古籍出版社1997年版,第131页中下。
③ 同上,第131页下。
④ 孔颖达:《尚书正义》(《十三经注疏》本),上海古籍出版社1997年版,第200页下—201页上。
⑤ 严可均:《全上古三代秦汉三国六朝文》,中华书局1958年版,第72页下。
⑥ 同上。

我们再来看一下自献赋的文化渊源。《国语·周语上》云："为川者决之使导，为民者宣之使言。故天子听政，使公卿至于列士献诗，瞽献曲，史献书，师箴，瞍赋，矇诵，百工谏，庶人传语，近臣尽规，亲戚补察，瞽、史教诲，耆、艾修之，而后王斟酌焉，是以事行而不悖。"①"献诗""献曲""献书"，实开献赋之先河。故《荀子·赋》云："天下不治，请陈佹诗。"② 有很多学者便认为"佹诗"是赋。清胡元仪《郇卿别传》"考异"二十二事云："今案《赋篇》礼、知、云、蚕、箴五赋之外，有《佹诗》一篇，凡六篇。《成相篇》自'请成相：世之殃'至'不由者乱何疑为'是第一篇……自'请成相：资治方'至'后世法之成律贯'是第五篇。合之赋六篇，实十有一篇也。"③ 陆侃如、冯沅君《中国诗史》云："《汉书》（卷三十《艺文志》）说荀况存赋十篇。今本《荀子》有《成相》三篇，《赋》七篇（包括《佹诗》及《小歌》），合计恰为十篇。"④ 他们说："《赋》的后二篇的标题为《佹诗》及《小歌》，犹屈平《抽思》有《少歌》，有《唱》，又有《乱》。……可知《赋篇》乃是荀况失意后所作。这七段合成一整篇，并非如前人所谓五赋末附一诗。'赋'字乃是七段的总题，'赋'训'直陈'，言直陈作者对政治的意见。这意见用五种比喻来说明，而以《佹诗》与《小歌》作结。"⑤ 这些学者是把《佹诗》和《成相》归入荀子赋篇之内的。

鲁迅亦主张《佹诗》为荀卿赋，但未论及《成相》，其在《汉文学史纲要》第四篇《屈原及宋玉》中言及荀况时说："亦作赋，《汉书》云十篇，今有五篇在《荀子》中，曰《礼》、曰《知》、曰《云》、曰《蚕》、曰《箴》，臣以隐语设问，而王以隐语解之，文亦质朴，概为四言，与楚声不类。又有《佹诗》，实亦赋，言天下不治之意，即以遗春申君者，则词甚切激，殆不下于屈原，岂身临楚邦，居移其气，终亦生牢愁之思乎？"⑥ 姜书阁说："至于以《佹诗》为非'赋'，疑当从《赋》篇中剔除，独立成篇，而'标题'为《佹诗》或《诗篇》，则尤为无据。"⑦ 如果能把"佹诗"看作赋，则荀子"陈佹诗"实为自献

---

① 左丘明：《国语》，岳麓书社1988年版，第3页。
② 王先谦：《荀子集解》，中华书局1988年版，第480页。
③ 同上，第45页。
④ 陆侃如等：《中国诗史》，山东大学出版社1996年版，第128页。
⑤ 同上，第129页。
⑥ 鲁迅：《汉文学史纲要》，人民文学出版社1973年版，第24页。
⑦ 姜书阁：《先秦辞赋原论》，齐鲁书社1983年版，第195页。

其赋，可作为自献赋的肇端，只不过所献与者为公子而非国君。至秦，有周青臣向秦始皇进颂。秦汉时，赋颂纠缠难分，则可不分。所以，周青臣进颂可以看作是自献赋。如果周青臣进颂还不能看作是完全意义上的自献赋，那么，真正完全意义上的自献赋，当始于汉武帝时。王芑孙《读赋卮言》云："东、马、严、徐待诏金马门，为自献其赋之始。"① 如果赋颂有别的话，则其说不差。

二、献赋的动因

汉代献赋的动因主要有二：一是为讽而献，二是为颂而献。为讽颂而献，就是班固所说的"或以抒下情而通讽谕，或以宣上德而尽忠孝"②。为讽颂而献，是继承了《诗》的美刺传统。程廷祚云："汉儒言《诗》，不过美刺二端。"③《诗》是汉儒的教材之一，对汉人影响至深。所以，汉人作赋也承传美刺的生产目的。或为讽而献，或为颂而献，或二者兼而有之。

为讽而献在汉代献赋中颇为常见。如《汉书·枚皋传》云："初，卫皇后立，皋奏赋以戒终。"意在劝诫卫皇后应慎终如始，因陈皇后是她的前车之鉴，属于为讽而献。西汉末期的扬雄所献之赋，初衷多出于讽谏。《汉书·扬雄传》载："还奏《甘泉赋》以风"，"上《河东赋》以劝"，"故聊因《校猎赋》以风"，"上《长杨赋》，聊因笔墨之成文章，故藉翰林以为主人，子墨为客卿以风"。扬雄《法言·吾子》云："或问吾子少而好赋。曰：'然，童子雕虫篆刻。'俄而曰：'壮夫不为也。'或问：'赋可以讽乎？'曰：'讽则已。不已，吾恐不免于劝也。'或曰：'雾縠之组丽。'曰：'女工之蠹矣。'"④ 可见，扬雄是崇尚赋的讽谏之用，而排斥赋的华丽之美的。故他的赋作多为讽谏而献。他不仅作赋讽谏，而且还直接作箴规谏。《汉书·游侠传》曰："先是黄门郎扬雄作《酒箴》以讽谏成帝，其文为酒客难法度士，譬之于物。"

东汉为讽而献的赋作亦不少，略举数例。《后汉书·班固传》："时京师修起宫室，濬缮城隍，而关中耆老犹望朝廷西顾。固感前世相如、寿王、东方之徒，

---

① 王芑孙：《读赋卮言》（续四库全书本），上海古籍出版社1995年版，第1841册第381页。
② 李善：《文选注》，中华书局1977年版，第21页。
③ 程廷祚：《诗论十三·再论刺诗》，《青溪集》卷二。
④ 汪荣宝：《法言义疏》，中华书局1987年版，第45页。

造构文辞,终以讽劝,乃上《两都赋》,盛称洛邑制度之美,以折西宾淫侈之论。"崔骃《反都赋序》云:"汉历中绝,京师为墟。光武受命,始迁洛都。客有陈西土之富云,洛邑褊小,故略陈祸败之机,不在险也。"①《后汉书·马融传》:"是时邓太后临朝,骘兄弟辅政。而俗儒世士,以为文德可兴,武功宜废,遂寝蒐狩之礼,息战阵之法,故猾贼纵横,乘此无备。融乃感激……元初二年,上《广成颂》以讽谏。"《后汉书·张衡传》:"时天下承平日久,自王侯以下,莫不踰侈。衡乃拟班固《两都》,作《二京赋》,因以讽谏。"

汉人颇重诗的教化功能,"上以风化下,下以风刺上,主文而谲谏,言之者无罪,闻之者足以戒。"②既然赋为"古诗之流",那么赋就应当承继"古诗"的讽谏功能。故《汉书·艺文志》云:"大儒孙卿及楚臣屈原离谗忧国,皆作赋以风,咸有恻隐古诗之义。"清人康绍镛在其编订的《七十家赋钞》序言中亦云:"盖赋者诗之讽谏,书之反覆,礼之博奥,约而精之。"③为讽谏而献,充分显示了赋家对政治的参与意识,这也是文人特性。正如余英时先生所说:"所谓'知识分子',除了献身于专业工作以外,同时还必须深切地关怀者国家、社会,以至世界上一切有关公共利害之事,而且这种关怀又必须是超越于个人(包括个人所属的小团体)的私利之上的。"④

为颂而献在汉代献赋活动中亦不少见。西汉武宣之际,嘉瑞数现,福应尤盛,"白麟赤雁芝房宝鼎之歌,荐于郊庙。神雀五凤甘露黄龙之瑞,以为年纪"⑤。在这种氛围下,言语侍从之臣每每献赋而颂。如《汉书·严助传》:"有奇异,辄使为文,及作赋颂数十篇。"除因奇异献赋而颂外,还有直接颂德之赋。《汉书·淮南厉王刘长传》云:"初安入朝,献所作《内篇》……又献《颂德》及《长安都国颂》。"《汉书·王褒传》:"褒既为刺史作颂,又作其传,益州刺史因奏褒有轶材。上乃徵褒。既至,诏褒为圣主得贤臣颂其意。"《汉书·刘向传》亦云:"更生以通达能属文辞,与王褒、张子侨等并进对,献赋颂凡数十篇。"东汉为颂而献活动亦很常见,《后汉书·崔骃传》云:"骃上《四巡颂》

---

① 费振刚:《全汉赋》,北京大学出版社1993年版,第296页。
② 李善:《文选注》,中华书局1977年版,第637页下。
③ 张惠言:《七十家赋钞》(《续修四库全书》本),上海古籍出版社1995年版,第1611册第1页上。
④ 余英时:《士与中国文化·自序》,上海人民出版社1987年,第2页。
⑤ 李善:《文选注》,中华书局1977年版,第22页。

以称汉德,辞甚典美。"《后汉书·和熹邓皇后纪》:"元初五年,平望候刘毅以太后多德政,欲令早有注记,上书安帝曰:'……伏惟皇太后膺大圣之姿,体乾坤之德……孝悌慈仁,陨恭节约,杜绝奢盈之源,防抑逸欲之兆。正位内朝,流化四海。……宜令史官著《长乐宫注》《圣德颂》,以敷宣精耀,勒勋金石,县之日月,擴之罔极,以崇陛下烝烝之孝。'"为颂而献是继承了《诗》美的传统,是为统治者颂德宣教,即"上以风化下"。也是赋家政治参与意识的一种表现。如果把为颂而献仅仅看为是对统治者的阿谀奉承,是不够公正的。颂德宣教起到了加强思想意识上对朝廷的向心力,有助于稳定一统局面。

兼之讽颂而献的现象也是存在的,司马相如就是其中的一个例子。司马相如的《子虚赋》《上林赋》等,就属于有颂有讽的赋篇。《史记·太史公自序》云:"《子虚》之事,《大人》赋说,靡丽多夸,然其指风谏,归于无为。""靡丽多夸"就是颂的外现,"然其指风谏"则是讽的内旨。所以,司马迁说:"《春秋》推见至隐,《易》本隐之以显,《大雅》言王公大人而德逮黎庶,《小雅》讥小己之得失,其流及上。所以言虽外殊,其合德一也。相如虽多虚辞滥说,然其要归引之节俭,此与《诗》之风谏何异。"①

另外,班固《两都赋》、张衡《二京赋》也是讽颂二者兼之的赋篇。班固《两都赋序》云:"且夫道有夷隆,学有粗密。因时而建德者,不以远近易则。故皋陶歌虞,奚斯颂鲁。同见采于孔氏,列于诗书。其义一也。稽之上古则如彼,考之汉室又如此,斯事则细。然先臣之旧式,国家之遗美。不可阙也。臣窃见海内清平,朝廷无事。京师修宫室,浚城隍,起苑囿,以备制度。西土耆老,咸怀怨思。异上之睠顾,而盛称长安旧制。有陋洛邑之议。故臣作《两都赋》,以极众人之所眩曜,折以今之法度。"② 由此序看出,班固为《两都赋》既有对东都的赞美,又有"西土耆老"的讽谏。当然,其终极目的是对最高统治者的讽谏。张衡《东京赋》"其赋意与班固《东都赋》同"③,李善曰:"时天下太平日久,自王侯以下,莫不踰侈,衡乃拟班固《两都》,作《二京赋》,因以讽谏。"④ 张衡对"天下太平日久"持颂的态度,对王侯踰侈则持谏的态度,是讽颂二者兼之的。因为东汉赋家作赋有一个很重要的原因,就是为朝廷

---

① 《史记》卷一一七《司马相如列传》,第3072页。
② 李善:《文选注》,中华书局1977年版,第22页上。
③ 同上,第51上。
④ 同上,第36页下。

宣教。所以他们既树立颂的典型，也立下讽的标的，使之二者对比鲜明。

三、献赋的契机

献赋的契机对献赋活动也有很大影响，献赋的契机多，献赋的活动就会多。反之，则献赋活动少。在太平兴盛之世，国力强盛，皇帝好文章，屡为校猎巡狩之事，上天数降符瑞嘉应之象。于是，献赋的契机多，献赋之风盛行。如西汉的武宣之世和东汉的明章之世，是汉之盛世，献赋活动最为频繁。西汉元帝朝及哀平之际、东汉后期，灾异屡降，则献赋活动稀少。献赋的契机形式多样，难以穷尽，只能略举几例。主要有皇帝对辞赋的喜好，上天所降符瑞嘉应，朝廷的巡游庆典，国家的重大事议等。

（一）皇帝对辞赋的喜好

西汉文景之治，可谓西汉盛世。但辞赋不兴，献赋之风不盛或不行。其中一个重要原因就是皇帝不好辞赋。司马相如会景帝不好辞赋，便从游说之士客游梁。《汉书·艺文志》录李思《孝景皇帝颂》十五篇，或为李思自献之作。在当时并未引起反响，和景帝不好辞赋不无关系。至武宣之世，二帝皆好辞赋，便引起了献赋之风的盛行。言语侍从之臣日献月纳，公卿大臣御史大夫时时间作，"盖奏御者千有余篇"[1]。武帝好辞赋，见司马相如《子虚赋》，惊叹"朕独不得与此人同时哉"[2]。司马相如奏《天子游猎赋》，汉武帝大说。每宴见淮南王刘安，谈说得失及方技赋颂，昏暮然后罢。而且自己还亲自创作辞赋。《汉书·艺文志》载："上所自造赋二篇。"颜师古注曰："武帝也。"可见，其对辞赋喜爱至深。

宣帝亦好辞赋，当议者多以为（辞赋）淫靡不急时，他为之辩解曰："'不有博弈者乎，为之犹贤乎已！'辞赋大者与古诗同义，小者辩丽可喜。辟如女工有绮縠，音乐有郑卫，今世俗犹皆以此虞说耳目，辞赋比之，尚有仁义风谕，鸟兽草木多闻之观，贤于倡优博弈远矣。"[3] 后来，太子体不安，苦忽忽善忘，不乐，宣帝便"诏使褒等皆之太子宫虞侍太子，朝夕诵读奇文及所自造作。疾

---

[1] 李善：《文选注》，中华书局1977年版，第22页。
[2] 《史记》卷一一七《司马相如列传》，第3002页。
[3] 《汉书》卷六四下《王褒传》，第2829页。

平复，乃归"①。可见其对辞赋的态度了。

东汉的章帝雅好文章，《后汉书·章帝纪》云："肃宗济济，天性恺悌。于穆后德，谅惟渊体。左右艺文，斟酌律礼。思服帝道，弘此长懋。儒馆献歌，戎亭虚候。"因章帝好辞赋文章，文臣便频献赋颂。《后汉书·班固传》："及肃宗雅好文章，固愈得幸，数入读书禁中，或连日继夜。每行巡狩，辄献上赋颂。"《后汉书·崔骃传》："元和中，肃宗始修古礼，巡狩方岳。骃上《四巡颂》以称汉德，辞甚典美。"以此看来，皇帝的喜好不能不说是献赋的一个重要契机。

（二）符瑞嘉应

汉人重符瑞嘉应。汉人重符瑞有其理论依据，董仲舒《春秋繁露·符瑞》："有非力之所能致而自至者，西狩获麟，受命之符是也。然后讬乎《春秋》正不正之间，而明改制之义。一统乎天子，而加忧于天下之忧也，务除天下所患。而欲以上通五帝，下极三王，以通百王之道，而随天之始终，博得失之效，而考命象之为，极理以尽情性之宜，则天容遂矣。百官同望异路，一之者在主，率之者在相。"②汉人把政治得失的最终评判权交给了上天，上天评判治国得失的标准便是符瑞与灾异。《汉书·刘辅传》："臣闻天之所与必先赐以符瑞，天之所违必降以灾变，此神明之征应，自然之占验也。"③《后汉书·明帝纪》亦云："祥瑞之降，以应有德。"④王充对符瑞之论进行了批判，其《论衡·指瑞》云："儒者说凤凰、麒麟为圣王来，以为凤凰、麒麟仁圣禽也，思虑深，避害远，中国有道则来，无道则隐。称凤凰、麒麟之仁知者，欲以褒圣人也。非圣人之德不能致凤凰、麒麟。此言妄矣。"⑤王充的批判从反面说明这种观念已深入人心，成了人们头脑中的精神枷锁。

统治者就利用这个精神枷锁对百姓进行思想统治，所以，"孝武初立，卓然罢黜百家，表章《六经》。……兴太学，修郊祀，改正朔，定历数，协音律，作诗乐，建封禅，礼百神，绍周后，号令文章，焕焉可述"⑥。"宣帝时修武帝故

---

① 《汉书》卷六四下《王褒传》，第2829页。
② 苏舆：《春秋繁露义证》，中华书局1992年版，第157—158页。
③ 《汉书》卷七七《刘辅传》，第3252页。
④ 《后汉书》卷二《明帝纪》，第109页。
⑤ 王充：《论衡》，上海人民出版社1974年版，第263页。
⑥ 《汉书》卷六《武帝纪》，第212页。

事，讲论六艺群书，博尽奇异之好，徵能为《楚辞》九江被公，召见诵读，益高材刘向、张子侨、华龙、柳褒等待诏金马门。神爵、五凤之间，天下殷富，数有嘉应。上颇作歌诗，欲兴协律之事，丞相魏相奏言知音善鼓雅琴者渤海赵定、梁国龚德，皆召见待诏。"①

后汉，谶纬之学盛行，更加神化符瑞嘉应。每有符瑞嘉应现，必竭力宣扬。《后汉书·贾逵传》："时有神雀集宫殿官府，冠羽有五采色，帝异之……帝敕兰台给笔札，使作《神雀颂》。"《后汉书·杨终传》："帝东巡狩，凤皇黄龙并集，终赞颂嘉瑞，上述祖宗鸿业，凡十五章，奏上。"《太平御览》卷五百八十八亦云："永平中，神雀群集，孝明诏上《神雀颂》。班固、贾逵、傅毅、杨终、侯讽五颂文比金玉。"② 统治者对符瑞的宣扬是出于政治的目的，所以，不厌其烦。这就带来了频频献赋歌颂的契机。

外国贡献异物也属嘉应，是"以应有德"的外现，故统治者也要命人作赋称颂。《后汉书·列女传》："帝数召入宫，令皇后诸贵人师事焉，号曰大家。每有贡献异物，辄诏大家作赋颂。"《太平御览》卷九二二云："大家同产兄，西域都护定远候班超献大雀，诏令大家作赋。"③ 赋异物而颂有德，亦有渊源。《尚书·旅獒》："西旅献獒，太保作旅獒。旅獒，惟克商，遂通道于九夷八蛮。西旅底贡厥獒。太保乃作旅獒。用训于王。曰，呜呼，明王慎德，四夷咸宾。无有远迩，毕献方物。惟服食器用，王乃昭德之致于异姓之邦。……人不易物，惟德其物。……珍禽奇兽，不育于国。不宝远物，则远人格。所宝惟贤，则迩人安。"④《尚书》是儒家经典，"经也者，恒久之至道，不刊之鸿教也"⑤。赋异物而颂德，能在经典中找到理论依据，那对人们思想的影响便可想而知了。

（三）巡游庆典

汉代盛世的皇帝都喜举校猎、巡狩、祭祀等礼典，为献赋带来众多的契机。《汉书·枚皋传》："从行至甘泉、雍、河东，东巡狩，封泰山，塞决河宣房，游观三辅离宫馆，临山泽，弋猎射驭狗马蹴鞠刻镂。上有所感，辄使赋之。"《汉书·王褒传》："上令褒与张子侨等并待诏，数从褒等放猎，所幸宫馆，辄为歌

---

① 《汉书》卷六四《王褒传》，第2823页。
② 李昉：《太平御览》卷五八八，中华书局1985年版，第2648页。
③ 同上卷九二二，第4095页。
④ 孔颖达：《尚书正义》（十三经注疏本），上海古籍出版社1997年版，第194—195页。
⑤ 范文澜：《文心雕龙注》，人民文学出版社1958年版，第21页。

颂。"所以,"通达能属文辞"的刘向"与王褒、张子侨等进对,献赋颂凡数十篇"①。《后汉书·班固传》:"每行巡狩,辄献上赋颂。"《后汉书·崔骃传》:"元和中,肃宗始修古礼,巡狩方岳。骃上《四巡颂》以称汉德,辞甚典美。"从上段文字看,仅汉武帝命枚皋为赋的契机就难穷尽。我们只能略举两例来谈谈巡游庆典给献赋带来的契机。

先看校猎给献赋带来的契机。郑樵《通志·礼略三》:"周制,天子诸侯无事,则岁行蒐、苗、狝、狩之礼。汉晋以来,有阅兵之制,而史阙田猎之仪。"②《汉书·刑法志》:"春秋之后,灭弱吞小,并为战国,稍增讲武之礼,以为戏乐,用相夸视。"校猎的本意是训练军队,以奖武功。曹胜高《汉赋与汉代制度——以都城、校猎、礼仪为例》:"两汉举行校猎,固然有天子奢侈、纵欲等原因,但主要还在于校猎所采取的军事演习的形式有助于训练士卒,检阅军队,以达到彰显汉朝军事实力,威服四夷的目的。校猎制度实现了训练军队、展现国力和合成礼仪三者的统一。是当时最盛大的朝政活动之一。汉赋作者意识到校猎所具有的浓厚军事训练性质和礼仪色彩,不惜浓墨描绘其场面,铺陈其过程,描写其仪式,用以宣扬汉朝军力的强大和国力的鼎盛。"③ 校猎确有其有益的一面,所以司马相如极赞天子游猎之盛况,马融亦感愤"寝蒐狩之礼,息战阵之法","以为文武之道,圣贤不坠,五才之用,无或可废"④。于是,上《广成颂》以讽谏邓太后。

校猎亦有不利之处,《老子》云:"驰骋田猎,令人心发狂。"⑤《孟子·梁惠王下》亦云:"今王田猎于此,百姓闻王车马之音,见羽旄之美,举疾首蹙頞而相告曰:'吾王之好田猎,夫何使我至于此极也?父子不相见,兄弟妻子离散。此无他,不与民同乐也。'"⑥ 到汉代,校猎往往成为统治者奢侈纵欲的一种表现,给百姓带来极大危害。陈蕃曾斥之曰"诚恶逸游之害人也"⑦。扬雄也批评了统治者校猎的奢侈,《汉书·扬雄传》云:"武帝广开上林,南至宜

---

① 《汉书》卷三六《刘向传》,第1928页。
② 郑樵:《通志》,浙江古籍出版社1988年版,第592页中。
③ 曹胜高:《汉赋与制度——以都城、校猎、礼仪为例》,北京大学出版社2006年版,第148页。
④ 《后汉书》卷六〇上《马融传》,第1954页。
⑤ 《诸子集成》第二册,上海书店1986年版,第9页。
⑥ 《诸子集成》第一册,上海书店1986年版,第61页。
⑦ 《后汉书》卷六六《陈蕃传》,第2163页。

春,……游观侈靡,穷妙极丽。虽颇割其三垂以赡齐民,然至羽猎田车戎马器械储偫禁御所营,尚泰奢丽夸诩,非尧、舜、成汤、文王三驱之意也。"接着扬雄又批评了校猎给百姓造成的危害,《汉书·扬雄传》:"明年,上将大夸胡人以多禽兽,秋,命右扶风发民入南山,西自褒斜,东至弘农,南殴汉中,张罗罔罝罘,捕熊罴豪猪虎豹狖玃狐兔麋鹿,载以槛车,输长杨射熊馆。……是时,农民不得收敛。"其《长杨赋》亦云"亦颇扰于农民"①。故扬雄屡次献赋以讽谏。

巡狩也为献赋带来许多契机。古有巡狩之礼,为何要制巡狩之礼呢?《艺文类聚》卷三十九引《礼注》云:"王者必制巡守之礼何? 尊天重民也。所以五年一巡守何? 五岁再闰,天道大备,王者恩亦当竟也。所以至四岳者,盛得之山,四方之中,能兴云致雨也。"②看来,巡狩之礼是牧民的一个手段。巡狩在先秦是"王对部族、方国以及诸侯封国巡察、下伐的政治军事活动,并成为控扼天下,安邦定国,巩固王权的重要举措"③。在秦和西汉主要是"巡行郡县,以示强,威服海内"的一项重要举措④,至东汉则是统治者"展义省方,观民设教"的重要手段⑤。《淮南子·主术训》云:"巡狩行教,勤劳天下,周流五岳。"⑥《白虎通·巡狩》云:"王者所以巡狩者何? 巡者,循也。狩者,牧也。为天下巡行守牧民也。"⑦《艺文类聚》卷三十九引《风俗通》云:"巡者,循也。守者,守也。道德太平,恐远近不同化,幽隐有不得所者,故自躬亲行之。"⑧既然巡狩是汉代皇帝显威或宣德的一项举措,那么,必大肆宣扬之。因此,皇帝便命赋家献赋或赋家主动献赋来歌颂。

为校猎、巡狩等举行的活动大典均有故事可依,但也有不依故事的献赋活动。《汉书·枚皋传》:"武帝春秋二十九乃得皇子,群臣喜,故皋与东方朔作《皇太子生赋》及《立皇子禖祝》,受诏所为,皆不从故事,重皇子也。""皆不从故事,重皇子也",说明无故事可依,是因重皇子而办的新事。这样,就加多

---

① 《汉书》卷八七下《扬雄传》,第3558页。
② 欧阳询:《艺文类聚》卷三〇,上海古籍出版社1965年版,第698页。
③ 何平立:《先秦巡狩史迹与制度稽论》,《军事历史研究》2003年第1期。
④ 《史记》卷六《秦始皇本纪》,第267页。
⑤ 严可均:《全后汉文》,中华书局1958年版,第771页上。
⑥ 刘文典:《淮南鸿烈集解》,中华书局1989年版,第290页。
⑦ 陈立:《白虎通义疏证》(王云五《万有文库》本),商务印书馆1937年版,第236页。
⑧ 欧阳询:《艺文类聚》,上海古籍出版社1965年版,第698页。

了献赋的理由，同时也拓展了赋家的思路。为汉赋创作题材带来新的领域，从而推动汉赋生产的发展。

（四）重大事议

国家的重大事议有时也带来了献赋的契机。如东汉初的定都之争引起了进献京都赋活动兴盛。京都赋进献的直接契机是"西土耆老，咸怀怨思。异上之睠顾，而盛称长安旧制。有陋洛邑之议"①。杜笃首发其唱，《后汉书·文苑传上》："（杜）笃以关中表里山河，先帝旧京，不宜改营洛邑，乃上奏《论都赋》。"随后，班固、傅毅、崔骃、张衡继之而起，献赋讴歌东京之美。如班固《两都赋》，傅毅《洛都赋》《反都赋》，崔骃《反都赋》，张衡《二京赋》等。因迁都之争议而引起作文的现象，自古有之。《尚书·盘庚》："盘庚五迁，将治亳殷。民咨胥怨，作《盘庚》三篇。"②

王国维《殷商制度论》云："都邑者，政治与文化之标征也。"③既然都邑是政治和文化的标征，则东汉的定都之争实际上就是一场政治和文化之争，是"西土耆老"和"东都主人"之间的一场政治和文化之争。其中蕴含着一个治国思想之争的问题，西京的治国思想是王霸道兼之，而东京则独重王道。杜笃，"京兆杜陵人也。高祖延年，宣帝时为御史大夫笃少博学，不修小节，不为乡人所礼"④。从杜笃的出身看，他不为纯儒。所以，他成了"西土耆老"的代言人，主张迁都西京。《论都赋序》云："昔盘庚去奢，行俭于亳，成周之隆，乃即中洛。遭时制都，不常厥邑。圣贤之虑，盖有优劣；霸王之姿，明知相绝。守国之执，同归异术：或弃去阻阨，务处平易；或据山带河，并吞六国；或富贵思归，不顾见袭；或掩空击虚，自蜀汉出；即日车驾，策由一卒；或知而不从，久都境埆。"⑤其赋亦云："夫雍州本帝皇所以育业，霸王所以衍功，战士角难之场也。……进攻则百克，退守则有余。斯固帝王之渊囿，而守国之利器也。"⑥张衡《西京赋》云："（凭虚公子）言于安处先生曰：'……故帝者因天地以致化，兆人承上教以成俗，化俗之本，有与推移。何以覈诸？秦据雍而强，

---

① 李善：《文选注》，中华书局1977年版，第22页。
② 孔颖达：《尚书正义》（《十三经注疏》本），上海古籍出版社1997年版，第168页中。
③ 王国维：《王国维遗书》中华书局1983年版，第465页。
④ 《后汉书》卷八〇上《文苑列传》，第2595页。
⑤ 同上。
⑥ 《后汉书》卷八〇上《文苑列传》，第2603—2604页。

周即豫而弱，高祖都西而泰，光武处东而约，政之兴衰，恒由此也。"① 定都西京者的主要理论依据是：西京土地肥沃，地势险峻，可作霸王之资。

另一派纯儒出身的官吏则主张留守洛邑，极赞东京之美。《后汉书·循吏列传》："先是杜陵杜笃奏上《论都赋》，欲令车驾迁还长安。耆老闻者，皆动怀土之心，莫眷然伫立西望。（王）景以宫庙已立，恐人情疑惑，会时有神雀诸瑞，乃作《金人论》，颂洛邑之美，天人之符，文有可採。"王景是循吏，循吏以德绥乡里。故极力主张定都洛邑，以周政行天下。此后的赋家班固、崔骃、张衡等，都主张以德治天下，故献赋劝谏留都洛邑之理。班固《东都赋》云："子徒习秦阿房之造天，而不知京洛之有制也。识函谷之可关，而不知王者之无外也。"② 崔骃《反都赋序》云："汉历中绝，京师为墟。光武受命，始迁洛都。客有陈西土之富云，洛邑褊小，故略陈祸败之机，不在险也。"③ 张衡《东京赋》云："且天子有道，守在海外。守位以仁，不恃隘害。苟民志之不谅，何云岩险与襟带。……洪恩素蓄，民心固结。……大汉之德馨，咸在于此。"④ 定都东京者的理论依据是：行仁政而固民心。主张定都西京者侧重形而下的治国法器，主张定都东京者则侧重形而上的治国儒道。由此引起的一场定都之争，给进献京都赋的活动带来了契机。

四、献赋对汉赋生产的影响

从献赋的动机和契机看，献赋活动是附属于政治活动的文学活动。献赋的动机或讽或颂，但讽颂的主要对象是皇帝，是施政者。献赋的契机如校猎、巡狩、祭祀、定都等重大事典，均属于政事活动。由此可以看出，献赋活动是围绕着政事活动而展开的。献赋要受消费者消费期待的限制，生产者要满足消费者的愿望。迫于政治的压力，献赋者必须以消费者的消费愿望为自己献赋的出发点。这样，消费者成了汉赋生产的指令者，生产者必须按照他的指令进行生产。消费者需要什么样的汉赋产品，生产者便生产什么样的汉赋产品。因此，献赋产品中，生产者的主体意识很薄弱，而消费者的主体意识却极强。正如毕庶春所说："从贵族统治者来说，提倡鼓励赋的创作，一则为'润色鸿业'，歌

---

① 李善：《文选注》，中华书局1977年版，第37页上。
② 同上，第35页上。
③ 费振刚：《全汉赋》，北京大学出版社1993年版，第296页。
④ 李善：《文选注》，中华书局1977年版，第53页。

颂封建国家的繁荣时期的功德，宣扬帝国的赫赫声威；一则又为'虞说耳目'，取赋之'辩丽可喜'，有'鸟兽草木多闻之观'，'多识博物，有可观采'。从赋作者来说，可以借赋表现自己的'感物造耑，材知深美'，同时，也可以'劝百讽一'，表达自己的悃诚。"①

尽管献赋生产者的主体意识薄弱，但绝不能忽视，汉赋产品毕竟是生产者创造的，里面深藏着生产者的主体意识和智慧。我们可以通过隐含在赋作中的生产者的主体意识和智慧，来洞察当时社会的真实面貌。另外，由于统治者需要润色鸿业，利于对百姓进行精神统治，更好地维护大一统的局面，就需要帮闲文人作赋为自己歌功颂德。这样，统治者就会尽量去找献赋的契机，使献赋活动频繁起来。因此而推动了汉赋生产的繁荣兴盛。

第二节　试赋

一、试赋的文化渊源

班固《汉书·艺文志》云："传曰：'不歌而诵谓之赋，登高能赋可以为大夫。'言感物造耑，材知深美，可与图事，故可以列为大夫也。古者诸侯卿大夫交接邻国，以微言相感，当揖让之时，必称《诗》以谕其志，盖以别贤不肖而观盛衰焉。"古时大夫交接邻国，在宴享之时，赋诗言志。《左传·襄公二十七年》："郑伯享赵孟于垂陇。子展、伯有、子西、子产、子大叔、二子石从。赵孟曰：'七子从君，以宠武也。请皆赋以卒君贶，武亦以观七子之志。'子展赋《草虫》。赵孟曰：'善哉。民之主也，抑武也不足以当之。'伯有赋《鹑之贲贲》。赵孟曰：'床笫之言不踰阈，况在野乎！非使人之所得闻也。'子西赋《黍苗》之四章。赵孟曰：'寡君在，武何能焉。'子产赋《隰桑》。赵孟曰：'武请受其卒章。'子大叔赋《野有蔓草》。赵孟曰：'吾子之惠也。'印段赋《蟋蟀》。赵孟曰：'善哉保家之主也。吾有望矣。'公孙段赋《桑扈》。"② 子

---

① 毕庶春：《试论〈七发〉与荀卿赋及纵横家的关系》，《四川师院学报》1982年第1期。
② 孔颖达：《春秋左传正义》（十三经注疏本），上海古籍出版社1997年版，第1997页上。

展、伯有、子西等赋诗言志，郑伯则以诗观志。这个活动就有试诗的意味，在通过赋诗来观志的同时，也考察了赋诗的能力。

因春秋之时聘问歌咏常行于列国，所以，赋诗的能力显得尤为重要。《左传·僖公二十三年》："他日，公享之。子犯曰：'吾不如衰之文也，请使衰从。'公子赋《河水》，公赋《六月》。"① 子犯因不如赵衰之文，便荐举赵衰随重耳赴秦公之享。宋国华定在聘问之时，因不能答赋被昭子视为必亡之兆。《左传·昭公十二年》："夏。宋华定来聘，通嗣君也。享之，为赋《蓼萧》。弗知，又不答赋。昭子曰：'必亡。宴语之不怀，宠光之不宣，令德之不知，同福之不受，将何以在？'"② 可见，在春秋具有赋诗能力是多么重要。难怪孔子非常强调学诗的重要性。他曾说，"不学诗，无以言"③，"小子何莫学夫《诗》？《诗》可以兴，可以观，可以群，可以怨。迩之事父，远之事君，多识于鸟兽草木之名"④。这种重要性主要表现在内治和外交两个方面，故孔子说："诵《诗》三百，授之以政，不达；使于四方，不能专对。虽多，亦奚以为？"⑤ 故孔子在授徒时，很注重以言观志。《左传·襄公二十五年》："仲尼曰：'《志》有之："言以足志，文以足言。"不言，谁知其志？言之无文，行而不远。'"⑥ 从"不言，谁知其志"句看，孔子是通过察言而观志的，察言就含有测试的因素在内。所以，孔子经常寻找察言的契机而让学生言其愿、谕其志。《韩诗外传》卷七云："孔子游于景山之上，子路子贡颜渊从。孔子曰：'君子登高必赋，小子愿者何？言其愿，丘将启汝。'子路曰……"⑦《韩诗外传》卷九："孔子与子贡子路颜渊游於戎山之上。孔子喟然叹曰：'二三子各言尔志，予将览焉。'"⑧ 从这两段文字看，孔子主要是想了解学生的思想动向以及时加以引导。但要求学生是以赋诗的形式言志，就起到了对学生赋诗能力的检测。

战国时，梁国有献讴者，梁惠王试之。王充《论衡·知实》云："（梁惠）

---

① 孔颖达：《春秋左传正义》（十三经注疏本），上海古籍出版社 1997 年版，第 1816 页上。
② 同上，第 2061 页下。
③ 朱熹：《四书章句集注》，中华书局 1983 年版，第 173 页。
④ 同上，第 178 页。
⑤ 朱熹：《四书章句集注》，中华书局 1983 年版，第 143 页。
⑥ 孔颖达：《春秋左传正义》（《十三经注疏》本），上海古籍出版社 1997 年版，第 1986 页下。
⑦ 许维遹：《韩诗外传集释》，中华书局 1980 年版，第 268 页。
⑧ 同上，第 319 页。

王大骇曰：'嗟乎！淳于生诚圣人也。前淳于生之来，人有献龙马者，寡人未及视，会生至。后来，人有献讴者，未及试，亦会生至。'"① 看来，战国时对于讴歌者亦是察试技艺而后用。至战国末期，楚襄王身边围绕着一批言语侍从之臣，如宋玉、唐勒、景差之徒。他们随楚襄王出游玩赏，楚襄王辄有所感，便应情景试赋。宋玉《高唐赋》云："王曰：'试为寡人赋之。'"②《神女赋》云："王曰：'若此盛矣。试为寡人赋之。'"③ 楚襄王还对赋作优者，予以赏赐。宋玉《大言赋》云："楚襄王与唐勒、景差、宋玉游於阳云之台。王曰：'能为寡人大言者上座。'"④《小言赋》云："楚襄王既登阳云之台，令诸大夫景差、唐勒、宋玉等并造《大言赋》，赋毕而宋玉受赏。……二子之言磊磊皆不小，何如此之为精？赐以云梦之田。"⑤ 对赋作优者的赏赐，蕴含着较试遴选之意。或对汉代试赋有着直接或间接的影响。

二、汉代的试赋

汉代试赋始于汉武帝，翦伯赞《秦汉史》云："西汉至武帝时，商人地主已经变成了东方世界的主人。他们掌有地上的一切财富，享受人间最奢侈的物质生活。在穷奢极欲的物质生活中，便需要文学作为他们灵魂的安慰，这正又犹一个人在肥肉大酒之后，需要一支香烟，是一样的。所以到武帝时，西汉政府便开始以辞赋取士，而文学遂一变而为士大夫爬上政治舞台的阶梯。"⑥ "西汉政府便开始以辞赋取士"，是否确有其事呢？《汉书·枚乘传》："武帝自为太子闻乘名，及即位，乘年老，乃以安车蒲轮徵乘，道死。诏问乘子，无能为文者，后乃得其孽子皋。……上得之大喜，召入见待诏，皋因赋殿中。诏使赋平乐馆，善之。拜为郎，使匈奴。" 枚皋是因试赋平乐馆，武帝满意后才拜为郎的，这是以辞赋取士一有力例证。汉武帝读到司马相如的《子虚赋》时，惊叹"朕独不得与此人同时"⑦。但当他见到司马相如后，并未立马授予官职。直到司马相如奏上《天子游猎赋》后，才拜为郎。朱买臣也是因在汉武帝面前说《春秋》、

---

① 王充：《论衡》上海人民出版社1974年版，第409页。
② 严可均：《全上古三代秦汉三国六朝文》，中华书局1958年版，第73页上。
③ 同上，第74页上。
④ 同上，第72页下。
⑤ 同上。
⑥ 翦伯赞：《秦汉史》，北京大学出版社1983年版，第517页。
⑦ 《史记》卷一一七《司马相如列传》，第3002页。

言《楚词》后而拜为中大夫的。《汉书·朱买臣传》："后数岁,买臣随上计吏为卒,将重车至长安,诣阙上书,书久不报。待诏公车,粮用乏,上计吏卒更乞匄之。会邑子严助贵幸,荐买臣。召见,说《春秋》,言《楚词》,帝甚说之,拜买臣为中大夫,与严助俱侍中。"还有,汉武帝在淮南王刘安入朝之时让刘安作《离骚传》,"旦受诏,日食上"①,形同一场辞赋测试。虽说这不是以辞赋取士,但因属试赋系列。宣帝时王褒也是以辞赋之能而步入仕途的。《汉书·王褒传》："褒既为刺史作颂,又作其传,益州刺史因奏褒有轶材。上乃徵褒。既至,诏褒为圣主得贤臣颂其意。褒对曰……""对曰"如同对策。这是汉宣帝对王褒的第一场测试,如同实行科举制度后的殿试。扬雄也是以辞赋之长而待诏承明之庭的,《汉书·扬雄传》："孝成帝是,客有荐雄文似相如者,上方郊祀祠甘泉泰畤、汾阴后土,以求继嗣,召雄待诏承明之庭。"

东汉亦有试赋取士的现象,《后汉书·文苑传上》："李尤字伯仁……少以文章显。和帝时,侍中贾逵荐尤有相如、扬雄之风,召诣东观,受诏作赋,拜兰台令史。"李尤拜为兰台令史,贾逵的荐举固然重要,但"受诏作赋"也不可忽视。"召东观,受诏作赋",实际上就是对李尤作赋能力的考察。《后汉书·崔骃传》："元和中,肃宗始修古礼,巡狩方岳。骃上《四巡颂》以称汉德,辞甚典美……帝雅好文章,自见骃颂后,常嗟叹之。……适欲官之,会帝崩。"崔骃献颂称汉德,就崔骃而言为献赋,就肃宗而言则为试赋。

关于东汉试赋取士活动,《通典》卷十六引张衡《论贡举疏》有这样一段论述："古者以贤取士,诸侯岁贡。孝武之代,郡举孝廉,又有贤良文学之选,于是名臣皆出,文武并兴。汉之得人,数路而已。夫书画辞赋,才之小者,匡国理政,未有能焉。陛下即位之初,先访经术,听政余日,观省篇章,聊以游艺当代博奕,非以教化取士之本。而诸生竞利,作者鼎沸。其高者颇引古训风喻之言,下则连偶俗语,有类俳优。或窃成文,虚冒名氏。臣每受诏于盛化门差次录第,其未及者,亦复随辈,皆见拜擢。既加之恩,难复收改。但守俸禄,于义已加,不可复使理人,及任州郡。昔孝宣会诸儒于石渠,章帝集学士于白虎,通经释义,其事优大。文武之道,所宜从之。乃若小能小善,虽有可观,孔子以为致远则泥。君子故当致其大者、远者也。"② 王芑孙《读赋卮言》云:

---

① 《汉书》卷四四《淮南衡山济北王传》,第 2145 页。
② 杜佑:《通典》,浙江古籍出版社 1988 年版,第 89 页中下。

"据此疑东汉时或已有试赋之事。"① 如果《论贡举疏》确为张衡所作，则在东汉中期，试赋取士活动就已成规模化了。

那么，《论贡举疏》是不是张衡所作呢？"今人马积高在其《赋史》后记中则明言王芑孙所引有误，以为此文当出自蔡邕。"② 但侯立兵说马积高"未作具体之辩析，所据为何，难知究竟……疑点依然存在"③。万光治做了一番辨析之后归结说："范晔、刘勰，去汉未远，或叙或论，当无大谬。《通典》所录《论贡举疏》乃蔡邕陈政事七要之一，而非张衡所作明矣。"④ 万先生所说甚有理。试赋取士是一件共同关注的大事，不可能就张衡一个人上疏劝谏，而其他人则毫无反应。那时的一些大事，朝中的大臣们还是共关注的，如就当时举孝廉不重孝行一事，张衡曾上《论举孝廉疏》，同时代的左雄亦有《上言察举孝廉》。而鸿都门以辞赋取士一事，不仅蔡邕上疏批判，阳球、杨赐均曾上奏抨击。以此观之，《论贡举疏》不是张衡的作品可能性大，说明在西汉至东汉中期还未出现规模性试赋。

上面所述的试赋活动都是非规模性的，到汉灵帝时出现了规模性试赋——鸿都门学。《后汉书·灵帝纪》云："（光和元年二月）始置鸿都门学生。"李贤注曰："鸿都，门名也，于内置学。时其中诸生，皆敕州、郡、三公举召能为尺牍辞赋及工书鸟篆者相课试，至千人焉。"《后汉书·蔡邕传》亦云："初，（灵）帝好学，自造《羲皇篇》五十章，因引诸生能为文赋者。本颇以经学相招，后诸为尺牍及工书鸟篆者，皆加引召，遂至数十人。侍中祭酒乐松、贾护，多引无行趣势之徒，并待制鸿都门下，意陈方俗闾里小事，帝甚悦之，待以不次之位。又市贾小民，为宣陵孝子者，复数十人，悉除为郎中、太子舍人。"看来，鸿都门规模巨大，门类庞杂。课试辞赋是其中之一种，是一种规模性的试赋。鸿都门学的设立，有很大的偶然性，是和汉灵帝的个人喜好有很大关系。首先是因为汉灵帝好小人之事，而废君子之行。喜干些西邸卖官、列肆后宫之类的小人之事。《后汉书·灵帝纪》云："（光和元年十一月）初开西邸卖官，自关内侯、虎贲、羽林，入钱各有差，私令左右卖公卿，公千万，卿五百万。"

---

① 王芑孙：《读赋卮言》（《续修四库全书》本），上海古籍出版社1995年版，第1841册第381页上。
② 侯立兵：《汉魏六朝赋多维研究》，人民出版社2007年版，第69页。
③ 同上。
④ 万光治：《汉赋通论》（增订本），中国社会科学出版社2004年版，第174—175页。

又云:"(光和四年)是岁帝作列肆于后宫,使诸采女贩卖,更相盗窃争斗。帝著商估服,饮宴为乐。又于西园弄狗,著进贤冠,带绶。又驾四驴,帝躬自操辔,驱驰周旋,京师转相放效。"鸿都门学的设立和汉灵帝的这种喜好小人之事的习性有密切关系。

其次是灵帝爱好艺文,尤喜辞赋。《后汉书·皇后纪下》:"帝(按:灵帝)愍协早失母,又思美人,作《追德赋》《令仪颂》。"《太平御览》卷九二引《魏略》:"(灵帝)幸太学,自就碑作赋。"①鸿都门诸生皆"州、郡、三公举召能为尺牍辞赋及工书鸟篆者",何谓"尺牍、鸟篆"?李贤注曰:"《说文》曰:'牍,书板也,长一尺。'《艺文志》曰:'六体者,古文、奇字、篆书、隶书、缪篆、虫书。'《音义》曰:'古文谓孔子壁中书也。奇字即古文而异者也。篆书谓小篆,盖秦始皇使程邈所作也。隶书亦程邈所献,主于徒隶,从简易也。缪篆谓其文屈曲缠绕,所以摹印章也。虫书谓为虫鸟之形,所以书旛信也。'"②至汉末,人们常用隶书,"鸟篆"已失去其实用价值,但却保留了审美价值。而鸿都门辞赋"高者颇引经训风喻之言,下则连偶俗语,有类俳优"③。"风喻之言"非灵帝所喜,"连偶俗语"才是灵帝所爱,应该是"风喻之言"者稀而"连偶俗语"者众吧。"连偶俗语"可使灵帝悦之,就说明这种辞赋缺乏政教讽喻性,却颇具审美愉悦性。内容空乏,则对词句精心雕琢。刘师培说:"又汉之灵帝,颇好俳词,下习其风,益尚华靡,虽迄魏初,其风未革。"④范文澜说:"按东汉辞质,建安文华,鸿都门下诸生其转易风气之关键欤!"这也算是开创纯文学的一个端倪吧。虽说鸿都门学士为正人君子所不齿,却对文学进化的贡献不小。

这种规模性的非常规的取士方式遭到了阳球、杨赐等人的反对。阳球《奏罢鸿都文学》云:"伏承有诏敕中尚方为鸿都文学乐松、江览等三十二人图象立赞,以劝学者。臣闻《传》曰:'君举必书。书而不法,后嗣何观!'案松、览等皆出于微蔑,斗筲小人,依凭世戚,附托权豪,俯眉承睫,微进明时。或献赋一篇,或鸟篆盈简,而位升郎中,形图丹青。亦有笔不点牍,辞不辩心,假手请字,妖伪百品,莫不被蒙殊恩,蝉蜕滓浊。是以有识掩口,天下嗟叹。臣

---

① 李昉:《太平御览》卷九二,中华书局1985年版,第440页。
② 《后汉书》卷六〇下《蔡邕传》,第1992页。
③ 《后汉书》卷六〇下《蔡邕传》,第1996页。
④ 刘师培:《中国中古文学史》,中国人民大学出版社2004年版,第10页。

闻图象之设，以昭劝戒，欲令人君动鉴得失。未闻竖子小人，诈作文颂，而可妄窃天官，垂象图素者也。今太学、东观足以宣明圣化。愿罢鸿都之选，以消天下之谤。"① 杨赐的批评尤为激烈，《后汉书·杨赐传》："今妾媵嬖人阉尹之徒，共专国朝，欺罔日月。又鸿都门下，招会群小，造作赋说，以虫篆小技见宠于时，如驩兜、共工更相荐说，旬月之间，并各拔擢，乐松处常伯，任芝居纳言。郗俭、梁鹄俱以便辟之性，佞辩之心，各受丰爵不次之宠，而令搢绅之徒委伏畎亩，口诵尧舜之言，身蹈绝俗之行，弃捐沟壑，不见逮及。冠履倒易，陵谷代处，从小人之邪意，顺无知之私欲，不念《板》《荡》之作，虺蜴之诫。殆哉之危，莫过于今。"从阳球和杨赐的批评中，我们似乎可以悟出，大规模的以课试辞赋、鸟篆之类取士的活动原来还没有过，是汉灵帝的一个新创举。

试赋活动在汉代屡次出现，是不是在汉代已有试赋制度呢？刘大杰《中国文学发展史》云："到了武帝，他爱好文学，重视文人，如司马相如、东方朔、枚皋诸人，都以辞赋得官了。其后如宣帝时王褒、张子侨，成帝时的扬雄，章帝时的崔骃，和帝时的李尤都以辞赋而入仕途。君主提倡于上，群臣鼎沸于下，于是献赋考赋的事体，也就继之而起了。……在张衡时代，政府已采用考赋取士的制度。"② 刘先生认为考赋在汉代已成制度，那么，对汉赋生产的影响之深就可想而知了。但献赋考赋在汉代是否已成制度呢？万光治先生对此做了较详细的辨析，认为"汉代并无考赋献赋制度"③。笔者赞同万先生的意见，并略加申说。

说汉代已有献赋考赋制度者，主要是依据班固《两都赋序》中所记"至于武宣之世，乃崇礼官，考文章"语，以及张衡的《论贡举疏》。因汉代是否已有试赋制度关乎对汉赋生产的影响程度，所以，有必要对试赋在汉代是否已成制度作一些辨析。我们先来看看班固《两都赋序》中的"崇礼官，考文章"的"文章"所指。《论语·泰伯》："大哉，尧之为君也！巍巍乎，唯天为大，唯尧则之；荡荡乎，民无能名焉；巍巍乎，其有成功也；焕乎，其有文章。"何晏集解曰："其立文垂制又著明。"④ 何晏可谓深得其解，"文章"是指"立文垂制"，是指典章制度和礼仪规范。王充《论衡·效力》云："化民须礼义，礼义

---

① 《后汉书》卷七七《酷吏列传》，第 2499 页。
② 刘大杰：《中国文学发展史》，上海古籍出版社 1982 年版，第 134—135 页。
③ 万光治：《汉赋通论》（增订本），中国社会科学出版社 2004 年版，第 164—168 页。
④ 邢昺：《论语注疏》（《十三经注疏》本），上海古籍出版社 1997 年版，第 2487 页下。

须文章,行有余力,则以学文。"① 王充所说的"礼义"是指形而上的道,"文章"则指形而下的器。器为道用,则"文章"为"礼义"所用,"文章"是"礼义"的外在形式。"他们都用'文章'指称典章制度和礼仪规范。"② 班固《两都赋序》中"崇礼官,考文章"句中的"文章",应与此同义,也是指称典章制度和礼仪规范。《汉书·艺文志》云:"迄孝武世,书缺简脱,礼坏乐崩,圣上喟然而称曰:'朕甚闵焉!'于是建藏书之策,置写书之官。"因"书缺简脱,礼坏乐崩"而"崇礼官,考文章"是相互关联的,这也可证此处的"文章"主要是指典章制度和礼仪规范的书面形式。

那么,这里的"文章"包括不包括赋呢?回答是肯定的。班固说赋为"古诗之流",古诗属于礼乐的范畴,赋当然也属于礼乐的范畴。因为诗赋是异体同用,"或以抒下情而通讽谕,或以宣上德而尽忠孝,雍容揄扬,著于后嗣,抑亦雅颂之亚也"③。如果把这里的"文章"仅仅理解为赋篇,则未免太过于狭隘了。既然"文章"不单指赋篇,则"考文章"的"考"字在这里也不作课试、考察讲。"考"是何义呢?《礼记·礼运》云:"礼义以为器,故事行有考也。"郑玄注曰:"考,成也。器利则事成。"④ 意思是以"礼义""立文垂制",而后则"事行"有典可依,风化则行成天下。"崇礼官,考文章"的"考"字义应和此义近。即"崇礼官,考文章"就是崇教化而成礼义,因此而制定典章,依典而成行教化。当然,"考"字在汉代亦有考核、察验之意,如《汉书·董仲舒传》云:"臣愿陛下兴太学,置明师,以养天下之士,数考问以尽其材,则英俊宜可得矣。"⑤ 但用于制度性课试时,还是用"试"字,如左雄《上言察举孝廉》云:"诸生试家法,文吏课笺奏。"⑥ 再之,尽管班固《两都赋》曾说"考文章",但在西汉我们很难找到有大规模的以辞赋取士的事例,更不用说制度性的试赋实例了。

至于东汉时张衡《论贡举疏》里所提到的考赋之事,前已辨析,不再赘述。鸿都门学是不是一个制度性试赋的事例呢?也算不上制度性试赋。它和汉代其

---

① 王充:《论衡》,上海人民出版社1974年版,第201页。
② 王齐洲:《"文章经国之大业不朽之盛事"新解》,《三峡大学学报》2002年第3期,第6页。
③ 《汉书》卷三〇《艺文志》,第212页。
④ 孔颖达:《礼记正义》(《十三经注疏》本),上海古籍出版社1997年版,第1425页上。
⑤ 《汉书》卷五六《董仲舒传》,第2512页。
⑥ 《后汉书》卷六一《左雄传》,第2020页。

他取士制度有着本质的区别。其他取士制度有定期性和遴选性，如"博士弟子在校考试，定期举行。其学业成绩与毕业出学入仕合二为一。太学考试合格者取得入仕的资格，同时宣告毕业。考试每年或每两年举行一次。考试依据成绩分等次"①。《汉书·儒林传》云："一岁皆辄课，能通一艺以上，补文学掌故缺，其高第可以为郎中，太常籍奏。即有秀才异等，辄以名闻。其不事学若下材，及不能通一艺，辄罢之。"马端临《文献通考》卷四十亦云："（桓帝建和初年诏令）：诸学生年十六以上，比郡国明经试次第上名，高第十五人、上第十六人为郎中，中第十七人为太子舍人，下第十七人为王家郎。"② 不仅博士弟子的考试具有定期性和遴选性，就是贤良方正考试，也具有定期性和遴选性。《汉书·晁错传》云："对策百余人，唯错为高第，由是迁中大夫。"《汉书·公孙弘传》："时对者百余人，太常奏弘第居下。策奏，天子擢弘对为第一。"《汉书·萧望之传》："对策者，显问以政事经义，令各对之，而以其文辞定高下也。"马端临《文献通考》云："自孝文策晁错之后，贤良方正皆承亲策，上亲览策而第其优劣。"③ 杨智磊、王兴亚《中国考试管理制度史》说："贤良方正的考试管理，从举荐者、举荐标准、策试内容、衡量标准、成绩评定等第，都已有明确规定，这些构成了汉初的贤良方正对策考试管理。"④ 而鸿都门试赋不具备定期性和遴选性，蔡邕在《上封事陈政要七事》中说："臣每受诏于盛化门差次录第，其未及者，亦复随辈，皆见拜擢。"⑤ 从"其未及者，亦复随辈"句看，鸿都门试赋不具有遴选性。从杨赐所说"又鸿都门下，招会群小，造作赋说，以虫篆小技见宠于时，如驩兜、共工更相荐说，旬月之间，并各拔擢"句看⑥，不具有定期性。因为"旬月之间，并各拔擢"，说明只是一时之事。

再之，汉灵帝授予他们官职的大小，并不是以辞赋优劣为标准。而是毫无原则的以自己的个人喜好为准则，汉灵帝好小人之事，所以"侍中祭酒乐松、贾护，多引无行趣势之徒，并待制鸿都门下，意陈方俗闾里小事，帝甚悦之，待以不次之位。又市贾小民，为宣陵孝子者，复数十人，悉除为郎中、太子舍

---

① 杨智磊等：《中国考试管理制度史》，中州古籍出版社2007年版，第20页。
② 马端临：《文献通考》卷四十，中华书局1986年版，第386页。
③ 马端临：《文献通考》卷三十三，上海商务印书馆1936年版，第310页。
④ 杨智磊等：《中国考试管理制度史》，中州古籍出版社2007年版，第26页。
⑤ 《后汉书》卷六〇下《蔡邕传》，第1996页。
⑥ 《后汉书》卷五四《杨赐传》，第1780页。

人"①，就是辞赋作的很差的人一样能"被蒙殊恩"。正如阳球所说："亦有笔不点牍，辞不辩心，假手请字，妖伪百品，莫不被蒙殊恩，蝉蜕滓浊。"② 可见，这些斗筲小人"位升郎中，形图丹青"的真正原因是"依凭世戚，附讬权豪，俯眉承睫，徼进明时"，并不是因为擅长辞赋。以辞赋取士只是汉灵帝为了满足自己好奇欲望，接近斗筲小人而临时举起的一个障人耳眼的幌子。结果还是被人看穿了，遭到抨击。蔡邕、阳球、杨赐等人反对的并不是以辞赋取士这种做法，而是抨击借此种方法得来的那些便辟之性、佞辩之心的斗筲小人。因为他们于国家无益而有害。

总之，这种因一己之好而临时所设的鸿都门学还称不上是制度性的，因此，鸿都门试赋也算不上制度性试赋。虽说鸿都门试赋不是制度性的，但可视为后代诗赋取士制度的滥觞。正如肖川、何雪艳《中国秦汉教育史》所说："汉灵帝在历史上是一个平庸的皇帝，在政治上毫无建树，但是，他能顶住来自士族的强大压力，坚持创办了鸿都门学，扶植了文学艺术的发展，为唐代各种专科学校的设立开辟了道路。我国古代取士除以儒经为主要依据之外，还有以诗文取士的，表现了重视人的才华的倾向。汉灵帝重用文学之士，正是文学取士的导源。这些都是他对我国古代教育发展所起的作用。"③

三、试赋对汉赋生产的影响

关于试赋活动对汉赋生产产生的影响，刘大杰先生说得甚明，其《中国文学发展史》云："又张衡《论贡举疏》说……在这篇疏内，有两点值得我们注意。第一，在张衡时代，政府已采用考赋取士的制度，并且不管成绩好坏，一概录取，给以俸禄，在这种情形之下，自然是诸生竞利，作者鼎沸。其次，是因为有利禄可图，赋也就日趋堕落。'连偶俗语，有类俳优，或窃成文，虚冒名氏'，这种卑鄙恶劣的现象，与科举时代的八股，全无差别！赋堕落到这种程度，其价值可想而知。"④ 从刘先生这段话里，我们似乎可以看试赋对汉赋生产有两大影响：一是使赋作生产量增大，二是使赋作质量下降。刘先生说得很有道理，试赋活动的确会刺激汉赋的产量。在为图取利禄而生产赋作的过程中，

---

① 《后汉书》卷六〇下《蔡邕传》，第1992页。
② 《后汉书》卷七七《阳球传》，第2499页。
③ 肖川等：《中国秦汉教育史》，人民出版社1994年版，第74页。
④ 刘大杰：《中国文学发展史》，上海古籍出版社1982年版，第136页。

也出现粗制滥造的现象。但是刘先生所得结论的前提是这种试赋活动是制度性的。如果是制度性的试赋，则其影响广泛而深远。但事实上，汉代的试赋活动是非制度性的，鸿都门学也只能算是一个个案。这样，汉代试赋活动对汉赋生产的影响就不及刘先生所说了。

汉代的试赋活动对汉赋生产的影响有一个从促进到阻碍的过程。在汉武帝时，枚皋和司马相如都是通过试赋而来到最高统治者的身边，成为汉武帝的亲幸之臣。《汉书·严助传》云："其（汉武帝）尤亲幸者，东方朔、枚皋、严助、吾丘寿王、司马相如。"汉宣帝时，王褒也是通过试赋的途径而步入仕途，"倾之，擢褒为谏大夫"①。这对辞赋生产者不能不说是一个激励，或说是诱惑。后来习赋者往往以他们为榜样，如《汉书·扬雄传》："先是时，蜀有司马相如，作赋甚弘丽温雅，雄心壮之，每作赋，常拟之以为式。"扬雄作赋常以司马相如为模范，扬雄又成东汉习赋者的模范，如东汉的赋家李尤，有相如、扬雄之风。因此，这种沿袭模仿既在一定程度上促进了汉赋的生产，也带来了汉赋的模拟之风。

在汉代试赋的机会还是很难得的，要想得到皇帝的诏令试赋，必须有人推荐。不仅赋要作得好，而且在作赋方面还要有相当的名气，别人才敢推荐。如司马相如是因汉武帝看了他的《子虚赋》后，由狗监杨德意的举荐才被召见的。王褒是因"为刺史作颂，又作其传"②，益州刺史知道王褒有作赋颂的轶材，于是荐举给汉宣帝。扬雄也是因"文似相如"③，才被人举荐给汉成帝。东汉的李尤也是因作赋有相如、扬雄之风，才被贾逵举荐给汉和帝。枚皋虽说是自荐，但他是枚乘的儿子。而汉武帝自为太子已闻乘名，所以，枚皋因他父亲的名气而获得了试赋的机会。东汉的崔骃是否自荐，还不能确定。他在元和年间上《四巡颂》以称汉德，他的《四巡颂》是通过别人荐举给汉章帝的，还是他自己直接进献给汉章帝的史无明言。不论如何，但在他进献《四巡颂》之前，他早已以文章显名了。《后汉书·崔骃传》云："（崔骃）年十三能通《诗》《易》《春秋》，博学有伟才，尽通古今训诂百家之言，善属文。少游太学，与班固、傅毅同时齐名。"班固、傅毅二人都是以文章显名的，既然崔骃与此二人齐名，

---

① 《汉书》六四下《王褒传》，第2829页。
② 《汉书》六四下《王褒传》，第2822页。
③ 《汉书》卷八七上《扬雄传》，第3522页。

则崔骃也是以文章显名了。可见,这些赋家在被试赋之前都已有擅赋的名声。这就从另一面说明了一个问题:要想使皇帝诏使为赋,必须首先获得擅赋的名声。要想获得擅赋的名声,必定要付出心血进行汉赋生产。这样,试赋活动就大大推动了汉赋的生产。

如果说通过试赋成为皇帝身边亲幸之臣这一路径诱惑着汉赋生产者,促进了汉赋生产的话。那么,来到皇帝身边后的赋家处境则又打消了汉赋生产者的积极性,阻碍了汉赋的生产。尽管皇帝给了赋家利禄地位,但所给的利禄地位十分有限,远比不上给予文学之臣的利禄地位。赋家多出自言语侍从之臣,而言语侍从之臣最多也只不过是做做大夫之类的闲职。如果成了职业化的赋家,命运就更惨了,恐怕一辈子,连个大夫也混不上,只能作郎了,皇帝便把他当俳优养起来。枚皋就是这样的例子,枚皋为文疾,受诏辄成,故所作赋多,是《汉书·艺文志》中所录赋作最多的赋家。但和其他一些作赋者相比,他的地位恐怕也是最低的。"上颇俳优畜之",所以,他也就"自悔类倡"了。但此期儒生出身的文学之臣,却能平步青云,《汉书·严助传》:"公孙弘起徒步,数年至丞相,开东阁,延贤人与谋议,朝觐奏事,因言国家便宜。"倪宽亦为儒生出身的文学之臣,《汉书·倪宽传》:"倪宽,千乘人也。治《尚书》,事欧阳生。以郡国选诣博士,受业孔安国。……以射策为掌故,功次补廷尉文学卒史。"后官至御史大夫,位列九卿。汉宣帝也是重儒生出身的文学之臣,《汉书·公孙弘卜式倪宽传》:"孝宣承统,纂修洪业,亦讲论六艺,招选茂异,而萧望之、梁丘贺、夏侯胜、韦玄成、严彭祖、尹更始以儒术进,刘向、王褒以文章显……"以儒术进的萧望之,官至御史大夫,太子太傅;梁丘贺官至少府;夏侯胜官至长信少府,赐爵关内侯;韦玄成在宣帝时为谏大夫,大河都尉,在元帝时官至丞相;严彭祖为太子太傅等①。而以"文章显"的王褒只不过是做了一个谏大夫,刘向在宣帝时也只是一个谏大夫,元帝即位后才擢为宗正。成帝时赋家扬雄也是三世不徙官,自感类俳,不愿再为赋。那个时候的文人,恐怕还没有甘愿纯粹从事作文章的,他们更愿意立德建功。只是想以习作辞赋为通往立德建功的路径,而不是终极目的。文人们看到通过试赋这一路径并不能实现他们的

---

① 《汉书》卷七八《萧望之传》,第3279页;《汉书》八八《儒林传》;第3600页;《汉书》卷七五《夏侯胜传》;第3155页;《汉书》卷七三《韦玄成传》,第3110页;《汉书》卷八八《儒林传》,第3616页。

真实目的，所以，习赋热情也就衰退了。因此，汉赋的生产便也萧条了。

第三节　竞赋

一、汉代的竞赋活动

竞赋现象于战国末期就已存在。当时，楚襄王游宴之时，让他的言语侍从之臣，互相比试作赋。并给予赏赐以激励他们的竞赋之心，对能赋者给予"上座""赐以云梦之田"①。故赋家为获王宠更是精心制赋，竞炫才智。"上座"是一种荣耀，"赐以云梦之田"，不仅使赋家得到物质利益，同时也是一种精神奖励。宋玉赋作得最好，所以受此殊荣。宋玉也因此而受到别的赋家的妒忌，唐勒就曾在楚襄王面前进宋玉的谗言。宋玉《讽赋》云："楚襄王时，宋玉休归。唐勒谗之于王曰：'玉为人身体容冶，口多微词，出爱主人之女，入事大王，愿王疏之。'"② 这也从侧面反映了楚襄王身边侍从之臣竞赋的激烈程度。

至汉代，因汉赋生产者多以团体的形式存在，故竞赋活动较为频繁。武帝以前的辞人多集于国力强大的诸侯王国。《文心雕龙·时序》："爰至有汉，运接燔书，高祖尚武，戏儒简学，虽礼律草创，诗书未遑，然大风鸿鹄之歌，亦天纵之英作也。施及孝惠，迄于文景，经述颇兴，而辞人勿用，贾谊抑而邹枚沈，亦可知已。"③ 虽说朝廷不用辞人，但此时的大诸侯王国却给辞人们提供了很好的生存空间。如吴王刘濞、梁王刘武、淮南王刘安等，都曾大力招揽人才。他们周围都形成了一个强大的赋家集团。

吴王和淮南王赋家集团中有没有竞赋活动，史无明言。未有充分依据证明吴王国曾有作赋活动，故吴王国有竞赋活动的可能性就极小。而淮南王国有竞赋活动的可能性则极大，《汉书·艺文志》录淮南王赋82篇，淮南王群臣赋44篇，从淮南王赋家集团赋作之丰看，或有竞赋活动存在。再之，淮南王国的都城寿春是楚国最后的移都之地。《汉书·地理志下》云："寿春、合肥受南北湖

---

① 严可均：《全上古秦汉三国六朝文》，中华书局1958年版，第82页上。
② 同上，第72页下—73页上。
③ 范文澜：《文心雕龙注》，人民文学出版社1958年版，第672页。

皮革、鲍、木之输，亦一都会也。始楚贤臣屈原被谗放流，作《离骚》诸赋以自伤悼。后有宋玉、唐勒之属，慕而述之，皆以显名。……故世传《楚辞》。"既然淮南王国浸染楚风，而楚襄王时已有宋玉、唐勒、景差之徒的竞赋活动。那么，淮南王群臣有竞赋活动的可能性大。

梁孝王国有竞赋活动的明确记载。《西京杂记》卷四："梁孝王游于忘忧之馆，集诸游士，各使为赋。枚乘为《柳赋》……路乔如为《鹤赋》……公孙诡为《文鹿赋》……邹阳为《酒赋》……公孙胜为《月赋》……羊胜为《屏风赋》……韩安国为《几赋》不成，邹阳代作……邹阳、安国罚酒三升，赐枚乘、路乔如绢，人五匹。"① 不论《西京杂记》是刘歆所作，还是葛洪伪作，都有一定的历史真实性。如为刘歆所作，则其真实性自不待说。如为葛洪伪作，亦应有所据，"未必尽幻设语"②。因为晋人"然亦非有意为小说"③，他们采集小说是述而不作的。干宝《搜神记序》云："虽考先志于载籍，收遗逸于当时，盖非一耳一目之所亲闻睹也，又安敢谓无失实者哉。……今之所集，设有承于前载者，则非余之罪也。若使采访近世之事，苟有虚错，愿于先贤前儒分其讥谤。"④ 因此，《西京杂记》所记故事还是有一定的可信性的。再之，"赐枚乘、路乔如绢，人五匹"，可与《汉书·枚乘传》所载"梁客皆善辞赋，乘尤高"⑤互相印证。梁孝王让门客们各使为赋，或出于检试门客才力，或出于娱乐怡情。但却给门客们一个显示才能的机会，于是他们便会竞相显才示能，促成了竞赋机制。

武宣之世，亦有竞赋活动。班固在《两都赋序》中说，言语侍从之臣"朝夕论思、日月献纳"⑥，其中就包含着切磋比试之意。每"有奇异"之时，汉武帝便让枚皋、严助等为赋颂。"有奇异"也是其他赋家献赋的一个契机。因此，他们就会遇到围绕同一主题而作赋的现象。这个时候，他们势必有以赋一争高下的心理。《汉书·枚皋传》云："武帝春秋二十九乃得皇子，群臣喜，故皋与东方朔作《皇太子赋》及《立皇子禖祝》。受诏所为，皆不从故事，重皇子

---

① 向新阳：《西京杂记校注》，上海古籍出版社1991年版，第173—190页。
② 胡应麟：《少室山房笔丛》，中华书局1958年版，第486页。
③ 鲁迅：《中国小说史略》，人民文学出版社1976年版，第29页。
④ 干宝：《搜神记》，中华书局1979年版，第2页。
⑤ 《汉书》卷五一《枚乘传》，第2356页。
⑥ 李善：《文选注》，中华书局1977年版，第21页。

也。"虽说是受诏所为,但这两个都是近于职业赋家的侍从之臣,难免没有比试的心理。据《汉书·枚皋传》载,枚皋赋有诋娸东方朔。或因他们时常跟随武帝身边,频频竞赋邀宠之故。

武帝朝的赋家不仅在作赋时抱有竞试心理,还对赋家的作赋才能进行品评,一定高下。如《汉书·枚皋传》中,有枚皋与东方朔的比较"皋为赋善于朔也"①;还有枚皋与司马相如的比较:枚皋"为文疾,受诏辄成,故所作赋多"②,而司马相如"善为文而迟,故所作少而善于皋"③。故刘孝绰《昭明太子集序》云:"窃以属文之体,鲜能周备。长卿徒善,既累为迟;少孺虽疾俳优而已。"④汉武帝本人不仅亲作辞赋,还好与赋家谈论辞赋,如淮南王进朝时,他与淮南王谈方技赋颂。而且他还与赋家比试自己的作赋才能。清李调元《赋话》卷七引《汉武故事》云:"汉武好词赋,每所行幸及鸟兽异物,辄命司马相如等赋之。上亦自作诗赋数百篇。赋成,初不留。思相如造文迟,弥时而后成。每叹其工。谓相如曰:'以吾之速,易子之迟,可乎?'相如答曰:'于臣则可,谓之陛下何如耳?'"⑤可见,武帝内心亦存有与赋家较试赋才的意识。这些都反映出武帝时赋家之间普遍存在着竞赋的意识。宣帝时修武帝故事,益高材刘向、张子侨、华龙、柳褒等待诏金马门,形成一个赋家集团。宣帝亲自主持作赋,并按赋作优劣,"第其高下,以差赐帛"。因此,大大刺激了赋家的竞赋之心。

我们再来看看东汉的竞赋活动。东汉的竞赋活动大都发生在东观校书郎、大将军幕僚及建安年间的曹氏文人集团中。东汉明章之世,作赋最多且最好的是兰台的校书郎,如班固、贾逵、杨终、傅毅之流。他们大都学识渊博,而有奇才,深得皇帝的赏识。据王充《论衡·案书》所载,班固、傅毅、杨终之徒,是以创作赋颂记奏为主。他们在创作赋颂时,是否也有竞赋的现象呢?应该是有的。《太平御览》五百八十八云:"永平中,神雀群集,孝明诏上《神雀颂》。班固、贾逵、傅毅、杨终、侯讽五颂文比金玉,今佚。"⑥《后汉书·贾逵传》

---

① 《汉书》卷五一《枚皋传》,第2367页。
② 同上。
③ 同上。
④ 萧统:《昭明太子集》(四部丛刊本),上海函芬楼借乌程许氏藏明辽府刊本,第9页。
⑤ 李调元:《赋话》(丛书集成本),商务印书馆1936年版,第55页。
⑥ 李昉:《太平御览》五八八,中华书局1985年版,第2648页。

有明帝令贾逵作《神雀赋》的记载，故《太平御览》所记应不虚。这可算得上是一次明言于史的竞赋活动。

后转入车骑将军窦宪府的班固、傅毅，与章帝向窦宪推荐的崔骃，构成了窦宪府的文章之盛。《后汉书·傅毅传》："永元元年，车骑将军窦宪复请毅为主记室，崔骃为主簿。及宪迁大将军，复以毅为司马，班固为中护军。宪府文章之盛，冠于当时。"他们在进入窦宪府前后都曾有竞赋活动的存在。如班固有《两都赋》，傅毅有《洛都赋》，崔骃有《武都赋》；班固有《白绮扇赋》《竹扇赋》，傅毅亦有《扇赋》；傅毅有《反都赋》，崔骃亦有《反都赋》；崔骃有《七依》，傅毅有《七激》；班固有《东巡颂》《南巡颂》，崔骃有《四巡颂》等，而且，班固、崔骃和傅毅，都有对窦宪的赞颂之作，如班固的《窦将军北征颂》，崔骃的《大将军西征赋》《北征颂》，傅毅的《窦将军北征颂》《西征颂》等。因为他们都是以文章知名当时，所以有以文章一较高低的潜在动因。班固就曾因自己能文而轻视傅毅，曹丕《典论·论文》云："文人相轻，自古而然。傅毅之于班固，伯仲之间耳。而固小之，与弟超曰：'武仲以能属文，为兰台令史，下笔不能自休。'"① 就连皇帝也对他们的文才给予评判。《后汉书·崔骃传》云："骃上《四巡颂》以称汉德，辞甚典美……（章）帝雅好文章，自见骃颂后，常嗟叹之，谓侍中窦宪曰：'卿宁知崔骃乎？'对曰：'班固数为臣说之，然未见也。'帝曰：'公爱班固而忽崔骃，此叶公之好龙也。试请见之。'"② 这样，就更加加强了他们竞试文章的意识。而那时所作文章又以赋颂为主，所以加强了他们竞试赋颂的意识。由此而推动了他们的竞赋活动。

和、安时期的竞赋现象较少，因和帝和邓后都是以儒道风化天下而不自称功德，推行的是儒家的修身立政的观念。《后汉书·和帝纪》："自窦宪诛后，帝躬亲万机。每有灾异，辄延问公卿，极言得失。前后符瑞八十一所，自称德薄，皆抑而不宣。"《后汉书·和熹邓皇后传》："太后自入宫掖，从曹大家受经书，兼天文、算数。昼省王政，夜则诵读，而患其谬误，惧乖典章……乃博选诸儒刘珍等及博士、议郎、四府掾史五十余人，诣东观雠校传记。事毕奏御，赐葛布各有差。"因此期的统治者不喜以赋颂德，而是奖励传记的校雠。所以，这个时期校书郎忙于校正典籍。这个时期的赋作也多是为统治者宣教的，如李尤的

---

① 李善：《文选注》，中华书局 1977 年版，第 720 页上。
② 《后汉书》五二《崔骃传》，第 1718—1719 页。

《辟雍赋》《德阳殿赋》《平乐观赋》《东观赋》等,都是替统治者宣教的。如《辟雍赋》云:"卓矣煌煌,永元之隆,含弘该要,周建大中。蓄纯和之优渥兮,化盛溢而兹丰。……是以乾坤所周,八极所要。夷戎蛮羌,儋耳哀牢。重译响应,抱珍来朝。"①《平乐观赋》云:"尔乃大和隆平,万国肃清。殊方重译,绝域造庭。"②《东观赋》云:"道无隐而不显,书无阙而不陈。览三代而采宜,包郁郁之周文。"③

而且这个时期的铭箴文的创作非常兴盛。严可均《全后汉文》共收录箴文约31篇,其中和、安时文人刘騊駼、崔瑗、崔琦、胡广所作箴文有16篇,占51.6%。录铭文约137篇,其中崔瑗、李尤、张衡、胡广所作铭文有94篇,占68.6%。李尤一人就作84篇,占61.3%。他们在作铭箴文时或亦有竞作的意识,故带来铭箴文的繁荣。铭箴文的兴盛是和儒家的修身立政观念紧密联系的。刘勰《文心雕龙·铭箴》:"铭实器表,箴惟德轨。有佩于言,无鉴于水。秉兹贞厉,敬乎言履。"又云:"夫箴诵于官,铭题于器,名目虽异,而警戒实同。"④ 就是说铭和箴虽在名目上不一样,但都是用作警戒的。所以,就应该以格言为准则,坚定地按照铭箴去做。总之一句话,铭箴就是用来修身的。余英时先生说:"传统的看法是用《大学》的格物、致知、诚意、正心、修身、齐家、治国、平天下八条目说明儒教从'内圣'到'外王'的具体步骤。前四条是战国中晚期各家修身论竞起的结晶,此处姑且置之不论。但修、齐、治、平之说则在《论语》《孟子》《荀子》中都可以获得印证。照这个看法,似乎儒家的德治秩序完全是从统治者个人的道德修养中逐步推出来的。……我们必须承认,儒教的确要求统治阶层的所用成员都'以修身为本'。"⑤

桓、灵之世,先有外戚专权,后有宦官擅政。政治腐朽,皇权懈弛。汉赋生产者大都散布于地方,所以,未见有竞赋活动。至献帝世,社会日乱,军阀混战,赋家流离于各地。直到曹操稳定北方,网罗各地文人,形成曹氏文人集团,竞赋活动便又随之大兴。曹氏文人集团的赋家早期大都过着颠沛流离的生活。如王粲以西京扰乱,乃之荆州依刘表;陈琳避难冀州,为袁绍典使文章;

---

① 费振刚:《全汉赋》,北京大学出版社1993年版,第380页。
② 同上,第384页。
③ 同上,第386页。
④ 范文澜:《文心雕龙注》,人民文学出版社1958年版,第194—195页。
⑤ 余英时:《士与中国文化》,上海人民出版社1987年版,第146页。

应场流离世故，颇有飘蓬之叹；崔琰因寇盗充斥，西道不通。于是周旋青、徐、兖、豫之郊，东下寿春，南望江、湖等。后逐渐为曹操所收拢，积聚许都和邺下，构成了曹氏文人集团。

曹氏文人集团的赋家归至曹氏前，他们在零散地进行汉赋创作，第一章已论及，此不赘述。他们归入曹氏集团后，表现出极大创作热情，进行集体创作，使汉赋生产再次呈现出团体生产的模式。他们闲暇之际，游乐饮宴，互相唱和。曹丕《与朝歌令吴质书》云："每念昔日南皮之游，诚不可忘。既妙思六经，逍遥百氏。弹棋间设，终以六博。高谈娱心，哀筝顺耳。驰骋北场，旅食南馆。浮甘瓜于清泉，沈朱李于寒水，白日既匿，继以朗月。……从者鸣笳以启路，文学托乘于后车。"① 刘勰《文心雕龙·时序》亦云："自献帝播迁，文学蓬转。魏武以相王之尊，雅爱诗章，文帝以副君之重，妙善辞赋；陈思以公子之豪，下笔琳琅，并体貌英逸，故俊才云蒸。仲宣委质于汉南，孔璋归命于河北，伟长从宦于青土，公干徇质于海隅；德琏综其斐然之思，元瑜展其翩翩之乐；文蔚、休伯之俦，子叔、德祖之侣，傲岸觞豆之前，雍容衽席之上，洒笔以成酣歌，和墨以藉谈笑。"② 团体的生产模式，使他们互相竞技比试。

曹操对辞赋制作也是倡导的，他自作有《沧海赋》《登台赋》《鶡鸡赋》等。他在作《登台赋》时，也命曹丕兄弟同作，曹丕《登台赋序》云："建安十七年，（上）游西园，登铜雀台，命余兄弟并作。"③ 曹丕不仅自己大量创作辞赋，而且还命身边文人同作。《初学记》卷一〇引《魏文帝集》曰："（曹丕）为太子时，于北园及东阁讲堂并赋诗，命王粲、刘桢、阮瑀、应场等同作。"④ 曹丕不仅让这些文人同作诗，也时常让他们同作赋。其《寡妇赋序》云："陈留阮元瑜，与余有旧，薄命早亡。故作斯赋，以叙其妻子悲苦之情，命王粲等并作之。"⑤ 其《马瑙勒赋序》云："马瑙，玉属也。出自西域。文理交错，有似马脑，故其方人因以名之。或以系颈，或以饰勒。余有斯勒，美而赋之。命陈琳、王粲并赋作。"⑥ 又章樵《古文苑》卷七王粲《羽猎赋》注引《文章流别

---

① 李善：《文选注》，中华书局1977年版，第591页上。
② 范文澜：《文心雕龙注》，人民文学出版社1958年版，第673页。
③ 易健贤：《魏文帝集全译》，贵州人民出版社1998年版，第19页。
④ 徐坚：《初学记》，中华书局1962年版，第230页。
⑤ 潘岳：《寡妇赋》李善注引魏文帝《寡妇赋序》，李善：《文选注》，中华书局1977年版，第233页上。
⑥ 易健贤：《魏文帝集全译》，贵州人民出版社1998年版，第48页。

论》曰:"建安中,魏文帝从武帝出猎,赋,命陈琳、王粲、应玚、刘桢并作。琳为《武猎》,粲为《羽猎》,玚为《西狩》,桢为《大阅》。"①

曹植在制作辞赋时,也常常让身边文人同作。曹植《七启》序云:"昔枚乘作《七发》,傅毅作《七激》,张衡作《七辩》,崔骃作《七依》,辞各美丽,余有慕之焉。遂作《七启》,并命王粲作焉。"②《文馆词林》所载《七启序》尾句为"并命王粲等并作焉"③。杨修《孔雀赋》:"魏王园中有孔雀,久在池沼,与众鸟同列。其初至也,甚见奇伟,而今行者莫眄。临淄侯感世人之待士,亦咸如此,故兴志而作赋,并见命及。遂作赋曰。"④ 刘桢《瓜赋》:"在曹植坐,厨人进瓜。植命为赋,促立成。"⑤ 如此便促成了竞赋之风。

当时文人间称论辞赋之风盛行,也会刺激文人竞赋心理。如曹丕说:"仲宣独自善于辞赋,惜其体弱,不足起其文。至于所善,古人无以远过。"⑥ 又说:"王粲长于辞赋,徐干时有齐气,然粲之匹也。如粲之《初征》《登楼》《槐赋》《征思》,干之《玄猿》《漏卮》《圆扇》《橘赋》,虽张、蔡不过也。"⑦ 曹植《与杨德祖书》云:"以孔璋之才,不闲辞赋。而多自谓能与司马长卿同风。譬画虎不成,反为狗也。前书嘲之,反作论盛道仆赞其文。"⑧ 又《三国志·吴书·张纮传》注引《吴书》曰:"纮见柟榴枕,爱其文,为作赋。陈琳在北见之,以示人曰:'此吾乡里张子纲所作也。'后纮见陈琳作《武库赋》《应机论》,与琳书深叹美之。"这种对辞赋的称论品评,会刺激较量赋才高低的心理,形成辞赋竞作之风。

二、竞赋的动因及影响

不论汉赋生产者是身为诸侯门客,还是皇帝身边的言语侍从之臣,抑或是东观校书郎或将军幕僚。他们的身份本质有极大的相似性:都是一种主客关系,只是言语侍从之臣和东观校书郎对主子的依赖性更强罢了。因此,他们的竞赋

---

① 章樵:《古文苑》(王云五丛书集成本),商务印书馆1937年版,第169页。
② 赵幼文:《曹植集校注》,人民文学出版社1984年版,第6页。
③ 许敬宗:《文馆词林》(续四库本),上海古籍出版社1995年,第1582册第447页。
④ 费振刚:《全汉赋》,北京大学出版社1993年版,第651页。
⑤ 同上,第722页。
⑥ 李善:《文选注》,中华书局1977年版,第591页下。
⑦ 李善:《文选注》,中华书局1977年版,第720页下。
⑧ 李善:《文选注》,中华书局1977年版,第593页下。

活动也有极大的相似性。赋家这种集团竞技式地作赋，有一个很重要的动因，就是为显示自己的言语辩才，借赋表现自己的"感物造耑，材知深美，可与图事"能力①。于是"博辩之士，原本山川，极命草木；比物属事，离辞连类"②。这实际上可以看作是"古者诸侯卿大夫交接邻国，以微言相感，当揖让之时，必称诗以谕其志，以别贤不肖而观盛衰焉"③ 的一个变相。所以，他们在作赋时，就合綦组以成文，列锦绣而为质，一经一纬，一宫一商，多角度、全方位地对赋作对象极尽靡丽之词，充分显示自己的辩才。

赋家竞赋的主要动因，就是向主子展现自己的才能和表示自己的忠诚，曹氏文人集团的赋家竞赋当然也是为了展示自己的赋才。曹操招揽人才的宗旨是唯才是举，他曾说"治平尚德行，有事赏功能"④。这些文人的特长便是善作文章，曹操也是以此而将他们聚拢麾下。并为自己所用，如"军国书檄，多琳、瑀所作也"⑤。能否善作辞赋，也是表现个人文章才能的一个方面。于是，他们在同题唱和时，便会心存竞争冲动，最大能量地显现自己的才华。徐复观先生说："我在《西汉文学论略》中曾谓汉赋形式，可分为两个系列：一为新体诗的赋，一为《楚辞》体的赋。汉赋内容，亦可分为两条路线，一是炫耀自己才智的赋，一是发抒怀抱感情的赋。"⑥ "炫耀自己的才智"不仅是作赋的一个主要动因，更是竞赋的一个主要动因。

竞赋活动对汉赋生产影响很大，主要有两点：一是扩展了汉赋的题材，增大了汉赋的产量；二是提高了汉赋的质量。

关于竞赋对汉赋题材和产量的影响，是显而易见的。如刘勰《文心雕龙·诠赋》云："皋、朔以下，品物毕图。"⑦ 即是说，自枚皋、东方朔起，汉赋开拓很多新的题材领域，如他们所作的《皇太子赋》就是"不从故事"。题材的扩展对产量的增大亦有影响，言语侍从之臣的朝夕论思，日月献纳，公卿大臣的时时间作，故至成帝时奏御者千有余篇。当然，这千有余篇绝不都是竞赋所为，但竞赋是赋作数量巨大的一个极为重要的原因。下面我们就以曹氏文人集

---

① 《汉书》卷三〇《艺文志》，第1754页。
② 李善：《文选注》，中华书局1977年版，第480页下。
③ 《汉书》卷三〇《艺文志》，第1754页。
④ 陈寿：《三国志》，上海古籍出版社2002年版，第20页。
⑤ 同上，第549页。
⑥ 徐复观：《两汉思想史》（第二卷），华东师范大学出版社2001年版，第287—288页。
⑦ 范文澜：《文心雕龙注》，人民文学出版社1958年版，第134页。

团的竞赋活动为例,来说明竞赋对汉赋产量的影响。粗略统计,这个时期的汉赋生产者共生产汉赋约 105 篇,其中曹氏集团的赋家就生产 101 篇,占总数的 96.2%。其中多为唱和竞试之作。我们可以列一个表来说明其时唱和竞作之盛,产量之高。见表三:

表三　曹氏文人集团赋家同名类近赋作统计

赋篇＼赋家	阮瑀	徐干	王粲	陈琳	刘桢	应场	繁钦	杨修
车渠椀赋		○	○	○		○		
大暑赋			○	○	○		○	
鹦鹉赋	○		○	○		○		
柳赋								
神女赋			○	○		○		○
伤夭赋			○					○
马瑙勒赋			○	○				
迷迭赋								
愁霖赋			○			○		
止欲赋	○		闲邪赋	○	清虑赋	正情赋	抑检赋	
羽猎赋			○	武猎赋	大阅赋	西狩赋		
纪行赋	纪征赋	序征赋、西征赋、从征赋	初征赋、浮淮赋、征思赋	神武赋		撰征赋、西征赋	述征赋	出征赋
七体赋①		七谕	七释					七训

注:○代表此赋家有此赋作。

从表三可看出,仅我们列出的同题唱和竞作的赋篇就有 54 篇之多,超过这个时期赋作数量的一半。而我们列出的同题唱和的赋篇并不完全,仅做一个大致的参照。可见当时曹氏集团赋家互相唱和竞赋的现象十分普遍,因此大大地

---

① 唐钞本《文选集注》陆善经注此序曰:"时王粲作《七释》,徐幹作《七谕》,杨修作《七训》。"转自俞绍初:《建安七子集》,中华书局 2005 年版,第 446 页。

推动了此期汉赋生产的兴盛。

　　这个时期的竞赋活动不仅加大了赋作的产量，而且拓展了赋作的题材。《文选》所录赋作分为十五类，分别是京都、郊祀、耕籍、畋猎、纪行、游览、宫殿、江海、物色、鸟兽、志、哀伤、论文、音乐、情等。这十五类中，除了郊祀、耕籍、论文等三类赋作，在这个时期的留存赋作中找不到大致相当的作品，其余均可寻及。如京都：徐幹《齐都赋》、刘桢《鲁都赋》等；畋猎：王粲《羽猎赋》、应玚《西狩赋》《驰射赋》等；纪行赋：王粲《浮淮赋》《初征赋》《征思赋》，陈琳《武军赋》《神武赋》，徐幹《西征赋》《序征赋》《从征赋》，阮瑀《纪征赋》，应玚《撰征赋》《西征赋》，杨修《出征赋》，繁钦《述征赋》《述行赋》等；游览：王粲《登楼赋》；宫殿：繁钦《建章凤阙赋》、杨修《许昌宫赋》等；江海：王粲《游海赋》，应玚《灵河赋》等；物色：王粲、陈琳、刘桢、杨修《大暑赋》，王粲、应玚《愁霖赋》，繁钦《暑赋》《秋思赋》等；鸟兽：阮瑀、王粲、陈琳、应玚《鹦鹉赋》，杨修《孔雀赋》、徐幹《玄猿赋》、王粲《莺赋》《鹖赋》等；志：刘桢《遂志赋》、应玚《愍骥赋》等；哀伤：王粲、应玚、杨修《伤夭赋》，王粲、丁廙妻《寡妇赋》，王粲《出妇赋》《思友赋》等；音乐：阮瑀《筝赋》；情：王粲、陈琳、应玚、杨修《神女赋》，王粲《闲邪赋》，陈琳、阮瑀《止欲赋》，应玚《正情赋》，繁钦《检抑赋》《弭愁赋》等。除此之外，这些赋中还有很多咏诵草木珍玩之类的赋作和七体赋作。如王粲、陈琳、应玚、繁钦所作《柳赋》；徐干、王粲、陈琳、应玚等所作《车渠椀赋》；王粲、陈琳、应玚等所作《迷迭香赋》；张紘作《瓌材枕赋》；徐干《七谕》、王粲《七释》、杨修《七训》等。

　　竞赋不仅增大了汉赋的产量，同时也提高了汉赋的质量，是赋体文学最具文学性的一个重要原因。早在战国末期的赋家宋玉、唐勒、景差等，在竞赋时就运用了艺术想象和艺术夸张。可以宋玉《大言赋》为例说明，宋玉《大言赋》云："楚襄王与唐勒、景差、宋玉游於阳云之台。王曰：'能为寡人大言者上座。'王因唏曰：'操是太阿剥一世，流血冲天，车不可以厉。'至唐勒，曰：'壮士愤兮绝天维，北斗戾兮太山夷。'至景差曰：'校士猛毅皋陶嘻，大笑至兮摧覆思。锯牙云，唏甚大，吐舌万里唾一世。'至宋玉，曰：'方地为车，圆天为盖，长剑耿耿倚天外。'王曰：'未也。'玉曰：'并吞四夷，饮枯河海；跋越九州，无所容止；身大四塞，愁不可长。据地跥天，迫不得仰。'"① 从这段话中，我们可看到唐勒、景差、宋玉在作赋时都运用了高度的艺术想象和艺术夸张，而宋玉更甚。"方地为车，圆天为盖，长剑耿耿倚天外"，其想象力可与庄子比美，其夸张也是极为大胆。令楚襄王大为叹赏："此赋之迂诞，则极巨伟矣。"②

宋玉运用艺术想象和艺术夸张的方法影响到了司马相如，司马相如在总结作赋经验时说："合纂组以成文，列锦绣而为质。一经一纬，一宫一商，此赋之迹也。赋家之心，苞括宇宙，总览人物，斯乃得之于内，不可得而传。"③ "赋家之心，苞括宇宙，总览人物"，就是要求赋家要有超乎寻常的艺术想象力，其中也蕴含有艺术夸张。以艺术想象和艺术夸张的为赋之法，遭到了扬雄、班固、挚虞、刘勰等人批判。《汉书·扬雄传》云："雄以为赋者，将以风也，必推类而言，极丽靡之辞，闳侈钜衍，竞于使人不能加也，既乃归之于正，然览者已过矣。"班固《汉书·艺文志》云："大儒孙卿及楚臣屈原离谗忧国，皆作赋以风，咸有恻隐古诗之义。其后宋玉、唐勒，汉兴枚乘、司马相如，下及扬子云，竞为侈丽闳衍之词，没其风谕之义。"挚虞《文章流别论》："前世为赋者，有孙卿、屈原，尚颇有古诗之义，至宋玉则多淫浮之病矣。"④《文心雕龙·诠赋》："宋发夸谈，实始淫丽。……相如《上林》，繁类以成艳。"⑤ 这些人批评的出发点，都是以文学的教化功用为首要标准的。从反面说明了宋玉、司马相如赋具有极强的文学艺术性。

尽管扬雄和班固都曾批评司马相如赋的"文丽寡用"⑥，"文艳用寡，子虚乌有"⑦。后来的文论家刘勰也批评司马相如赋的夸饰，《文心雕龙·夸饰》："相如凭风，诡滥愈甚，故上林之馆，奔星与宛虹入轩；从禽之盛，飞廉与焦明俱获。"⑧ 但在汉人的心目中，司马相如的赋作就质量而言绝对是排在第一位

---

① 严可均：《全上古三代秦汉三国六朝文》，中华书局1958年版，第72页下。
② 同上。
③ 向新阳：《西京杂记校注》，上海古籍出版社1991年版，第91页。
④ 郭绍虞：《中国历代文论选》，上海古籍出版社1979年版，第190页。
⑤ 范文澜：《文心雕龙注》，人民文学出版社1958年版，第135页。
⑥ 汪荣宝：《法言义疏》，中华书局1987年版，第507页。
⑦ 《汉书》卷一〇〇下《叙传》，第4255页。
⑧ 范文澜：《文心雕龙注》，人民文学出版社1958年版，第608—609页。

的。与之同时的枚皋在赋辞中自言为赋不如相如；汉武帝亦"每叹其工"①；长安庆虬之，尝为《清思赋》而时人不贵，"乃讬相如所作，遂大见重于世"②；司马相如临死之时，汉武帝命使者去取相如文章，以免被别人取走。足见当时人对司马相如辞赋质量的认可。后代的扬雄尽管批判相如辞赋"文丽寡用"，但他也是每作赋，常拟相如赋以为式③。扬雄对司马相如和枚皋曾有品评，《西京杂记》卷三云："枚皋文章敏疾，长卿制作淹迟，皆尽一时之誉。而长卿首尾温丽，枚皋时有累句，故知疾行无善迹也。扬子云曰：'军旅之际，戎马之间，飞书驰檄，用枚皋；廊庙之下，朝廷之中，高文典册，用相如。'"④"飞书驰檄"与"高文典册"的价值，应是不可同等而语的。则枚皋和司马相如的文章亦是不可同等而语的。"故知疾行无善迹"，也应是汉人言语，则看出汉人对于辞赋是重质量而非重数量的。汉人在向皇帝推荐文人时，也总是以司马相如为榜样，《汉书·扬雄传》："孝成帝时，客有荐雄文似相如者。"《后汉书·文苑传上》："和帝时，侍中贾逵荐（李）尤有相如、扬雄之风。"到了汉末建安时期，陈琳也自诩为赋"与司马长卿同风"，遭到曹植的嘲笑，说其"譬画虎不成反类狗者也"⑤。可见，相如辞赋在汉代文人心目中的地位之高，是无人能比的。既然汉人如此崇尚司马相如的辞赋，则他们在竞赋时，势必以相如赋为标的，进行艺术加工。因而也就提高了汉赋的质量，使之更具文学性。

---

① 李昉：《太平御览》卷八十八，中华书局1985年版，第421页上。
② 向新阳等：《西京杂记校注》，上海古籍出版社1991年版，第149页。
③ 《汉书·扬雄传》："先是时，蜀有司马相如，作赋甚弘丽温雅，雄心壮之，每作赋，常拟之以为式。"3515页。
④ 向新阳等：《西京杂记校注》，上海古籍出版社1991年版，第155页。
⑤ 李善：《文选注》，中华书局1977年版，第593页下。

第五章

汉赋的传播流通

"传播"一词，中国古已有之。《北史》卷九十九《突厥列传》："文帝下诏曰：'沙钵略往虽与和，犹是二国，今作君臣，便成一体。已敕有司，肃告郊庙，宜传播天下，咸使知闻。'"①《宋史》卷一九三《兵志》："捉人于途，实亏国体，流闻四方，传播远迩，殊为未便。"②《宋史》卷四四三《文苑传》："铸所为词章，往往传播在人口。"③《日知录之余·邹福保序》："采访雕镂，匪异人任，能令先生未经传播之书，一一长留于天地间，区区之心，不胜大愿。"④ 流通，是指流转通行。《日知录之余》卷三："自魏有天下，至于掸让。佛经流通，大集中国，凡有四百一十五部，合一千九百一十九卷，正光以後，天下多虞，工役尤甚。"⑤ 秦恩复《列子卢重玄注序》："由唐迄今几及千载，历代搜奇好古之士网罗放失，不遗余力，而卢注未经采录。夹际、弱侯号称淹博，缥缃什袭，又不广为流通。"⑥

由上可见，传播侧重于以有声语言为载体的口头传诵，流通侧重于以文字符号为载体的文本通行。而现代的传播已是一个很宽泛的概念，如美国学者B.贝雷尔森认为："所谓传播，即通过大众传播和人际传播的主要媒介……所进行的符号的传送。"⑦ 如按传统的中国传播流通观念，汉赋的传播流通，则应是指口头形式汉赋的传诵及文本形式汉赋的流转通行。为论述的方便，我们把流通、传播合二为一，以现代的传播观念概括之。

---

① 李延寿：《北史》，中华书局1974年版，第3294页。
② 脱脱：《宋史》，中华书局1977年版，第4807页。
③ 同上，第13104页。
④ 顾炎武：《日知录》，上海古籍出版社1985年版，第2936页。
⑤ 同上，第3091页。
⑥ 杨伯峻：《列子集释》，中华书局1979年版，第285页。
⑦ 转引张国良《传播学原理》，复旦大学出版社1995年版，第3—5页。

第一节　汉赋的传播者与传播方式

清崔述《读风偶识》卷二《通论十三国风》云:"盖凡文章一道,美斯爱,爱斯传,乃天下之常理。故有作者,即有传者。但世近则人多诵习,世远则就堙没。其国崇尚文学而鲜忌讳则传者多,反是则传者少。小邦弱国,偶遇文学之士,录而传之,亦有行于世者,否则遂失传耳。"① 东璧所论甚确,凡文章有作者即有传者。汉赋亦如此,有作者亦有传者。有传播行为亦必有传播之方式。

汉赋的传者,依传播的凭借可分两类,即口头传播者和文字传播者。口头传播者就是用口诵的方式传播汉赋的人,文字传播者是借助文字载体传播汉赋的人。依汉赋传播的贯通性亦可分两类:直接传播者和中转传播者。汉赋的直接传播者主要是其生产者,由生产者直接传送给消费者,生产者和消费者之间具有一贯性。中转传播者是指在生产者和消费者之间起桥梁沟通作用的传播者,通过中转者的接受再传播到消费者。也包括消费后再延伸传播的消费者。汉赋的直接传播者主要是赋作者,中转传播者主要有歌诵者、史官与校书官,还有其他身份不确定者。下面我们就从这几类传播者出发,来探讨他们对汉赋的传播。

一、赋作者对汉赋的传播

汉赋的传播主要是由赋作者自己完成的,他们把自己的作品直接或间接地传递给消费者,也即以口头或书面的形式传递给消费者。汉赋最主要的消费者是皇帝,所以皇帝是赋作者最主要的传播对象。其次有诸侯王、皇子或王子和其他身份难确定者,也是赋作者传播的对象。

一是赋作者的口头传播。西汉时,有很多汉赋作者是以口头方式将其赋作传播给接受对象的。如汉初的陆贾与朱建均为辩士,其赋口诵的可能性大。高祖刘邦当初并不崇文,手下多武臣。如果陆、朱二人赋的预定接受对象是这些人的话,则更具口诵的可能性。文景之世,作赋者主要集中于几个大的诸侯国,如吴王国、梁王国、淮南王国等。吴王国未见有作赋活动的记录,梁王国与淮

---

① 顾颉刚编订:《崔东壁遗书》,上海古籍出版社1983年版,第543页。

南王国则有之。梁王国的主人刘武,是文帝的儿子,景帝的少弟,在平定吴、楚叛乱中有功。史书无有其喜书好文的记录,多有好兵兴武的记载。招延四方豪杰,多山东游士,心怀奇邪计之徒。府库也多藏兵弩金玉之物。总之,梁王刘武算不得一个颇具文学素养的人。梁园赋家所作赋多是对他的歌颂赞扬,对于这样一个接受对象,赋家更可能选择口陈其词的传播方式。敷张扬厉的口诵是游士的特长,既能让接受者易于接受,又能发挥自己的特长,何乐而不为呢!《西京杂记》曾载:"梁孝王游于忘忧之馆,集诸游士,各使为赋。"① 枚乘《柳赋》有云:"小臣瞽聩,与此陈词。"② "与此陈词"或可作口诵之证。赋完后,品评优劣,予以赏罚,"邹阳、安国罚酒三升,赐枚乘、路乔如绢,人五匹"③。如果是赋家各自书写成文本形式,然后再呈献给梁王。梁王一一阅览后差次赏罚,未免费时太多,梁王也未必有此性情。梁王让赋家作赋的主要目的应是博得一乐,并非是文学本位的批评接受。再之,开放式的口诵,传播面广而直接,达到王与群臣同乐的效果。邹阳、路乔如、羊胜、公孙诡、公孙乘等人的赋作未见录于《汉书·艺文志》,故有人认为是后人伪作。这几人与枚乘稍有不同,他们不像枚乘那样致力于辞赋,而是偶尔为之。口诵之后也许就不再记录为文本形式,故而不传。所以,《汉书·艺文志》也就未曾收录。后刘歆或据街闻巷语整理成文,录入《西京杂记》,故梁园的诵赋活动不能断然否定。

作赋活动至武宣之际进入了空前绝后的繁盛期。赋作者在向皇帝传播赋作时,既有口头诵读的方式也有文本呈献的方式。口诵形式依然是汉赋很常见的一种传播方式,武宣二帝身边的言语侍从之臣,如枚皋、东方朔、严助、朱买臣、王褒、张子侨等皆是善对之人,长于感物造耑。他们随皇帝巡猎游幸,常常献赋,多是口诵。武帝时的枚皋是作赋最多者,"从行至甘泉、雍、河东,东巡狩,封泰山,塞决河宣房,游观三辅离宫馆,临山泽,弋猎射驭狗马蹴鞠刻镂,上有所感,辄使赋之,为文疾,受诏辄成"④。为博得皇上一乐,又显示自己的捷悟之才,于是口占立成。他的赋作凡可读者百二十篇,其尤嫚戏不可读者尚数十篇。因为供皇帝取乐的口语化的东西整理成文后,未免难以卒读。故与司马相如黄钟大吕般的赋篇比起来,差之千里。东方朔类于枚皋,以滑稽著

---

① 向新阳:《西京杂记校注》,上海古籍出版社1991年版,第173页。
② 同上,第174页。
③ 同上,1991年,第190页。
④ 《汉书》卷五一《枚皋传》,第2367页。

称。"数召至前谈语，人主未尝不说也"①，故"上以朔口谐辞给，好作问之"②。以此揣测，其作赋亦多是口诵。严助亦长于论对，善纵横之术。每有奇异，武帝便命其为文，及作赋颂数十篇。严助似亦应以己之长，口诵为之。朱买臣善歌楚辞，身微采薪时，常歌讴道中。后因严助荐举，为武帝说《春秋》，言《楚词》，也是以口诵方式传播辞赋的。司马相如与他们不同，因口吃不能剧谈，所以"常称疾避事"③。这也从侧面反映出，像枚皋、东方朔这些言语之臣随皇帝出行时，多是口诵为赋。而后由自己或写书之官书诸简牍。王褒曾为益州刺史作颂及传，于是益州刺史奏王褒有轶才于汉宣帝。故宣帝征召王褒，并让其作《圣主得贤臣颂》，王褒便向宣帝口诵此赋。《汉书·王褒传》如是云："既至，诏褒为圣主得贤臣颂其意。褒对曰……""对曰"就是"回答说"的意思，由"对曰"可知，王褒是直接向宣帝口诵赋作。《汉书》所录《圣主得贤臣颂》将近900字，以当时的书写条件是不可能在短时间内书就的。皇帝恐怕是没有那么好的耐心等待赋家细书慢作的。因此，可推此赋是王褒向宣帝口诵的，也就是说王褒在此处是以口头方式传播其赋作的。王褒成为宣帝的御用文人后，与刘向、张子侨等，每随宣帝放猎、游幸宫馆"辄为歌颂"，此处"歌颂"指唱诵的可能性大，具有动词词性，一种口头表达方式。如果作纯文体意义上的歌颂体讲，其创作形式也应是口头的。这样与其下文"第其高下，以差赐帛"才具有连贯性④。皇帝游幸，必定随从众多，如果以书面形式作赋，则具有封闭性，只能是皇帝一人可读可娱了，而其他人则无感受。以口头诵读的方式作赋传播，则是开放性的，皇帝及群臣都可闻可感，达到了与群臣同娱共乐的效果。更有利于差次品赏，赐以金帛。赋家在向太子传播汉赋时，也有口诵的。《汉书·王褒传》云："其后太子体有不安，苦忽忽善忘，不乐。诏使褒等皆之太子宫虞侍太子，朝夕诵读奇文及所自造作。疾平复，乃归。太子喜褒所为《甘泉》及《洞箫颂》，令后宫贵人左右皆诵读之。""朝夕诵读奇文及所自造作"，充分说明是以口诵方式传播的。给太子诵奇文疗疾有其历史渊源，枚乘的《七发》所记楚太子有疾，吴客"说七事以起发太子"⑤。所口述七事亦是

---

① 《史记》一二六《滑稽列传》，第3205页。
② 《汉书》卷六五《东方朔传》，第2860页。
③ 《汉书》卷六四上《严助传》，第2775页。
④ 《汉书》卷六四下《王褒传》，第2829页。
⑤ 李善：《文选注》，中华书局1977年版，第478页。

奇文,说明向太子诵读奇文早已有之。

赋作者除了向上述皇家贵族阶层的消费者口诵传播赋作外,还向其他具有各类身份者口诵传播赋作。如东方朔向庸人诵说,《汉书·东方朔传》:"皆曰朔口谐倡辩,不能持论,喜为庸人诵说,故令后世多传闻者。"东方朔向庸人诵说的或多为后人称之为俗赋的作品。其赋作《非有先生论》《答客难》,最初也是以口诵方式传播给接受者的。还有赋家与学赋者论赋,也是一种口头传播汉赋的方式。如盛览曾向司马相如问作赋之法,相如告之。桓谭向扬雄学作赋,扬雄告之"能读千赋则善赋"①。扬雄《法言》中所记与门人论赋活动,都可视为对汉赋的口头传播。

二是赋作者的书面传播。汉赋书面传播所借助的最主要的载体是简牍,第三章的《汉赋载体》一节已有所考论。当然也有其他特殊载体,但非常少见。如桓谭的仙赋,最初是题写在墙壁上的。桓谭《仙赋序》云:"余少时为中郎,从孝成帝出祠甘泉河东,见郊先置华阴集灵宫。宫在华山下,武帝所造,欲以怀集仙者,王乔赤松子,故名殿为'存仙'。端门南向山,署曰'望仙门'。余居此焉,窃有乐高妙之志,即书壁为小赋,以颂美曰。"②像桓谭这样"书壁为小赋"的情况,所见甚少,或仅此一例。刻在石壁上的颂体文为数不少,这类颂文是颂的成分多,赋的成分少,入不入赋体尚有争论,但毕竟不占主流。总之,简牍才是汉赋传播凭借的最主要的载体。由于简牍在汉代也非易得之物,吕思勉说:"《三国志·张既传注》引《魏略》言既为郡下小吏而家富,自惟门寒,念无以自达,乃常畜好乃笔及版奏,伺诸大吏有乏者辄给与。观此及《后汉书·循吏传》所记光武事,知简牍亦未尝不贵。"③所以书籍在汉代也是弥足珍贵的。这样,就限制了赋作者书面形式的传播。他们不可能把文本形式的赋作随便送给别人,因此,赋作者以书面形式传播的主要对象依然是皇帝及早期的诸侯王。

前面我们说梁孝王文人集团的赋家主要是以口诵方式传播汉赋的,但淮南王及其文人集团的赋家似乎有别,他们主要是以书面方式传播汉赋的。"淮南王安为人好书,鼓琴,不喜弋猎狗马驰骋"④ 并"招致宾客方术之士数千人,作

---

① 严可均:《全后汉文》,中华书局1958年版,第550页上。
② 同上,第535上。
③ 吕思勉:《秦汉史》,上海古籍出版社2005年版,第671页。
④ 《汉书》卷四四《淮南衡山济北王传》,第2145页。

为《内书》二十一篇,《外书》甚众,又有《中篇》八卷,言神仙黄白之术,亦二十余万言"①。可见,刘安及其门人都擅长著述,文人气息浓厚。因此,他们更习惯书写成文,以待"不朽"。他们或把辞赋创作也当作是一种著述,常形诸文字,并以文本形式传播交流。我们不能说刘安文人集团的赋家,肯定都是以文本形式传播汉赋的,但可以说绝大部分应该是如此。《汉书·艺文志》录"淮南王赋八十二篇""淮南王群臣赋四十四篇",应该可以说明这一点。《汉书·艺文志》"屈原赋"条下,共录赋家20人,赋361篇,刘安及其群臣就有126篇,占35%。这充分反映刘安及其群臣确把辞赋创作作为著述看待的,因此也主要是以文本形式传播的。

皇帝是赋家最主要的传播对像,有的是因为皇帝诏令他们作赋,并为他们提供书写材料;有的是想得到皇帝的赏识而作赋献赋。据班固《两都赋序》云,武宣之际,言语侍从之臣日月献纳,公卿大臣御史大夫时时间作,"奏御者千有余篇"②。这多是以书面文本形式呈献的。至成帝后,赋作者向皇帝以文本形式献赋成为主流,很少再见到向皇帝现场诵赋的记载。这与武宣之际稍有不同,武宣之际向皇帝口诵赋作的记载还是很多的。成帝时的扬雄所奏御的《甘泉赋》《河东赋》《校猎赋》《长杨赋》等,都是从游还归后作而奏之。如《汉书·扬雄传》云:"从上甘泉,还奏《甘泉赋》以风";"还,上《河东赋》以劝";"雄从至射熊馆,还,上《长杨赋》"等。这虽与扬雄本人"口吃不能剧谈"这一原因有关外③,还应与当时人已习惯于文本的制作与接受有关。这也反映了汉赋雅化的进程,由制作的随意性到刻意性。

到东汉,赋家几乎都是以文本形式向皇帝献赋的,皇帝也乐于接受文本形式的赋作。《后汉书·贾逵传》:"时有神雀集宫殿官府,冠羽有五采色,帝异之,以问临邑侯刘复,复不能对,荐逵博物多识,帝乃召荐逵,问之。……帝敕兰台给笔札,使作《神雀颂》,拜为郎。"如果是武帝时的东方朔或枚皋,可能会立即口诵作赋,而东汉赋家却要笔作。随着时代前进,赋家身份改变了,作赋方式及传播方式都在改变。又《论衡·佚文》云:"永平中,神雀群集,孝明诏上神爵颂,百官颂上,文皆比瓦石。唯班固、贾逵、傅毅、杨终、侯讽五

---

① 《汉书》卷四四《淮南衡山济北王传》,第2145页。
② 李善:《文选注》,中华书局1977年版,第22页。
③ 《汉书》八七上《扬雄传》,第3514页。

颂金玉，孝明览焉。"① 由"孝明览焉"可知，他们以文本形式呈献给汉明帝的。还有崔骃上《四巡颂》，也是以文本形式传递的，《后汉书·崔骃传》："元和中，肃宗始修古礼，巡狩方岳。骃上《四巡颂》以称汉德，辞甚典美……帝雅好文章，自见骃颂后，常嗟叹之。"类于此种例子还有很多，不一一列举。东汉末期，文人间的赋作交流也是多以文本形式传递的。《文心雕龙·时序》载，曹氏集团的文人们"傲岸觞豆之前，雍容衽席之上，洒笔以成酣歌，和墨以藉谈笑"②。这些文人在几席之间，挥笔成章，洒墨成篇，写诗作赋，形诸文字。曹植《与杨德祖书》书曾云："今往仆少小所著辞赋一通。"③ 亦可证他们是惯于文字传递的。《三国志·吴书·张纮传》注引《吴书》曰："纮见柟榴枕，爱其文，为作赋。陈琳在北见之，以示人曰：'此吾乡里张子纲所作也。'后纮见陈琳作《武库赋》《应机论》，与琳书深叹美之。"也可说明汉末辞赋主要是通过书面文本形式进行传播的，且传播范围进一步扩大，从文人间延至民间。曹植《与吴季重书》："其诸贤所著文章，想还所治复申咏之也。可令憙事小吏讽而诵之。"④ 吴质《答东阿王书》："此邦之人，闲习辞赋，三事大夫，莫不讽诵。何但小吏之有乎。"⑤ 可见，由于官吏的提倡，民间已形成诵赋之风。

二、史官、校书官对汉赋的传播

由于赋本身篇幅较长，奇字较多，难于诵读等特点。给口头传播带来了一定的困难，所以主要还是以文本的形式传播。再加上政治上的原因，如在西汉，由于汉赋的应制之作较多，所以，赋的主要接受者应是皇帝。尤其是如枚皋、严助、吾丘寿王等类的皇帝身边的侍从文人，就是直接专为皇帝作赋的。东汉前期赋作的主要接受者，依然是皇帝。为论争定都长安还是洛阳而作的京都赋、论都赋，类于以赋的形式而写的奏疏，接受者当然是皇帝。皇上看完后便束之高阁。再加上皇帝所搜罗的辞赋典籍也都藏入禁中的兰台、东观等藏书之所，而能够进入这些藏书之所的只有史官和校书官。这些篇章如果再传播的话，任务便落在史官和校书官的头上。他们便承担起了诗赋等文学作品的传播任务。

---

① 王充：《论衡》，上海人民出版社1974年版，第312页。
② 范文澜：《文心雕龙注》，人民文学出版社1958年版，第673页。
③ 李善：《文选注》，中华书局1977年版，第564页上。
④ 李善：《文选注》，中华书局1977年版，第595页上。
⑤ 同上，第596页下。

首先，他们是当时汉赋的诵讲者。《汉书·刘歆传》："河平中，受诏与父向领校秘书，讲六艺传记、诸子、诗赋、数术、方技，无所不究。向死后，歆复为中垒校尉。"又《汉书·元后传》："大将军凤用事，上遂谦让无所颛。左右常荐光禄大夫刘向少子歆，通达有异材。上召见歆，诵读诗赋，甚说之。"从上面所记可以推断，刘歆向皇上诵读和受诏所讲的诗赋，应是皇家所藏而非己作。还有曾入天禄阁校书的扬雄，对作赋发表了很多意见。扬雄《法言·吾子》："或问，吾子少而好赋？曰：然。童子雕虫篆刻。俄而曰：壮夫不为也。"①"或问"或为虚拟，但虚拟也得有现实的影子，可看出他是做过讲赋论赋之类的事的。我们还可以从班固的多才博学看出校书官对包括汉赋在内的文学的传播。《后汉书·班固传》："固字孟坚。年九岁，能属文诵诗赋，及长，遂博贯载籍，九流百家之言，无不穷究。"注引《谢承书》曰："固年十三，王充见之，拊其背谓彪曰：'此儿必记汉事。'"班固九岁就能诵诗赋，是和他的家学渊源分不开的。他的祖父班斿"博学有俊材"，"与刘向校秘书"②，而且还曾受皇帝赐书。按常理，班斿的这些知识和本领是不会不传给后辈的。后来正如王充所言，班固成了史官，作《汉书》。并写了大量的赋篇，成了与司马相如、扬雄、张衡齐名的汉赋四大家之一。其实，除了司马相如外，另外三位赋家都有入禁中校书的经历。班固称赋为古诗之流，大大抬高了赋的地位，看来他是积极参与赋的创作和传播的。王逸的儿子王延寿，也是有名的赋家，写了著名的《鲁灵光殿赋》。这也和王逸校书东观，以致学识渊博，父传子承有着一定的联系。

其次，史官和校书官是汉赋文本形式的保存者。有相当一部分汉赋是通过史书的记载而流传下来的，而且通过史书记载的汉赋大都完整无残缺。《全汉赋》所录西汉赋共69篇。基本不残的篇目有44篇，其中出于《史记》和《汉书》的就有19篇，几近一半。中国是个十分重史的国家，历朝历代对史书的保存和整理都付出了极大心血。一些较重要的文献资料大都是通过史书这个途径留存下来的。司马迁的《史记》和班固《汉书》都较注重对汉赋的收录，《史记》所录全文赋作有贾谊《鵩鸟赋》《吊屈原赋》，司马相如《天子游猎赋》《哀秦二世赋》《大人赋》《难蜀老》等。《汉书》所录全文赋作有：汉武帝《李夫人赋》，贾谊《鵩鸟赋》《吊屈原赋》，司马相如《天子游猎赋》《哀秦二世

---

① 扬雄：《法言》，上海古籍出版社1989年版，第5页。
② 《汉书》卷一〇〇上《叙传》，第4203页。

赋》《大人赋》《难蜀老》,班婕妤《自悼赋》,东方朔《非有先生论》《答客难》,王褒《圣主得贤臣颂》《碧鸡颂》,扬雄《甘泉赋》《河东赋》《羽猎赋》《长杨赋》《酒赋》《解嘲》《解难》,班固《幽通赋》《答宾戏》等。

范晔以《东观汉记》为主要依据,参考各家的著作,自定体例,订讹考异,删繁补略,写成《后汉书》①。《后汉书》所录赋作或直接源于《东观汉记》,抑或有编者新增,疑莫能明,但可供参考。《后汉书》所录全文赋作有:崔篆《慰志赋》,冯衍《显志赋》,杜笃《论都赋》,崔骃《达旨》,张衡《思玄赋》《应间》,马融《广成颂》,赵壹《穷鸟赋》《刺世疾邪赋》,边让《章华台赋》,蔡邕《释诲》等。另《后汉书·梁竦传》注引《东观记》录《悼骚赋》全文,从而也证明了《东观汉记》收录赋作,还说明《后汉书》未尽录《东观汉记》所录赋作。《东观汉记》是史臣刘珍主领所编,参编人员主要是东观校书郎,可见这些校书郎在汉赋的流传过程中作用重大。

史官和校书官对汉赋的收录多是有意识的,《史记·太史公自叙》:"《子虚》之事,《大人》赋说,靡丽多夸,然其指风谏,归于无为。作《司马相如列传》第五十七。"《司马相如列传》几乎可以看作是《史记》中的文人传。行文至为简约的史官对篇幅冗长的汉赋进行收录,可见他们是多么重于汉赋的流传。由于校书官学识渊博,且又在禁中阅览了大量书籍。他们或以创作的形式,或以引用前人成文的形式,或以文本收藏的形式等,为汉赋的传播留存做出了巨大贡献。如班氏父子和汉末的大学问家蔡邕也曾入禁中校书,他们的著述和藏书在当时都是别人难以企及的。对后人的影响也是深远的,如蔡邕对赋家王粲等人的影响无疑是巨大的。还有楚辞传播史上的功臣王逸,也曾为校书郎,《后汉书·王逸传》:"王逸,字叔师,南郡宜城人。元初中举上计吏,为校书郎。顺帝时为侍中。著《楚辞章句》行于世。"在汉代早期,基本上是辞赋不分的,如《汉书·艺文志》就把屈原作品归入诗赋略。《楚辞章句》行世后,楚辞便与赋明显画境。王逸在楚辞的传播和留存上的功绩是万世不泯的。

自汉成帝以后,校书官往往亦著史,著史不再由太史专职。《后汉书·班彪传》云:"武帝时司马迁著《史记》,自太初以后阙而不录。后好事者颇或缀集时事,然多鄙俗,不足以踵继其书。"李贤注曰:"好事者谓扬雄、刘歆、阳城衡、褚少孙、史孝山之徒也。"刘知几《史通》卷十二《古今正史》云:"《史

---

① 宋云彬:《后汉书点校说明》,范晔《后汉书》,中华书局,1965年,第1—2页。

记》所书，年止汉武；太初以后，阙而不录。其后刘向、向子歆及诸好事者若冯商、卫衡、扬雄、史岑、梁审、肆仁、晋冯、段肃、金丹、冯衍、韦融、萧奋、刘恂等，相次撰续，迄于哀、平间，犹名《史记》。至建武中，司徒掾班彪以其言鄙俗，不足以踵前史；又雄、歆褒美伪新，误后惑众，不当垂之后代也。"① 这些"好事者"，多为校书官。东汉的班固也是校书官，著《汉书》；刘珍、刘騊駼等人也是校书官，著《东观汉记》。因为这些校书官要著史，须得翻检接受大量的史料，这些史料中肯定也有大量的赋作。他们不一定把这些赋作都记入史书，但他们在接受赋作之后，可以口头或书面的形式，传出宫廷之外。

总之，史官和校书官在汉赋的传播和汉赋文本的保存上具有举足轻重的作用。

三、歌者、诵者对汉赋的传播

《毛诗序》云："上以风化下，下以风刺上。主文而谲谏。言之者无罪，闻之者足以戒。"② 这种"上以风化下，下以风刺上"的传播工作多是由歌者和诵者来完成的。《国语·周语上》云："为川者决之使导，为民者宣之使言。故天子听政，使公卿至于列士献诗，瞽献曲，史献书，师箴，瞍赋，矇诵，百工谏，庶人传语。"③ "瞽""瞍""矇"等，就是以歌、诵方式传播诗，并成为他们的职业。沿袭这一传统，亦有以借歌、诵方式传播辞赋为职业者。《艺文类聚》四十三、《文选》成公绥《啸赋》李善注引刘向《别录》云："有《丽人歌赋》，汉兴以来，善雅歌者鲁人虞公，发声清凉，远近集尘，受学者莫能及也。"④ 类于虞公者有九江被公，刘歆《七略》云："孝宣皇帝诏徵被公，见诵《楚辞》，被公羊裘，母老，每一诵，辄与粥。"⑤《汉书·王褒传》亦云："宣帝时修武帝故事，讲论六艺群书，博尽奇异之好，徵能为《楚辞》九江被公，召见诵读。"歌《丽人歌赋》的虞公和能为《楚辞》的被公，都称之为公而不呼其名，足见人们对他们的尊敬。他们都应是以此特长而开门授徒者，故有此尊称。因此，他们称得上是辞赋的职业传播者。关于虞公和被公的情况史书语焉不详，但我

---

① 浦起龙：《史通通释》，上海古籍出版社1978年版，第338页。
② 李善：《文选注》，中华书局1977年版，第637页。
③ 左丘明：《国语》，岳麓书社1988年版，第5页。
④ 李善：《文选注》，中华书局1977年版，第264页上。
⑤ 严可均：《全汉文》，中华书局1985年版，第352页。

们可以把他们和申公作以类比。《史记·儒林列传》云:"申公者,鲁人也。高祖过鲁,申公以弟子从师入见。……归鲁,退居家教,终身不出门……弟子自远方至受业者百余人。申公独以《诗》经为训以教。"申公曾"事齐人浮丘伯,受《诗》"①,又以授《诗》为业。虞公和被公应和他的情形差不多,也应是先受辞赋于人,而后又以辞赋授之,成为职业辞赋传播者。朱买臣能言《楚辞》,就应是受学于这类民间《楚辞》传播者。

除了职业的以歌诵方式传播汉赋者外,还有非职业的辞赋传播者,也以歌诵的方式传播汉赋。王褒能得到汉宣帝的召见,主要原因就是得力于歌者对其诗赋的传诵。《汉书·王褒传》:"于是益州刺史王襄欲宣风化于众庶,闻王褒有俊材,请与相见,使褒作《中和》《乐职》《宣布诗》,选好事者令依《鹿鸣》之声习而歌之。时氾乡侯何武为僮子,选在歌中。久之,武等学长安,歌太学下,转而上闻。宣帝召见武等观之,皆赐帛,谓曰:'此盛德之事,吾何足以当之!'褒既为刺史作颂,又作其传,益州刺史因奏褒有轶材。上乃徵褒。既至,诏褒为圣主的贤臣颂其意。"《汉书·何武传》亦云:"宣帝时,天下和平,四夷宾服,神爵、五凤之间娄蒙瑞应。而益州刺史王襄使辩士王褒颂汉德,作《中和》《乐职》《宣布》诗三篇。武年十四五,与成都杨覆众等共习歌之。是时,宣帝循武帝故事,求通达茂异士,召见武等于宣室。上曰:'此盛德之事,吾何足以当之哉!'以褒为待诏,武等赐帛罢。"从这两段文字记载中我们可以知道,王褒主要是因为汉宣帝听闻何武传唱的《中和》《乐职》《宣布诗》后才得以召见,益州刺史的荐举只是一个形式而已。扬雄被拜为黄门郎,亦与他的同乡杨庄向成帝诵读扬雄赋作有直接关系。扬雄《答刘歆书》云:"而雄始能草文,先作《县邸铭》《玉佴颂》《阶闼铭》及《成都城四隅铭》。蜀人有杨庄者,为郎,诵之于成帝。成帝好之,以为似相如,雄遂以此得外见。"②《文选》卷七《甘泉赋》李周翰注曰:"扬雄家贫好学,每制作慕相如之文,尝作《绵竹颂》;成帝时直宿郎杨庄诵此文,帝曰:'此似相如之文。'庄曰:'非也,此邑人扬子云。'帝即召见,拜为黄门侍郎。"③ 这与《汉书·扬雄传》所载"孝成帝时,客有荐雄文似相如者"是相对应的。窥一斑而知全豹,像这样以歌诵方

---

① 《史记》卷一二一《儒林列传》,第3121页。
② 严可均:《全汉文》,中华书局1958年版,第411页。
③ 李善等:《六臣注文选》(四部丛刊本),上海印书馆1922年版,第1页。

式传播汉赋者,应不在少数,非仅此二人而已。

第二节 汉赋流传的主要途径

一、汉赋的家族传承

文化技艺的家族传承是中国文化流传的主要方式之一。《庄子·天道》云:"桓公读书于堂上。轮扁斫轮于堂下,释椎凿而上,问桓公曰:敢问公之所读为何言邪?公曰:圣人之言也。曰:圣人在乎?公曰:已死矣。曰:然则君之所读者,古人之糟粕已夫!桓公曰:寡人读书,轮人安得议乎?有说则可,无说则死!轮扁曰:臣也,以臣之事观之:斫扁,徐则甘而不固,疾则苦而不入;不徐不疾,得之于手而应于心,口不能言,有数存焉于其间;臣不能以喻臣之子,臣之子亦不能受之于臣,是以行年七十而老斫轮。古之人与其不可传者死矣,然则君之所读者,古人之糟粕已夫!"① 从"臣不能以喻臣之子,臣之子亦不能受之于臣"句看出,古时的技艺是父子相传的。曹丕《典论·论文》亦云:"文以气为主,气之清浊有体,不可力强而致。譬诸音乐,典度虽均,节奏同检,至于引气不齐,巧拙有素,虽在父兄,不能以子弟。"李善注曰:"桓子《新论》曰:惟人心之所独晓,父不能以禅子,兄不能以教弟也。"② 可见,古时技艺的家族传承是一个普遍现象。

辞赋的制作,也可以看作是一项技艺,它有时也是靠父子相传而流播发扬的。如西汉的枚乘父子与庄助父子,就是以辞赋为技艺而父子相传的。《汉书·地理志》:"始楚贤臣屈原被谗放流,作《离骚》诸赋以自伤悼。后有宋玉、唐勒之属慕而述之,皆以显名。汉兴,高祖王兄子濞于吴,招致天下之娱游子弟,枚乘、邹阳、严夫子之徒兴于文、景之际。而淮南王安亦都寿春,招宾客著书。而吴有严助、朱买臣,贵显汉朝,文辞并发,故世传《楚辞》。"枚乘和庄忌皆兴于吴,后又归梁,"梁客皆善属辞赋,乘尤高"③。汉武帝自太子时就已闻乘

---

① 郭庆藩:《庄子集释》,中华书局1961年版,第490—491页。
② 李善:《文选注》,中华书局1977年版,第720页下。
③ 《汉书》卷五一《枚乘传》,第2365页。

名，即位时安车蒲轮徵乘，乘死于道中，武帝后得乘孽子枚皋。皋善为赋而疾，故其赋作极多，以数量言，居《汉书·艺文志》所录赋作榜首。《汉书·艺文志》载枚乘赋九篇，枚皋赋百二十篇。庄夫子，本名忌，后因避明帝讳，故称严夫子或严忌，亦善辞赋。《汉书·邹阳传》："阳与吴严忌、枚乘等俱仕吴，皆以文辩著名。"王逸《楚辞章句》卷十四云："《哀时命》者，严夫子之所作也。夫子名忌，与司马相如俱好辞赋，客游于梁，梁王甚奇重之。"① 严夫子子或族子助及忽奇均善辞赋，《汉书·严助传》："严助……严夫子子也，或言族家子也。"每有奇异，武帝"辄使为文，及作赋颂数十篇"。刘向《七略》云："忽奇者，或言庄夫子子，或言族家子庄助昆弟也。从行至茂陵，诏造赋。"②《汉书·艺文志》载"庄夫子赋二十四篇。本注：名忌，吴人"，"常侍郎庄忽奇赋十一篇。本注：枚皋同时"，"严助赋三十五篇"。可见，枚氏父子和严氏父子都善辞赋。这恐怕不是偶然，而应是父子技艺相传的结果。

  刘向家族诗赋传承之久长，罕有其比。其祖上楚元王刘交，高祖同父少弟。好书，多材艺。少时尝与鲁穆生、白生、申公俱受《诗》于浮丘伯，元王既至楚，以穆生、白生、申公为中大夫。元王好《诗》，故诸子皆读《诗》。刘向祖父刘辟彊亦好读《诗》，能属文。其父刘德修黄老术，有智略。少时数言事，召见甘泉宫，武帝谓之千里驹。刘向本名更生，以父德任为郎。宣帝循武帝故事，招选名儒俊材置左右，更生以通达能属文辞，与王褒、张子侨等并进对，献赋颂凡数十篇。其子刘歆少以通《诗》《书》能属文召，见成帝，待诏宦者署，为黄门郎。可见，刘向家学源远流长，世代相传，且都能《诗》善文。《汉书·艺文志》载宗正刘辟彊赋八篇，阳成侯刘德赋九篇，刘向赋三十三篇。刘向少子刘歆亦善辞赋，并有赋作留下。《艺文类聚》录有《遂初赋》《甘泉宫赋》《灯赋》等。还有张子侨父子，也是世传辞赋。《汉书·王褒传》："宣帝时修武帝故事……益召高材刘向、张子侨、华龙、柳褒等待诏金马门。"③ 张子侨以高材待诏，并与王褒等数从宣帝放猎，所幸宫馆，辄为歌颂。可见，张子侨为赋颂高手。其子张丰颇受沾溉，亦善为赋。《汉书·艺文志》载："光禄大夫张子侨赋三篇。本注：与王褒同时也"；"车郎张丰赋三篇。本注：张子侨子"。

---

① 王逸：《楚辞章句》（汲古阁本），光绪乙未仲春月经畬主人重刊1895年版，第1页。
② 《汉书》卷三〇《艺文志》，第1750页。
③ 《汉书》卷六四下《王褒传》，第2821页。

至东汉，辞赋传承较为久长的家族有班固家族和崔骃家族。我们先来看班固家族，《汉书·叙传》云："班氏之先，与楚同姓，令尹子文之后也。……秦之灭楚，迁晋、代之间，因氏焉。"始皇之末，班壹避秦难于楼烦。汉初孝惠、高后时，以财雄边。至成帝之初，班回之女为婕妤。其孙即班况之子班斿，与刘向等共校秘书，并得皇帝所赐秘书之副。《汉书·叙传》："斿博学有俊材……与刘向校祕书。每奏事，斿以选受诏进读群书，上器其能，赐以祕书之副。"班婕妤善《诗》能赋，能诵"《诗》及《窈窕》《德象》《女师》之篇"①。退居东宫后，作赋伤悼，即今之《伤悼赋》，《汉书·外戚传》录其全文。《艺文类聚》卷八十五又录其《捣素赋》。刘熙载《赋概》云："班婕妤《捣素赋》怨而不怒，兼有'塞渊、温惠、淑慎'六字之长，可谓深得风人之旨。"②班婕妤的善赋，是与班氏家族的教育紧密相连的。班氏家族或许就比较注重诗赋教育，故后来出现了像班彪、班固这样的赋颂大家。《汉书·叙传》云："彪字叔皮，幼与从兄嗣共游学，家有赐书，内足于财，好古之士自远方至，父党扬子云以下莫不造门。"又云："嗣虽修儒学，然贵老、严之术。桓生欲借其书。嗣报曰：'若夫严子者，绝圣弃智……昔有学步于邯郸者，曾未得其髣髴，又复失其故步，遂匍匐而归耳！恐似此类，故不进。'"颜师古注曰："言不与其书。"可见，班彪和扬雄、桓谭等均有交往。而扬雄与桓谭均博学好赋，班彪亦博学善赋，可谓志趣相投。班彪"才高而好述作"，"所著赋、论、书、记、奏事合九篇"③。现存赋作有《览海赋》《冀州赋》《北征赋》等，《文选》录其《北征赋》。《文选》是以"事出于沉思，义归乎翰藻"为收录标准，由此可见《北征赋》之具文采，班彪颇有赋材。

班固是今人认定的汉赋四大家之一，九岁便能属文诵诗赋，年长时，九流百家之言，无不穷究。弱冠之年，作《幽通》之赋，以致命遂志。其明绚以雅赡的《两都赋》成京都大赋之范式，后张衡拟班固《两都》作《二京赋》，因以讽谏。班固博学擅赋，与其家学渊源有极大关系。从其祖辈至父辈，皆有博学善赋者，故其在年幼时便能诵诗作赋。其妹班昭亦博学而擅赋，《后汉书·列女传》云："扶风曹世叔妻者，同郡班彪之女也，名昭……每有贡献异物，辄诏

---

① 《汉书》卷九七下《外戚传》，第3984页。
② 刘熙载：《艺概》，上海古籍出版社1978年版，第92页。
③ 《后汉书》四〇上《班彪传》，第1324、1329页。

大家作赋颂。"班固兄妹均善赋颂,这就不能不再一次说明是其家学渊源的缘故了,和家学传承有极为密切的关系。

　　崔骃家族也是世代善为文章,其本人的文才几可与班固相比,深得章帝赞赏。《后汉书·崔骃传》云:"年十三能通《诗》《易》《春秋》,博学有伟才,尽通古今训诂百家之言,善属文。少游太学,与班固、傅毅同时齐名。"曾上《四巡颂》以称汉德,辞甚典美,所著诗、赋、铭、颂等,合二十一篇。现存有《反都赋》《大将军临洛观赋》《大将军西征赋》《武都赋》《武赋》《达旨》《七依》等数篇。其赋学才能亦深受家学熏陶,其祖父崔篆颇修经学,王莽时为郡文学,以明经徵诣公车。光武时,客居荥阳,闭门潜思,临终作《慰志赋》以自悼。其闭门潜思之际,定亦会教导儿孙。既其有赋材,亦不会不传。崔骃少时便能属文,而擅作赋颂,应归于其祖、父辈对其实施的早期培养之功。崔骃之子崔瑗,锐志好学,尽能传其父业。年十八,至京师,从侍中贾逵质正大义,并"与扶风马融、南阳张衡特相友好"①。其著作颇丰,"所著赋、碑、铭、箴、颂、《七苏》……凡五十七篇"②,惜其赋作留存甚少,《北堂书钞》卷一三五录《七苏》(残句)。能够师从贾逵,又与大儒兼赋颂大家的马融及汉赋四大家之一的张衡交往甚密,可见其经学修养及赋学才能绝非一般,这也是承继家学的缘故。崔瑗之子崔寔,是东汉著名的政论家、辞赋家。"所著碑、论、箴、铭、答、七言、祠、文、表、记、书凡十五篇。"③《艺文类聚》录有《大赦赋》《答讥》等。崔寔从兄崔烈亦有文才,"所著诗、书、教、颂等凡四篇"④。还有崔琦,涿郡安平人,济北相(崔)瑗之宗也。少游学京师,以文章博通称,"所著赋、颂、铭……《九咨》《七言》,凡十五篇"⑤,《后汉书》本传录有《外戚箴》《白鹄赋》《太平御览》录《七蠲》。崔琦的赋才亦是承继于家学。《后汉书·崔骃传》:"赞曰:崔为文宗,世禅雕龙。"由"世禅雕龙"可知,崔氏家族是注重文学传承的,当然也包括辞赋的传承。

　　与班固家族、崔骃家族类似,注重对包括辞赋在内的家学传承的家族还有很多,如东汉早期的夏恭、夏牙父子;东汉中期的王逸、王延寿父子;东汉后

---

① 《后汉书》卷五二《崔骃传》,第1722页。
② 同上,第1724页。
③ 《后汉书·崔骃传》,第1731页。
④ 同上,第1732页。
⑤ 《后汉书》卷八〇上《文苑列传》,第2619、2623页。

期的桓麟、桓彬父子，刘梁、刘桢父子等。

由上可见，尽管汉赋在某一家族传承的过程中，会出现断层的情况。但就社会整体而言，汉赋的家族传承贯穿着两汉始终。因此，家族传承是汉赋很重要的一个流传途径。

二、汉赋的师徒传承

师徒传承是中国文化传承的一个重要方式，亦是汉赋流传的一个重要途径。辞赋通过师徒关系进行流传的方式于汉前应已存在，如宋玉、唐勒等人对屈原赋的传承，荀卿弟子对其赋的传承等。

尽管后人对宋玉的赋多加贬斥，但宋玉在中国赋史上依然享有极高的地位。刘勰《文心雕龙·诠赋》云："于是荀况《礼》《知》，宋玉《风》《钓》，爰锡名号，与诗画境。六义附庸，蔚成大国。述客主以首引，极声貌以穷文，斯盖别诗之原始，命赋之厥初也。"① 明陈第《题高唐》云："形容迫似，宛肖丹青。盖《楚辞》之变体，汉赋之权舆也。《子虚》《上林》，实蹑此而发挥畅大之耳。"② 程廷祚《骚赋论》中篇云："宋玉以瑰伟之才，崛起骚人之后……由是词人之赋兴焉。《汉书·艺文志》称其所著十六篇，今虽不尽传，观其《高唐》《神女》《风赋》等作，可谓穷造化之精神，尽万类之变态，瑰丽窈冥，无可端倪，其赋家之圣乎？"③ 姜书阁说："与其说《楚辞》为汉赋之源，或说屈、宋开汉赋先声，不如说宋玉文章实为汉赋之祖，比较更确切而有征。他是在屈原之后，把《楚辞》引向汉赋的最具关键性的过渡人物，为功为罪，兹非所论，然其在文学史上地位之重要，则从可知已。"④ 姜书阁先生可谓把宋玉在辞赋史上的地位推到了极致。

宋玉如此娴于辞赋，是否有所师承。《史记·屈原贾生列传》云："屈原既死之后，楚有宋玉、唐勒、景差之徒者，皆好辞而以赋见称；然皆祖屈原之从容辞令，终莫敢直谏。其后楚日以削，数十年，竟为秦所灭。"司马迁并未明言屈、宋之间有师徒关系，但已暗示宋玉、唐勒、景差之徒的辞赋受屈原之影响。

---

① 范文澜：《文心雕龙注》，人民文学出版社1958年版，第134页。
② 陈第：《屈宋古音义》卷三（丛书集成新编），商务印书馆1937年版，第373页中。
③ 程廷祚：《青溪集》卷三，乙卯病月蒋氏慎修书屋校印本，第11页。
④ 姜书阁：《先秦辞赋原论》，齐鲁书社1983年版，第135页。

王充《论衡·超奇》："唐勒、宋玉亦楚文人也。竹帛不记者，屈原在其上也。"① 王充也未明言屈、宋之间有师徒关系，但也置屈原于唐勒、宋玉之上。是不是也暗示他们之间或有传承关系。明言屈、宋之间有师徒关系的是东汉王逸。据王逸称，宋玉为屈原弟子，并为楚大夫。《楚辞章句》卷八《九辩章句》序曰："《九辩》者，楚大夫宋玉之所作也。……宋玉者，屈原弟子也。闵惜其师忠而放逐，故作《九辩》以述其志。"② 如果王逸所说属实，那么，宋玉赋是承于屈原并有所发挥。他们师徒之间构成了辞赋的传承关系。

荀子以赋作为其宣道的一种工具程式，其作赋的目的动因是宣扬其道，希冀君王能够行其道而使天下大治。魏源《定庵文录叙》云："荀况氏、扬雄氏，亦皆以诗赋如经术，因文见道。"③ 其《礼》赋云："粹而王，驳而伯，无一焉而亡。……匹夫隆之则为圣人，诸侯隆之则一四海者与？"④《知》赋云："百姓待之而后宁也，天下待之而后平也。"⑤ 高度宣扬了"礼""知"的重要作用，君子修身、王者治国一天下都要以"礼""知"为基。荀卿还假物寓意，通过对云、蚕、箴形象细致的描摹刻画，借以宣道，表达自己的政治思想。陆侃如、冯沅君《中国诗史》说："例如《云》说'功被天下而不私置'，《蚕》说'功成而身废，事成而家败'，《箴》说'以能合从，又善连衡'，都是双关语。它们的体裁是一问一答。问者刻意描写'礼'或'蚕'，故意问是什么东西。答者先回旋作态，然后说出'礼'或'蚕'之名。它们表面上好像咏物，实际上却是说理。"⑥ 荀卿为什么要"因文见道"呢？就是因为"言之不文，行而不远"。因为用赋的形式传道，既便于传诵又易于接受。既然其作赋是为宣道说理，则其在传递道的内涵时也传递了赋的外形。

荀卿曾作齐国稷下祭酒，楚兰陵令，老退而著书授徒。《史记·孟子荀卿列传》："荀卿，赵人。年五十始来游学于齐。……田骈之属皆已死齐襄王时，而荀卿最为老师。齐尚修列大夫之缺，而荀卿三为祭酒焉。……齐人或谗荀卿，荀卿乃适楚，而春申君以为兰陵令。春申君死而荀卿废，因家兰陵，李斯尝为

---

① 王充：《论衡》，上海人民出版社 1974 年版，第 214 页。
② 王逸：《楚辞章句》（汲古阁本），光绪乙未仲春月经畬主人重刊 1895 年，第 1 页。
③ 魏源：《魏源集》，中华书局 1976 年版，第 239 页。
④ 王先谦：《荀子集解》，中华书局 1988 年版，第 472 页。
⑤ 同上，第 474 页。
⑥ 陆侃如等：《中国诗史》，山东大学出版社 1996 年版，第 129 页。

弟子。"鲁迅说："同时有儒者赵人荀况（约前三一五至二三〇），年五十始游学于齐，三为祭酒；已而被谗适楚，春申君以为兰陵令。亦作赋，《汉书》云十篇，今有五篇在《荀子》中，曰《礼》，曰《知》，曰《云》，曰《蚕》，曰《箴》，臣以隐语设问，而王以隐语解之，文亦朴质，概为四言，与楚声不类。又有佹诗，实亦赋，言天下不治之意，即以遗春申君者，则词甚切激，殆不下于屈原，岂身临楚邦，居移其气，终亦生牢愁之思乎？"① 我们不论荀卿是否是把赋作为文学样式传递，但其弟子在接受其道时也接受了道的外壳——赋，这是一定的。这样，师徒间就不自觉地进行着赋的传承。"秦时不文，颇有杂赋"，会不会与荀卿有直接或间接的联系呢？史无明言，亦不能妄测。但其弟子李斯不是以其道显于秦，却是以其文显于秦。看来，或许秦时杂赋与荀卿赋是有渊源的。

　　师徒传承也是汉赋流传的一个重要途径，或口头传承，或文本传递，贯穿两汉，未曾间断。西汉前期，由于书写工具的落后，文章的载体简帛也非易得之物。故师徒间更习惯于口头传承。《艺文类聚》四十三引刘向《别录》云："有《丽人歌赋》，汉兴以来，善雅歌者鲁人虞公，发声清哀，盖动梁尘。"②《文选》成公绥《啸赋》注引刘向《别录》云："有人歌赋楚。汉兴以来，善雅歌者鲁人虞公。发声清哀，远动梁尘，其世学者莫能及。"③ 从"其世学者莫能及"可看出，虞公曾以歌赋授徒。

　　司马相如或亦曾以赋教授，虽史无明言，但可揣测。牂牁名士盛览曾问相如作赋之法，相如授之。《西京杂记》卷二："盛览字长通。牂牁名士。尝问以作赋。"④ 盛览是司马相如的友人，似构不成师徒关系。但向司马相如学赋者恐非其一人。即使没有名义上的师徒关系，也形成了实质性的师徒关系。《汉书·地理志下》："及司马相如游宦京师诸侯，以文辞显于世，乡党慕循其迹。后有王褒、严遵、扬雄之徒，文章冠天下。繇文翁倡其教，相如为之师，故孔子曰：'有教亡类。'""相如为之师"，是不是说相如曾亲自为师传授文章辞赋呢？当然不能如此狭隘理解，但也不排除。最起码可以理解为司马相如是其后蜀中文人之师范。由于相如"以文辞显于世"，故蜀人颇重文章教育，师徒之间也就注

---

① 鲁迅：《汉文学史纲要》，人民文学出版社1976年版，第24—25页。
② 欧阳询：《艺文类聚》卷四十三，上海古籍出版社1965年版，第771页。
③ 李善：《文选注》，中华书局1977年版，第264页。
④ 向新阳等：《西京杂记校注》，上海古籍出版社1991年版，第91页。

重文章辞赋之传承。扬雄亦善为赋,"少不得学,而心好沈博绝丽之文"①。其间接影响源于司马相如,其直接影响或源于严遵。扬雄成名后,向其问赋者亦多。他的许多赋论是针对其门人所问而发,反映出扬雄与门人之间有论赋活动。实际上,这也是一种授赋活动,门人肯定会继承而发扬之。

自成帝以后,很多赋家开门授徒,虽说他们多以经学授徒,但往往也会涉及辞赋。《汉书·薛方传》:"薛方尝为郡掾祭酒,尝徵不至……方居家以经教授,喜属文,著诗赋数十篇。"像薛方这样教授乡里的赋家还有夏恭,"习《韩诗》《孟氏易》,讲授门徒常千余人"②。至东汉,游学之风盛行。大儒兼赋家者越来越多,而且他们的门徒广众。如马融"教养诸生,常有千数"③;边韶"以文章知名,教授数百人"④;皇甫规"以《诗》《易》教授,门徒三百余人,积十四年"⑤ 等,不一一而举。如果他们也像荀卿、扬雄那样"皆以诗赋如经术,因文见道",则他们在授经的同时,也会自觉或不自觉地进行赋颂的传扬。我们不知道这些赋家有没有收藏赋作,或许有,但可以肯定地知道他们自己著有赋作。他们的门人对他们所收赋作和所著赋作,都应该有所闻知,有所承传。

东汉许多赋家之间有师徒关系,这也可视作是汉赋师徒传承的一种表现。如班彪与王充、胡广与蔡邕、马融与郑玄等。《后汉书·王充传》:"充少孤,乡里称孝。后到京师,受业太学,师事扶风班彪。好博览而不守章句。"《后汉书·蔡邕传》:"(蔡邕)少博学,师事太傅胡广。好辞章、数术、天文,妙操音律。"《后汉书·郑玄传》:"以山东无足问者,乃西入关,因涿郡卢植,事扶风马融。"从这些引文中我们可看出,班、王、胡、蔡、马、郑之间具有师徒关系。班彪为著名赋家,王充亦有赋作,《太平御览》录其《果赋》(残句)。当然,我们不能断然说王充作赋一定是对班彪的传承,但我们也不能武断地说他们之间毫无联系。胡广善文章,"试以章奏,安帝以广为天下第一"⑥。作《百官箴》,四十八篇,"其余所著诗、赋、铭、颂、箴、吊及诸解诂,凡二十二篇"⑦,可见,胡广亦善赋。蔡邕成为文章大家,不能说和他的老师胡广没有关

---

① 严可均:《全汉文》,中华书局1958年版,第411页上。
② 《后汉书》卷八〇上《文苑列传》,第2610页。
③ 《后汉书》卷六〇上《马融传》,第1972页。
④ 《后汉书》卷八〇上《文苑列传》,第2623页。
⑤ 《后汉书》卷六五《皇甫规传》,第2132页。
⑥ 《后汉书》卷四四《胡广传》,第1505页。
⑦ 《后汉书》卷四四胡广传》,第1511页。

系，应该是由蔡邕自己的聪明才智加上胡广地精心培养而成就的。马融是有名的赋家，赋颂作品颇丰，郑玄亦有赋作，《太平御览》录其《相风赋》。郑玄作赋，恐怕或多或少会受其师的影响。因此，我们可以根据赋家之间的师徒关系推测，师徒传承是汉赋流传的途径之一。

三、通过藏书流传

皇家藏书与私家藏书也是汉赋流传的又一途径，文本形式的汉赋主要由此途留存传播。

西汉皇家藏书主要集中在石室、兰台和天禄阁等处。石室是西汉储藏图书的档案库，建在宗庙内，以石砌。石室所藏图书皆为秘藏，不得随便查阅。汉朝建立后，高帝"与功臣剖符作誓，丹书铁契，金匮石室，藏之宗庙"。颜师古注："以金为匮，以石为室，重缄封之，保慎之义。"①《通典》卷二十四："汉中丞有石室，以藏秘书、图谶之属。"② 这种地方只有史官才可进入，司马迁曾参阅石室金匮之书撰写《史记》。《史记·太史公自序》："卒三岁而迁为太史令，䌷史记石室金匮之书。"兰台为石室建筑，隶属于御史，由御史丞一人兼领，置兰台令史，秩六百石，负责典校秘书。《汉官仪》："兰台令史六人，秩百石，掌书劾奏。"③《汉书·百官公卿表》："御史大夫，有两丞，一曰中丞，在殿中兰台。掌图籍秘书。"汉成帝后，兰台令史达18人。兰台所藏多为重要档案典籍，《汉书·王莽传》："及前孝哀皇帝建平二年六月甲子下诏书，更为太初元将元年，案其本事，甘忠可、夏贺良谶书藏兰台。师古曰：'兰台，掌图籍之所。'"天禄阁是西汉的主要校书场所，著名学者扬雄曾校书于天禄阁。《汉书·扬雄传》："时雄校书天禄阁上，治狱使者来，欲收雄，雄恐不能自免，乃从阁上自投下，几死。"

西汉统治者对藏书控制极严，未经皇帝许可，不得录制复本，否则予以严厉制裁。（当然那些作为统治阶级思想的代表言论还是要大力宣传的。如设立五经博士，开设庠序，传道授经。）宣帝地节四年，太常苏昌把国家藏书借给大司马霍山抄写，结果被免官。《汉书·百官公卿表》："（元凤四年）蒲侯苏昌为太

---

① 《汉书》卷一下《高祖纪》，第81页。
② 杜佑：《通典》，浙江古籍出版社1988年版，第142页。
③ 应劭：《汉官仪》，商务印书馆1939年版，第24页。

常,十一年坐藉霍山书泄秘书免。"颜师古注曰:"以秘书借霍山。"又《汉书·霍光传》:"山又坐写秘书,显为上书献城西第,入马千匹,以赎山罪。"可见,当时皇家藏书是不对外人开放的。可以阅读皇家藏书的只有太常、博士等掌书官员及经过皇帝特许的研究整理人员,如刘向、扬雄等人。即使是王室贵族,也得皇帝亲批方可得书。如《汉书·宣元六王传》:"(东平王)后年来朝,上疏求诸子及《太史公书》,上以问大将军王凤,对曰:'臣闻诸侯朝聘,考文章,正法度,非礼不言。今东平王幸得来朝,不思制节谨度,以防危失,而求诸书,非朝聘之义也。诸子书或反经术,非圣人,或明鬼神,信物怪;《太史公书》有战国从横权谲之谋,汉兴之初谋臣奇策,天官灾异,地形阨塞:皆不宜在诸侯王。不可予。……对奏,天子如凤言,遂不与。"从这里我们不仅可以看到皇权对异端思想的控制,同时也可以看出皇家对私人藏书的控制。当然,也有赐书的例外,"斿以选受诏进读群书。上器其能,赐以秘书之副。时书不布,自东平思王以叔父求《太史公》、诸子书,大将军白不许。"① 班斿受赐不仅仅是因为博学有俊材,"上器其能"。还因为他是校书人员,已经"进读群书",所以"赐以秘书之副"。在当时"时书不布"的情况下,这是极大的荣耀。所以班固把祖上的荣耀记入了史册。这也正说明了皇家控书之严,外人得书之不易。

东汉藏书处主要有石室、兰台、东观等。东汉所建石室在洛阳汉高祖刘邦庙内,石室藏有谶纬书籍和一些自然界出现的异常现象记录。《后汉书·左周黄列传》:"原之天意,殆不虚然。陛下宜开石室,案《河》《洛》。外命史官,悉条上永建以前至汉初灾异,与永建以后讫于今日,孰为多少。"又《后汉书·李固传》:"此天下之纪纲,当今之急务。陛下宜开石室,陈图书,招会群儒,引问失得,指摘变象,以求天意。"兰台是东汉宫中档案典籍库,也是当时名儒著述的地方。如东汉明帝永平五年,班固任兰台令史,奉诏修《世祖本纪》,完成了《本纪》和列传、载记二十八篇。同时奉诏修史的还有陈宗、尹敏、孟异等人。此后刘复、杨终、傅毅、贾逵、孔僖等人都曾任兰台令史。《后汉书·王允传》:"初平元年,代杨彪为司徒,守尚书令如故。及董卓迁都关中,允悉收敛兰台、石室图书秘纬要者以从。"

章、和以后,东观藏书渐盛于兰台,修史即移入东观。东观位于洛阳南宫。

---

① 《汉书》卷一〇〇上《叙传》,第4203页。

建筑高大华丽，最上层高阁十二间，四周殿阁相望。藏书中心由兰台转移到东观，成为宫廷收藏图书档案和撰修史书的主要场所。东汉诸帝十分重视东观所藏典籍的校阅和整理。明、章二朝，班固、贾逵、傅毅于此编典校书。和帝刘肇曾亲往东观览书林、阅篇籍。《通典》卷二十六："汉氏图籍所在，有石渠、石室、延阁、广内，贮之於外府。又有御史中丞居殿中，掌兰台秘书及麒麟、天禄二阁，藏之於内禁。后汉图书在东观，桓帝延熹二年，始置秘书监一人，掌典图书古今文字，考合同异，属太常。"① 秘阁也是中国古代禁中藏书的地方，也称秘馆、秘府。东汉桓帝延熹二年建立秘书监，掌禁中秘籍。据《后汉书·邓皇后纪》所载，邓太后临朝期间，下令中官近臣到东观去学习经传，许多闻名当代的学者都曾进入东观。黄香到东观阅读他未见书籍，曹褒诣东观次序礼事，班昭在东观续补《汉书》，孔僖、马融在东观校书。其中最大规模的一次是在永初四年，安帝诏令谒者刘珍及五经博士校定东观所藏五经、诸子、传记、百家艺术。《后汉书·孝安帝纪》："诏谒者刘珍及五经博士校定东观《五经》、诸子、传记、百家艺术，整齐脱误，是正文字。"可以看到大量书籍的人，依然只有少数的史官和校书官。

　　由上我们可以看出，能读到皇家藏书的只有那些史官和校书官。大量的汉赋也收藏于皇家藏书所，以此推之，能阅读到大量汉赋的人也只能是这些史官与校书官。扬雄曾说"能读千赋，则善赋"②。因为这些史官与校书官有读千赋的机会，所以，自西汉后期至东汉一代，史官和校书官成为汉赋的主要生产者。他们在接受汉赋的同时，也在传播汉赋。可见，大部分汉赋是经过皇家藏书这一途径流传的。

　　汉代私家藏书在汉代文化传播中也起着很重要的作用。在汉赋的流传中同样具有重要的作用，它不仅扩大了当时汉赋的传播范围，也为汉赋的后期流传创造了条件。汉代私家藏书风气较为盛行，尤其是到了东汉，私家藏书之风更炽。

　　西汉私人藏书者多为宗室藩王，《汉书·景十三王传》："河间献王德，以孝景前二年立，修学好古，实事求是。从民得善书，必为好写与之，留其真，加金帛赐以招之。繇是四方道术之人不远千里，或有先祖旧书，多奉以奏献王者，

---

① 杜佑：《通典》，浙江古籍出版社1988年版，第155页。
② 严可均：《全后汉文》，中华书局1958年版，第550页上。

故得书多,与汉朝等。是时,淮南王安亦好书,所招致率多浮辩。献王所得书皆古文先秦旧书,《周官》《尚书》《礼》《礼记》《孟子》《老子》之属,皆经传说记,七十子之徒所论。其学举六艺,立《毛氏诗》《左氏春秋》博士。修礼乐,被服儒术,造次必于儒者。山东诸儒多从而游。"汉成帝时,又有宗室刘向、刘歆父子以藏书、校书著于世。《汉书·楚元王传》:"向为人简易无威仪,廉靖乐道,不交接世俗,专积思于经术,昼诵书传,夜观星宿,或不寐达旦。"刘歆《与扬雄书从取方言》文中亦说:"歆虽不遘过庭,亦克识先君雅训。三代之书,蕴藏于家,直不计耳。"① 可见其家藏书之丰。

近年来的考古发现,汉代古墓出土了不少竹木简策和帛书。墓主多为宗室贵族。如 1972 年 4 月山东临沂银雀山一号墓出土四千九百四十二枚竹简,主要是《孙膑兵法》《孙子兵法》《六韬》《尉缭子》等兵书。墓主不详,当是西汉武帝时一位武官。② 1973 年底至 1974 年初,湖南长沙马王堆二、三号墓出土竹木简牍六百余枚。墓主系长沙相轪候利苍父子,说明利苍家族藏书相当丰富。③

除了宗室诸王贵族外,尚有朝臣官吏、学者经师及其他富户平民藏书者,其中著名的有张敞、文不识、孔安国、楼护等。其藏书来源主要为家传藏书和师传藏书,《汉书·艺文志》:"武帝末,鲁共王坏孔子宅,欲以广其宫,而得《古文尚书》及《礼记》《论语》《孝经》凡数十篇。……孔安国者,孔子后也,悉得其书。"《汉书·杜邺传》:"邺壮,从敞子学问,得其家书。"《后汉书·杜林传》:"杜林,字伯山,扶风茂陵人也。父邺。林少好学沉思,家既多书。"《汉书·游侠传》:"楼护字君卿,齐人。父世医也,护少随父为医长安,出入贵戚家。护诵医经、本草、方术数十万言,长者咸爱重之。"又据葛洪《西京杂记》卷二:"邑人大姓文不识,家富多书,(匡)衡乃与其佣作而不求偿。"④

东汉私家藏书,更盛于西汉。藏书者由西汉的宗室贵族向学者平民转移,反映了社会文化的下移。史有明文记载的最著名的有蔡邕、杜林、郑玄三家。桓谭、梁子初、杨子林、班彪、班固、曹曾、任末、董谒、郭泰、蔡琰诸人也各有藏书。我们可以列表说明东汉藏书状况:

---

① 严可均:《全上古秦汉三国六朝文》,中华书局 1985 年版,第 349 页。
② 吴九龙:《山东临沂西汉墓发现孙子兵法孙膑兵法等竹简的简报》,《文物》1974 年第 2 期,第 8 页。
③ 《长沙马王堆二三号汉墓发掘简报》,《文物》1974 年第 4 期,第 12 页。
④ 葛洪:《西京杂记》,上海古籍出版社 1991 年版,第 95 页。

表四　东汉私家藏书状况举例

藏书者	出　　处
杜林	袁宏《后汉纪》卷八：林少有俊才，好学问，沈深好故，家既多书。① 《册府元龟》卷八一一：后汉杜林，扶风人，家多书。②
班固父子	《汉书·叙传上》：彪字叔皮，幼与从兄嗣共游学，家有赐书，内足于财，好古之士自远方至，父党扬子云以下莫不造门③。
桓谭	胡应麟《少室山房笔丛》卷一：累朝中秘所蓄外，搢绅文献名藏书家代有其人，汉则刘向、桓谭……④
郭泰	蔡邕《郭泰碑》：若乃砥节厉行，采综图纬，周流华夏，随集帝学。收文武之将坠，拯微言之未绝。⑤ 虞世南《北堂书钞》卷一〇一引《郭泰别传》：家有五千余卷。⑥
蔡邕	《三国志》卷二十一：（蔡）邕曰："此王公孙也，有异才，吾不如也。吾家书籍文章，尽当与之。"⑦ 张华《博物志》卷六：蔡邕有书万卷，汉末年，载数车与王粲。⑧
郑玄	郑玄《戒子益恩书》：博稽六艺，粗览传记，时观秘书纬述之奥。……末所愤愤者，徒以亡亲坟垄未成，所好群书皆腐败，不得于礼堂写定，传与其人。⑨ 《太平御览》卷九九四引《三齐略记》：坚韧异常，土人名作"康成书带"⑩

---

① 袁宏：《后汉纪》，天津古籍出版社1987年版，第212页。
② 王钦若等：《册府元龟》，中华书局1960年版，第9646页。
③ 《汉书》卷一〇〇上《叙传》，第4205页。
④ 胡应麟：《少室山房笔丛》，中华书局1958年版，第5页。
⑤ 严可均：《全上古秦汉三国六朝文》，中华书局1985年版，第884页。
⑥ 虞世南：《北堂书钞》，天津古籍出版社1988年版，第422页。
⑦ 陈寿：《三国志》，上海古籍出版社2002年版，第547页。
⑧ 张华：《博物志》，中华书局1980年版，第71页。
⑨ 严可均：《全上古秦汉三国六朝文》，中华书局1958年版，第926页。
⑩ 李昉：《太平御览》，中华书局1985年版，第4400页。

续表

藏书者	出　　处
曹曾	王嘉《拾遗记》卷六：曹曾，鲁人也。……天下名书，上古以来，文篆讹落者，曾皆刊正，垂万余卷。及国难既夷，收天下遗书于曾家，连车继轨，输于王府。……及世乱，家家焚庐，曾虑先文湮灭，乃积石为仓以藏书，故谓曹氏为"书仓"。①
任末	王嘉《拾遗记》卷六：河洛秘奥，非正典籍所载，皆注记于柱壁间及园林树木；慕好学者来辄写之，时人谓任氏为"经苑"。②

东汉私人藏书的繁富，深度地刺激了文学的传播。《三国志·魏书·王粲传》："献帝西迁，粲徙长安，左中郎将蔡邕见而奇之。……吾家书籍文章，尽当与之。""书籍文章"也应该有诗赋。曹丕说王粲长于辞赋，并在《与吴质书》中给予王粲赋极高的评价："仲宣续自善于辞赋，惜其体弱，不足起其文，至于所善，古人无以远过。"③ 王粲在辞赋上所取的成就，会不会得益于蔡邕的赠书呢？这个答案应该是肯定的。私人藏书不仅对当时的文学传播有巨大影响，而且也极有益于文本的留存传播。如蔡邕把书传给了王粲，王粲又把书传给了族侄干业。如是一代一代传流下去。《三国志·魏志·钟会传》附《王弼传》裴注曰："《博物记》曰：初，王粲与族兄凯俱避地荆州。刘表欲以女妻粲，而嫌其形陋而用率。以凯有风貌，乃以妻凯。凯生业，业即刘表外孙也。蔡邕有书近万卷，末年载数车与粲。粲亡后，相国掾魏讽谋反，粲子与焉。既被诛，邕所与书悉入业。业字长绪，位至谒者仆射。子宏字正宗，司隶校尉；宏，弼之兄也。"注引《魏氏春秋》曰："文帝既诛粲二子，以业嗣粲。"这些书后来又传到王弼、傅玄、张湛等人手里。张湛《列子序》曰："湛闻之先父曰：吾先君与刘正舆、傅颖根皆王氏之甥也。并少游外家。舅始周，始周从兄正宗、辅嗣皆好集文籍。先并得仲宣家书，几将万卷。傅氏亦世为学门。三君总角，竞录奇书。及长，遭永嘉之乱，与颖根同避难南行。车重各称力，并有所载。"④ 窥一斑而知全豹，通过蔡邕所藏书籍的流传，我们便可知道东汉私人藏书的流

---

① 王嘉：《拾遗记》，中华书局1981年版，第157页。
② 同上，第156页。
③ 李善：《文选注》，中华书局1977年版，第591页。
④ 杨伯峻：《列子集释》，中华书局1979年版，第1页。

传情况了。

这些藏书家中，有很多是赋家，如刘向父子、班固父子、桓谭、蔡邕、郑玄等。他们应该会收藏赋作，最起码他们会保存自己的赋作。当然，不是赋家的藏书家也不一定就不收藏赋作。可见，私家藏书也是汉赋流传的一个重要途径，尤其是对汉赋文本的保存流传至为重要。

四、通过书肆流传

书肆出现的具体年代，现已难查考，或出现于西汉末。西汉藏书制度甚严，汉成帝时，东平王来朝求《太史公书》，遭到了王凤的拒绝。此事说明，在皇家控书极严的情况下，书肆出现的条件还不太成熟。扬雄《法言·吾子》云："好书而不要诸仲尼，书肆也。"李轨注曰："卖书市肆，不能释义。"汪荣宝义疏曰："《说文》：'肆，极陈也。'假为市。称市陈列百物以待贾，故谓之肆。卖书之市，杂然并陈，更无去取。博览而不知折中于圣人，则群书殽列，无异商贾之为也。"① 扬雄是西汉末人，这说明至迟西汉末已有书肆的存在。至于扬雄所说的书肆是否是纯商业性的，我们不能全依李、汪二人所说。因为肆不仅可指店铺，还可指作坊。《论语·子张》云："百工居肆以成其事，君子学以致其道。"朱熹注曰："肆，谓官府造作之处。"② 扬雄所说的书肆会不会是指皇家的造书坊呢？因为刘向校书于成帝世，不仅需要大量的校书人才，同时也应该需要大量的制书技工。那些书写材料的制作，如竹简的削制、杀青等，应该不是校书官亲自所为，而应该有这些制书技工处理。我们不能肯定地说扬雄所言书肆就是皇家造书坊，但也不能完全排除这种可能。因为以扬雄的身份，恐怕对皇家的造书坊更熟悉一些。他所言的对象是他的门人，也是熟悉宫廷书肆的人。如果扬雄所言书肆为宫廷造书坊，则书籍（包括汉赋在内）通过这一途径的流传是较为封闭的，不如东汉书肆对书籍的传播开放。如果扬雄所言书肆确为商业性的，则书籍（包括汉赋）通过这一途径的传播在西汉后期就已相当开放。

至王莽时太学附近出现了会市，太学生于会市中进行图书交易，形成书市。《汉书补注》卷九十九上引沈钦韩："北之东为常满仓，仓之北为会市，但列槐树数百行为队，无墙屋。诸生朔望会此市，各持其郡所出质物及经书、传记、

---

① 汪荣宝：《法言义疏》，中华书局1987年版，第74页。
② 朱熹：《四书章句集注》，中华书局1983年版，第189页。

笙磬乐器，相与买卖。雍容揖让，或论议槐下。"①《玉海》卷一百一十一《学校》："汉太学中有市有狱。"② 清张澍辑《三辅旧事》云："汉太学在长安，门东直杜门，立五经博士，员弟子万余人。学中有市有狱。光武东迁，学乃废。"③ 从引文中看出，太学书市中所交易的图书有经书、传记等。说明进行交易的图书种类繁多，不仅限于经书。其中也应有辞赋歌颂之类的篇章，因为到此时辞赋之作已非常兴盛，颇具规模，形成了一定的社会效应和社会需求。这些做图书交易的人主要是太学生，则汉赋通过此途径流传仍有其局限性。

东汉时，出现了纯商业性的书肆。《后汉书·王充传》："家贫无书，常游洛阳市肆，阅所卖书，一见辄能诵忆，遂博通众流百家之言。"王充是东汉前中期人，说明东汉前中期已有书肆。依范晔所语，王充"博通众流百家之言"似得益于书肆所卖书。如的确如此，则书肆卖书已相当全面丰富，在当时已极具反响的赋颂之篇当也不缺。而且，书肆中书不买亦可阅览，则其传播面就很宽泛了。东汉书肆的出现有其社会环境，首先，东汉更崇儒学，书生激增，社会对书的需求扩大。再次，皇帝好文，求书以金。王充《论衡·佚文》云："孝明世好文人，并征兰台之官，文雄会聚。今上（章帝）即命，诏求亡失，购募以金，安得不有好文之声。"④ 连皇家求书都购募以金，不仅刺激了社会对书籍的需求，而且大大提高了书籍的商业价值。书肆也就会随之兴盛繁荣。皇家以金购募图书之事，在武帝时已存在。《汉书·张安世传》："少以父任为郎，用善书给事尚书，上行幸河东，尝亡书三箧，诏问莫能知，惟安世识之，具作其事。后购求得书，以相较，无所遗失。"从这段文字看，武帝"购求得书"似是偶尔为之，并没有像汉章帝这样诏告天下，对亡失之书"购募以金"，这样就大大加速了书肆的繁荣。由于东汉书肆兴盛而颇具开放性，则其在文化传播中的作用非同小可，对汉赋流通传播所起的作用亦然。

---

① 何清谷：《三辅黄图校释》，中华书局 2005 年版，第 301 页。
② 同上，第 302 页。
③ 同上，第 301 页。
④ 王充：《论衡》，上海人民出版社 1974 年版，第 313 页。

第三节　汉赋的搜集、整理与流失

对于汉代典籍的收藏、整理及遭损情况,《隋书·经籍志》有一个大致的介绍:"惠帝除挟书之律,儒者始以其业行于民间。……武帝置太史公,命天下计书,先上太史,副上丞相。开献书之路,置写书之官。……至于孝成,秘藏之书,颇有亡散。乃使谒者陈农,求遗书于天下。命光禄大夫刘向校经传诸子诗赋,步兵校尉任宏校兵书,太史令尹咸校数术,太医监李柱国校方技。每一书就,向辄撰为一录,论其指归,辨其讹谬,叙而奏之。……大凡三万三千九十卷。王莽之末,又被焚烧。光武中兴,笃好文雅,明、章继轨,尤重经术。四方鸿生钜儒,负袠自远而至者,不可胜算。石室、兰台,弥以充积。又于东观及仁寿阁集新书,校书郎班固、傅毅等典掌焉。并依《七略》而为书部,固又编之,以为《汉书·艺文志》。董卓之乱,献帝西迁,图书缣帛,军人皆取为帷囊。所收而西,犹七十余载。两京大乱,扫地皆尽。"① 从这段文字可以看出,汉代的皇帝大都注重典籍的收藏和整理。但由于两汉末的战乱,汉代皇家藏书也几经厄运,损失惨烈。

一、汉赋的搜集

西汉初年,汉高祖刘邦在文化上鉴于秦代愚民政策的失败,采取了对战国以来各种思想流派和学说不加禁止的措施,制订了积极搜集藏书的政策。公元前202年,刘邦"改秦之败,大收篇籍"②,便出现了"'文学彬彬稍进,《诗》《书》往往间出'的局面"③。汉惠帝刘盈四年(前191)三月,除挟书律,于是壁间藏书纷纷问世。《汉书·惠帝纪》:"三月甲子,皇帝冠,赦天下。省法令妨吏民者,除挟书律。"应劭注:"挟,藏也。"张晏注:"秦律:敢有挟书者族。"《汉书·艺文志》亦载:"汉兴,改秦之败,大收篇籍,广开献书之路。"文帝和景帝继续遵循这一政策,于是"至孝文皇帝……天下众书往往颇出,皆

---

① 魏征:《隋书》,中华书局1982年版,第905—906页。
② 《汉书》卷三〇《艺文志》,第1701页。
③ 屈义华等:《中国书文化》,湖南大学出版社2002年版,第208页

诸子传说,犹广立于学官,为置博士。"① 武帝颇好学术文艺,深感书缺简脱,礼坏乐崩,于是决定广开献书之路,置写书之官。元朔五年正式建藏书之策。《汉书·艺文志》:"讫孝武世,书缺简脱,礼坏乐崩。圣上喟然而称曰:'朕甚闵焉。'于是建藏书之策,置写书之官,下及诸子传说,皆充秘府。"颜师古注引如淳曰:"刘歆《七略》曰:'外则有太常、太史、博士之藏,内则有延阁、广内、秘室之府。'"王应麟《汉艺文志考证》亦载:"《通典》:汉氏图籍所在,有石渠、延阁、广内,贮之于外府。又御史中丞居殿中,掌兰台秘书及麒麟、天禄二阁,藏之于内禁。"② 王先谦《汉书补注》引何焯曰:"《文选》注三十八引刘歆《七略》曰:'孝武皇帝,敕丞相公孙弘广开献书之路。百年之间,书积如山。'此即所谓藏书之策。"③ 成帝仍武帝遗风,令光禄大夫刘向校中秘书,谒者陈农使使求遗书于天下。《汉书·艺文志》:"至成帝时,以书颇散亡,使谒者陈农求遗书于天下。"

汉代藏书经过惠帝、武帝、成帝等几位皇帝持之不懈的搜集网罗,至西汉末,皇家所收典籍达"三十八种,五百九十六家,万三千二百六十九卷"④。为了便于管理,西汉特建馆藏书,并建立典藏制度。当时宫廷藏书分别藏于石渠阁、天禄阁、麒麟阁、兰台、石室、延阁、广内等处,上述各处的宫廷藏书均称为"秘书"或称为"中书""内书"。此外还有太常、太史、博士所藏的外书。

两汉之交,社会动乱。王莽之乱,宫室藏书并从焚毁。光武重建,亦注意搜集图书:"先访儒雅,采求阙文,补缀漏逸。先是四方学士多怀协图书,遁逃林薮。自是莫不抱负坟策,云会京师,范升、陈元、郑兴、杜林、卫宏、刘昆、桓荣之徒,继踵而集。"⑤ 光武以后,明、章二帝大倡经学,进一步增加官府藏书,采取"诏求亡佚,购募以金"⑥ 的图书搜集政策。东汉前后设置有七所藏书处,即辟雍、宣明殿、兰台、石室、鸿都、东观、任寿阁。其中东观是东汉的国家主要藏书处,正如《通典》卷二十六所说:"后汉图书在东观。"⑦ 东观

---

① 《汉书》卷三六《刘歆传》,第1968—1969页。
② 王应麟:《汉艺文志考证》,北京图书出版社2006年版,第59页。
③ 王先谦:《汉书补注》,商务印书馆1937年版,第3087页。
④ 《汉书》卷三〇《艺文志》,第1781页。
⑤ 《后汉书》卷七九上《儒林列传》,第2545页。
⑥ 王充:《论衡》,上海人民出版社1974年版,第313页。
⑦ 杜佑:《通典》,浙江古籍出版社1988年版,第155页。

藏书极其丰富，李尤在《东观赋》中如此描述："道无隐而不显，书无阙而不陈。"① 据清代目录学家姚振宗《后汉书艺文志》一书考证，东汉官府图书加上释道等图籍，其总数约有一千一百余种，二千九百余卷又二千二百余篇，其称章称首者，尚未计算在内。②

皇家藏书包括汉赋，这是毋庸置疑的。《汉书·艺文志》："至成帝时……诏光禄大夫刘向校经传诸子诗赋，步兵校尉任宏校兵书，太史令尹咸校数术，侍医李柱国校方技。……会向卒，哀帝复使向子侍中奉车都尉歆卒父业。歆于是总群书而奏其《七略》，故有《辑略》，有《六艺略》，有《诸子略》，有《诗赋略》……今删其要，以备篇籍。"所校藏书有诸子诗赋、兵书、数术、方技等。其中有诗赋。诗赋有多少呢？刘歆"序诗赋为五种"，"凡诗赋百六家，千三百一十八篇"。其中"歌诗二十八家，三百一十四篇"，赋则逾千篇，可见皇家所藏诗赋之丰了。《后汉书·光武十王列传》亦云："（刘京）数上诗赋颂德，帝嘉美，下之史官。""下之史官"，便是入库收藏了。这说明当时的皇帝都是很注重文学类作品的搜集和收藏的。

辞赋之类的文学作品是否也在搜罗之列呢？回答是肯定的。那么，辞赋的搜集方式又有哪些呢？大致有以下几种：赋家自献，州郡上计，使者、谒者搜求，乐府采集等。

1. 赋家自献。赋家自献是皇家藏赋的最主要来源，班固《两都赋序》云："至于武宣之世，乃崇礼官，考文章。……故言语侍从之臣，若司马相如、虞丘寿王、东方朔、枚皋、王褒、刘向之属。朝夕论思，日月献纳、而公卿大臣御史大夫倪宽、太常孔臧、太中大夫董仲舒、宗正刘德、太子太傅萧望之等。时时间作。……故孝成之世，论而录之。盖奏御者千有余篇。而后大汉之文章，炳焉与三代同风。"③ 自献的赋家多是皇帝身边的言语侍从之臣。王芑孙《读赋卮言》："东马严徐待诏金马，为自献其赋之始。"④ 如司马相如自献之赋有《天子游猎赋》《大人赋》等。《西京杂记》卷三："相如将献赋。未知所为。梦一

---

① 严可均：《全后汉文》，中华书局1985年版，第747页。
② 姚振宗：《后汉艺文志》（续四库本），上海古籍出版社1995年版，第189—419页。
③ 李善：《文选注》，中华书局1977年版，第21—22页。
④ 王芑孙：《读赋卮言》（《续修四库全书》本），上海古籍出版社1995年版，第1481册第381页上。

黄衣翁谓之曰：可为大人赋。遂作《大人赋》，言神仙之事。以献之，赐锦四匹。"① 类于枚皋、严助、吾丘寿王等侍从之臣，献赋之事更是常有。《汉书·刘向传》："向字子政，本名更生。……更生以通达能属文辞，与王褒、张子侨等并进对，献赋颂凡数十篇。"这是记刘向献赋的事。扬雄亦有献赋，《汉书·叙传下》："渊哉若人！实好斯文。初拟相如，献赋黄门，辍而覃思，草《法》纂《玄》。"班固也不例外，《东观汉记》卷十六："（班）固数入读书禁中，每行巡狩，辄献赋颂。"② 除了皇上身边的侍臣，其他人员也多有献赋。《汉书·刘安传》："初，安入朝，献所作《内篇》……使为《离骚传》，旦受诏，日食时上。又献《颂德》及《长安都国颂》。"灵帝时又有鸿都门献赋，《后汉书·酷吏列传》："案松、览等皆出于微蔑，斗筲小人，依凭世戚，附托权豪，免眉承睫，微进明时。或献赋一篇，或乌篆盈简，而位升郎中。"可见当时献赋风气的兴盛和时间的久长。故自献赋成为皇家藏赋最主要的来源。

赋家自献是皇家藏书的最主要来源，但不是唯一来源。《史记·司马相如列传》："居久之，蜀人杨得意为狗监侍上。上读《子虚赋》而善之，曰：'朕独不得与此人同时哉！'得意曰：'臣邑人司马相如自言为此赋。'上惊，乃召问相如。"看来，此赋不是司马相如亲自上献的。正如王芑孙所说"非由自献"。极可能是汉武帝从民间搜罗而得，或为王侯官吏所献。

2. 州郡上计。上计之事，自古有之。《汉书·司马迁传》："南游江淮，上会稽，探禹穴，窥九疑。"颜师古注曰："会稽，山名，本茅山也，禹于此会诸侯之计，因名曰会稽。"《尚书·禹贡》："禹别九州，随山浚川，任土作贡。"③ 既有"贡赋之法"④，相应便有上计之事。又《后汉书·胡广传》注引《说苑》云："晏子化东阿，三年，景公召而数之；晏子请改道易行；明年上计，景公迎而贺之。"这又说明上计一事，汉前行之已久。汉因承之，《通典》云："汉制，岁尽，遣上计掾史各一人，条上郡内众事，谓之计偕簿。"⑤ 汉代上计的内容有哪些呢？《汉书·武帝纪》："三月，还之太山……受郡国计。"颜师古注曰：

---

① 葛洪：《西京杂记》，上海古籍出版社1991年版，第149页。
② 班固等：《东观汉记》，商务印书馆1937年版，第131页。
③ 孔颖达：《尚书正义》（《十三经注疏》本），上海古籍出版社1997年版，第146页。
④ 同上，第146页。
⑤ 杜佑：《通典》卷三十三，浙江古籍出版社1988年版，第187页下。

"计若今之诸州计帐也。"① 又《后汉书·百官志》："（郡）属官每县、邑、道，大者置令一人，千石；其次置长，四百石；小者置长，三百石。侯国之相，秩次亦如之。本注曰：皆掌治民，显善劝义，禁奸罚恶，理讼平贼，恤民时务。秋冬集课，上计于所属郡国。"② 注引胡广曰："秋冬岁尽，各计县户口、垦田、钱谷入出，盗贼多少，上其集簿。"③ 这是县、邑向郡国上计的情况，以此推之，郡国上计于朝廷也大类如此。《后汉书·礼仪志》云："正月上丁，祠南郊，……礼乐阕，群臣受赐食毕，郡国上计吏以次前，当神轩占其郡谷价，民所疾苦，欲神知其动静，孝子事亲尽礼，敬爱之心也。周遍如礼，最后亲陵，遣计吏，赐之带佩。八月饮酎，上陵，礼亦如之。"④《后汉书·张堪传》："帝尝召见诸郡计吏，问其风土及前后守令能否。"⑤ 计吏向神口占"民所疾苦"，"帝尝召见诸郡计吏，问其风土及前后守令能否"，计吏亦必口占，口占即为赋。《汉书·艺文志》所录杂赋中某些赋作，会不会就是这些计吏口占的呢？如《汉书·艺文志》中所录"杂四夷及兵赋二十篇""杂山陵水泡云气雨旱赋十六篇""杂禽兽六畜昆虫赋十八篇""杂器械草木赋三十三篇"等⑥。有可能就是上计吏口占当地的风土及百姓疾苦之作。由他们口占而由写书之官记录，然后下之史官。失录姓名，遂成无主之作。王逸曾为上计吏，其《机妇赋》《荔支赋》二篇，或为上计口占风土之作。

  汉时，吏民有明当时之务，习先圣之术者，令与计偕。《汉书·武帝纪》："（元光五年），徵吏民有明当时之务，习先圣之术者，县次续食，令与计偕。"颜师古注曰："计者，上计簿使也；郡国每岁遣诣京师上之。郡国每岁遣诣京师上之。偕者，俱也；令所徵之人，与上计者俱来，而县次给之食。"⑦ 朱买臣就是因明习《春秋》《楚辞》而与上计者俱往京师的，《汉书·朱买臣传》："买臣随上计吏为卒，将重车至长安，诣阙上书，书久不报。待诏公车，粮用乏，上计吏卒更乞匄之。会邑子严助贵幸，荐买臣。召见，说《春秋》，言《楚词》，帝甚说之。"这也算得是上计献辞赋的一个例证。汉代计书，恐是汉武帝的一个

---

  ① 《汉书》卷六《武帝纪》，第196页。
  ② 《后汉书》卷八〇上《文苑列传》，第2622页。
  ③ 同上，第2623页。
  ④ 《后汉书》，3102—3103页。
  ⑤ 同上，第1100页。
  ⑥ 《汉书》，第1752—1753页。
  ⑦ 同上，第164页。

创举。《隋书·经籍志》:"武帝置太史公,时天下计书,先上太史,副上丞相,遗文故事,靡不毕集。"①《太平御览》卷二三五太史令条引《汉书》云:"司马喜生谈,谈为太史公。"注引如淳曰:"《汉仪注》,太史公武帝置,位在丞相上,天下计书先上太史公,副上丞相。"② 武帝好赋,上计书中当有赋作。如武帝形成此规矩,后来皇帝当亦会效仿。

3. 使者、谒者搜求、购募。使者、谒者对辞赋的搜求、购募,也是皇家藏赋的一个重要来源。《太平预览》卷八八引《汉武故事》云:"上少好学,招求天下遗书,上亲自省校,使庄助、司马相如等以类分别之。"③ 这是对武帝搜求"天下遗书"的概说。也有武帝搜求遗书的实例,《史记·司马相如传》云:"相如既病免,家居茂陵。天子曰:'司马相如病甚,可往后悉取其书;若不然,后失之矣。'使所忠往,而相如已死,家无书。"尽管所忠未能取得司马相如的全部遗书,但却反映了汉武帝曾派使者求书的事迹。司马相如以擅长辞赋而著名,而汉武帝又以好辞赋而著名。派所忠前往,会不会是冲着司马相如的文章辞赋而去的呢?也许汉武帝派所忠前往司马相如处取书,太过于典型,不具有普适性。但汉武帝派使者求书的记载不仅于此,《汉书·张安世传》:"少以父任为郎,用善书给事尚书,上行幸河东,尝亡书三箧,诏问莫能知,惟安世识之,是作其事。后购求得书,以相较,无所遗失。"④ "后购求得书",也应是使者所为。以汉武帝对辞赋的喜好,会不会也购求赋呢?这也不是不可能的。

史载除武帝购书于民间外,东汉时章帝也下诏购募天下佚文。王充《论衡·佚文》云:"孝明世好文人,并征兰台之官,文雄会聚。今上(章帝)即命,诏求亡失,购募以金,安得不有好文之声。"⑤ 汉章帝"在位十三年,郡国所上符瑞,合于图书者数百千所"⑥,其本人又好"左右艺文,斟酌律礼"⑦,故所募求佚文或有赋颂之篇。又《汉书·艺文志》云:"至成帝时,以书颇散亡,使谒者陈农求遗书于天下。"⑧ 谒者陈农求天下"遗书",这"遗书"也应

---

① 魏征:《隋书》,中华书局1982年版,第905页。
② 李昉:《太平御览》,中华书局1960年版,第1113页下。
③ 同上,第421页上。
④ 《汉书》卷五九《张安世传》,第2647页。
⑤ 王充:《论衡》,上海人民出版社1974年版,第313页。
⑥ 《后汉书》卷三《孝章帝纪》,第159页。
⑦ 同上。
⑧ 《汉书》卷三〇《艺文志》,第1701页。

包括辞赋，因刘向校书有诗赋一略。既有诗赋一略，按常理，陈农"求遗书于天下"时，辞赋也当在搜求之列。张舜徽先生《汉书艺文志通释》云："《汉书·成帝纪》：河平三年，'光禄大夫刘向校中秘书，谒者陈农使使求遗书于天下'。颜《注》云：'言令陈农为使，而使之求遗书也。'以《成纪》行文观之，校书之事在上，求书之使在下，是当时实为校书而遣使出外求书也。"① 如确"实为校书而遣使出外求书也"，则辞赋在搜求之列无疑。使谒者求遗书于天下，恐怕也不是汉成帝的发明。汉武帝建藏书之策时，或许就已派使者求天下"遗书"。周寿昌云："窃疑汉求遗书始自武帝，当时必有记录，班采其言入文中耶。"② 张舜徽先生也说："汉求遗书，自武帝始。搜访既周，网罗自易。自六艺经传外，诸子百家，故书雅记，悉辐凑于京师。盖其初尚未专尊儒术，表章六经，故兼收并蓄，于斯为盛也。"③ "汉求遗书，自武帝始"，值得商讨。汉惠帝时，已除挟书之律。惠帝至文、景之世，当有搜求遗书之事，武帝只是扩大了搜求遗书的规模。《汉书·艺文志》云："孝文时得其乐人窦公，献其书，乃《周官·大宗伯》之《大司乐》章也。""得其乐人窦公，献其书"，说明文帝时已有搜求遗书之举。又《汉书·艺文志》云："汉兴，改秦之败，大收篇籍，广开献书之路。……迄孝武世……于是建藏书之策，置写书之官，下及诸子传说，皆充秘府。"搜求辞赋，或始自武帝。武帝好赋，赋当亦在搜求之列。那么，东汉校书时，肯定也会效仿此法。

4. 乐府采集。乐府杂采歌谣，诗赋难别，一并收之。《汉书·艺文志》："自孝武立乐府而采歌谣，于是有代赵之讴，秦楚之风，皆感于哀乐，缘事而发，亦可以观风俗，知厚薄云。"④ 徐中玉说："民风当然不只反映在诗里，这'诗'字，不但不只指《诗经》和《诗经》未收入和后出的，其实包括了一切民间的创作，口头的书面的，有韵的和无韵的，各种体裁和样式的。"⑤ 徐氏之说，甚为有理。乐府所收歌谣，经文人整理，或诗或赋。《汉书·礼乐志》云："至武帝定郊祀之礼，祠太一于甘泉，就乾位也；祭后土于汾阴，泽中方丘也。乃立乐府，采诗夜诵，有赵、代、秦、楚之讴。以李延年为协律都尉，多举司

---

① 张舜徽：《汉书艺文志通释》，华中师范大学出版社2004年版，第173页。
② 同上，第172页。
③ 同上，第173页。
④ 《汉书》卷三○《艺文志》，第1756页。
⑤ 陈勤建：《文艺民俗学导论序》，上海文艺出版社1991年版，第1页。

马相如等数十人造为诗赋，略论律吕，以合八音之调，作十九章之歌。"①《汉书·佞幸传》云："是时，上方兴天地祠，欲造乐，令司马相如等作诗颂。"②刘勰《文心雕龙·乐府》亦云："暨武帝崇礼，始立乐府；总赵代之音，撮齐楚之气。延年以曼声协律，朱马以骚体制歌。"③从这几处引文中，我们可以知道，乐府所采，囊括赋体。《汉书补注》引周寿昌曰："相如死当元狩五年，死后七年延年始得见（元鼎六年）。是相如等前造诗，延年后为新声，多举者，言举相如等数十人之诗赋，非举其人也。"④如周说不误，则相如造诗赋在前，而延年谱新声在后，有些诗作未入律之前即是赋作。很多汉代乐府诗便可作赋论，如《陌上桑》一诗，整篇采用主客问答体；对罗敷及其夫君的描绘，都极力运用铺陈之法等，同样可看作赋体文。这些赋作是由乐府机关采自民间，经文人加工整理而成。由此可见，乐府采集也是皇家藏赋的一个来源。

绥和二年六月，哀帝诏罢乐府⑤。《汉书·哀帝纪》："（绥和二年）六月，诏曰：'郑声淫而乱乐，圣王所放，其罢乐府。'"乐府虽罢，但采集诗颂之事却未绝。《汉书·叙传》云："平帝即位，太后临朝，莽秉政方欲致太平，使使者分行风俗，采颂声。"后汉章帝时，马廖曾上书云："夫改政移风，必有其本。……诚令斯事一竟，则四海诵德，声薰天地，神明可通，金石可勒，而况于行仁心乎，况于行令乎！愿置章坐侧，以当瞽人夜诵之音。"⑥"太后深纳之。朝廷大议，辄以询访"⑦。可见，东汉虽无"夜诵之音"，但依然询访颂声，"以当瞽人夜诵之音"。

二、汉赋的整理

自汉兴之始，大收篇籍，广开献书之路，百年之间，书积如山。武帝建藏书之策，置写书之官，并对书籍加以整理。《汉武故事》曾云武帝"亲自省校，使庄助、司马相如等以类分别之"⑧。可见武帝时宫廷中已有书籍整理活动。且

---

① 《汉书》卷二二《礼乐志》，第1045页。
② 《汉书》卷九三《佞幸传》，第3725页。
③ 詹锳：《文心雕龙义证》，上海古籍出版社1989年版，第235页。
④ 范文澜：《文心雕龙注》，人民文学出版社1958年版，第107—108页。
⑤ 绥和二年三月，成帝崩，四月，哀帝即位，年号未改，次年改号建平。
⑥ 《后汉书》卷二四《马廖传》，第853—854页。
⑦ 同上，第854页。
⑧ 李昉：《太平御览》卷八八，中华书局1960年版，第421页上。

此时书籍整理已包括赋作的整理，《汉书·艺文志》有"上所自造赋二篇"，颜师古注曰："武帝也。"章学诚说："臣工称当代之君曰上。刘向为成帝时人，其去孝武之世远矣，此必武帝时人标目，刘向从而著之。"① 章氏之论颇有道理，故可见武帝时对书籍的整理已经包括赋篇。至成帝河平三年，诏光禄大夫刘向领校中祕书。《汉书·成帝纪》云："（河平三年）光禄大夫刘向校中秘书。"《汉书·刘向传》亦云："成帝即位……诏向领校中《五经》秘书。"这时皇家藏赋也颇具规模，由于言语侍从之臣日月献纳，公卿大臣们的时时间作，再加之皇帝所派使者的采集、搜求。"故孝成之世，论而录之，盖奏御者千有余篇。"② 因此，诗赋便作为专项整校。《汉书·艺文志》："至成帝时……诏光禄大夫刘向校经传、诸子、诗赋。"《汉书·刘歆传》亦云："河平中，受诏与父向领校祕书，讲六艺传记，诸子、诗赋、数术、方技，无所不究。"由于诗赋收藏数量巨大，故刘向父子专辟《诗赋》一略。班固在刘氏父子整理的基础上，又作了修订。如"入扬雄（赋）八篇"即可说明③。

对刘向父子及班固于汉赋整理收录的得失，前人多有评判。章学诚曰："《汉志》分艺文为六略，每略各有总叙，论辨流别，义至详也。惟诗赋一略，区为五种，五种之后，更无叙论。不知刘班之所遗耶？抑流传之脱简耶？今观《屈原赋》二十五篇以下，共二十家为一种；《陆贾赋》三篇以下，共二十一家为一种；《孙卿赋》十篇以下，共二十五家为一种。名类相同，而区种有别，当日必有其义例。今诸家之赋，十逸八九，而叙论之说，阙焉无闻，非著录之遗憾欤？若杂赋与杂歌诗二种，则署名既异，观者犹可辨别；第不如五略之有叙录，更得详其源委耳。"④ 张舜徽说："按：《诗赋略》之与其他五略，本有不同，未可等量齐观。若《六艺略》之分述群经，必详其渊源本末；《诸子略》之叙列十家，必明其流别得失。非分为立论，何由知其梗概。其他《兵书》《数术》《方技》三略，皆同此例。若夫诗赋虽已分为五种，而实同为抒情之作。但有雅俗之不齐，实无是非之可辨。当向歆校定之初，但见辞赋歌诗之稿，丛杂猥多，不易猝理。略加区分，约为五种。其实细分缕析，犹可多出数种。未必此五种已为定论也。即分别归类之际，亦有不惬当者：扬雄赋本拟司马相如，

---

① 杨树达：《汉书窥管》，上海古籍出版社1984年版，第240页。
② 李善：《文选注》，中华书局1977年版，第22页。
③ 《汉书》卷三〇《艺文志》，第1750页。
④ 王重民：《校雠通义通解》，上海古籍出版社1987年版，第116页。

乃以相如与屈原同次，录扬雄赋隶陆贾下，斯已舛矣。故《诗赋略》中可议者犹多，不第无分类叙论已也。大抵有可论者论之，无可论者阙之。刘《略》班《志》于六略，或论或阙，自有权衡。善读书者，贵能心知其意，不必求其齐同也。"① 无论如何，刘向父子于《七略》中专辟《诗赋》一略，这对诗赋地位的提高，尤其是诗赋的收录保存等，有莫大的功劳。

东汉藏书较之西汉更胜，对书籍的校定整理更加频繁。东汉校书活动自光武帝时即已开始。《后汉书·儒林传上》："帝以（尹）敏博通经记，令校图谶。"又《后汉书·儒林传下》："建武初，（薛汉）为博士，受诏校定图谶。""明、章帝两朝，以班固、贾逵、傅毅三人为主，并孔僖、杨终等诸多文学之士先后参与，对国家藏书进行了长达 20 余年的校理。"②"孝和亦数幸东观，览阅书林"③。安帝时，邓太后临朝称制，诏刘珍、马融等校书东观。《后汉书·文苑传上》："永初中，为谒者仆射。邓太后诏使与校书刘騊駼、马融及《五经》博士，校定东观《五经》、诸子传记、百家艺术，整齐脱误，是正文字。永宁元年，太后又诏珍与騊駼作建武已来名臣传。"桓、灵之世，校书活动亦未辍。《后汉书·延笃传》："桓帝以博士徵，拜议郎，与朱穆、边韶共著作东观。"《后汉书·蔡邕传》："建宁三年……召拜郎中，校书东观。"东汉校书虽以校定《五经》典籍为主，但也兼带"诸子传记、百家艺术"，则赋颂之作亦在其中。

至建安时期，曹丕十分珍重文章，尤注重对文章的收集整理。《后汉书·孔融传》云："魏文帝深好融文辞……募天下有上融文章者，辄赏以金帛。"可见其对文章的珍爱。又《与吴质书》云："昔年疾疫，亲故多离其灾。徐、陈、应、刘，一时俱逝……何图数年之间，零落略尽，言之伤心。顷撰其遗文，都为一集。"④ 可知曹丕曾把徐干、陈琳、应玚、刘桢等人的篇章结集成书。建安七子之中，除孔融外其余几人均有赋作留下。由于曹丕的及时收集整理，较之前代赋家，建安文人所存赋作，可称繁富。"以建安之后，辞赋转繁，众家之集，日以滋广"⑤，曹丕实开其端，功不可没。曹丕除了把文人的篇章结集外，还命缪袭、王象等编订类书——《皇览》，这其中也保留有大量的赋作。《三国

---

① 张舜徽：《汉书艺文志通释》，华中师范大学出版社 2004 年版，第 371—372 页。
② 任继愈主编：《中国藏书楼》（一），辽宁人民出版社 2001 年版，第 376 页。
③ 《后汉书》卷七九上《儒林列传》，第 2546 页。
④ 李善：《文选注》，中华书局 1977 年版，第 591 页。
⑤ 魏征：《隋书》，中华书局 1982 年版，第 1089 页。

志·魏书·文帝纪》："帝好文学，以著述为务，自所勒成，垂百篇。又使诸儒撰集经传，随类相从，凡千余篇，号曰《皇览》。"又《三国志·魏书·杨俊传》裴注引《魏略》云："（王象）受诏撰《皇览》，使象领秘书监。象从延康元年始撰集，数岁成，藏于秘府，合四十余部，部有数十篇，通合八百余万字。"其中亦收存有事类赋。

尽管皇家对篇籍不遗余力地搜罗，依然有遗漏之作。遗漏之赋亦为数不少，现存些许赋作的赋家则未见录于《汉书·艺文志》。如董仲舒、中山王刘胜、班婕妤等，及梁园中的部分赋家如邹阳、羊胜、公孙诡等。对于皇家某些漏收之赋，刘向父子是不是别有整理，匿于史料，不能妄说。但是在刘向《别录》和刘歆《西京杂记》中，却载有《汉书·艺文志》之未录赋作。《汉书·艺文志》据《七略》而成，则这些赋作亦未见于《七略》。如《艺文类聚》卷四十三引刘向《别录》云："有《丽人歌赋》，汉兴以来善雅歌者鲁人虞公，发声清哀，盖动梁尘。"①阮孝绪《七录序》云："昔刘向校书，辄为一录，论其指归，辨其讹谬，随竟录上，皆载在本书。时又别集众录，谓之《别录》，即今之《别录》是也。"②"时又别集众录"，颇让人费解。如果是别集所校众书的叙录，则《丽人歌赋》在皇家收藏之列。如果别集私家藏书所录，则《丽人歌赋》可能不在皇家藏赋之列。因刘向校书时曾参校私家藏书，《别录》会不会是依私家藏书所录。刘歆的《西京杂记》则录有枚乘《柳赋》，邹阳《酒赋》《几赋》，路乔如《鹤赋》，羊胜《屏风赋》，公孙诡《文鹿赋》，公孙乘《月赋》等。又录中山王刘胜《文木赋》，及庆虬之《清思赋》（存目）、盛览《合组歌》（存目）、《列锦赋》（存目）等。除枚乘见录于《汉书·艺文志》外，其余几位赋家均未见录。这些赋家赋作极可能未被皇家收藏，刘歆便根据民间传闻，记录整理并归入《西京杂记》之中。又《汉书·外戚传下》录有班婕妤的《自悼赋》。班婕妤与扬雄前后人，《七略》未录，《汉书·艺文志》亦未加入。或许班婕妤因此赋为一时伤叹之作，当时并未公诸于外，故后被班固整理收录于《汉书·外戚传》中。看来，私家对辞赋的收集整理，是皇家对辞赋搜集整理的必要补充。

梁元帝萧绎《金楼子·立言》云："诸子兴于战国，文集盛于二汉，至家家

---

① 欧阳询：《艺文类聚》卷四十三，上海古籍出版社1965年版，第771页。
② 释道宣：《广弘明集》（四部丛刊本），商务印书馆1922年版，第11页。

有制，人人有集。其美者足以叙情志、敦风俗。其弊者只以烦简牍、疲后生。往者既积，来者未已，翅足志学，白首不遍。或昔之所重今之反轻，今之所重古之所贱。嗟我后生、博达之士，有能品藻异同，删整芜秽，使卷无瑕玷，览无遗功，可谓学矣。"① 如萧绎所述属实，则汉人已重结集篇章。但萧绎所说汉人文集，或指扬雄《太玄》《法言》，桓谭《新论》，王充《论衡》之类。如果确指此类，则收集赋作的可能性小。但有论赋之语，如扬雄《法言》、桓谭《新论》中均有论赋之言。如果是指个人所作文章结集，内含辞赋之篇无疑。这样，就更便于赋作的留存与传播。

三、汉赋的流失

藏书之易失，明代著名藏书家叶盛曾有感言："风雨虫鼠之不相为容，书焉得而不废且失也，吾固不能无遗憾于斯也。夫天地之间物，以余观之，难聚而易散者，莫书若也，如余昔日之所遇，皆是也。"② 今人亦云："古往今来，大至历次朝代的更迭、战争攻伐、文化专制，小至肉眼看不见的细菌、霉菌之害，远如自然界的风雨雷电，近至尘世间的虫鼠之类，无不给中国典籍造成了一次次伤害，甚至数度陷入文献荡然的绝境。"③ 汉代皇家如此大量的收罗典籍，并有意加以密藏。不仅大大限制了典籍在当时的传播，同时也加大了集中被毁的风险，影响到后世的留存。西汉末王莽时，出现了一次大的"书厄"。公元8年王莽篡汉自立，建立新朝，很快触发了汉末农民大起义。在位十余年，战乱不断，刘秀崛起与之展开争权战争。后刘秀为平定四处叛军，引发大小许多战争，其中毁坏书籍不计其数。更严重的是，公元24年，赤眉军与更始军互攻于长安，宫室被焚，"礼乐分崩，典文残落"④。《文献通考》卷一百七十四："刘歆总群书，著《七略》，大凡三万三千九十卷，王莽之乱，焚烧无遗。"⑤

董卓之乱，图书再遭惨厄。《后汉书·儒林列传》："初，光武迁还洛阳，其经牒秘书载之二千余辆，自此以后，参倍于前。及董卓移都之际，吏民扰乱，自辟雍、东观、兰台、石室、宣明、鸿都诸藏典策文章，竞共剖散，其缣帛图

---

① 萧绎：《金楼子》，台湾商务印书馆1983年版，第848册第848—844页。
② 叶盛：《菉竹堂书目序》，商务印书馆1935年版，第1页。
③ 任继愈主编：《中国藏书楼》（一），辽宁人民出版社2001年版，第185页。
④ 《后汉书》卷七九上《儒林列传》，第2545页。
⑤ 马端临：《文献通考》，浙江古籍出版社1988年版，第1504页。

书,大则连为帷盖,小乃制为滕囊。及王允所收而西者,裁七十余乘,道路艰远,复弃其半矣。后长安之乱,一时焚荡,莫不泯尽焉。"当时兵荒马乱,有识者只会拣选重要治国典籍移藏,肯定顾不上辞赋类的文学典籍了。故王允所收典籍很可能不包括辞赋类文学作品。《后汉书·王允传》:"初平元年,代杨彪为司徒,守尚书令如故。及董卓迁都关中,允悉收敛兰台、石室图书秘纬要者以从。既至长安,皆分别条上。又集汉朝旧事所当施用者,一皆奏之。经籍具存,允有力焉。"从这里我们可以看出,王允所收主要是兰台、石室的"图书秘纬要者",只是"经籍具存"。而未顾及其他如文学、百家艺术之类的书。在慌乱之中,王允恐怕也只能"悉收敛兰台、石室图书秘纬要者以从",而抛掉藏在东观的诸子、传记、百家艺术了,当然也抛掉了藏在这里的辞赋。《旧唐书·经籍志下》载:"后汉兰台、石室、东观、南宫诸儒撰集,部帙渐增。董卓迁都,载舟西上,因罹寇盗,沉之于河,存者数船而已。"① 可见,即使董卓西迁时携带书籍包括赋作,也多遗失殆尽。这两次"书厄"或许是诗赋类文学作品大量亡佚的重要原因。《汉书·艺文志》明确记载数逾千篇的西汉赋到如今剩下不过百篇,不会与此没有关联。

  东汉后期,尤其是建安时期。文人们"傲岸觞豆之前,雍容衽席之上,洒笔以成酣歌,和墨以藉谈笑",② 诗赋在文人间自觉的传播着。他们或以集会的方式传播诗赋,如曹丕《与吴质书》:"昔日游处,行则连舆,止则接席,何曾须臾相失。每至觞酌流行,丝竹并奏,酒酣耳热,仰而赋诗。"③ 或以书信的方式传播诗赋,如陈琳《答东阿王笺》:"昨加恩辱命,并示《龟赋》,披览粲然。"④ 曹植《与杨德祖书》:"今往仆少小所著辞赋一通。"⑤ 杨修《答临淄侯笺》:"损辱嘉命,蔚矣其文,诵读反复,虽讽雅颂,不复过此。"⑥ 再加之汉末私人藏书增多,受藏书制度限制的程度就小得多了。我们可以列一个表来说明这个问题:

---

① 刘昫:《旧唐书》,中华书局1987年版,第2081页。
② 范文澜:《文心雕龙注》,人民文学出版社1958年版,第673页。
③ 李善:《文选注》,中华书局1977年版,第591页。
④ 同上,第565页。
⑤ 同上,第594页。
⑥ 同上,第563页。

表五　两汉赋作留存情况比较

年代		赋作者	赋作			
			存留篇数	全篇	残篇	有目无篇
西汉		74	53	44	9	17
东汉	桓帝前	42	85	45	40	6
	桓帝后	33	133	61	72	9

（说明：所列赋的作者数、篇目数，以《史记》《汉书》《后汉书》《全汉文》《全后汉文》《全汉赋》有明确记录者为据。）

从表中可看出，西汉的赋作者与东汉基本相同，留存赋作却不及东汉留存赋作的四分之一。但西汉留存赋作残缺较少，东汉留存赋作则残缺多，且西汉有目无篇的多于东汉。这极可能说明：西汉赋未在民间流传，经过整理后存放在禁中藏书之所。而东汉尤其是到了东汉后期，汉赋多流传于民间，故散乱较多。由于西汉藏书集中，所以，一旦受损，后果就极为严重，甚至是焚毁殆尽。如当时数量可观的西汉皇帝身边的侍从文臣赋，到现在却不见片言只语，《文选》未录，《隋书·经籍志》未记，说明亡佚较早。或许此藏书制度是造成集体遗失的原因。

虽然自西汉后期起私人藏书增多，但私人藏书依然难免战乱、人祸和腐敝之害。战乱不仅使皇家藏书散亡，同时也会使私家藏书流失。后汉私人藏书家蔡邕有书近万卷，主要传于其女和王粲。蔡邕制作有大量赋作，还是鸿都门学的考官。那么，他会不会藏有大量赋作呢？如果有，恐亦遗失。《后汉书·列女传》载蔡文姬言曰："昔亡父赐书四千许卷，流离涂炭，罔有存者。今所诵忆，裁四百余篇耳。"可见，蔡邕赐给其女儿蔡文姬的四千许卷书，因战乱遗失殆尽。又《博物记》云："蔡邕有书近万卷，末年载数车与（王）粲，粲亡后，相国掾魏讽谋反，粲子与焉，既被诛，邕所与书悉入业。"① 王粲避难荆州时，恐不可能带上数车书，遗失定多。故其子所得之书，恐非为蔡邕所与之全部。

除战乱外，赋家身遭不测之祸，也会造成藏书的散亡流失。淮南王刘安，深得武帝尊重，常获赐书。《汉书·刘安传》："淮南王安为人好书……时武帝好艺文，以安属为诸父，辩博善为文辞，甚尊重之。每为报书及赐，常召司马相如等视草乃遣。"颜师古注曰："赐，赐书也。"淮南王刘安本人好书，又获皇帝

---

① 陈寿：《三国志》，上海古籍出版社2002年版，第736页。

赐书，其藏书应当丰厚。且淮南王亦好赋，与其群臣曾生产大量赋作。则其藏书必定有赋。后淮南王因谋反自杀国除，其藏书在其家被收抄的过程中，或有遗失，其中不乏赋作。班固家也富有藏书，班固因受窦宪牵累而下狱死。其藏书也会因此散亡。另外，还有因赋家身遭不测，而导致所著赋作遗失的。如《后汉书·文苑传下》："（高彪）病卒于官，文章多亡"；"建安中，其乡人有构（边）让于操，操告郡就杀之。文多遗失"；"（黄）祖主簿素疾（祢）衡，即时杀焉。……其文章多亡云"。此类现象颇多，不一一而举。虽说这些赋家有零星赋作留下，恐不及十之一二。

　　藏书除了受外在原因而受损外，其自身也有自然耗损。如虫蠹、朽烂等。《后汉书·郑玄传》："末所愤愤者，徒以亡亲坟垄未成，所好群书率皆腐敝，不得于礼堂写定，传与其人。"既然"群书率皆腐敝"，那么，赋作也在所难逃。

第六章

汉赋的消费

汉赋的消费主要是指汉赋的阅读收藏活动，除对文本形式汉赋的阅读收藏外，还包括对口头形式汉赋的接受诵传。

第一节　汉赋的消费者和消费状况

一、汉赋的消费者

汉赋的消费者，从身份的层面分布情况看，还是很广阔的。有皇帝、皇子；诸侯王、王子；后宫贵人；宫廷庸人；大将军；赋家、史官、校书官；下层文人；下层官吏、百姓等。

表六　汉赋消费者身份分类表

消费者	例　证
皇帝、皇子	武帝、宣帝、成帝、明帝、灵帝等。 《汉书·王褒传》："其后太子体有不安，苦忽忽善忘，不乐。诏使褒等皆之太子宫虞侍太子，朝夕诵读奇文及所自造作。疾平复，乃归。"
诸侯王、王子	梁王刘武，淮南王刘安等。 枚乘《七发》："楚太子有疾，而吴客往问之曰。……"李善注曰："说七事以起发太子也，犹楚词七谏之流。"①

---

① 李善：《文选注》：中华书局1977年版，第478页。

续表

消费者	例　证
后妃、贵人	《汉书·王褒传》："太子喜褒所为《甘泉》及《洞箫颂》，令后宫贵人左右皆诵读之。" 《后汉书·皇后纪》："明德马皇后讳某……能诵《易》，好读《春秋》《楚辞》，尤善《周官》、董仲舒书。" 《后汉书·清河孝王庆传》："（安）帝所生母左姬，字小娥，小娥姊字大娥，犍为人也。初，伯父圣坐妖言伏诛，家属没官。二娥数岁入掖庭，及长，并有才色。小娥善史书，喜辞赋。"
宫廷庸人	《汉书·东方朔传》："皆曰朔口谐倡辩，不能持论，喜为庸人诵说，故令后世多传闻者。"
赋家、史官、校书官	孔臧《鸮赋》："昔在贾生，有识之士。忌此服鸟，卒用丧己。"① 扬雄《法言·吾子》："或问，吾子少而好赋？曰：然。"② 司马迁《史记·太史公自序》："《子虚》之事，《大人》赋说，靡丽多夸，然其指风谏，归于无为。作《司马相如列传》第五十七。"《后汉书·班固传》："固字孟坚。年九岁，能属文诵诗赋。"
外戚大将军	《后汉书·傅毅传》："永元元年，车骑将军窦宪复请毅为主记室，崔骃为主簿。及宪迁大将军，复以毅为司马，班固为中护军。宪府文章之盛，冠于当时。"如班固的《窦将军北征颂》，崔骃的《大将军西征赋》《北征颂》，傅毅的《窦将军北征颂》《西征颂》。 《后汉书·文苑传上》："琦以言不从，失意，复作《白鹄赋》以为风（梁冀）。"
下层文人	《汉书·朱买臣传》："家贫，好读书，不治产业……担束薪，行且诵书。"《汉书·王褒传》："徵能为《楚辞》九江被公，召见诵读。" 《艺文类聚》四十三、《文选》成公绥《啸赋》注引刘向《别录》云："有《丽人歌赋》，汉兴以来，善雅歌者鲁人虞公，发声清凉，远近集尘，受学者莫能及也。"③ 《西京杂记》卷二："盛览字长通。牂柯名士。尝问以作赋。……览乃作《合组歌》《列锦赋》而退。终身不敢复言作赋之心矣。"④

---

① 费振刚：《全汉赋》，北京大学出版社1993年版，第120页。
② 汪荣宝：《法言义疏》，中华书局1987年版，第45页。
③ 李善：《文选注》，中华书局1977年版，第264页上。
④ 向新阳等：《西京杂记校注》，上海古籍出版社1991年版，第91页。

续表

消费者	例　证
下层官吏、百姓	1993年3月，江苏连云港市东海县尹湾村发掘了六座汉墓。其中，六号墓出土竹简133枚，整理出有《神乌傅（赋）》。其墓主身份为郡小吏。《江苏东海县尹湾汉墓群发掘简报》："关于墓主人的身分，只有M6男墓主可以确定，即在东海郡分别做过卒史、五官掾、功曹史的师饶，字君兄。"① 在汉代郡守僚属中，功曹史为百石小吏。 曹植《与吴季重书》："其诸贤所著文章，想还所治复申咏之也。可令熹事小吏讽而诵之。"② 吴质《答东阿王书》："此邦之人，闲习辞赋，三事大夫，莫不讽诵。"③

　　从年代的历时性看，不同身份的消费者在同一时段各占比重是极不均衡的。在武帝以前，汉赋的消费者主要是诸侯王及民间下层文人中的习诗赋者；从西汉武帝至东汉和帝间，消费者主要是皇帝及宫廷群臣；和帝末期至桓帝初期，大将军一度成为赋颂的主要消费者；灵帝后，汉赋的消费层面变得更加宽泛了，慢慢转移到统治下层和民间了。以此观之，汉赋主要消费者变化的轨迹与汉代实际掌权者变移的轨迹似乎一致，皇帝是主要消费者的时期刚好是汉代皇权高度集中的时期。

　　从虞公、被公以及东方朔主要以口诵方式传授辞赋，加之朱买臣"行且诵书"，"歌呕道中"④，汉末"三事大夫，莫不讽诵"，再结合当时书之难得等情况看，汉赋在底层的大面积消费应该是非文本的形式。而文本形式的消费主要集中于贵族官僚阶层。

二、西汉赋的消费状况

　　汉初，鲁地儒风盛行，弦歌之音不绝。《史记·儒林列传》："及高皇帝诛项籍，举兵围鲁，鲁中诸儒尚讲诵习礼乐，弦歌之音不绝，岂非圣人之遗化，好礼乐之国哉？""弦歌之音"不仅有《诗》，亦有赋。如"善雅歌者鲁人虞公"就曾传播《丽人歌赋》，"发声清凉，远近集尘，受学者莫能及也"⑤。《史记·

---

① 连云港市博物馆：《江苏东海县尹湾汉墓群发掘简报》，《文物》1996年第8期，第4—24页。
② 李善：《文选注》，中华书局1977年版，第595页上。
③ 同上，596页下。
④ 《汉书》卷六四上《朱买臣传》，第2791页。
⑤ 欧阳询：《艺文类聚》卷四三，上海古籍出版社1965年版，第771页。

叔孙通列传》："叔孙通之降汉，从儒生弟子百余人。"以叔孙通事例推之，随虞公受学者亦应该为数不少。此时赋或依托于《诗》，如此则更可见其消费者之众。

惠帝至武帝以前，约七十年的时间，黄老思想一直是政治的指导思想，在社会上居于支配地位①。"孝惠皇帝、高后之时，黎民得离战国之苦，君臣俱欲休息乎无为，故惠帝垂拱，高后女主称制，政不出房户，天下晏然。刑罚罕用，罪人是希。民务稼穑，衣食滋殖。"②此后，文帝、景帝及窦太后依旧尊崇黄老。《史记·儒林列传》："孝文帝本好刑名之言。及至孝景，不任儒者，而窦太后又好黄老之术，故诸博士具官待问，未有进者。"《史记·外戚世家》亦云："窦太后好黄帝老子言，帝及太子、诸窦，不得不读《黄帝》《老子》，尊其术。"可见，这个时期他们是以黄老思想作为治国的指导思想的。他们对黄老思想的尊崇势必影响他们对文学的看法，决定着他们的文学消费观念。

金春峰先生在其《汉代思想史》中说："所谓'黄老'，正是《老子》思想向法家、兵家发展并与之相互结合的结果。"③也就是说汉初的黄老思想是以道、法两家思想为精神内核的。道、法两家又都是排斥文学的。"道家主要人物是老子和庄子。他们都有要求回归上古简质淳朴时代的倾向，因而对音乐、言辞、辩论等都持否定态度，提出'信言不美，美言不信'，认为美丽的色彩、音乐使人'失性'"④。老子还提出"为学日益，为道日损""善者不辩，辩者不善"等主张⑤；庄子提出"绝圣弃智""灭文章，散五采"等主张⑥。这些都是非文学的。"法家崇尚耕战，主张君主独裁，厉行法制，对于传统文化学术和儒、墨、名、纵横诸家学说，认为不切实用，而且妨碍其愚民政策的实施，故加以全面排斥"⑦。《商君书》和《韩非子》是法家的理论基础，从中我们可以看到他们否定文学的主张。《商君书·农战》："农战之民千人，而有《诗》《书》辩慧者一人焉，千人者皆怠于农战矣。……《诗》《书》、礼、乐、善、修、仁、廉、辩、慧，国有十者，上无使守战。国以十者治，敌至必削，不至

---

① 金春峰：《汉代思想史》，中国社会科学出版社1987年版，第21页。
② 《史记》卷九《吕太后本纪》，第412页。
③ 金春峰：《汉代思想史》，中国社会科学出版社1987年版，第23页。
④ 王运熙等：《中国文学批评史新编》，复旦大学出版社2005年版，第7页。
⑤ 马叙伦：《老子校诂》，中华书局1974年版，第434、633页。
⑥ 支伟成：《庄子校释》，中国书店1988年版，第70页。
⑦ 王运熙等：《中国文学批评史新编》，复旦大学出版社2005年版，第6页。

必贫；国去此十者，敌不敢至，虽至必却。"①《商君书·靳令》："国以功授官予爵，则治省言寡，此谓以法去法，以言去言。……六虱：曰礼、乐，曰《诗》《书》，曰修善、曰孝弟，曰诚信、曰贞廉，曰仁、义，曰非兵、曰羞战。国有十二者，上无使农战，必贫至削。"②《韩非子·亡徵》："好辩说而不求其用，滥于文丽而不顾其功者，可亡也。"③《韩非子·五蠹》："故行仁义者非所誉，誉之则害功，工文学者非所用，用之则乱法。"④ 因此，韩非在《韩非子·和氏》中提出"燔诗书而明法令"的主张⑤。总之，道、法两家都是反文学的。

文帝和景帝在位期间，其主要精力都放在治农和修法上。文帝在位二十三年，先后多次下了劝农诏、开籍田诏、耕桑诏及修改刑法的诏令。文帝以治农为治理天下之根本，他说："夫农，天下之本也"，"道民之路，在于务本"，"农天下之本，务莫大焉"⑥。景帝在位期间，亦重农、法，其《劝农桑诏》云："农，天下之本也。黄金珠玉，饥不可食，寒不可衣。以为币用，不识其终始，间岁或不登，意为末者众，农民寡也。其令郡国务劝农桑。"⑦ 并先后多次下了《谳狱诏》《减笞诏》《减笞法诏》《诏定箠令》等。且反复申言："法者，治之正也，所以禁暴而率善也"，"法正则民愨，罪当则民正"，"法令度量，所以禁暴止邪也"⑧。

由上观之，文、景二帝是尊崇黄老思想而轻视文学的。景帝还曾说："雕文刻镂，伤农事者也。锦绣纂组，害女红者也。农事伤则饥之本也，女红害则寒之原也。夫饥寒并至，而能亡为非者寡矣。"⑨ 由此可见，"会景帝不好辞赋"就不难理解了⑩。文帝、景帝不好辞赋必然会遏制此期辞赋在宫廷中的生产消费。虽说文帝、景帝时的思想政策遏制了辞赋的生产消费，但这个时期辞赋的生产消费活动并未完全间断。尽管景帝不好辞赋，我们依然不能断定他完全没有消费辞赋，"不好辞赋"极可能是其消费辞赋后的表现，不然"会景帝不好辞

---

① 高亨：《商君书注译》，中华书局1974年版，第35—36页。
② 同上，第105—106页。
③ 陈奇猷：《韩非子集释》，上海人民出版社1974年版，第267页。
④ 同上，第1057页。
⑤ 同上，第239页。
⑥ 《汉书》卷四《文帝纪》，第115—125页。
⑦ 《汉书》卷五《景帝纪》，第152页。
⑧ 严可均：《全汉文》，中华书局1958年版，第138—139页。
⑨ 《汉书》卷五《景帝纪》，第151页。
⑩ 《史记》卷一一七《司马相如列传》，第2999页。

赋"就会有此地无银之嫌。再之,《汉书·艺文志》有"李思《孝景皇帝颂》十五篇"。颂作进献给他,看与不看,只要他接下了,即可视为对赋作的消费。此时,朝廷消费辞赋的活动不是很兴盛,这是一定的。

这期间的辞赋消费活动主要发生在各诸侯国,尤以梁王国和淮南王国为盛。梁王国和淮南王国都是以集体的方式对辞赋进行消费,规模较大。他们都有自己的文人集团,他们指令这些文人们集团性生产消费。如果说消费拉动生产的话,则淮南王国的辞赋消费活动最为繁盛,因为他们留下的赋作最多。魏王国和长沙王国也应有辞赋的消费活动,因这个时期魏王国与长沙王国有赋作的生产活动,阙于史料,难以知晓其具体消费状况。

另外,士人间、民间亦有对辞赋的消费活动。如孔臧对贾谊赋的接受,朱买臣对楚辞的接受。孔臧《鸮赋》云:"季夏庚子,思道静居。爰有飞鸮,集我屋隅。……昔在贾生,有识之士,忌此服鸟,卒用丧己。咨我令考,信道秉真。"① 从"咨我令考,信道秉真"句看,他在其父在生时读过贾谊的《鵩鸟赋》,并向其父咨问贾谊"忌此服鸟,卒用丧己"的因由,可见孔臧父子均读过贾谊《鵩鸟赋》。文帝九年孔臧之父孔聚卒,孔臧嗣以为蓼侯。这就说明在文帝时士人间存在着辞赋的消费活动。《汉书·文帝纪》:"二年冬十月……诏曰:'……今列侯多居长安,邑远,吏卒给输费苦,而列侯亦无繇教训其民。其令列侯之国,为吏及诏所止者,遣太子。"孔臧之父孔聚当在遣往之列,但其是否于朝中为吏或属"诏所止"者则不详。也就是说,很难断定孔臧是在长安还是在蓼城看到贾谊《鵩鸟赋》的,但两个地方的可能性都极大。孔臧是仲尼之后,其父也应是儒者,和贾谊在思想上应有共通之处,或有交往。如果同在朝中为官,自会有交会的机会。如果孔、贾未同朝为官,孔聚亦有获得贾谊赋的可能。贾谊曾为梁怀王太傅,蓼城去梁王国不远。孔臧到底是以何途径获得贾谊的赋作,已难知晓。如果是通过私交途径获得,则贾谊赋的消费可能限于士人间,如果是通过其他途径获得,则贾谊赋的消费面会更广一些。

景帝时,在吴地和蜀地民间,辞赋的消费活动也较常见。《汉书·地理志》:"吴有严助、朱买臣,贵显朝廷,文辞并发,故世传《楚辞》。"《汉书·朱买臣传》:"家贫,好读书,不治产业常艾薪樵,卖以给食,担束薪,行且诵书。"朱买臣家无斗米储却"行且诵书",既见其对书籍文章的喜好,亦见时风地俗的影

---

① 费振刚:《全汉赋》,北京大学出版社1993年版,第120页。

响。因买臣善言《楚词》，所以，也从侧面反映了辞赋在吴地民间消费的平凡。《汉书·地理志》："景、武间，文翁为蜀守，教民读书习法令，未能笃信道德，反以好文刺讥笑。"从这段话中，我们可以知道这样一个信息：由于文翁的教化，蜀人的文化素养大大提高了，但蜀人的那种"俗不愁苦，而轻易淫泆，柔弱褊陿"的脾性并未完全驯化①，所以"好文刺讥"。所谓"好文刺讥"，当是好为刺讥之文，即像后来王褒《僮约》那一类的俗赋。所以，到王褒的《僮约》，无论是文辞还是章法都极为纯熟。可见，这段时间里，在蜀地辞赋的消费活动也是常见的。

武宣之际，汉赋的消费活动主要发生在朝廷，是汉代皇帝消费赋作最鼎盛的时期。班固《两都赋序》："至武宣之世，乃崇礼官，考文章。内设金马石渠之署，外兴乐府协律之事。以兴废继绝，润色鸿业。是以众庶悦豫，福应尤盛，白麟赤雁芝房宝鼎之歌，荐于宗庙，神雀五凤甘露黄龙之瑞，以为年纪。故言语侍从之臣。若司马相如、虞丘寿王、东方朔、枚皋、王褒、刘向之属，朝夕论思，日月献纳。而公卿大臣御史大夫倪宽、太常孔臧、太中大夫董仲舒、宗正刘德、太子太傅萧望之等。时时间作。……故孝成之世，论而录之，盖奏御者千有余篇。"②可见此期汉赋生产消费之盛。这个时期，赋家多是为满足皇帝的消费需求而生产赋作的，有的赋作是在皇帝的直接指令下生产的。如汉武帝游览宫馆或有喜庆之事，即令枚皋、东方朔等为赋，每有奇异辄令严助、司马相如等为赋；汉宣帝每放猎、幸宫馆，辄令王褒、长子侨等为赋。可见，这些侍从文人是为满足皇帝的消费需求而作赋。然后，他们又共同消费之。此期生产赋作的盛况，实质上是消费赋作的盛况。除了皇帝和中朝大臣们对赋作的消费外，宫廷中的后宫及庸人等也多消费赋作。如东方朔"喜为庸人诵说，故令后世多有传闻者"③；宣帝太子"喜褒所为《甘泉》及《洞箫颂》，令后宫贵人左右皆诵读之"④。还有那些颇有赋作的卫士令、郎中臣、黄门书者等，恐怕也是"朝夕论思，日月献纳"。既然他们"朝夕论思"，讨论赋的作法，就说明他们也时常在消费赋作。可见，此时辞赋的消费活动在宫廷中是自上而下都存在的。

---

① 《汉书》卷二八下《地理志》，第1645页。
② 李善：《文选注》，中华书局1977年版，第21—22页。
③ 《汉书》卷六五《东方朔传》，第2873页。
④ 《汉书》卷六四下《王褒传》，第2829页。

这个时期汉赋消费的层面不仅限于朝廷，地方也有很多汉赋消费活动。《汉书·王褒传》："于是益州刺史王襄欲宣风化于众庶，闻王褒有俊材，请与相见，使褒作《中和》《乐职》《宣布诗》，选好事者令依《鹿鸣》之声习而歌之。"《中和》《乐职》《宣布诗》等篇，配乐歌之则称之为歌诗，如果无乐清诵则可称之为赋，即"传曰：'不歌而诵谓之赋'"①。如汉高祖的《秋风辞》，入乐称为歌诗，不入乐称为辞，即是此类。因此说，王襄所用《中和》《乐职》《宣布诗》等篇风化众庶，也是一种赋作消费行为，而且消费层面宽大。由此，我们可以推想到，此期地方守令所作赋作或为进献皇帝，或为风化众庶。如果他们也像王襄一样为风化众庶而作，那么，这个时期汉赋在地方上的消费现象也是不可小觑的。惜于史料匮乏，不能推实。

至元帝时，汉赋在朝廷的消费已大大衰落。元帝虽说是个"多材艺，善史书，能鼓琴瑟，吹洞箫，自度曲，被歌声"的才艺型皇帝，然其"宽弘尽下，出于恭俭"②。因此，他对"淫靡不急"的辞赋并不钟爱③，亦不倡导消费。更重要的一个原因是，元帝时不具备倡导辞赋消费的环境。元帝在位期间，饥荒、水灾、疾疫、地动之灾等，频频屡现，以致元元困乏，民人相食。于是，元帝"令大官损膳，减乐府员，省苑马，以振困乏"④，后又"诏罢黄门乘舆狗马，水衡禁囿、宜春下苑、少府佽飞外池、严籞池田假与贫民"⑤。宣帝时嘉瑞屡现，宣帝倡导消费辞赋尚且遭到议者的反对，"多以为淫靡不急"⑥，何况此时呢？故在这种环境下倡导消费辞赋明显是不合时宜的。还可从元帝征用人才的思想倾向看出，他不是很重视擅长润色鸿业的文章家。《汉书·元帝纪》："（永光元年）二月，诏丞相、御史举质朴敦厚逊让有行者，光禄岁以此科第郎、从官。"可见，元帝需要的是能够实实在在办事的人，而不是擅长"淫靡不急"之文的人。从而也说明，元帝是不好辞赋的，当然也就不会倡导消费辞赋。

成帝也说不上喜好辞赋，从扬雄的遭遇足可说明此事。《汉书·扬雄传》："孝成帝时，客有荐雄文似相如者，上方郊祠甘泉泰畤、汾阴后土，以求继嗣，

---

① 《汉书》卷三〇《艺文志》，第1755页。
② 《汉书》卷九《元帝纪》，第299页。
③ 《汉书》六四下《王褒传》，第2829页。
④ 《汉书》卷九《元帝纪》，第280页。
⑤ 同上，第281页。
⑥ 《汉书》卷六四下《王褒传》，第2829页。

召雄待诏承明之殿";"正月,从上甘泉,还奏《甘泉赋》以风","赋成奏之,天子异焉";"其三月……上《河东赋》以劝",未载成帝的反应;"其十二月羽猎,雄从。……故聊因《校猎赋》以风",天子才给了他一个郎官。《汉书·扬雄传赞》云:"初,雄年四十余,自蜀来至游京师,大司马车骑将军王音奇其文雅,召以为门下史,荐雄待诏,岁余,奏《羽猎赋》,除为郎,给事黄门。"他没有他的同乡司马相如幸运,司马相如《天子游猎赋》一奏上,汉武帝就"以为郎"。他也没有枚皋幸运,武帝"诏使(枚皋)赋平乐馆,善之。拜为郎,使匈奴"①。而扬雄上了数赋,待诏岁余,才拜了一个郎官。并非是扬雄赋逊于相如、枚皋所作赋,而是成帝对于辞赋的态度与武帝大有不同。因为,成帝实在是个无所作为的皇帝,常"乐燕乐""湛于酒色"②,而非喜好辞赋。因此,他也不会倡导辞赋的消费。桓谭从孝成帝出祠甘泉河东时,于集灵宫壁上题了一首《仙赋》。他为何题赋于壁,而不献赋于成帝呢?这也说明了成帝并不是很喜好辞赋。

  成帝时,辞赋的消费活动主要存在于校禁中祕书的文人当中。《汉书·艺文志》:"诏光禄大夫刘向校经传诸子诗赋……每一书已,向辄条其篇目,撮其指意,录而奏之。"刘向带领一部分文人把诗赋进行整理、归类,而后刘歆结为"诗赋略"。他们在整理、归类诗赋时,必定要校雠、勘定,这是接受式消费。他们在给诗赋归类时势必要制定分类标准,标准制定以后,何人诗赋归入何类,也应该研讨一番,我们可把这种消费称作研讨式消费。缮写以后又收藏于禁中藏书府,便是收藏式消费,而这个消费者应该是皇帝和史官、校书官等。以此看来,禁中校书文人消费辞赋的规模应该是比较庞大的。研讨式消费并不仅限于禁中校书文人间,其他文人间也时有发生。如桓谭多次向扬雄咨问作赋之法,亦应是研讨式消费。其《新论·道赋》云:"扬子云攻于赋,王君大习兵器,余欲从二子学。子云曰:'能读千赋则善赋。'君大曰:'能观千剑则晓剑。'"③又《新论·祛蔽》:"余少时见扬子云之丽文高论,不自量年少新进,而猥欲逮及。尝激一事而作小赋,用精思太剧,而立感动发病,弥日瘳。子云亦言,成帝时,赵昭仪方大幸,每上甘泉,诏令作赋。为之卒暴,思精苦,赋成,遂困倦小卧,

---

① 《汉书》卷五一《枚皋传》,第2366页。
② 《汉书》卷十《成帝纪》,第301、330页。
③ 严可均:《全后汉文》,中华书局1958年版,第550页上。

梦其五藏出在地,以手收而内之。及觉,病喘悸大少气,病一岁。由此言之,尽思务精神也。"①

哀、平之际,辞赋的消费活动在朝中似乎更加沉寂。哀帝虽文辞博敏,幼有令闻,但其"雅性不好声色"②,并于绥和二年六月诏罢乐府。可想而知,他不会提倡辞赋消费。"孝平之世,政自莽出,褒善显功,以自尊盛,观其文辞,方外百蛮,亡思不服;休徵嘉应,颂声并作。至乎变异见于上,民怨于下,莽亦不能文也"③。王莽重于用颂诗来文饰当世,以显自己的功德,故大倡颂诗的消费。《汉书·叙传》云:"莽秉政,方欲文致太平,使使者分行风俗,采颂声,而(班)穉无所上。琅琊太守公孙闳言灾异于公府,大司空甄丰遣属驰至两郡讽吏民,而劾闳空造不祥,穉绝嘉应,嫉害圣政,皆不道。"可见王莽对以颂诗文饰太平的重视。以此推之,王莽篡政后,对颂诗的消费当更盛。王莽的这种做法使赋渐渐游离于辞,而归附于颂。此时,民间亦有诗赋的消费活动。《汉书·薛方传》:"薛方尝为郡掾祭酒,尝徵不至,及莽以安车迎方,方因使者辞谢曰……方居家以经教授,喜属文,著诗赋数十篇。"薛方"著诗赋数十篇",数量不少。他不会不读赋而著赋,他还可能让其门徒读赋。所以说,这个时候,汉赋的消费活动在民间也是存在的。

综上观之,以西汉赋主要消费者的消费情况为标分期,西汉赋的消费基本可分为三个时期:一是武帝以前的诸侯王及部分文人对辞赋的消费,他们主要是一种消遣式的消费,即为排遣心中郁闷而借辞赋释愁;二是武宣之际皇帝及朝中群臣对辞赋的消费,他们主要是一种愉悦式的消费,即为寻求快乐而消费,皇帝以赋润色鸿业亦是为激起内心的愉悦;三是宣帝后禁中校书文人对辞赋的消费,他们主要是一种研讨式消费,即把辞赋已作为一个研讨的对象。这消费过程也反映出了西汉赋的生产由兴起、鼎盛到衰败的变化过程。

三、东汉赋的消费状况

西汉生产了大量的赋作,但经过莽时书厄,留存下来的恐怕不是很多。尽管如此,留存部分的赋作东汉人依然可以拿来消费。王莽末至光武初,时局大

---

① 严可均:《全后汉文》,中华书局 1958 年版,第 544 页下。
② 《汉书》卷九《元帝纪》,第 345 页。
③ 《汉书》卷一二《平帝纪》,第 360 页。

乱，战争频仍，人人无暇自顾。这时，整个社会的文学活动凌迟衰微，但亦有坚持者。如夏恭于莽末战乱之时，"拥兵固守"，"讲授门徒常千余人"①。他在给门徒讲《诗》《易》的同时，应该也说赋的。他自己"著赋、颂、诗、《励学》凡二十篇"，而他少习家业的儿子夏牙，也"著赋、颂、赞、诔凡四十篇"②。这是否可说明夏恭是让儿子、门徒们习赋的呢？应该是可以说明的。赋家班彪和赋家王隆都曾避难河西，依附窦融，似亦应有辞赋的消费活动。

光武至明、章世，汉赋的主要消费者是皇帝及其身边的文人。这段时间天下清平，屡有嘉应。皇帝便令身边文人作赋颂之，而有时不等皇帝诏令，这些文人们就主动献赋颂之。如永平中，神雀群集，孝明诏班固、贾逵、傅毅、杨终、侯讽等上《神雀颂》；藩王刘京"数上诗赋颂德，帝嘉美，下之史官"③；元和中崔骃上《四巡颂》以称汉德等。汉明帝还"封上（刘）苍自建武以来章奏及所作书、记、赋、颂、七言、别字、歌诗，并集览焉。"④ 这些都反映出皇帝及身边文人消费赋作的频繁。

光武至明、章间，曾掀起一阵"论都"赋的消费热。光武时，大司马吴汉薨，杜笃于狱中为之写了一篇诔文，"辞最高，帝美之"⑤。杜笃又"以关中表里山河，先帝旧京，不宜改营洛邑，乃上奏《论都赋》"⑥。此赋在朝中引起了极大反响，"西土耆老，咸感怀怨思，异上之睠顾，而盛称长安旧制，有陋洛邑之议"⑦。因定都何处不仅仅是一个地理形势的优劣问题，也是政治理念、文化制度的价值取向问题。王国维《殷周制度论》云："都邑者，政治与文化之标征也。"⑧ 因此，光武定都何处，就成了朝廷大臣们颇为关切的一件大事。可见，杜笃的《论都赋》是一篇颇切中时政的文章。故而引起许多人的关注，从"西土耆老，咸感怀怨思"即可看出。虽说杜笃的《论都赋》并未改变光武定都洛邑的决心，但其余响波及明、章之世。此种论调一直在一些大臣们心中留存，于是，一些主张定都洛邑者不得不出来写一些赞美洛邑的篇章，来阐释都洛邑

---

① 《后汉书》卷八〇上《文苑列传》，第2610页。
② 同上。
③ 《后汉书》卷四二《光武十王传》，第1451页。
④ 《后汉书》卷四二《光武十王传》，第1441页。
⑤ 《后汉书》卷八〇上《文苑列传》，第2595页。
⑥ 同上。
⑦ 李善：《文选注》，中华书局1977年版，第22页。
⑧ 王国维：《观堂集林》，中华书局2006年版，第451页。

之利，都长安之弊。首先是明帝时的王景，作《金人论》颂洛邑之美。《后汉书·王景传》："建初七年，迁徐州刺史。先是杜陵杜笃奏上《论都》，欲令车驾迁还长安。耆老闻者，皆动怀土之心，莫不眷然伫立西望。景以宫庙已立，恐人情疑惑，会时有神雀诸瑞，章帝时有神雀、凤皇、白鹿、白乌等瑞也。乃作《金人论》，颂洛邑之美，天人之符，文有可采。"继王景之后有章帝时傅毅所作《反都赋》《洛都赋》，崔骃所作《反都赋》，班固所作《两都赋》等。也都是为"论都"而作。他们所作的"论都"赋作，又势必引起新一轮的"论都"赋的消费热。如后来张衡模仿班固《两都赋》而作《二京赋》，便是其证。

章帝末和帝初，随着大将军窦宪对文人的笼络，赋颂的消费中心转移到了大将军府。宪赋文人为满足窦宪的消费需求，积极制作赋颂颂扬窦宪北伐的功德。如班固《安丰戴侯颂》《窦将军北征颂》；傅毅《窦将军北征颂》《西征颂》，崔骃《大将军西征赋》《大将军临洛观赋》《北征颂》等。随着和帝的亲政，窦宪府的赋颂消费活动也就结束了，赋颂的消费中心也随即转入了东观。和、安间，朝廷对赋颂的消费需求虽比不上前世，但亦不小。尽管和帝与邓太后均谦恭重教，不事功德宣扬。和帝"前后符瑞八十一所，自称德薄，皆抑而不宣"①，邓太后"事事减约，十分居一"②，这些足可显见他们的谦恭程度。还可从这个时期铭文和箴文的发达来说明他们的重教思想。这个时期的铭文和箴文出现一个突兀，仅李尤一人就作铭文 84 篇，占整个东汉所存铭文数的 61.3%。铭文和箴文是多用来警戒规范修身的，可见他们是重于教化的。但和帝与邓太后也常有诏令作赋以颂之事，如诏令李尤作《东观赋》《辟雍赋》《德阳殿赋》《平乐观赋》，班昭作《大雀赋》等。虽说这些赋作说教成分多于歌颂功德，但也反映出最高统治者对赋颂的需求。

东观是这个时期汉赋主要消费场所。东观是文人汇集之地，也是赋颂消费的主要场所。李尤《东观赋》云："敷华实于雍堂，集幹质于东观。"③ 可见当时东观人才之盛。明、章时，东观就已人才济济，班固、傅毅、贾逵、杨终等，都曾在此校书、著述。和帝更加注重对东观的文化建设，博选术艺之士充实东观。《后汉书·和帝纪》："十三年春正月丁丑，帝幸东观，览书林，阅篇籍，博

---

① 《后汉书》卷四《和帝纪》，第 194 页。
② 《后汉书》卷十上《皇后纪》，第 423 页。
③ 费振刚：《全汉赋》，北京大学出版社 1993 年版，第 286 页。

选术艺之士以充其官。"文风如司马相如、扬雄的李尤,就是在这种背景下被贾逵荐举而入东观的。《后汉书·文苑传上》:"(李尤)少以文章显,和帝时,侍中贾逵荐尤有相如、扬雄之风,召诣东观。"安帝前期,邓太后亲政,"诏谒者刘珍及《五经》博士,校定东观《五经》、诸子、传记、百家艺术,整齐脱误,是正文字"①。这样,又得更多的文人充实东观,赋家王逸就是在此前后入东观的。此时,东观中知名的赋颂作家有李尤、李胜、刘騊駼、马融、刘珍、刘毅、王逸、邓耽等,他们在整理前人赋作时以接受的方式消费。他们不仅消费前人赋作,他们自己也制作赋作彼此消费。东观文人知名者尚且有如此之多,其整体当更甚于此。可推见当时赋作在东观中的消费盛况。

汉赋生产及消费情况最复杂者莫过于桓、灵之世。这个时期东观还依然是一个赋作消费的主要场所,此期的赋家朱穆、边韶、崔寔、延笃、张奂、蔡邕、高彪等均曾著书东观。因此,东观应该有赋作的消费活动。桓、灵之世的赋家还多做过地方的守令,如朱穆做过冀州刺史、应奉做过武陵太守、边韶做过北地太守、崔寔做过五原太守、辽东太守、张升做过外黄令、桓麟做过许令等,不一一列举。他们会不会用赋颂教化吏民呢?这不是不可能的。崔瑗《南阳文学颂》云:"民生如何,导以礼乐。"② 导民以礼乐,赋颂既可用为形式亦可用为内容。匮于材料,不能定论。还有像侯瑾、赵壹、郑玄、祢衡这样的赋家,或游荡四处,或影响一方。尤其像郑玄这样的大学者,门徒广众,赵壹在当时影响也极大。这些人的赋作当时在吏民之间应该有一定的消费市场,如祢衡的《鹦鹉赋》就颇受黄祖之子黄射的喜爱。灵帝于光和元年二月置鸿都门学生,"皆敕州、郡、三公举召能为尺牍辞赋及工书鸟篆者相课试,至千人焉"③。灵帝于朝廷内掀起生产消费辞赋之风,那么地方上也肯定会跟风而起。蔡邕在《上封事陈政要七事》中说:"而诸生竞利,作者鼎沸。其高者颇引经训风喻之言,下则连偶俗语,有类俳优,或窃成文,虚冒名氏。"④ "或窃成文,虚冒名氏"都是用不正当手段窃取别人辞赋以竞利,反映出朝廷当时辞赋的需求之大,消费之盛。其影响范围也应是极大的,势必引起民间对辞赋消费的热衷。由上观之,赋家多活动于地方,鸿都门学生亦多出自州、郡能为尺牍辞赋及工书鸟

---

① 《后汉书》卷五《孝安帝纪》,第215页。
② 严可均:《全后汉文》,中华书局1958年版,第717页下。
③ 《后汉书》卷八《孝灵帝纪》,第341页。
④ 《后汉书》卷六〇下《蔡邕传》,第1996页。

篆者，因此推知，桓、灵之际辞赋消费活动散见于地方民间的现象应颇多。

献帝建安时期，由于曹氏父子"雅爱诗章""妙善辞赋"①，故大倡艺文。曹氏文人集团的文人们在曹丕的带领下，"傲岸觞豆之前，雍容衽席之上，洒笔以成酣歌，和墨以藉谈笑"②，掀起一股辞赋生产消费的热潮。曹丕兄弟倡导消费辞赋的对象不只限于自己身边的文人，还积极向州郡的吏民推广。曹植《与吴季重书》："其诸贤所著文章，想还所治复申咏之也。可令熹事小吏讽而诵之。"③ 由于曹氏兄弟的积极推广，州郡吏民对辞赋的消费亦形成了彬彬之盛的局面。吴质《答东阿王书》："此邦之人，闲习辞赋，三事大夫，莫不讽诵。"④ 可见，当时辞赋的消费活动自上而下均十分繁盛。

第二节 汉赋的消费动因

汉赋消费者对赋作消费有主动消费，也有被动消费。我们把主动消费汉赋的人称为主动消费者，被动消费汉赋的人称为被动消费者。被动消费者的消费动因比较单一，是受他人指令或其他原因而被动消费。如东方朔为皇宫庸人诵说，皇太子令后宫贵人诵读，当权者令吏民讽诵等。像皇宫庸人、后宫贵人、吏民等这些人，当初消费赋作是非主动的，后来他们也许会主动去消费，我们暂且不论。由上可见，他们的消费动因比较单一明了，不必细论。所以，本节主要探讨主动消费者的消费动因。

一、诸侯王消费汉赋的动因——借赋解忧

文、景时，以吴国、梁国、淮南王国势力最为强大，文人也主要集中在这三个王国。吴王国没有辞赋生产消费的史料记录，故略去不论。主要探讨一下梁孝王和淮南王消费汉赋的动因。

梁孝王与汉景帝同母，深受太后宠爱，窦太后"爱之，赏赐不可胜道"，

---

① 范文澜：《文心雕龙注》，人民文学出版社1958年版，第673页。
② 同上。
③ 李善：《文选注》，中华书局1977年版，第595页上。
④ 同上，第596页下。

"上废栗太子,窦太后心欲以孝王为后嗣"①。且梁孝王在平叛吴、楚之乱时起到至关重要的作用,立下汗马功劳,"吴楚以梁为限,不敢过而西"②。后吴楚破,而梁所破杀虏略与汉中分。因梁最亲,有功,又为大国,居天下膏腴地,故梁孝王"筑东苑,方三百余里。广睢阳城七十里。大治宫室,为复道,自宫连属于平台三十余里。得赐天子旌旗,出从千乘万骑。东西驰猎,拟于天子"③。景帝对待梁孝王也是优待有加,以太后亲故,孝王入则侍景帝同辇,出则同车游猎,射禽兽上林中。梁之侍中、郎、谒者著籍引出入天子殿门,与汉宦官无异。景帝还曾言千秋万岁后传于梁王,梁王虽知非至言,然心内喜。太后的宠爱和景帝的优待、许诺,不能不促长梁孝王的企图皇位之心。后来,"上立胶东王为太子。梁王怨袁盎及议臣,乃与羊胜、公孙诡之属阴使人刺杀袁盎及他议臣十余人"④一事,充分暴露了他对皇位的觊觎之心。

在平定吴楚七国之乱至刺杀袁盎等大臣这一段时间里,梁孝王的心情应该是烦忧焦躁的。因为战功和优宠膨胀了他企图皇位的野心,而这种野心暂时又无法实现。用什么来平静他那焦躁的心,游宴赏赋便成了一有效途径。于是,"梁孝王游于忘忧之馆,集诸游士,各使为赋"⑤。梁孝王为什么要建"忘忧之馆"?一是说明他有烦忧,二是想摈弃烦忧。于是,便建忘忧之馆以供游宴,排解其忧。饮美酒、赏音色,固然可以暂时忘却忧烦,但让身边文人吟诗作赋解其心颐也必不可少。既可显示他有与他的门客们同甘共苦的胸怀,又可了解门客们的辩才和内心意向。最重要的还是借赏赋营造欢乐,以解其忧。实质上,是用门客们的歌颂和劝慰来安顿其焦躁的心,暂时填满心中的欲壑。

"在古代,文学创作人员大都有自己熟悉的固定的消费对象。就民间艺人创作而言,主要是面向自己的左邻右舍或街坊邻里;而就宫廷文人来说,他们的作品则主要是为其保护人——某一位达官贵人——服务"⑥。同样,梁园文人也是为梁王服务的,是迎合梁王意图的。罗贝尔·埃斯卡尔皮曾说:"夏尔·皮诺-杜洛克在1751年的《论述本世纪的习俗》一书中写道:'我熟悉我的读者,

---

① 《史记》卷五八《梁孝王世家》,第2083、2084页。
② 同上,第2082页。
③ 《史记》卷五八《梁孝王世家》,第2083页。
④ 《史记》卷五八《梁孝王世家》,第2085页。
⑤ 向新阳等:《西京杂记校注》,上海古籍出版社1991年版,第173页。
⑥ 童庆炳:《文学理论教程》,高等教育出版社1998年版,第275页。

每个人都拥有自己的读者，即这个共同生活着的社会中的一部分人。'十分幸运的是，并非所有作家都对自己的读者范围有如此清晰的概念（因为这将使他们动弹不得）但这并不妨碍他们成为自己读者的俘虏。把作家同可能存在的读者们紧密联系在一起的，是文化修养上的共同性，认识上的共同性和语言的共同性。"① 因此，我们可以通过梁园赋作来反观梁王消费赋的动因。《西京杂记》记录了梁孝王忘忧馆时豪七赋：枚乘《柳赋》、路乔如《鹤赋》、公孙诡《文鹿赋》、邹阳《酒赋》、公孙乘《月赋》、羊胜《屏风赋》、邹阳替韩安国所作《几赋》。时豪赋成后，"邹阳、安国罚酒三升，赐枚乘、路乔如绢，人五匹"②。也就是说，枚乘、路乔如赋作得最好，或者说，最符合梁王的口味，故受赏赐。从受赏赐的赋分别排在前列来看，《西京杂记》极可能是按照赋的优劣排序收录的，这是不是代表着梁王的评判就不得而知了。就艺术手法而言，《柳赋》和《鹤赋》确实要比其他五赋更胜一筹。如果我们比较一下这七赋的内容，不难发现，枚、路二人在《柳赋》和《鹤赋》中的赞颂更深得梁王之心。

枚乘、路乔如都在赋中突出赞颂了梁王的"德"，枚乘《柳赋》："君王渊穆其度，御群英而玩之。……于嗟乐兮！……俊乂英旄，列襟联袍。小臣莫效于鸿毛，空衔鲜而嗽醪。"枚乘在赋中描述了梁王至德，门下群英荟萃，欢乐一堂，乐为其用。路乔如《鹤赋》："故知野禽野性，未脱笼樊，赖吾王之广爱，虽禽鸟兮抱恩。方腾骧而鸣舞，凭朱槛而为欢。"路乔如赋中高唱梁王之德，泽及禽兽。排在第三的是公孙诡的《文鹿赋》，其赋云："麀鹿濯濯，来我槐庭。食我槐叶，怀我德声。……叹丘山之比岁，逢梁王于一时。"也是赞颂梁王之德的，但略显平淡。邹阳的《酒赋》主要是为梁王祝寿："吾君寿亿万岁，常与日月争光。"羊胜的《屏风赋》也是为梁王祝寿："藩后宜之，寿考无疆。"③ 颂德要比祝寿更得梁王之心，更让梁王快乐，更易使梁王忘忧。据《史记·外戚世家》载："窦太后好黄帝、老子言，帝及太子诸窦，不得不读《黄帝》《老子》，尊其术。"由此可知，梁孝王也是应读黄帝、老子言的。《老子》曰："道生之，

---

① ［法］罗贝尔·埃斯卡尔皮：《文学社会学》，上海译文出版社 1988 年版，第 125—126 页。
② 向新阳等：《西京杂记》，上海古籍出版社 1991 年版，第 190 页。
③ 《柳赋》《鹤赋》《文鹿赋》《酒赋》《屏风赋》引文分别出自向新阳等：《西京杂记校注》，上海古籍出版社 1991 年版，第 174、178、179、182、189 页。

德蓄之，物形之，势成之，是以万物莫不遵道而崇德。"① 贾谊《道德说》云："物所道始谓之道，所得以生谓之德。德之有也，以道为本，故曰'道者，德之本也'。德生物又养物，则物安利矣。"②"德生物又养物，则物安利矣"，天下归于有德。故颂德比祝寿更能让梁王产生愉悦，也最能使梁王陶醉于其中而得乐忘忧。不论是颂德赋还是祝寿赋，都能让梁王得到欢乐而忘掉忧愁，所以他也就乐于对此类赋的消费了。

这时辞赋的另一个消费中心在淮南王国，我们来看看淮南王刘安消费辞赋的动因。淮南王刘安是一个文人，一个忧郁敏感的文人。《史记·淮南衡山列传》："淮南王安为人好读书鼓琴，不喜弋猎狗马驰骋，亦欲以行阴德拊循百姓，流誉天下。"他的忧郁敏感是由他的出身及处境造成的。他的父亲淮南厉王刘长是高帝刘邦少子，厉王母为故赵王张敖美人，受贯高谋反事牵连下狱，"及厉王母已生厉王，恚，即自杀"③。后淮南厉王以谋反罪名废徙蜀，于道中绝食而死，此时刘安兄弟皆幼。"孝文八年，上怜淮南王，淮南王有子四人，皆七八岁，乃封子安为阜陵侯。"④ 在朝廷看来，刘安为罪王之后，当然应该受到朝廷猜忌；在刘安看来，其家族是两世含冤。于是对朝廷心存仇恨，"时时怨望厉王死，时欲叛逆，未有因也"⑤。景帝时，亦露反迹，孝景三年，吴楚七国反，吴使者至淮南，淮南王欲发兵应之。

武帝虽以刘安属为诸父，甚尊重之。但他们的政见往往不同，武帝对他也是心存疑忌。建元六年（前135）闽越复反，武帝遣将诛闽越，刘安上书谏阻。"上嘉淮南之意，美将卒之功，乃令严助谕意风指南越。"⑥ 武帝又使严助谕意于刘安，说明他自己的卓见。"于是王谢曰：'虽汤伐桀，文王伐崇，诚不过此。臣安妄以愚意狂言，陛下不忍加诛，使使者临诏臣安以所不闻，臣不胜幸。'"⑦ 徐复观先生说："按刘安之谏，殆欲藉此向武帝表示忠悃之忱；武帝使严助谕意，盖欲使刘安了解自己的伟大以相压服。由本传看，武帝此时已加深对刘安

---

① 朱谦之：《老子校释》，中华书局1984年版，第203页。
② 贾谊：《贾谊集》，上海人民出版社1976年版，第145页。
③ 《史记》卷一一八《淮南衡山列传》，第3075页。
④ 同上，第3080页。
⑤ 同上，第3082页。
⑥ 《汉书》卷六四上《严助传》，第2786页。
⑦ 同上，第2789页。

的刻忌。"① 所以，淮南王刘安几乎是一直生活在焦躁之中，《史记·淮南衡山列传》："诸使道从长安来，为妄妖言，言上无男，汉不治，即喜；即言汉廷治，有男，王怒，以为妄言，非也。"可见其心境的焦躁与不安。

诸侯王中门客以吴王、梁王和淮南王为最多，吴王反叛被平，梁王亦因门客犯上作乱而被打压，刘安不能不以此为鉴戒，谨慎从事。可谓整日战战兢兢，如履薄冰。对于刘安在景、武间的处境心情，徐复观先生《两汉思想史》有这样一段阐释："景帝削平七国后，岂能一日忘刘安兄弟？而刘安的惴惴疑惧，自亦为情理之常。同时，汉初士人承战国余习，邀游于诸侯王间，下焉者博衣食，上焉者显材能，尤为朝廷所深恶。随对诸侯王的疑忌压迫倾覆，势必影响摧残到这一批游士的自身。尤以淮南宾客之盛，更成为朝廷欲得而甘心的大目标。因此可以了解，淮南王刘安及其宾客，乃在此种危机深迫的感觉中而同著此书。这便提供了在《淮南子》的浮夸瑰玮的语言中，了解他们另一真正用心所在的线索。"② 徐先生的阐释颇为有理，故刘安与宾客们的辞赋可视为他们忧惧的共鸣。他们消费辞赋就是试图在获得共鸣时消除忧惧。为了逃避朝廷的猜忌，刘安便让他的门客著书和创作辞赋以示自己无意于政治。这样，既笼络了人才，又可以掩盖他的内心企图和消释他的焦躁忧虑。因此，刘安提倡辞赋的创作和消费。

我们再从他们的赋作中洞悉他们的消费辞赋的动因，他们既是辞赋的生产者，同时也是消费者，自己生产出来而后又自己消费。所以，往往他们的生产动机也就是他们的消费动机。刘安现存赋作有《屏风赋》，可以看作是刘安对自己心境的写照。屏风的"飘飖殆危，靡安措足"，如同他当时的处境；"然常无缘，悲愁酸毒"，如同他当时的心情；"不逢仁人，永为枯木"，暗示他当时的心态③。这些说明他是愁闷的，因此以赋消解他的愁闷。再看他的门客淮南小山的赋作《招隐士》的意旨，王逸《楚辞章句》云："《招隐士》者，淮南小山之所作也。昔淮南王安博雅好古，招怀天下俊伟之士，自八公之徒，咸慕其德而归其仁，各竭才智，著作篇章，并造辞赋，以类相从，故或称小山，或称大山，其义犹《诗》有《小雅》《大雅》也。小山之徒闵伤屈原，又怪其文升天乘云，

---

① 徐复观：《两汉思想史》，华东师范大学出版社2001年版，第111页。
② 徐复观：《两汉思想史》，华东师范大学出版社2001年版，第112页。
③ 费振刚：《全汉赋》，北京大学出版社1993年版，第44页。

役使百神，似若仙者，虽身沉没，名德显闻，与隐处山泽无异，故作《招隐士》之赋，以章其志也。"① 依王逸意，此赋意旨是"小山之徒闵伤屈原……以章其志"。王夫之在《楚辞通释》中驳斥王逸说："今按此篇，义尽于招隐，为淮南召致山谷潜伏之士，绝无闵屈子而章之之意。"② 如果我们结合刘安及其门客当时的生存处境看，则不难发现，他们是在借古人的酒杯浇自己的块垒，是借辞赋来解释胸中的忧郁苦闷。赋中着力描述了环境的险恶："桂树丛生兮山之幽，偃蹇连蜷兮枝相缭。山气茏葼兮石嵯峨。嵠谷崭崖兮水层波，猿狖群啸兮虎豹嗥。"③ 正如朱熹所说："淮南小山作《招隐》，极道山中穷苦之状。以风切遁世之士，使无遐心。其旨深矣。"④ 他们极力描述"山中穷苦之状"是暗寓他们生存环境的艰险。"王孙游兮不归，春草生兮萋萋""王孙兮归来，山中兮不可以久留"⑤，道出了他们去留难舍的矛盾心态及不知何去何从的迷茫心绪。这是他们和刘安共有的心绪。于是，作赋读赋便成了他们遣发这种郁闷心绪的一个有效途径。

二、皇帝消费汉赋的动因——招揽人才、"润色鸿业"与"虞说耳目"

西汉赋的消费主要盛行于武、宣之际，至成帝时渐趋衰落。所以，我们主要探讨一下武帝和宣帝消费辞赋的动因。由于文、景二帝实施休养生息政策，致使武帝时国力强盛，物产高度丰富。《史记·平准书》："至今上即位数岁，汉兴七十余年之间，国家无事，非遇水旱之灾，民则人给家足，都鄙廪庾皆满，而府库余货财。京师之钱累巨万，贯朽而不可校。太仓之粟陈陈相因，充溢露积于外，至腐败不可食。众庶街巷有马，阡陌之间成群，而乘字牝者傧而不得聚会。守闾阎者食粱肉，为吏者长子孙，居官者以为姓号。故人人自爱而重犯法，先行义而后绌耻辱焉。当此之时，网疏而民富，役财骄溢，或至兼并豪党之徒，以武断于乡曲。宗室有土公卿大夫以下，争于奢侈，室庐舆服僭于上，无限度。物盛而衰，固其变也。"从这段文字我们可以获得一个重要信息，财货

---

① 王逸：《楚辞章句》（汲古阁本），光绪乙未仲春月昭陵经畲主人重刊，第 1 页。
② 王夫之：《楚辞通释》，上海人民出版社 1975 年版，第 165 页。
③ 严可均：《全汉文》，中华书局 1958 年版，第 239 页下。
④ 朱熹：《晦庵集》（《文渊阁四库全书》本），台湾商务印书馆 1983 年版，第 1143 册第 1143—14 页上。
⑤ 严可均：《全汉文》，中华书局 1958 年版，第 239 页下。

充足了，自上而下都变得淫靡了，"或至兼并豪党之徒，以武断于乡曲。宗室有土公卿大夫以下，争于奢侈，室卢舆服僭于上，无限度"。文教便成为一种社会需求。正如管子所云"仓廪实而知礼节"，① 孔子亦说"先富而后教之"②。于是，武帝"乃崇礼官，考文章"③。

汉武帝开初消费辞赋的动因或出于招揽训练论辩人才的需要。汉武帝个人对文艺辞赋的喜爱，是其消费辞赋的一个重要原因。《史记·儒林传》："是时（建元元年）天子方好文词。"《汉书·淮南衡山列传》："时武帝方好艺文，以安属为诸父。"除了因自己喜好文艺辞赋而提倡辞赋消费的动因外，武帝消费辞赋还有以此招揽训练辩论之才的目的。具有"定天下，万物伏"④ 之雄心壮志的汉武帝十分注重对人才的收罗和培养。《汉书·严助传》："郡举贤良，对策百余人，武帝善助对，繇是独擢助为中大夫。后得朱买臣、吾丘寿王、司马相如、主父偃、徐乐、严安、东方朔、枚皋、胶仓、终军、严葱奇等，并在左右。是时征伐四夷，开置边郡，军旅数发，内改制度，朝廷多事，娄举贤良文学之士。公孙弘起徒步，数年至丞相，开东阁，延贤人与谋议，朝觐奏事，因言国家便宜。上令助等与大臣辩论，中外相应以义理之文，大臣数诎。"又《汉书·东方朔传》："武帝初即位，徵天下举方正贤良文学材力之士，待以不次之位……武帝既招英俊，程其器能，用之如不及。时方外事胡越，内兴制度，国家多事，自公孙弘以下至司马迁皆奉使方外，或为郡国守相至公卿。"从"时方外事胡越，内兴制度，国家多事，自公孙弘以下至司马迁皆奉使方外，或为郡国守相至公卿"可看出，当时对长于论辩的人才是十分需求的。

建元元年武帝刚刚即位，丞相卫绾便奏请统一思想，罢黜法、纵横等家。《汉书·武帝纪》："建元元年冬十月，诏丞相、御史、列侯、中二千石、诸侯相举贤良方正直言极谏之士。丞相绾奏：'所举贤良，或治申、商、韩非、苏秦、张仪之言，乱国政，请皆罢。'奏可。"尽管丞相卫绾奏罢"治申、商、韩非、苏秦、张仪之言"者，武帝亦奏可，但武帝似乎并未真正给予实施，他身边依然有很多辩士，如严助、主父偃、徐乐、严安、胶仓、终军等。《汉书·艺文志》纵横家条下有："主父偃二十八篇，徐乐一篇，庄（严）安一篇，待诏金

---

① 《史记》卷六二《管晏列传》，第2132页。
② 王充：《论衡》，上海人民出版社1974年版，第146页。
③ 李善：《文选注》，中华书局1977年版，第21页上。
④ 严可均：《全汉文》，中华书局1958年版，第150页下。

马聊苍三篇。"颜师古注曰:"《严助传》作胶苍,而此志作聊。志传不同,未知孰是。"可见,汉武帝身边招徕了许多长于论辩之士。从上引文"郡举贤良,对策百余人,武帝善助对"可知,武帝对纵横家者言是青睐的,因为严助是治苏秦、张仪之言的。直到严助以其雄辩之才谕意讽指南越、淮南后,武帝才告诫严助"具以《春秋》对,毋以苏秦纵横"①。

赋家与纵横家颇有渊源,《汉书·艺文志》:"纵横家者流,盖出于行人之官。孔子曰:'诵《诗》三百,使于四方,不能专对,虽多亦奚以为?'又曰:'使乎,使乎!'言其当权事制宜,受命而不受辞,此其所长也。及邪人为之,则上诈谖而弃其信。"又云:"传曰:'不歌而诵谓之赋,登高能赋可以为大夫。'言感物造耑,材知深美,可与图事,故可以为列大夫也。古者诸侯卿大夫交接邻国,以微言相感,当揖让之时,必称《诗》以谕其志,盖以别贤不肖而观盛衰焉。故孔子曰'不学诗,无以言'也。春秋之后,周道寖坏,聘问歌咏不行于列国,学《诗》之士逸在布衣,而贤人失志之赋作矣。"赋家的"感物造耑,材知深美,可与图事"与纵横家的"权事制宜,受命而不受辞",实为同质。不论是赋家还是纵横家,均有"使于四方","交接邻国"之才。于是读完这两段文字,赋家与纵横家之间的渊源便昭然若揭。所以,后来诸多纵横家善赋,诸多赋家亦善言论。如汉初的纵横家陆贾、朱建、严助、朱买臣等。

武帝初期的赋家如严助、朱买臣、司马相如、枚皋等,均有奉使方外的经历。严助出使南越,朱买臣奉使破东越,司马相如谕指西南夷,枚皋北使匈奴。早在高祖时的赋家陆贾,亦在高帝和文帝时奉使南越,"常使诸侯"②。以此观之,武帝招揽赋家亦有利用他们的辩才助国安边,服务政治的深意。如果真是这样,则武帝"有所感,辄使赋之"③ 还有除"润色鸿业""虞说耳目"外的另一层深意,那就是训练他们的机智应变能力和言语辩说能力。"有所感,辄使赋之","有奇异,辄使为文"④,实质上可视为是对使者权事制宜,受命而不受辞能力的一种训练。因此,以提倡作赋来招揽训练人才,是汉武帝初期消费辞赋的动因之一。随着四夷的安定,治苏秦、张仪之言者便完成了使命,退出了历史舞台。汉武帝便要求他们统一思想,转向用辞赋对帝国鸿业的歌颂。

---

① 《汉书》卷六四上《严助传》,第2789页。
② 《汉书》卷四三陆贾传,第2111页。
③ 《汉书》卷五一《枚皋传》,第2367页。
④ 《汉书》卷六四上《严助传》,第2790页。

文章可有效服务于政治，且用文章润色鸿业显得至关重要。《论语·泰伯》云："巍巍乎，其有成功也；焕乎，其有文章!"①《毛诗序》云："颂者，美盛德之形容，以其成功，告于神明者也。"②董仲舒《春秋繁露·郊语》："故古之圣王，文章之最重者也。"③吾丘寿王《骠骑论功论》："天子文明，四夷向风。"④故王充在《论衡·须颂》中说："古之帝王建鸿德者，须鸿笔之臣。褒颂纪载，鸿德乃彰，万世乃闻。……'礼者，上所制，故曰制；乐者，下所作，故曰作。天下太平，颂声作。'……虞氏天下太平，夔歌舜德。宣王惠周，《诗》颂其行。"⑤又云："素车朴船，孰与加漆采画也？然则鸿笔之人，国之船车采画也。农无强夫，谷粟不登；国无强文，德暗不彰。"⑥因此，汉武帝为彰显祖上及自己的功德，便大力提倡以文章的形式进行宣颂。于是，便极力收罗文章圣手。所以，当他看了司马相如的《子虚赋》后，便叹息"朕独不得与此人同时哉"⑦。司马相如也终于成了他的"鸿笔之臣"，写下了"明天子之义"⑧的《天子游猎赋》和颂圣王之德的《封禅书》，影响深远。宣帝依武帝故事，修文学，考文章。《汉书·王褒传》："宣帝时修武帝故事，讲论六艺群书，博尽奇异之好。"关于汉宣帝"修武帝故事"的因由，徐复观先生如此解释："宣帝实起自平民，因而要强调他是戾太子的孙，武帝的曾孙，所以特别推重武帝，许多地方加以模仿，初即位，诏丞相御史，盛称武帝'北伐匈奴''百蛮率服'，要列侯二千石博士，议立庙乐。"⑨我们不论汉宣帝是出于何动机而模仿武帝，既然他模仿武帝所为，那么他与武帝行为的初始动机应该是极为近似的。所以，宣帝消费辞赋的动因也是为润色鸿业的缘故。

还可从武帝和宣帝要求赋家赋颂瑞应奇异这一点看出，皇帝们对辞赋的消费动因是出于以赋润色鸿业。瑞应是鸿业的表征，是神明对天子德盛功成的告示。《礼记·中庸》："国家将兴，必有祯祥；国家将亡，必有妖孽。"⑩董仲舒

---

① 朱熹：《四书章句集注》，中华书局1983年版，第107页。
② 李善：《文选注》，中华书局1977年版，第637页下。
③ 苏舆：《春秋繁露义证》，中华书局1992年版，第397页。
④ 严可均：《全汉文》，中华书局1958年版，第277页上。
⑤ 王充：《论衡》，上海人民出版社1974年版，第307页。
⑥ 同上，第309页。
⑦ 《史记》卷一一七《司马相如列传》，第3002页。
⑧ 同上。
⑨ 徐复观：《两汉思想史》，华东师范大学出版社2001年版，第98页。
⑩ 朱熹：《四书章句集注》，中华书局1983年版，第33页。

《春秋繁露·王道》云:"《春秋》何贵乎元而言之?元者,始也,言本正也;道,王道也;王者,人之始也。王正则元气和顺、风雨时、景星见、黄龙下。王不正则上变天,贼气并见。五帝三王之治天下,不敢有君民之心,什一而税,教以爱,使以忠,敬长老,亲亲而尊尊,不夺民时,使民不过岁三日,民家给人足,无怨望忿怒之患,强弱之难,无谗贼妒疾之人,民修德而美好,被发衔哺而游,不慕富贵,耻恶不犯,父不哭子,兄不哭弟,毒虫不螫,猛兽不搏,抵虫不触,故天为之下甘露,朱草生,醴泉出,风雨时,嘉禾兴,凤凰麒麟游於郊。"① 故后来王充《论衡·问孔》云:"夫致瑞应,何以致之?任贤使能,治定功成,则瑞应至矣。"② 因此,武帝和宣帝很重视对瑞应的颂歌,时时让身边的赋家作赋颂之。"白麟赤雁芝房宝鼎之歌,荐于郊庙。神雀五凤甘露黄龙之瑞,以为年纪"③,"神爵、五凤之间,天下殷富,数有嘉应。上颇作歌诗,欲兴协律之事"④。歌颂瑞应即是歌功颂德,润色鸿业。

武、宣时,皇上除让赋家歌颂瑞应外,还喜好让他们赋说奇异。《汉书·严助传》:"诏许,因留侍中。有奇异,辄使为文,及作赋颂数十篇。"《太平预览》卷八十八引《汉武故事》:"(上)好醉赋,每所行幸以奇兽异物,辄命相如等赋之,上亦自作诗赋数百篇。"⑤ 赋说奇异亦是为颂功业,明盛德。桓宽《盐铁论》云:"大夫曰:'饰几杖,修樽俎,为宾,非为主也。炫耀奇怪,所以陈四夷,非为民也。夫家人有客,尚有倡优奇变之乐,而况县官乎?故列羽旄,陈戎马,所以示威武,奇虫珍怪,所以示怀广远,明盛德,远国莫不至也。'"⑥ 由此可知,"炫耀奇怪"是为了"怀广远,明盛德"。显然,赋说奇异的目的亦与此相同。可见,他们对辞赋的消费是出于润色鸿业的目的。

西汉皇帝们消费辞赋另一个重要动因就是为"虞说耳目"。这一点汉宣帝作了很好的总结:"辞赋大者与古诗同义,小者辩丽可喜。辟如女工有绮縠,音乐有郑卫,今世俗犹皆以此虞说耳目,辞赋比之,尚有仁义风谕,鸟兽草木多闻之观,贤于倡优博弈远矣。"⑦ 从汉宣帝这段话中,可看出汉宣帝消费辞赋出于

---

① 苏舆:《春秋繁露义证》,中华书局1992年版,第100—103页。
② 王充:《论衡》,上海人民出版社1974年版,第142页。
③ 李善:《文选注》,中华书局1977年版,第21页。
④ 《汉书》卷六四下《王褒传》,第2821页。
⑤ 李昉:《太平御览》卷八八,中华书局1985年版,第421页上。
⑥ 王利器:《盐铁论校注》,天津古籍出版社1983年版,第445页。
⑦ 《汉书》卷六四下《王褒传》,第2829页。

三种动机。一是润色鸿业，风谕教化；二是"虞说耳目"；三是读赋具有"鸟兽草木多闻之观"，即赋的认识功能。汉武帝就已很注重以赋愉悦耳目，他读司马相如《天子游猎赋》后，龙颜大悦，拜相如为郎；读相如《大人赋》后，"大说，飘飘有凌云之气，似游天地之间意"①。"武帝春秋二十九乃得皇子，群臣喜，故（枚）皋与东方朔作《皇太子生赋》及《立皇子禖祝》"②，这也是武帝出于以赋取悦的动机。部分赋家"言为赋乃俳，见视如倡"③，亦从侧面反映了武帝消费辞赋的动因之一就是为"虞说耳目"。汉宣帝正如他自己所言，"虞说耳目"确为其消费辞赋的重要动因之一。他自己不仅对辞赋"虞说耳目"的功能有很深刻的体会，还施及太子。《汉书·王褒传》："其后太子体不安，苦忽忽善忘，不乐。诏使褒等皆之太子宫虞侍太子，朝夕诵读奇文及所自造作。疾平复，乃归。太子喜褒所为《甘泉》及《洞箫颂》，令后宫贵人左右皆诵读之。"太子不乐时，汉宣帝派赋家王褒等人去以赋"虞侍太子"，并达到了很好的愉悦效果——太子"疾平复"。这说明宣帝对辞赋虞说耳目的功能是有着极为深刻的体会的，因此可推见虞说耳目是汉宣帝消费辞赋的一个重要动因。

东汉皇帝消费汉赋的动因也主要是出于润色鸿业与虞说耳目。东汉前期，尤其是明、章之世，皇帝消费赋颂的动因是出于润色鸿业，宣德教化。东汉后期，灵帝对辞赋的消费动因几是纯出于虞说耳目，以赋取悦。

明、章二帝消费赋颂带有很强的政治目的。《后汉书·光武十王传》："（刘京）数上诗赋颂德，帝嘉美，下之史官。"《后汉书·贾逵传》："帝敕兰台给笔札，使作《神雀颂》，拜为郎。"《太平御览》五百八十八亦云："永平中，神雀群集，孝明诏上《神雀颂》。班固、贾逵、傅毅、杨终、侯讽五颂文比金玉，今佚。"④ 从刘京上颂德之诗赋，明帝嘉美，"下之史官"，可明显看出明帝消费诗赋是为润色鸿业。明帝诏班固、贾逵、傅毅等人作《神雀颂》亦是出于润色鸿业的目的，神雀群集为瑞应，是太平盛世之迹象，可歌可颂。

由于东汉皇帝带着极强的政治教化目的来消费赋，所以，西汉赋中的娱乐与夸饰成分渐渐没有了，重点突出了其颂德和说教的成分。尤其是到了和、安时期，赋的说教功能更为明显，当时赋家多有宣教之作，如李尤、刘毅、马融、

---

① 《史记》卷一一七《司马相如列传》，第3063页。
② 《汉书》卷五一《枚皋传》，第2366页。
③ 同上。
④ 李昉：《太平御览》，中华书局1985年版，第2648页。

王逸等。其中，李尤就是一个显著的个例，他的《辟雍赋》《德阳殿赋》《平乐观赋》《东观赋》等都是替统治者宣教的。《辟雍赋》云："卓矣煌煌，永元之隆，含弘该要，周建大中。蓄纯和之优渥兮，化盛溢而兹丰。……是以乾坤所周，八极所要。夷戎蛮羌，儋耳哀牢。重译响应，抱珍来朝。"《平乐观赋》云："尔乃大和隆平，万国肃清。殊方重译，绝域造庭。"《东观赋》云："道无隐而不显，书无阙而不陈。览三代而采宜，包郁郁之周文。"① 其《函谷关赋》亦有宣教意识，"惟皇汉之休烈兮，包入极以据中，混无外之荡荡兮，惟唐典之极崇。"② 这些赋作不仅写了教化之盛，而且还写了教化效果之佳。连女赋家班昭也是朝廷为宣教而诏令其作赋，《后汉书·列女传》："帝数召入宫，令皇后诸贵人师事焉，号曰大家。每有贡献异物，辄诏大家作赋颂。"《太平御览》卷九二二云："大家同产兄，西域都护定远侯班超献大雀，诏令大家作赋。"③

这个时期重视德教，还可从此期的箴文和铭文的繁盛中看出。严可均《全后汉文》共收录箴文约31篇，其中刘騊駼、崔骃、崔瑗、崔琦、崔寔、胡广所作箴文有25篇，占80.6%。录铭文约137篇，其中班固、傅毅、崔骃、崔瑗、李尤、张衡、胡广所作铭文有108篇，占78.8%。李尤一人就作84篇，占61.3%。（阙名的铭文、箴文未计在内。）而所举的这些铭、箴作者都是主要生活在章帝、和帝、安帝、顺帝时。其中以李尤作品数量为最，其主要创作期在和帝、安帝时。刘勰《文心雕龙·铭箴》："铭实器表，箴惟德轨。有佩于言，无鉴于水。秉兹贞厉，敬乎言履。"④ 又云："夫箴诵于官，铭题于器，名目虽异，而警戒实同。"⑤ 就是说铭和箴虽在明目上不一样，但都是用作警戒的。从这些我们可以看出，和、安时期的统治者是非常重视文章的教谕风化功能的。他们消费文章的目的是教谕风化吏民，当然，消费赋颂的动因也不例外。

东汉后期的汉灵帝爱好艺文，设立鸿都门学，延揽擅艺文之士，"或献赋一篇，或鸟篆盈简，而位升郎中，形图丹青"⑥。灵帝消费辞赋的动因几纯为虞说耳目。蔡邕在《陈政七事》中批评道："其高者颇引经训风喻之言；下则连偶俗

---

① 费振刚：《全汉赋》，北京大学出版社1993年版，第380、384、386页。
② 同上，第376页。
③ 李昉：《太平御览》，中华书局1985年版，第4095页。
④ 范文澜：《文心雕龙注》，人民文学出版社1958年版，第195页。
⑤ 同上。
⑥ 《后汉书》卷七七《阳球传》，第2499页。

语,有类俳优。"① 虽说蔡邕批评"连偶俗语,有类俳优"的赋作,但他赋作如《青衣赋》《协和婚赋》《协初赋》《检逸赋》等,也未尝不受时风的影响,颇有"淫媟文字",故其被钱钟书称为"淫媟文字始作俑者"②。王符《潜夫论·务本》亦曰:"诗赋者,所以颂善丑之德,泄哀乐之情也,故温雅以广文,兴喻以尽意。今赋颂之徒,苟为饶辩屈蹇之辞,竞陈诬罔无然之事,以索见怪于世,愚夫戆士,从而奇之,此悖孩童之思,而长不诚之言也。"③ "今赋颂之徒,苟为饶辩屈蹇之辞,竞陈诬罔无然之事,以索见怪于世,愚夫戆士,从而奇之"句,说明是赋颂之徒投时人之所好,故为"饶辩屈蹇之辞,竞陈诬罔无然之事,以索见怪于世",是时人颇有此种消费需求。而最主要的消费者是汉灵帝,也就是汉灵帝有此消费需求。正如陶秋英所说:"在中国旧时的专制整体之下,一切国内的风尚,君主的嗜好和贵族的提倡,最足转移全国的趋势。"④ 在封建社会,吏民的消费需求多是最高统治者消费需求的折射。所以说,汉灵帝消费辞赋的主要动因是出于虞说耳目,已不再是润色鸿业。

三、赋家消费汉赋的动因——"自广"与拟作

赋家既是汉赋的生产者,同时也是汉赋的消费者。而且在那个时候,有很赋家所生产辞赋并非为了让别人消费,而是自己借赋宣泄情感,自己是消费者。赋家不仅消费自己的赋作,往往也消费别人的赋作,消费别人的赋作有两种动机,一是借别人酒杯浇自己块垒,即借别人赋作来达到共鸣,宣泄情感,就是所谓的"自广"。二是研磨别人的赋作而加以模仿,即所谓的拟作。

汉时诸多赋家,尤其是长于骚体的赋家,其创作动机就是他的消费动机。汉初擅长骚体赋的贾谊,其赋多为"自广"而作。他的《吊屈原赋》,是其被贬谪长沙时,"意不自得"⑤ 而作。贾谊"以适居长沙,长沙卑湿,自以为寿不得长,伤悼之,乃为赋以自广"⑥,作下了《鵩鸟赋》。贾谊是因心中有郁积,"意不自得",才作赋以宣泄心中郁积。是因为有消费的需要而生产,而不是因

---

① 《后汉书》六〇下《蔡邕传》,第1992页。
② 钱钟书:《管锥编》,中华书局1979年版,第1018页。
③ 汪继培:《潜夫论笺校正》,中华书局1985年版,第19页。
④ 陶秋英:《汉赋研究》,浙江古籍出版社1986年版,第93页。
⑤ 《史记》卷八四《屈原贾生列传》,第2492页。
⑥ 同上,第2496页。

为生产而消费,生产动机实质上是消费动机的表现。故贾谊是为"自广"而消费赋作的。还有董仲舒《士不遇赋》、司马迁的《悲士不遇赋》等,极可能是那种自我消费的赋作。《汉书·艺文志》录"司马迁赋八篇",《悲士不遇赋》在不在这八篇之内,已很难说清楚。但《汉书·艺文志》未见录董仲舒的赋,如果《士不遇赋》确为董仲舒所作,则说明此赋既不属献赋范畴,在当时亦很少人得知。似乎可以得出这样一个结论,此赋是董仲舒为自己作的,是供自己消费的。司马迁的《悲士不遇赋》与董的《士不遇赋》相类,其创作消费的动因亦应相类。由此可见,董仲舒和司马迁消费此二赋的动因是为"自广"。

在汉代,像这样出于"自广"消费目的而作的赋还应有很多。如汉武帝《李夫人赋》,其赋结尾云:"呜呼哀哉,想魂灵兮。"[1] 刘歆《遂初赋》,《遂初赋序》云:"歆以论议见排摈,志意不得。之官,经历故晋之域,感今思古,遂作斯赋,以叹征事而寄己意。"[2] 冯衍《显志赋》,其自论曰:"愍道凌迟,伤德分崩……乃作赋自厉。"[3] 梁竦《悼骚赋》,《后汉书·梁竦传》:"后坐兄事,与弟恭俱徙九真。既沮南土,历江、湖、济沅、湘,感悼子胥、屈原以非辜沈身,乃作《悼骚赋》,系玄石而沈之。"蔡邕《述行赋》,《述行赋序》云:"心愤此事,遂托所过述而成赋。"[4]《霖雨赋》,赋云:"中宵夜而叹息,起饰带而抚琴。"[5] 另外还有扬雄《太玄赋》《逐贫赋》,班婕妤《自悼赋》《捣素赋》,崔篆《慰志赋》,班彪《北征赋》,班固《幽通赋》,苏顺《叹怀赋》,张衡《思玄赋》《归田赋》《冢赋》,赵壹《穷鸟赋》《刺世疾邪赋》等。这些赋家消费这些赋的动因都是出于自己宽慰自己的内心。

还有一类赋作,是赋家借劝慰别人之口来宽慰自己,实质上依然是以赋"自广"。如东方朔《非有先生论》《答客难》,扬雄《解嘲》《解难》,崔骃《达旨》,班固《答宾戏》,张衡《应间》,崔寔《答讥》,蔡邕《释诲》等。东方朔借非有先生之口道出自己的"意不自得",《非有先生论》曰:"非有先生仕于吴,进不能称往古以厉主意,退不能扬君美以显其功,默然无言者三年

---

[1]《汉书》九七上《外戚传》,第 3955 页。
[2] 费振刚:《全汉赋》,北京大学出版社 1993 年版,第 231 页。
[3]《后汉书》卷二八下《冯衍传》,第 987 页。
[4] 费振刚:《全汉赋》,北京大学出版社 1993 年版,第 566 页。
[5] 同上,第 595 页。

矣。"①《答客难》亦云："自以智能海内无双，则可谓博闻辩智矣。然悉力尽忠以事圣帝，旷日持久，官不过侍郎，位不过执戟。"② 表面上是借别人之口抱怨或替自己鸣不平，而自己借赋解答，以示大度。实际上，这正是东方朔对汉武帝"颇俳优蓄之"③ 的不满，心中郁闷，借赋释愁。扬雄《解嘲》序云："哀帝时丁、傅、董贤用事，诸附离之者，或起家至二千石。时雄方草《太玄》，有以自守，泊如如也。或嘲雄以玄尚白。"④ 而扬雄解之曰："仆诚不能与此数公者，故默然独守吾《太玄》。"⑤ 看似淡然，实则愁闷，忧国忧身之情皆具。故其生产消费此赋的动因亦是无奈的"自广"。这类赋看上去重于他享性和共享性，即主要为他人消费或共同消费所作，实则重于自享性，是为自己消费所作。正如《后汉书·张衡传》所云："顺帝初，再转，复为太史令。衡不慕当世，所居之官，辄积年不徙。自去史职，五载复还，乃设客问，作《应间》以见其志。"所以，从这类赋中，我们也看出了赋家赋作消费的"自广"动因。

上面所述赋家出于"自广"目的消费赋作的事例中，赋家主要是借赋释愁，宽慰内心。还有一种情况是赋家消费赋作是为借赋怡情，也是一种情感的宣泄形式，故也归入"自广"动因。如刘胜《文木赋》，赋云："制为几杖，极丽穷美。制为枕案，文章璀璨，彪炳焕汗。制为盘盂，采玩踟蹰。猗欤君子，其乐只且。"⑥ 桓谭《仙赋》，赋序云："窃有乐高妙之志，即书壁为小赋。"⑦ 边韶《塞赋》，赋序云："余离群索居，无讲诵之事，欲学无友，欲农无耒，欲弈无塞，欲博无樗。……试习其术，以惊睡救寐，免昼寝之讥而已。……故书其教略，举其指归。"⑧ 从这几个赋家的赋作中，我们可以看出，他们生产消费这类赋的主要动因是怡情。

赋家消费赋作的另外一个主要动因就是模仿拟作。刘大杰先生说："由于司马相如的创作，汉赋的形式格调，已成了定型。后辈的作者，无法越出他们的范围，因此模拟之风大盛。这风气从西汉末年到东汉中叶，等到张衡几篇短赋

---

① 《汉书》卷六五《东方朔传》，第 2868 页。
② 同上，第 2864 页。
③ 《汉书》卷六四上《严助传》，第 2775 页。
④ 《汉书》卷八七下《扬雄传》，第 3565—3566 页。
⑤ 同上，第 3573 页。
⑥ 费振刚：《全汉赋》，北京大学出版社 1993 年版，第 124 页。
⑦ 同上，第 248 页。
⑧ 同上，第 546 页。

出来，才稍有点改变。"① 尽管"后辈的作者，无法越出他们的范围"，但后辈的作者却一直在试图超越。要超越必须先接受模仿，而后推陈出新。因此模仿拟作的赋家消费赋作的又一个重要的动因。

刘大杰先生把西汉末年到东汉中叶定为"汉赋的模拟期"②，此期模仿拟作之风确盛行。如扬雄视相如赋作以为式；杜笃拟司马相如、扬雄辞赋而作《论都赋》；班固拟"先臣之旧式"③而作《两都赋》；崔骃拟扬雄《解嘲》，作《达旨》；张衡拟班固《两都》，作《二京赋》因以讽谏，等等。刘先生所说实为强调这个时期模拟作赋之风的盛行，并未把汉赋模仿拟作的现象全断限于此期之内。因为西汉武、宣之际，东汉中叶以后都有模拟作赋的现象。如武帝时长安庆虬之的《清思赋》"讬以相如所作，遂大见重于世"④。牂牁名士盛览尝问相如以作赋，亦有模仿拟作之意。又如傅玄《七谟序》云："昔枚乘作《七发》，而属文之士若傅毅、刘广世、崔骃、李尤、桓麟、崔琦、刘梁、桓彬之徒，承其流而作之者纷焉《七激》《七兴》《七款》《七蠲》《七举》《七设》之篇。于是通儒大才马季长、张平子，亦引其源而广之。马作《七厉》，张造《七辨》，或以恢大道而导幽滞，或以黜瑰奓而讽咏。扬辉播烈，垂于后世者，凡十有余篇。"⑤ 这些都是出于仿作。

拟作现象能不能说明这些赋家就是为模仿拟作而接受消费前期赋作呢？应不全然如此，但也不全然不如此。他们模仿拟作的背后另有原因，如试图以赋干禄，以赋逞才，以赋自慰，等等。不论是以赋干禄，还是以赋逞才，他们总是要先看看别人的赋作，从中吸收一点营养，这就是模拟。因此说，模仿拟作是赋家一个较为直接的消费动因。

四、大将军消费汉赋的动因——示德显功

东汉章帝后期至桓帝前期，外戚多任大将军一职专权把持朝政。大将军府幕僚众多，不乏文章赋颂大家。如窦宪府中的班固、傅毅、崔骃等，邓骘府中的马融，阎显府中的崔瑗，梁冀府中的崔琦、崔寔等。尤以窦宪府中文人最盛，

---

① 刘大杰：《中国文学发展史》，上海古籍出版社1982年版，第146页。
② 同上。
③ 李善：《文选注》，中华书局1977年版，第22页上。
④ 向新阳等：《西京杂记校注》，上海古籍出版社1991年版，第149页。
⑤ 严可均：《全晋文》，中华书局1958年等，第1723页下。

《后汉书·傅毅传》："及宪迁大将军，复以毅为司马，班固为为中护军。宪府文章之盛，冠于当时。"

这些外戚大将军们消费赋颂作品的动因，实为借赋颂为他们示德显功，以使他们的地位、行为合理化。为投合大将军示德显功之意，这些赋家生产了许多歌功颂德的赋颂之作供他们消费。如班固《安丰戴侯颂》《窦将军北征颂》等，傅毅《窦将军北征颂》《西征颂》等，崔骃《大将军西征赋》《大将军临洛观赋》《北征颂》等，马融《梁大将军西第颂》。崔骃《大将军西征赋序》云："愚闻昔在上世，义兵所克，工歌其诗，具陈其颂，书之庸器，列在明堂，所以显武功也。"① 从崔骃的这段话，我们明白将军府幕僚作赋颂是"所以显武功也"，是出于大将军的消费需要而作。又《后汉书·崔骃传》云："宪擅权骄恣，骃数谏之。……前后奏记数十，指切长短。宪不能容，稍疏之。"这足以说明，外戚大将军是喜欢歌其功颂其德的，而不是"指切长短"。崔骃之事也说明大将军府的文人是没有自己的思想的，只能顺从大将军的意志。所以，他们作赋颂几全是为满足大将军消费需要的。因此，有的文人为满足大将军的消费需要，不得不做一些违心之事和违心之作。《后汉书·马融传》："初，融惩于邓氏，不敢复违忤势家，遂为梁冀草奏李固，又作大将军《西第颂》，以此颇为正直所羞。"从这段话看出，马融作《大将军西第颂》，实出于不得已。是为满足梁冀的消费需求而作。

由上观之，这些赋家作赋动因是外戚大将军们消费赋作动因的绝妙显现。这些大将军消费赋颂的动因实为彰显自己的功德，以示其独权专政的合理性。

五、曹氏文人集团消费辞赋的动因——歌颂军威与消闲取悦

曹氏父子笼络文人的一个重要目的就是为战事服务，如用文人写檄文、作捷报等，以壮军威。他们消费辞赋的一个重要目的就是以赋颂壮军威，如阮瑀《纪征赋》、徐干《序征赋》《西征赋》、繁钦《征天山赋》、杨修《出征赋》、王粲《浮淮赋》《初征赋》《羽猎赋》、陈琳《神武赋》《武军赋》、应玚《西狩赋》《驰射赋》《西征赋》《校猎赋》等，都为颂军威而作。如陈琳《神武赋序》云："建安十有二年，大司空武平侯曹公，东征乌丸，六军被介，云辎万乘，治兵易水，次于北平，可谓神武奕奕，有征无战者已。夫窥巢穴者，未可与论。

---

① 费振刚：《全汉赋》，北京大学出版社1993年版，第298页。

六合之广游潢汗者，又焉知沧海之深。大人之量固非说者之可所识也。"① 这里既有对"神武奕奕"之军威的颂扬，也有对曹操德重威盛的称赞。通过大量描述赞颂军威的赋作，我们可窥见曹氏集团对歌颂军威赋作的消费需求和消费状况。

曹氏文人集团消费辞赋的另一个动因是消闲取悦。曹丕闲时与其文人集团的文人"行则连舆，止则接席"，一起吟诗作赋。"每至觞酌流行，丝竹并奏，酒酣耳熟，仰而赋诗，当此之时，忽然不自知乐也"②，可见，他们是每每乐于其中。因此说，消闲取悦是他们消费辞赋的一个动因。曹植则和其兄稍有区别，他和他亲近的文人消费辞赋的动因，则是把辞赋作为艺术看待的。

第三节 汉赋的消费效果

对于汉赋的消费效果，汉宣帝有一段颇为恰切的论述。《汉书·王褒传》："上（汉宣帝）曰：'辞赋大者与古诗同义，小者辩丽可喜。辟如女工有绮縠，音乐有郑卫，今世俗犹皆以此虞悦耳目。辞赋比之，尚有仁义讽谕，鸟兽草木多闻之观，贤于倡优、博弈远矣。'"③ 汉宣帝说"辞赋大者与古诗同义，小者辩丽可喜""鸟兽草木多闻之观"。道明了汉赋的三项功能，即教化功能、愉悦功能与认识功能。汉宣帝对汉赋此三项功能的总结，实源于汉赋的消费效果。因为辞赋的消费使人受到教化、产生愉悦、多识鸟兽草木，由此三项效果而总结出辞赋的三项功能。所以说，汉宣帝对辞赋功用的评论，实质上是对汉赋消费效果的说明。其中辞赋消费的愉悦效果，尽管遭到打压，但无法抹杀。因为它是事实存在的。汉宣帝在肯定辞赋讽谕功能的同时，并不回避辞赋虞悦耳目的消费效果。正如何新文先生所说："刘询在'讽谕'之外，毕竟看到赋具有美感性质的愉悦作用，这比那种只强调讽谏的文学观念还是开阔的多。"④

汉宣帝肯定辞赋的教化功能、愉悦功能与认识功能，是否是从强调讽谏或愉悦的文学观念着眼的呢？恐怕不是。极可能是从辞赋的消费效果着眼的，因

---

① 费振刚：《全汉赋》，北京大学出版社1993年版，第693页。
② 李善：《文选注》，中华书局1977年版，第591页下。
③ 《汉书》卷六四下《王褒传》，第2829页。
④ 何新文：《中国赋论史稿》，开明出版社1993年版，第20页。

为辞赋的消费效果比文学观念更为直观。据《汉书·王褒传》载,当太子身体不安,不乐善忘时,汉宣帝诏使王褒等人以奇文辞赋虞侍太子,说明宣帝深知奇文辞赋具有虞悦耳目之效。后果其然,王褒等人朝夕诵读奇文及所自造作,使太子之疾平复,达到了欢心悦目的效果。因此,汉宣帝也就会认为"淫靡不急"的辞赋,既"与古诗同义",也"辩丽可喜","贤于倡优博弈远矣"。

一、"揄扬大义"与"鸟兽草木多闻之观"

汉人多认为赋为"古诗之流",有揄扬大义之用,起到教化众庶之功,而使众庶达到悦豫之效。班固认为作赋"或以抒下情而通讽谕,或以宣上德而尽忠孝",不论是"抒下情而通讽谕",还是"宣上德而尽忠孝",都是为"润色鸿业""众庶悦豫"之故。王延寿亦是以赋比诗颂,借赋显物,以颂宣事,揄扬大义。其赋"巍然独存"的"灵光",是为宣扬"神明依凭支持,以保汉室"①之大义。

汉代许多赋作均为颂瑞应奇异而作,汉武帝、汉宣帝及东汉明帝、章帝等,每逢瑞应奇异,便令言语侍从之臣、兰台之官作赋以颂之。这些言语侍从之臣及公卿大臣,所作赋多为揄扬大义,润色鸿业。他们颂扬瑞应是为告知百姓天下太平、时逢盛世,以达到"吏民欢喜""众庶悦豫"的效果。因为汉人对瑞应为太平盛世之征兆是深信不疑的,每有瑞应显现,便欢喜异常。如王充《论衡·验符》云:"建初三年,零陵泉陵女子傅宁宅土中,忽生芝草五本,长者尺四五寸,短者七八寸,茎叶紫色,盖紫芝也。太守沈酆遣门下掾衍盛奉献,皇帝悦怿,赐钱衣食。诏会公卿郡国上计吏民皆在,以芝告示天下。天下并闻,吏民欢喜,咸知汉德丰雍,瑞应出也。"② 由这段话可见,汉人把"瑞应出也"归功于"汉德丰雍"。如此则每有瑞应出便加强了众庶对统治者的信任和拥戴,当然有利于皇权的巩固和国家的安宁。因此,皇帝们很重视利用赋作对瑞应的宣扬。

基于瑞应为盛世征兆的理念,吏民对颂扬瑞应赋作的消费,便会产生认定时逢盛世、天下太平而欢心悦豫的消费效果。如王充《论衡·宣汉》云:"五帝、三王,经传所载瑞应,莫盛孝明。如以瑞应效太平,宣、明之年倍五帝、

---

① 费振刚:《全汉赋》,北京大学出版社 1993 年版,第 527 页。
② 王充:《论衡》卷十九,上海人民出版社 1974 年版,第 305 页。

三王也。孝宣、孝明可谓太平矣。……观杜抚、班固等所上《汉颂》，颂功德符瑞，汪濊深广，滂沛无量。逾唐、虞，入皇域，三代隘辟，厥深洿沮也。殷监不远，在夏后之世。且舍唐、虞、夏、殷，近与周家断量功德，实商优劣，周不如汉。"① 又《论衡·须颂》："农无强夫，谷粟不登；国无强文，德暗不彰。汉德不休，乱在百代之间，强笔之儒不著载也。高祖以来，著书非不讲论汉。司马长卿为《封禅书》，文约不具。司马子长纪黄帝以至孝武，杨子云录宣帝以至哀、平，陈平仲纪光武，班孟坚颂孝明。汉家功德，颇可观见。"② 王充对杜抚、班固等所上《汉颂》的消费，便产生"周不如汉"的想法。又认为孝武、宣帝及光武、明帝等功德的显现，均得力于司马相如、扬雄、陈平仲、班固等人的赋颂文章。有此想法者，恐非王充一人，应是当时吏民较为普遍的想法。也就是说，当时吏民在消费汉赋的过程中领悟大义，以至欢心悦豫是一普遍现象。是当时汉赋消费的一普遍效果。

辞赋在教化之用方面有其文体自身的优势，是其他文体难以具备的。即辞赋具有极强的鼓动性和感染力，能使接受者达到悦服的效果。《史记·司马相如列传》云："相如使时，蜀长老多言通西南夷不为用，唯大臣亦以为然。相如欲谏，业已建之，不敢，乃著书，藉以蜀父老为辞，而己诘难之，以风天子，且因宣其使指，令百姓知天子之意。"听完司马相如的诘难后，"于是诸大夫芒然丧其怀来而失所以进，喟然并称曰：'允哉汉德，此鄙人之所愿闻也。百姓虽怠，请以身先之。'敞罔靡徒，因迁延而辞避"③。司马相如的辩说使诸大夫幡然醒悟，心悦诚服地放弃原来的想法，并"请以身先之"以开导百姓。足见此赋的鼓动性和说服力，使接受者达到了心悦诚服的消费效果。

又杜笃《论都赋》在当时引起极大反响，使西京耆老皆动怀土之心，有还都长安之念，且影响久远。故后有王景、班固等人撰文驳击。《后汉书·王景传》："建初七年，迁徐州刺史。先是杜陵杜笃奏上《论都》，欲令车驾迁还长安。耆老闻者，皆动怀土之心，莫不眷然伫立西望。景以宫庙已立，恐人情疑惑，会时有神雀诸瑞，章帝时有神雀、凤皇、白鹿、白乌等瑞也。乃作《金人论》，颂洛邑之美，天人之符，文有可采。"班固《两都赋序》云："窃见海内

---

① 王充：《论衡》，上海人民出版社1974年版，第297—298页。
② 同上，第309页。
③ 《史记》卷一一七《司马相如列传》，第3053页。

清平，朝廷无事，京师修宫室，浚城隍，起苑囿，以备制度。西土耆老，咸怀怨思，异上之瞻顾，而盛称长安旧制，有陋洛邑之议。故臣作《两都赋》，以极众人之所眩曜，折以今之法度。"① 王景的《金人论》，"颂洛邑之美，天人之符，文有可采"，算得上是赋颂体的论文，即可视作赋篇。王景、班固二人以赋斗杜笃之赋，目的是风劝定都洛邑，以安众心。这既显示了杜笃赋具有极强的鼓动性和说服力，同时也显露了王、班二人赋的鼓动性和说服力。总之，他们三人的赋作都给接受者带来了极强的风劝效果。从而也反映出赋作具有极强的风劝效果。为达到强有力的风劝效果，赋家往往会调动各种艺术手法进行铺陈、夸饰，以增强说服力。如同博辩之士，"原本山川，极命草木。比物属事，离辞连类"②，使接受者达到悦服的效果。

汉代统治者也深刻地认识到了辞赋益于教化这一特性，故大力提倡赋颂生产，以润色鸿业，揄扬大义，为政治服务。汉代统治者以赋宣功德颂政绩，有其经典依据，如王符《潜夫论·本政》云："《书》曰：'尔安百姓，何择非人？'此先王致太平而发颂声也。"③ 所以，汉人便认为颂声为太平之征。故《潜夫论·班禄》云："是以天地交泰，阴阳和平，民无奸慝，机衡不倾，德气流布而颂声作也。"④ 王符的这段论述应是汉人的普适心理，若如此，则汉赋的政治教化功用确莫大焉，给吏民的心理影响也是极为深刻的。如王褒《四子讲德论》云："何必歌诗咏赋，可以扬君哉。……今百姓遍晓圣德，莫不沾濡。……于是皇泽丰沛，主恩满溢，百姓欢欣。中和感发，是以作歌而咏之也。"⑤

由于赋家或为炫耀个人才学，或为追求赋作雄奇壮丽之美，制赋时多"原本山川，极命草木。比物属事，离辞连类"⑥，使得赋作颇同类书。于是，让消费者获得了"多识于鸟兽草木之名"的消费效果。如汉宣帝所云"辞赋比之，尚有仁义讽谕，鸟兽草木多闻之观"⑦；班固亦云"多识博物，有可观采"⑧。

---

① 李善：《文选注》，中华书局1977年版，第22页。
② 同上，第480页。
③ 汪继培：《潜夫论笺校正》，中华书局1985年版，第90页。
④ 同上，第166页。
⑤ 严可均：《全汉文》，中华书局1958年版，第356—357页。
⑥ 李善：《文选注》，中华书局1977年版，第480页。
⑦ 《汉书》卷六四下《王褒传》，第2829页。
⑧ 李善：《文选注》，中华书局1977年版，第22页。

二、"辩丽可喜"与"劝百讽一"

由于许多赋家是抱着取悦主子的动机而作赋的,如汉前期的梁园赋家,及武帝、宣帝时代的一些言语侍从之臣等。因此,他们在制作辞赋时,有对辞赋消费要达到审美愉悦效果的追求。汉早期赋作多为口诵,故主要注重的是赋作文采的华丽及声韵的优美。后来赋作多书于简牍,就更加注重赋作的形式美了,散体大赋尤甚。司马相如在论作赋时便说:"合纂组以成文,列锦绣而为质,一经一纬,一宫一商,此赋之迹也。"[①] 可见其对文采与声韵这两种形式美的重视。又说:"赋家之心,苞括宇宙,总览人物。"[②] 足见其对阔大雄壮之美的追求。对阔大雄壮之美的追求,如不加以侈丽闳衍之词,恢诞夸饰之文,是难以达到这种效果的。后来赋家纷纷效仿于相如,故奇丽阔大之美成为汉赋的一大特色。故刘勰《文心雕龙·夸饰》:"自宋玉、景差,夸饰始盛。相如凭风,诡滥愈甚。故上林之馆,奔星与宛虹入轩;从禽之盛,飞廉与鹪鹩俱获。及扬雄《甘泉》,酌其余波,语瑰奇则假珍于玉树,言峻极则颠坠于鬼神。"[③]《文心雕龙·丽辞》云:"自扬马张蔡,崇盛丽辞,如宋画吴冶,刻形镂法;丽句与深采并流,偶意共逸韵俱发。"[④] "如宋画吴冶,刻形镂法"正是赋家追求审美愉悦的创作动机在消费效果中的体现。

赋家不仅追求辞赋文体的形式美,而且连文本的形式美也不忽略。很多汉代赋家又是优秀的文字学家、书法家,如司马相如、扬雄、班固、崔瑗、蔡邕等。因此,他们会很注重赋作的文本形式美。而汉代皇帝亦多好书法,前已论及。这些赋家势必会投皇帝之所好,精心书写,使皇帝看后有赏心悦目之感。看来,宣帝所说的"虞悦耳目",刘勰所讲的"如宋画吴冶,刻形镂法",应有这方面的所指。

汉赋的文体及文本所具有的强烈的形式美,当然能使人读后产生审美愉悦的效果,甚至达到相当程度的共鸣。如汉武帝读《子虚赋》而善之,读《天子游猎赋》而大悦之,读《大人之颂》大悦之,飘飘有凌云之气等。不论司马相如是抱着劝谏或是其他目的奏赋,但汉武帝读后产生的是审美愉悦的效果。不

[①] 向新阳等:《西京杂记校注》,上海古籍出版社1991年版,第91页。
[②] 同上。
[③] 范文澜:《文心雕龙注》,人民文学出版社1958年版,第608—609页。
[④] 同上,第588页。

仅仅是司马相如赋使汉武帝产生了欢悦的消费效果，其他某些赋作也同样使读者产生欢悦的消费效果。如汉宣帝说辞赋"辩丽可喜""虞悦耳目"；"太子喜褒所为《甘泉》及《洞箫颂》"① 等。

赋家或本抱着讽谏的目的，但他们却把大量的功夫用于搜选诡丽，使得赋作理侈词溢，志隐而味深，尽管曲终奏雅，仍然使接受者产生了对赋作的误读。接受者往往只留意于丽靡之辞，贪图耳目之痛快，而忽略赋家作赋讽谏之本意。这样，就形成了汉赋劝百讽一的消费效果。正如扬雄所云："极靡丽之辞，闳侈钜衍，竞于使人不能加也；既归之于正，然览者已过矣。"② 王充《论衡·遣告》亦云："孝武皇帝好仙，司马长卿献《大人赋》，上乃仙仙有凌云之气。孝成皇帝好广宫室，扬子云上《甘泉颂》，妙称神怪，若曰非人力所能为，鬼神力乃可成。皇帝不觉，为之不止。长卿之赋如言仙无实效，子云之颂言奢有害，孝武岂有僊僊之气者，孝成岂有不觉之惑哉？然即天之不为他气以谴告人君，反顺人心以非应之，犹二子为赋颂，令两帝惑而不悟也。"③ 虽说武帝、成帝"惑而不悟"的主责在其自身，而非司马相如、扬雄二人，但司马相如、扬雄赋作的风劝之力也不可忽视。从中我们也看出了赋作的极强的感染力。

汉赋"劝百讽一"的消费效果，在汉人眼里，实质上是汉赋的创作指意与消费效果相背离的一种表现。故早在东汉的王充便有"深覆典雅，指意难睹，唯赋颂耳"之叹。④ 这样，便带来了一场关于辞赋价值的评判运动——该如何理解和规范辞赋的指意。也就是该如何看待汉赋辞丽与讽谏之间的关系。其实，每一消费者在获得消费效果的同时无不打上自己主观经验和思想倾向的烙印。他们在评判汉赋辞丽与讽谏之间的关系时，也同样带着自己的主观经验和思想倾向来衡量并加之规范。试图突出汉赋讽谏的实用功能，排除汉赋辞丽因素对讽谏功能的损害，完全把汉赋纳入为政治服务的轨道。

汉代较早论及辞赋消费效果的是司马迁，《史记·屈原贾生列传》云："宋玉、唐勒、景差之徒，皆好辞而以赋见称，然皆祖屈原从容辞令，终莫敢直谏。"由此可知，司马迁接受屈原赋后，认定了屈原赋的"直谏"功能，接受宋玉、唐勒、景差等人的辞赋后，认定亦有婉讽的作用。因此，他便以"讽谏"

---

① 《汉书》卷六四下《王褒传》，第2829页。
② 《汉书》卷八七下《扬雄传》，第3575页。
③ 王充：《论衡》，上海人民出版社1974年版，第226页。
④ 同上，第451页。

作为理解和规范辞赋指意的一个标准。他对汉赋也作如是论。如《史记·司马相如列传》云："相如虽多虚辞滥说，然其要归，引之节俭，此与《诗》之风谏何异？"《太史公自序》亦云："《子虚》之事，《上林》赋说，靡丽多夸。然其指讽谏，归于无为。"依司马迁之意，司马相如赋虽"靡丽多夸"，然其创作目的依然是服务于政治的，因此，也是应该给予重视的。司马迁对司马相如赋的评价，突出了两点，一是"靡丽多夸"，二是"其指讽谏"。这应是司马迁消费司马相如赋所获得的消费效果，当然司马迁获得的这种消费效果已融入了他的主观经验和思想倾向。因为汉武帝读司马相如赋后，所获得的消费效果却是大悦，缥缥有凌云之志。获得的更多是愉悦，而忽略了司马相如的讽谏。司马迁基于害怕后人会对司马相如赋误读，以及对司马相如作赋目的产生误解，而对司马相如赋的指意给予阐释和规范。

由于辞赋的"靡丽多夸""闳侈钜衍"，具有极强说服力，形成"劝百讽一"的消费效果。于宣帝时，"议者多以为淫靡不急"①，"议者"是从辞赋不能急用于当时政治的角度而言的。于是，汉宣帝便从辞赋具有"与古诗同义"的教化功能，有"虞悦耳目"的愉悦功能，有"鸟兽草木多闻之观"的认识功能出发，来阐释辞赋的价值。宣帝是把辞赋的教化功能放在辞赋价值的首位，突出辞赋是可以服务于政治的。

成帝时代的扬雄，早期慕相如赋的弘丽温雅，每作赋，常拟之以为式。后来深受儒家思想的影响，十分重视赋的讽谏功用。于成帝时作《甘泉》《河东》《羽猎》《长杨》四赋，其旨在劝谏，便于《自序》中反复说明劝谏之意。由于其赋大肆铺张渲染宫室之丽，校猎之壮，而讽谏之意却表达的委婉含蓄，不易觉察，形成了"劝百而讽一，犹骋郑卫之声，曲终而奏雅"，"然览者已过"的消费效果，使他清醒意识到了由"文丽"而带来的创作指意与消费效果的矛盾性。于是，他便开始批判司马相如赋的文丽用寡，积极强调赋的讽谏标准，确立"诗人之赋"与"辞人之赋"的规范。其《法言·吾子》云："或问：'景差、唐勒、宋玉、枚乘之赋也益乎？'曰：'必也淫。''淫则奈何？'曰：'诗人之赋丽以则，辞人之赋丽以淫。如孔氏之门用赋也，则贾谊升堂，相如入室矣；如其不用何？'"② 扬雄强调辞赋讽谏功用的目的，亦是想把辞赋纳入有益于政

---

① 《汉书》卷六四下《王褒传》，第2829页。
② 汪荣宝：《法言义疏》，中华书局1987年版，第49—50页。

治教化的轨道。

　　班固把赋纳入《诗》的体系,他说赋为"古诗之流","雅颂之亚"①。这无疑提高了赋的地位,同时也有力规范了赋的讽颂功能。他不同意扬雄后期对辞赋所持的观点,故云:"扬雄以为靡丽之赋,劝百而风一,犹骋郑卫之声,曲终而奏雅。不已戏乎!"②他把赋纳入《诗》的体系,就是为强调赋以为时用为宗,故批判赋篇中"没其讽谕之义"③的艳丽文辞。如其论司马相如道:"文艳用寡,子虚乌有。寓言淫丽,托风终始。多识博物,有可观采。蔚为辞宗,赋颂之首。"④他又在《东都赋》中说自己的赋作"义正乎扬雄,事实乎相如"⑤。可见,他是把赋的讽颂功能放在评定汉赋价值的首位的。把赋比附于《诗》,大倡其讽颂功能,并不是班固一人之见,而是东汉前期君臣的一个较为普遍的共识。因此,也就带来了东汉前期颂体文学的兴盛,从而导致赋颂两种文体的纠缠难解。

　　王充更是以尚用的观点来论赋的,其《论衡·定贤》云:"以敏于赋颂为弘丽之文为贤乎?则夫司马长卿、扬子云是也。文丽而务巨,言眇而趋深,然而不能处定是非,辩然否之实。虽文如锦绣,深如河汉,民不觉知是非之分,无益于弥为崇实之化。"⑥王充反对的是"无益于弥为崇实之化"的赋作,并不反对汉赋本身,反而是大力赞美那些宣扬汉家功德有益教化的赋颂文章。如《论衡·案书》:"今尚书郎班固,兰台令杨终、傅毅之徒,虽无篇章,赋颂记奏,文辞斐炳。赋象屈原、贾生,奏象唐林、谷永,并以观好,其美一也。"⑦《论衡·须颂》云:"班孟坚颂孝明。汉家功德,颇可观见。"⑧正如王充在《论衡·自纪》中所言:"为世用者,百篇无害;不为用者,一章无补。"由此可见,王充也是把"为世用"作为评定汉赋价值的首要标准,并积极地把汉赋规范为服务于政治的工具。

　　处在儒家立场的论赋者,将汉赋强行纳入为时政服务的轨道,批驳削弱汉赋讽谏功能的巨丽文辞。反而使汉赋文体形式本身给消费者带来的审美效果欲

---

① 李善:《文选注》,中华书局1977年版,第21—22页。
② 《汉书》卷五七下《司马相如列传》,第2609页。
③ 《汉书》卷三〇《艺文志》,第1754页。
④ 《汉书》卷一〇〇下《叙传》,第4255页。
⑤ 李善:《文选注》,中华书局1977年版,第35页上。
⑥ 王充:《论衡》,上海人民出版社1974年版,第420—421页。
⑦ 同上,第440—441页。
⑧ 同上,第309页。

盖弥彰。到了东汉中后期，随着皇权的衰微，及儒家思想束缚的松弛，汉赋的主要生产权不再被朝廷所牢牢掌控。汉赋也就慢慢挣脱了专为政治服务的牢笼，其形式的审美特点更加突显，逐渐流变为小道之一艺。

王符《潜夫论》云："诗赋者，所以颂善丑之德，泄哀乐之情也。故温雅以广文，兴喻以尽意。今赋颂之徒，苟为饶辩屈蹇之辞，竞陈诬罔无然之事，以索见怪于世。愚夫戆士，从而奇之，此悖孩童之思，而长不诚之言者也。"① 依《后汉书·王符传》所载王符事迹看，王符大约生于和、安之际，卒于桓、灵间，其主要生活阶段当属于东汉后期。他的这段话应是对东汉后期"赋颂之徒"作赋旨趣，及赋颂生产状况的一个如实反映。从"今赋颂之徒，苟为饶辩屈蹇之辞，竞陈诬罔无然之事，以索见怪于世"句看，王符时代的赋作者已完全抛弃了"诗赋者，所以颂善丑之德"的儒家文学创作宗旨，而是纯粹追求奇丽怪诞之辞，以达到审美愉悦的消费效果。由此已看出"揄扬大义"的赋颂渐变为小道之一艺的端倪。

灵帝时，成立鸿都门学。鸿都门的辞赋制作者多为"斗筲小人"，他们为迎合灵帝的好奇消费旨趣，"憙陈方俗闾里小事"，"连偶俗语"。由此可见，此期的辞赋制作已变成博取笑乐的一项技艺，辞赋制作者亦只能与"为尺牍及工书鸟篆者"为伍了。

我们还可从蔡邕给灵帝所上封事中的话语，来了解辞赋被当时人所摆放的位置。蔡邕《陈政要上封事》其五云："夫书画辞赋，才之小者，匡国理政，未有其能。陛下即位之初，先涉经术，听政余日，观省篇章，聊以游意，当代博弈，非以教化取士之本。而诸生竞利，作者鼎沸。其高者颇引经训讽喻之言；下则连偶俗语，有类俳优；或窃成文，虚冒名氏。"② "夫书画辞赋，才之小者"，书画辞赋并陈，已说明辞赋与书画居同等位置，已属末技，其主要制作指意在于愉悦消费者。"听政余日，观省篇章，聊以游意，当代博弈"，此处"篇章"当指辞赋之作，"当代博弈"，即把辞赋与博弈同列，作为"聊以游意"的消闲娱乐的消费品。那么，这类赋作带给消费者的当然是"辩丽可喜"的消费效果。

东汉后期辞赋脱离政治的束缚而独立成长，使辞赋获得了独立的审美价值。

---

① 汪继培：《潜夫论笺校正》，中华书局1985年版，第19页。
② 《后汉书》卷六〇下《蔡邕传》，第1996页。

视文章为"经国之大业,不朽之盛事"①的曹丕,对辞赋独立的审美价值也是有着深刻的认识的。曹丕《典论·论文》:"夫文本同而末异,盖奏议宜雅,书论宜理,铭诔尚实,诗赋欲丽。"②在这里,曹丕将诗赋摆在"经国之大业"的末位,且强调其"欲丽"的审美特点。又云:"王粲长于辞赋。徐干时有齐气,然粲之匹也。如粲之《初征》《登楼》《槐赋》《征思》,干之《玄猿》《漏卮》《圆扇》《桔赋》,虽张、蔡不过也。然于他文,未能称是。"③《与吴质书》云:"仲宣独自善辞赋,惜其体弱,不足起其文。至于所善,古人无以远过。"④曹丕所肯定的王粲、徐干的赋作,非揄扬大义之作,而多是抒怀咏物的辩丽可喜之作。说明他对此类赋作已给予认可。尽管如此,但其对辞赋的重视程度远不及其他经国用世之作。所以,他对王粲"不足起其文"表示遗憾,而对徐干的《中论》大加赞赏。

与曹丕相比,曹植与杨修便显得有点"迂"了。曹植《与杨德祖书》云:"辞赋小道,固未足以揄扬大义,彰示来世也。"⑤杨修《答临淄侯笺》曰:"今之赋颂,古诗之流。不更孔子,风雅无别耳。"⑥在他们所处的那个苦痛的时代还指望辞赋"揄扬大义,彰示来世",比附于《诗》,恐怕已不可能,因为辞赋的教化功能已随着皇权的衰落而凌迟。但辞赋文体本身固有的审美特性却因而彰显,这也正是辞赋这种文体存在下来的原因所在。从某种角度说,正是辞赋有着能给消费者以审美愉悦的消费效果,才使辞赋有着顽强的生命力。

三、刺激与阻滞汉赋的生产消费

汉赋的消费效果反过来又影响着汉赋的生产消费,即刺激或阻滞汉赋的生产消费。首先,汉赋"揄扬大义"与"辩丽可喜"的消费效果,加强了统治者对辞赋的喜爱和利用,刺激他们对辞赋生产与消费的倡导。如梁孝王、汉武帝、宣帝、成帝、明帝、灵帝等都对赋家进行奖掖,并积极倡导汉赋的生产消费。王充曾把武帝、成帝的贪欲归因于长卿、子云赋的劝诱,是有失公允的。但由

---

① 李善:《文选注》,中华书局1977年版,第720页下。
② 同上。
③ 同上。
④ 同上,第591页下—592页上。
⑤ 同上,第594页上。
⑥ 同上。

于武帝、成帝接受相如、扬雄赋后产生愉悦效果,从而提倡并促进辞赋的生产消费是有因果关系的。统治者对汉赋生产消费的积极倡导,是形成汉赋生产消费兴盛局面的重要原因,汉赋"揄扬大义"和"辩丽可喜"的消费效果,应是其中一个不可忽视的内在刺激因素。

其次,汉赋的消费刺激了赋家的创作欲望。长安庆虬之"赋假相如"①,牂牁名士盛览字长通,尝问相如以作赋,"作《合组歌》《列锦赋》而退,终身不复敢言作赋之心矣"②。或都是因为相如赋的消费效果刺激了他们的作赋欲望。司马相如赋典而丽的消费效果不仅刺激当时赋家的作赋欲望,同样也刺激后来赋家的作赋欲望。《西京杂记》云:"司马长卿赋,时人皆称典而丽,虽诗人之作不能加也。扬子云曰:'长卿赋不似从人间来,其神化所至也,其神化所至邪?'子云学相如为赋而弗逮,故雅服焉。"③《汉书·扬雄传》亦云:"先是时,蜀有司马相如,作赋甚弘丽温雅,雄心壮之,每作赋常拟之以为式。"扬雄由"雅服"到"常拟之以为式",充分说明了赋作消费效果对赋作生产具有刺激催化作用。桓谭的读赋作赋经历也可说明这个问题,桓谭"少时见扬子云之丽文高论。不自量年少新进,而猥欲逮及,尝激一事而作小赋。用精思太剧,而立感动发病,弥日瘳"。④ 很显见,桓谭"尝激一事而作小赋",是受到了"扬子云之丽文高论"消费效果的刺激影响。

当然,汉赋的消费效果对汉赋的生产消费也不纯是正面的影响,也有负面的影响,即阻滞汉赋的生产消费。受汉赋消费效果的影响,有知难而退,终身不复敢言作赋之心者,如盛览;有认为汉赋淫靡不急者,如宣帝朝议者;有少而好赋,壮夫不为者,如扬雄;有觉得赋颂指意难睹,民不觉知是非之分,无益于弥为崇实之化者,如王充;有认为苟为饶辩屈塞之辞,竞陈诬罔无然之事,以索见怪于世,悖孩童之思,而长不诚之言者,如王符;有认为书画辞赋,才之小者,连偶俗语,有类俳优者,如蔡邕;还有认为辞赋小道,固未足以揄扬大义,彰示来世者,如曹植等等。这些言论并非完全是他们个人的观点,有些是时人共同的见解,他们只是赞成或引用此观点。但这些观点都是消费者从消费效果中总结出来的。因此,他们所获得的这类消费效果必定会直接,抑或间接地阻滞汉赋的生产消费。

---

① 向新阳等:《西京杂记校注》,上海古籍出版社1991年版,第149页。
② 同上,第91页。
③ 同上,第147页。
④ 严可均:《全后汉文》,中华书局1958年版,第544页下。

结　语

罗贝尔·埃斯卡尔皮说："一切文学现象都是以作家、图书和读者，或者用更一般的话来说，都是以创作者、作品和读者大众为前提的。"① 本书就是以汉赋的生产者、生产（文本）和消费者为主要研究对象，对汉赋的生产消费作以系统研究。当然，对汉赋的生产消费研究不可能做到面面俱到，主要抓住汉赋的生产者与消费者他们在社会中所处的地位及其个人素养，试图分析其生产消费汉赋的动因；其次考察生产者与消费者的交流渠道及其间的交流介质，探究当时物质条件对汉赋生产消费的制约。由此发现，汉赋的生产消费是一个颇为复杂的过程，不仅受当时物质条件的限制，而且还受当时政治制度以及社会习俗的影响。诚然，汉赋的生产消费也具有其自身的独立性，具有超功利的一面，这种超功利的属性是一贯而持久的。

第一，汉赋的生产消费受当时物质条件的限制和影响。

当时物质条件对汉赋生产消费的影响限制既有显性的也有隐性的，不论是显性还是隐性的影响，往往都容易被忽略。人们常把文学归入意识形态的范畴，属于上层建筑，故主要在意识形态的领域中研究文学的内在规律，而往往忽略物质基础对文学生产消费的影响。文学产品只有经过消费，其价值才得以真正实现，正如马克思所说："生产直接是消费，消费直接是生产，每一方直接是对方。可是同时在两者之间存在着一种媒介运动。生产媒介着消费，它创造出消费的材料，没有生产，消费就没有对象。但是消费也媒介着生产，因为正是消费替产品创造了主体，产品对这个主体才是产品，产品在消费中才能得到最后

---

① 罗贝尔·埃斯卡尔皮著，符锦勇译：《文学社会学》，上海译文出版社1988年版，第3页。

完成。"① 而这种产品形式却是物质的，不论它是以较为原始的音声、金属、竹木、纸张，还是以现代的电子媒介为载体。也就是说，观念须以物质为媒介传达，文学领域中的汉赋也毫不例外。由于现代文学生产工具的发达，传播载体的先进，文学消费成为越来越便易的事情。现代的人们很难想象在文学生产工具、传播载体落后的时代，文学生产消费所受到的物质条件的极大限制。故而也就疏忽或忘却了这曾有的限制。

汉赋最主要的生产工具是毛笔和墨，最主要的载体是简牍。笔墨是印刷术发明以前书面文学最主要的生产工具，笔墨的好坏直接影响着文学生产的效率，故笔墨是印刷术发明前文学生产力最主要的标志。笔墨是印刷术发明前书写方面研发与改进的最主要对象，秦汉时期有了很大进步：秦时蒙恬发明了"被柱"法；汉宣帝时薛宣进一步改进了笔墨，既便利书写，又节省费用；东汉后期至曹魏之际的韦诞研制出了烟墨，为书写带来了更进一步的便利。尽管如此，书写工具依然是很粗糙的，而且有很多难以克服的困难，大大限制了汉赋的生产消费。如冬季笔墨的防冻就是一个难以解决的问题。虽说可用酒作书滴、以玉为砚以防墨冻，但不是常人财力所能达到的。故汉时学童于冬季只诵读典籍而不习书法，等砚冰释后方学书篇章。可见当时文字书写颇受寒冷气候限制，故读书习字不得不因季节而宜。大家都知道，散体大赋多以京都、畋猎、巡狩、郊祀等为题材，而天子畋猎、巡狩等活动多发于秋冬。赋家应制作赋，正赶上天寒地冻之时，显然延缓了汉赋的制作速度。故司马相如百日成赋，张衡研《京》十年不纯是才思迟缓，也有受物质条件限制的因素。

西汉及东汉前期简牍笔墨多为官作，隶属尚书兰台，东汉后期民间制笔渐盛，笔价大减。不论是西汉还是东汉，笔墨简牍都是珍贵难得之物。故扬雄有诏不可夺奉，令尚书赐笔墨钱六万之际遇；葛龚有复惠善墨，下士所无，摧骸骨，碎肝胆，不足明报之感言。足见笔墨之贵！汉有路温舒取泽中蒲，截以为牒，编用写书；孙敬编杨柳简以为经本，晨夜诵习；光武帝一札十行，细书成文等。可知简牍亦未尝不贵！宫廷赋家作赋所用笔札为皇帝亲赐，如西汉武帝令尚书赐笔札于司马相如，东汉明帝令兰台赐笔札于贾逵等。可见，汉赋生产者仅有生产技能还是不够的，还必须具备物质生产条件，即工具类的生产资料。这便会限制汉赋的生产消费层面、范围。因此，汉赋主要生产消费于宫廷及诸

---

① 马克思：《马克思恩格斯选集》第 2 卷，人民出版社 1975 年版，第 93—94 页。

侯王府就不难理解了，因为有许多具备赋作生产技能的人却没有长期生产赋作的物质条件。

由于笔墨简牍等汉赋生产工具对汉赋生产有极大制约，再加上制作散体大赋本身的难度。我们可以想见，散体大赋在汉代的数量是有限的，数量更多的应该是那些体制短小的赋作。把散体大赋视有汉一代文体之代表，是对汉赋精英精品的突显，而非对汉赋生产消费的如实观照。事实上，有些学者把汉赋分为骚体赋、散体大赋、抒情小赋三期，也都是为对精英精品的突显，而未能对汉赋的发展演变做一个全面如实的展示。如贾谊的骚体赋是汉初赋作的代表，而此期大多赋家如陆贾、朱建、魏内史等所生产的赋作并非全然骚体；司马相如写下的散体大赋也掩盖了枚皋、严助等人的应机小赋；张衡的抒情小赋暗淡了同时代人的咏物之作。正是这些被名家名作淹没的赋家赋作，在当时或许是生产消费的主流，最起码在数量上是占绝对优势。

由西汉到东汉，笔墨是一个不断改进的过程，为汉赋的生产消费创造了渐加便利的条件。潜在影响了汉赋生产者与消费者身份的变迁及汉赋风格的流变。秦朝惯于与文字打交道的刀笔吏，为提高书写速度，改进了书写工具和简化了文字。汉因秦制，亦重文字教学及书写工具的改进。于是汉人便慢慢变得更加习惯于用文字的形式来表达自己的观念，渐渐抛弃了口头表达的形式。汉赋的生产者也不可避免地受到这种观念的影响，慢慢由口头创作而变为书面制作。汉赋的消费者不再仅仅满足口耳之娱，同时也追求文本的审美与留存。

汉赋由口头创作到书面制作这一转换，在汉武帝时期表现得尤为明显。汉武帝以前的赋家多为口辩之士，善于且习于口头诵赋，如汉初的陆贾、朱建及梁孝王的门客邹阳、枚乘、公孙乘等人。至汉武帝时，他身边的言语侍从之臣亦多为口辩之士，如严助、东方朔、枚皋等，但另一部分却是擅长文章之士，如司马相如、司马迁等。而且汉武帝对文章家赋作的喜好要远远高于善口辩者的赋作。这可能与汉武帝的阅读习性有关。汉武帝建藏书之策，置写书之官，而且多次下诏要求臣下上章亲览，这无疑催生了更多的文章之士。其本人又好辞赋书法，辞赋书法二者又十分易于结缘，因此赋家也就更趋向于书面作赋。宣帝循武帝故事，大扬文章，虽有王褒这样的擅诵之赋家，亦有刘向这样的擅作之赋家。至成帝时，大校篇籍，书写更加流行，故扬雄每上赋篇必以书面文本之形式。至东汉，赋作的主要生产者更是成天与笔墨相伴的尚书郎、校书郎、著作郎等。而且东汉的消费者也更习惯于赋文本的消费，如神雀降集，明帝令兰台赐笔札让贾逵为赋，而不是令其口占。这说明到东汉，无论是赋作的生产者还是赋作的消费者，都更习惯以书面的形式生产或消费。东汉后期，笔墨制作盛行于民间。汉赋的生产消费也呈现出多层次、宽领域的姿态，不再仅仅是皇家宫廷与王侯府第的特有现象，而是慢慢地越来越广泛地蔓延到了民间。

汉赋生产者由习于口头赋诵而变为惯于书面制作，势必也影响了汉赋的文体风格。口头赋诵之作会显得粗糙流动，疏朗跌宕，而书面制作的赋作就会变得缜密蕴藉，紧密坚实，但有时流于板滞。口头创作往往形似毕肖而不求理备，书面制作常常理赡辞坚而缺少灵动。这种风格的流变也与汉赋生产者个人创作辞赋的思想倾向有极大关联，而赋家创作辞赋的思想倾向也受着物质条件的影响。汉早期的赋家多不治产业，贫无立锥之地，家无斗米之储，寄食于诸侯之门或待诏于皇廷之中，对汉赋的消费者有极大的物质依赖。其生产赋作的主要思想倾向是讨消费者之欢心，故赋作多辩丽可喜。而后期的赋家不再对消费者有物质上的依赖，而是思想上的依附，其生产赋作的主要思想倾向是揄扬大义，故赋作多理赡辞坚。当然这些都不是影响汉赋风格流变的决定性条件，但这种潜在影响也不能全然置之不顾。

第二，汉赋的生产消费受政治制度的影响。

西汉前期，尤其是文景之世，以黄老思想治国。最高统治者重农务本，反对文饰，不好辞赋，故宫廷汉赋生产不兴。朝廷虽贯以黄老思想，但并没有完全排斥其他异端思想的存在，亦没有强制统一思想的具体举措。就实力阶层而言，意识形态是多元的。如梁孝王多养纵横之士，河间献王好儒，淮南王儒道兼修等。至武帝时，罢黜百家，独尊儒术。武帝要求赋家摒弃原来的思想意识，向儒家思想意识归顺。如其令虞丘寿王随董仲舒习《春秋》，命严助勿以纵横言对而应以《春秋》对等。于是赋家思想渐渐便由多元趋向一元，赋风也就慢慢由流动而变为板滞。元帝以后至东汉和安间，是儒家思想绝对主宰的时期，汉赋几成经学附庸，美刺成为赋家生产汉赋的主要旨意。东汉后期，随着儒学的衰微，皇权统治的懈弛，赋家慢慢回到自我，开始大量制作表达自己的心声的赋作，建安时期赋家尤为显著。由此可见，在思想高度专制的时期，汉赋的著作权属于统治者，赋家也是隶属于统治者的，他们为统治者说话，赋作中几乎看不到赋家自己的灵魂。赋家一旦挣脱这种束缚，便按照自己的意志生产赋作。足以说明汉赋的生产消费深受政治思想制约，较其他文学作品尤为深重。

除了政治思想制约影响汉赋的生产消费外，一些具体的政治制度也影响着汉赋的生产消费。由于汉代制度繁多，对汉赋的影响是复杂难辨的，不可能作全面地关联研讨，故略举两例。

其一，文字书写制度对汉赋生产消费的影响。汉初萧何草律，太史试学童，能讽书九千字以上，乃得为史。又以六体试之，课最者以为尚书御史史书令史。吏民上书，字或不正，辄举劾。于是，汉人十分重视对文字的识读和书写，以多识字擅书写为能。因此，汉赋也就与文字结下不解之缘。刀笔吏们编订的字书为汉代赋家们准备了文字基础，他们近于"分别部居"的编订方式，泽及汉赋类于"类书""志书"的接受效果；刀笔吏"其小无内"、其大无外的思维方式，使汉代赋家在作赋时，抱着"竞于使人不能加也"的仪则心理，形成"闳衍巨丽"的赋风；他们的好颂习惯，亦是致使汉代赋颂难分的原因之一。而且，还改变了汉赋生产以口头赋诵为主的习惯，使书面制作成为主流。

汉人的童蒙识字课本，是合编李斯《仓颉》、赵高《爱历》、胡毋敬《博学》而成的新《仓颉篇》。作为一种童蒙识字书，《仓颉篇》以当时通行的四言韵文形式编排零散的汉字，尽量将意义相同、相近、相关的编到一起，有助于习诵和记忆，使字的认识与词的掌握融为一体，这极大地影响了汉赋的制作。既然汉代所用字书《仓颉篇》是以秦代刀笔吏所编字书为基础，其中难免蕴藏法家思想，这种思想也会影响到汉赋的创作。由于汉律要求文字书写认真，催生了书法艺术的产生。且汉代最高统治者也大多喜好书法艺术，故汉赋生产者融书法于辞赋，使赋作成为更加辩丽可喜的艺术品。

其二，藏书制度对汉赋生产消费的影响。汉朝历代皇帝都注重对书籍的搜罗，并建立了严格的控制书籍不外传的皇家藏书制度，大大制约了文学在当时的传播消费，同时也造成了大量书籍文本的集体遗失。这是当时创作兴盛并被后人视为汉代文学代表的汉赋现存甚少的一个极为重要的原因。虽说史官和校书官在接受皇家藏书的同时，也在不自觉地进行文学传播，成为当时事实意义上的文学传播者；私人藏书也在文学传播中起到了一定的作用。但难以改变汉代文学传播消费深受当时藏书制度制约的局面。

西汉初年，汉高祖刘邦在文化上鉴于秦代愚民政策之败，采取了对战国以来各种思想流派和学说不加禁止的措施，制订了积极搜集藏书的政策。汉惠帝刘盈四年（前191）三月，除挟书律，于是壁间藏书纷纷问世。汉武帝建藏书之策，置写书之官，下及诸子传说，皆充秘府。成帝仍武帝遗风，令光禄大夫刘向校中秘书，谒者陈农使使求遗书于天下。光武重建，亦注重搜集图书，自是文人莫不抱负坟策，云会京师。明、章二帝进一步增加官府藏书，采取"诏求亡佚，购募以金"的图书搜集政策。西汉朝廷极力控制皇宫藏书外传，如蒲侯苏昌坐藉霍山书泄秘书被免，东平王刘宇求《太史公书》而王凤建议朝廷不许等。能进入禁中观书的只有那些史官和校书官，他们成为当时事实上的文学传播者。汉赋显在收藏之列，且汉代颇多应制之赋作，其主要接受者是皇帝。皇上看完后便会下之史官，束之高阁。一经书厄，便集体流失。如枚皋、严助等人当时赋作甚丰，但篇章未留，原因或在于此。

私家藏书对此状况有所弥补。但西汉私家藏书多在诸侯之家，如河间献王刘德，淮南王刘安，楚元王刘交及其子孙等。虽尚有朝臣官吏、学者经师及其他富户平民藏书者，但为数颇少。东汉私家藏书的人数与藏书量均盛于西汉，仅蔡邕一人便家藏书籍万卷。且藏书出现平民化与市场化迹象，如藏书家郑玄一生未曾为官；出现卖书场所——书肆。这无疑扩大了文学的传播消费范围。由此可推知，东汉赋的生产消费范围要远远大于西汉。这也是文化进步的一个象征。

第三，汉赋的生产消费具有自身的独立性。

"关于艺术，它的一定的繁荣时期决不是同社会一般发展成比例的，因而也决不是同仿佛是社会阻织骨骼的物质基础的一般发展成比例的。"① 即艺术生产具有相对独立性。汉赋为艺术之一族，其生产消费同样具有自身的独立性。

汉赋的生产消费确存在一个超功利的动因，生产者在生产某些赋作时没有预定消费者，如果说有既定消费者的话，那就是赋家本人。而有些消费者在消费赋作时，也是超功利的，仅仅凭着自己的喜好，从中寻找一种内在愉悦而已。汉赋中有许多用于"自广"和自娱的赋作。如西汉早期的骚体赋，东汉晚期的抒情小赋，及贯穿整个有汉一代的怡情咏物赋等，大多数生产动因是无功利的。有些汉赋消费者消费汉赋是纯出于满足一种内心的非功利的欲望。如羊柯名士向司马相如问作赋之法，桓谭少时对赋作的喜爱而激小事作赋等，都未有明显功利性。我们似乎不能把这种超功利的生产消费定为汉赋生产消费的本质特性，但它的确是汉赋生产消费非常稳定持久的一个特性。它是一种政治制度范围外的永久的生产消费，而且不具间断性，除非这种文体不再存在。正如赵敏俐先

---

① 马克思：《马克思恩格斯全集》第46卷，人民出版社1972年版，第51页。

生所说:"赋体文学在中国古代有独立的发展道路,它不仅受外在条件的制约,还有其内在的动因,内在的逻辑和内在的进程。"①

总之,汉赋的生产消费是动态的,有着多种关联的。我们必须抱着历史的联系发展的观点来探究。

---

① 赵敏俐:《20世纪赋体文学研究的几个问题》,《北京大学学报(哲学社会科学版)》2005年第4期,第33页。

主要参考文献

一、著作（按书名音序排列）

《辞赋通论》，叶幼明撰，长沙：湖南教育出版社，1991年。
《辞赋文体研究》，郭建勋撰，北京：中华书局，2007年。
《读赋卮言》，王芑孙撰，何沛雄编《赋话六种》本，香港：三联书店，1982年。
《赋史》，马积高撰，上海：上海古籍出版社，1987年。
《赋体文学的文化阐释》，许结撰，北京：中华书局，2005年。
《赋学概论》，曹明纲撰，上海：上海古籍出版社，1998年。
《赋学论丛》，程章灿撰，北京：中华书局，2005年。
《观堂集林》，王国维撰，北京：中华书局，1959年。
《汉代辞赋研究》，孙晶撰，济南：齐鲁书社，2007年。
《汉代风俗制度史》，瞿兑之撰，上海：上海文艺出版社，1991年。
《汉赋史论》，简宗梧撰，台北：台湾三民书局，1993年。
《汉赋通论》（增订本），万光治撰，北京：中国社会科学出版社、华龄出版社，2006年。
《汉赋通义》，姜书阁撰，济南：齐鲁书社，1989年。
《汉赋研究》，龚克昌撰，济南：山东文艺出版社，1984年。
《汉赋艺术论》，阮忠撰，武汉：华中师范大学出版社，1993年。
《汉赋与汉代政治——以都城、校猎、礼仪为例》，曹胜高撰，北京：北京大学出版社，2006年。
《汉书》，班固撰，北京：中华书局，1962年。

《汉魏六朝赋多维研究》，侯立兵撰，北京：人民出版社，2007年。
《汉魏制度丛考》，杨鸿年撰，武汉：武汉大学出版社，2005年。
《后汉书》，范晔撰，北京：中华书局，1965年。
《急就篇》，史游撰，上海：商务印书馆，1934年。
《简帛古书与学术源流》，李零撰，北京：生活·读书·新知三联书店，2004年。
《历代赋汇》，陈元龙撰，南京：江苏古籍出版社，1987年。
《论衡校释》，黄晖撰，北京：中华书局，1990年。
《前汉纪》，荀悦撰，上海：商务印书馆，1922年。
《全汉赋》，费振刚等编，北京：北京大学出版社，1993年。
《三国志》，陈寿撰，北京：中华书局，1982年。
《史记》，司马迁撰，北京：中华书局，1975年。
《士与中国文化》，余英时撰，上海：上海人民出版社，2003年。
《说文解字注》，段玉裁撰，上海：上海古籍出版社，1981年。
《文心雕龙注》，范文澜撰，北京：人民文学出版社，1962年。
《文选注》，李善撰，北京：中华书局，1977年。
《西京杂记》，葛洪撰，北京：中华书局，1985年。
《艺概》，刘熙载撰，上海：上海古籍出版社，1978年。
《印刷发明前的中国书和文字记录》，钱存训撰，北京：印刷工业出版社，1988年。
《中国辞赋发展史》，郭维森、许结撰，南京：江苏教育出版社，1996年。
《中国辞赋研究》，龚克昌撰，济南：山东大学出版社，2003年。
《中国辞赋源流综论》，曹虹撰，北京：中华书局，2005年。
《中国赋论史稿》，何新文撰，北京：开明出版社，1993年。
《中国赋学历史与批评》，许结撰，南京：江苏教育出版社，2001年。
《中国古代图书事业史》，来新夏等撰，上海：上海人民出版社，1990年。
《中国上古图书源流》，刘国进撰，北京：新华出版社，2003年。
《中国书文化》，屈义华、荀昌荣撰，长沙：湖南大学出版社，2002年。
《中国纸和印刷文化史》，钱存训撰，广西师范大学出版社，2004年。

二、论文（以发表时间先后为序）

段凌辰：《汉志诗赋略广疏》，《河南大学学报（社会科学版）》，1934年第1期。

李伯敬：《赋体源流辩》，《学术月刊》，1982年第3期。

徐宗文：《史迁肯定大赋说献疑》，《辽宁大学学报（社会科学版）》，1983年第3期。

龚克昌：《赵壹赋论》，《文学评论》，1985年第1期。

毕庶春：《试论"巧似"与大赋的影响》，《河北师范大学学报（社会科学版）》，1985年第4期。

刘周堂：《论张衡〈二京赋〉对汉大赋讽谏艺术发展的贡献》，《中国文学研究》，1987年第4期。

何天杰：《由"情胜于理"到"理胜于情"——论汉代抒情赋》，《学术研究》，1987年第4期。

牟世金：《从汉人论赋到刘勰的赋论》，《文史哲》，1988年第1期。

仪平策、廖群：《汉大赋——中国文学发展的必然环节》，《山东大学学报（哲学社会科学版）》，1988年第2期。

马积高：《论赋的源流及其影响》，《中国韵文学刊》，1988年第1期。

曹虹：《文人集团和赋体创作》，《文史哲》，1990年第2期。

张庆利：《汉代的思维方式和汉大赋的特点》，《东北师大学报（哲学社会科学版）》，1990年第3期。

谢明仁：《汉大赋兴盛和消亡原因新探》，《广西大学学报（哲学社会科学版）》，1991年第2期。

阮忠：《两汉讽诵赋论》，《华中师范大学学报（哲学社会科学版）》，1991年第5期。

霍松林、尚永亮：《司马相如赋的主体特征和模式作用》，《陕西师大学报（哲学社会科学版）》，1992年第1期。

宗明华：《经学桎梏下的汉代赋论》，《烟台大学学报（哲学社会科学版）》，1992年第4期。

刘朝谦：《汉代赋家从理性向精神的飘移》，《四川师范大学学报（社会科学版）》，1993年第1期。

周勋初：《赋体评议》，《南京大学学报（哲学·人文·社会科学）》，1994年第2期。

杨九诠：《论汉大赋的空间世界》，《文学遗产》，1997年第1期。

杜青山：《论汉大赋的适应性——汉大赋兴盛原因解析》，《南都论坛（哲学社会科学版）》，1997年第5期。

韩晖：《汉赋的先驱孔臧及其赋考说》，《文史哲》，1998年第1期。

陈庆元：《汉大赋美学品格的得与失》，《福建师范大学学报（哲学社会科学版）》，1998年第2期。

周绚隆：《汉大赋的形成与汉初文化融合》，《山西大学学报（哲学社会科学版）》，1998年第3期。

刘培：《经学的演进与汉大赋的嬗变》，《南开学报》，2001年第1期。

高一农：《汉大赋衰变探微》，《文史哲》，2001年第2期。

王齐洲：《赋体起源和宋玉的文体创造——兼论汉代赋论家的赋体探源》，《湖北大学学报（哲学社会科学版）》，2002年第1期。

赵逵夫：《〈两都赋〉的创作背景、体制及影响》，《文学评论》，2003年第1期。

刘晓东：《略谈汉大赋》，《山东大学学报（哲学社会科学版）》，2003年第1期。

韩高年：《论〈淮南鸿烈〉对汉大赋审美倾向的影响》，《中国韵文学刊》，2006年第3期。

常森：《〈两都赋〉新论》，《北京大学学报（哲学社会科学版）》，2007年第1期。

王长华、郗文倩：《汉代赋颂二体辨析》，《文学遗产》，2008年第1期。

王焕然：《汉代赋家与史家关系论略》，《河北大学学报（哲学社会科学版）》，2008年第2期。

王增文：《论散体大赋生成于汉景帝时期的梁园》，《中国文化研究》，2008年第2期。

许结：《诵赋而惊汉主——司马相如与汉宫廷赋考述》，《四川师范大学学报（哲学社会科学版）》，2008年第4期。

后 记

　　及冠之年，执教桑梓。虚度时日，误人子弟。岁过而立，悔悟初行。弃尤改励，始思问学。颜子有"人生小幼，精神专利，长成已后，思虑散逸，固须早教，勿失机也。……然人有坎壈，失于盛年，犹当晚学，不可自弃"之训。所谓失之东隅，而收之桑榆矣。

　　岁在甲申，负笈桂林。师从胡氏大雷先生，研习汉魏六朝文学。先生廉让温润，道德文章。白驹过隙，转瞬三载。辞师别友，去桂赴汉。桂子之山，久已神往。蒙王氏齐洲先生不弃，纳入门墙，终了吾之夙愿。余每心存悽惶，恐忝辱师门。先生性如珠玉，处门下三载而未尝见愠怒之色，亦无见得意之形容。虽余性鲁钝，但先生亦无有"正索解人亦不可得"之叹。耳提面命，诲之不倦。先生治学严谨，厚积薄发，不做苟且文章。先生授徒精勤，学生之习作，每文必改，篇章字句，均无疏遗。先生对余之论文注入心血颇多，大谢无言。先生之言传身教，如细雨之润物无声。先生之德行文章，实为吾辈之楷范。余将力行效之！

　　余亦颇受张三夕、高华平二先生之教诲，获益良多。张先生学识之渊博，眼界之阔大，发懵振聩；高先生于学术之赤诚，治学之精勤，催人奋进。

　　问学半纪，感慨良多。欲诉笔端，难以成篇。始悟彦和"方其搦翰，气倍辞前，暨乎篇成，半折心始"句之不虚。一言蔽之，余将谨遵师训"不放弃，不拼命"，以平淡之心而求知问学。

孔德明
谨记于昆明